河出文庫

NOVA

2023年夏号

大森望 責任編集

河出書房新社

序

本書は、おそらく日本SF史上初の、女性作家のみによる書き下ろしSFアンソロジーである。

――などと大上段に振りかぶるつもりは、当初ぜんぜんなかった。たしかにこの本には十三人の女性が書き下ろしたSF（またはファンタジー）の新作短編十三編が収録されてますが、そもそも作者が女性なのか男性なのかは読者にとってどうでもいいというか、そんなこと確かめようがないじゃないですか。

それでも、今回の『NOVA』の原稿を女性の書き手だけに限定して依頼しようかなと思ったのは、二〇二二年四月に出た『走る赤　中国女性SF作家アンソロジー』（武甜静《ウーテンジン》・橋本輝幸・大恵和実編／中央公論新社）を読んだから。同書を企画した武甜静氏は、作者の性別をことさら問題にするのはよくないという声を、「今はまだそんな理想的なことを語れるような世の中ではない」と序文で一刀両断にしている。中国では女性作家の台頭《たいとう》がめざましく、本国でも何冊か（アメリカでも一冊）中国女性SF作家アンソロジーが編まれているが、それでもまだまだアピールが必要だということだろう。

『走る赤』を読みながら、日本でやったらどんなアンソロジーになるだろうと考えているうちにだんだん読みたくなってきて、だったらオレが——というわけで、ほぼ二年ぶりとなる『ＮＯＶＡ』の新企画として、女性だけの巻を立案した次第。といっても女性性やジェンダーがテーマというわけではなく、たんに書き手が女性なだけ。思いつくまま どんどん依頼していたらどんどん原稿が届き、驚いたり呆《あき》れたり感心したり爆笑したり感動したり考え込んだりしているうちにページ数がふくらんで、ごらんのとおり、五百ページを大きく超えた。過去最厚ではないにしろ、ふだんより（物理的に）ずっしり重くなり、申し訳ありません。まあしかし、最近は伴名練編『新しい世界を生きるための14のＳＦ』の八百十六ページを筆頭に、樋口恭介編『異常論文』（六百八十八ページ）とか、日本ＳＦ作家クラブ編『２０８４年のＳＦ』（六百四十ページ）とか、重量級のＳＦアンソロジーが流行しているので、このぐらいでは分厚いうちに入らないかもしれない。

寄稿者の数こそ、『走る赤』よりひとり少ない十三人ですが、依頼したけど載せられなかった人や依頼し損ねた人も含めると、いま現役の日本人女性ＳＦ作家はたぶん三十人以上。本書に寄稿していただいたのはその一部。二〇二〇年代のいま、女性の作家たちがいかに豊穣《ほうじょう》なＳＦ／ファンタジー世界をつくりあげているかを一望できるショーケースになればさいわいです。書き手の性別なんて気にしたことないんだけどという人は、いつもの『ＮＯＶＡ』だと思って読んでください。分厚いだけのことはありますよ。

大森　望

NOVA　2023年 夏号　目次

装幀＝川名潤

NOVA

2023 SUMMER

13 Original Stories

NOVA　2023年 夏号

あるいは脂肪でいっぱいの宇宙

池澤春菜

「脂肪死すべし!!!!!!!!!!」

絶対痩せないダイエット女子よ、人類を救え。

〝絶対痩せないダイエット女子〟vs〝だれでも絶対痩せさせるダイエット神〟の矛《ほこ》×盾《たて》対決。その結果やいかに――というドタバタ減量劇の果てに思いがけない展開が……。

というわけで、本書のトップを飾るのは超スラップスティックなダイエットSF。池澤春菜さんと言えば声優としては大ベテラン、SF書評家としてもキャリアを積み、二〇二〇年～二二年には日本SF作家クラブの第二十代会長までつとめた重鎮だが、小説家としては『NOVA 2021年夏号』掲載の「オービタル・クリスマス」（堺三保原作）がデビュー作。その作品で第52回星雲賞日本短編部門を受賞する快挙を成し遂げたのち、日本SF作家クラブ編『2084年のSF』に初の単独作「祖母の揺籠」を寄稿した。体内に三十万人の子供たちを抱える直径五十メートルの〝祖母〟の物語。〈SFマガジン〉連載エッセイをまとめた単行本の第二弾『SFのSは、ステキのS＋』の巻末には、共生菌の選択をめぐる青春きのこ百合小説「糸は赤い、糸は白い」が収録されている。

あらためて紹介すると、池澤春菜（いけざわ・はるな）は、一九七五年、アテネ生まれ。成城大学在学中の九四年に声優デビュー。『爆走兄弟レッツ&ゴー!!』の星馬豪役、『ケロロ軍曹』の西澤桃華役、『ふたりはプリキュア』のポルン役などで知られる。芸能活動のかたわらエッセイ、書評を執筆。書評集『乙女の読書道』、星雲賞ノンフィクション部門受賞の『SFのSは、ステキのS』のほか、台湾や中国茶に関するエッセイも刊行。訳書に劉慈欣『火守』、ウィリアム・ブレイク『無垢の歌』（池澤夏樹と共訳）がある。二〇二三年刊行の『現代SF小説ガイドブック　可能性の文学』では監修をつとめた。

「ちょっと太ったかも」

その一言が全部の始まりだった。

月一オンライン女子会、大学の同級生四人、いつものメンバー。ヨガ講師のマユ、メーカー勤務の琴美《ことみ》、主婦でフォロワー数四桁《けた》のインスタグラマーえりりん、でもって出版社勤めのわたし、上出萌《かみいでもえ》。

えりりんが旦那《だんな》さんの転勤で仙台に引っ越してから、女子会はずっとオンライン。正直、お店決めて、予約して、ちょっとしたお土産《みやげ》用意して、そこまで行って、ってするよりずっと楽。ま、たまにはリアルで会いたいけどさ。

「太ったていうか、痩《や》せない。なんかさーリモートに甘やかされた、っていうか」

「あ、意外と会社って行かなくてもいいんだな、って気づいちゃったよね」

「ね。正直なるべく行きたくなくて。隙あらばリモートにしてる」

なんてことをドリトスを箸《はし》で摘まみながら言ってる琴美、そりゃ太るわ。わたしもこれでお取り寄せしたスコーン三つ目。手で二つに割って、ほかほかの断面にクリームチーズと餡子《あんこ》をぽってり塗りまくっている。たまらん。

マユにオンラインヨガやって、とか誰も言わないのは、ヨガじゃ痩せねぇ、ってわかってるから。意識高く健康な生活送るには、みんな自分を理解しすぎている。

「化粧品とか、ここ半年買ってないなぁ。プチプラでもなんか面倒くさくてさ」

「どうせオンラインじゃ見えないし。フィルターかけときゃOKっしょ」

「ってか化粧むしろ濃くなったわ。ハイライトとシェーディングばりばりで、素で見るとキム・カーダシアンか、って思う」

「画面越しだと目元のグラデなんて頑張っても飛ぶもんね」

「え、じゃあさ」

琴美がニコッと笑う。確かに、鼻筋立ちまくってる。中華メイク動画でも見て、ノーズシャドウの入れ方勉強しようかなぁ、とか思ってたら、運命の一言を聞き逃していた。

「いいね、久しぶりに会おう。おしゃれ気合い入れる！」

「え？」

「あ、そうだ、ちょうどいい感じのアフタヌーンティーあるよ〜。甘いのもしょっぱいのもあって、無限にいけるやつ」

「え？」

「じゃあ三ヶ月後、第一日曜日でどう？」

「え？　え？」

話が摑《つか》めないでいるうちに、リアル女子会が決まっていた。

やばい。

やばいやばいやばい。

マジ無理、本当無理、どうしよう、そこらへんにダイエットの神さま落ちてない⁉

だってちょっとじゃないもん、実はガチ太った。

「じゃあ三ヶ月後目指してダイエットしよっかな。いいモチベになる（自分で自分のお尻に火つけないと、絶対やんないのわかってる）」

「えりりん、太ってないじゃん（はいはい。って言って欲しいんでしょ？）」

「え〜、そんなことないよぉ、ぷよぷよだもん（はいはい。って答えときゃいいんでしょ？）」

「じゃあわたしもがんばろ。ＢＭＩ一八目指す〜（実は今二八ある。三ヶ月後に一八とか、死ねる）」

幻聴オーディオコメンタリが聞こえる。

もともと不規則な生活で、ストレスも多いし、付き合いの席もそれなりに。それでも三十過ぎてそこそこの体形を保っていられたのは、毎日の通勤と、忙しくて食事にあまりかまけてなかったこともある。家で仕事するようになって、きちんと三食食べて、閉じこもりきりも良くないか、と近くのコンビニまで散歩行って、ついでにお菓子コーナー覗《のぞ》いて、つい買っちゃって、口寂しいから合間合間でおやつ食べて……

六キロ太った。

人生最高体重だった高校時代をあっさりオーバー。体重計、電池切れで放置してたのもまずかったよなー。酔っ払って自分とタンゴ踊ろうとして、全身鏡も割ったまんまだったし。慌てておやつの量減らしたけれど、とき既に遅し。家でやる体操も続かない。手間暇かけてヘルシーなメニュー自炊するのも面倒。だから順調に現状キープだ。

だけどそうも言ってられなくなった。

対女子じゃパゴダスリーブもシフォンも手首見せも揺れるピアスも使えない。だってあいつら肉質を読む。会った瞬間スカウターばりに体脂肪率も骨密度も基礎代謝も測定される。

本気出すしかない。三十二歳限界女子のマジモードってやつを見せてやろうじゃん。前、半年で三キロ痩せたこともあったし。三ヶ月で六キロだったら、アレの四倍頑張ればいいんでしょ？　余裕じゃん。

大丈夫大丈夫、むしりとった衣笠？　昔噛《か》んだミネハハ？

なんとかなるって。

「デブデブの実の呪いでは……？」

三週間後、わたしの体重は微動だにしていなかった。体脂肪率も全く動かない。体重計が壊れているのでは？　と家電量販店まで行って最新式のにこっそり乗ってみたけど、数字は無情だった。

おかしい。理論上は絶対痩せるはずなのに。

最初の一週間は気合い入れてスーパー糖質制限やった。一日糖質二〇グラム以下。肉と卵の合間にバター齧《かじ》った。さすがにカロリー摂りすぎかと不安になって、今度はアプリ入れてカロリー計算も同時にやった。緑の野菜ばっかり食べて、羊みたいな生活送った。小金ならある、とプロトレーナー雇って吐きそうになりながら筋トレしまくった。もう駄目だ、と思って海外通販でヤバい薬も取り寄せた。

なのに、全く体重計の値が変わらない。

理解できない。

なんなら担当作家がガチ炎上して、その後始末でマジ地獄見たんだけど。

上司がパワハラで飛んで、残務処理で吐くかと思ったんだけど。

クライアント同士のトラブルで、猛火の中の栗拾いに耐火装備ゼロで突撃させられたんだけど。

これだけいろいろあったら痩せるっしょ、心労ってやつで。

なのに、痩せぬ。解せぬ。媚びぬ。引かぬ（主に脂肪が）。

体重は減らないのに、モチベアップのために、と思って匿名で始めたTwitterのフォロワー数は増えた。

「もえたま＊ダイエットちゅ♡　今日のお昼ご飯はキャベツとお豆腐、クリチも1個食べちゃった」

みたいな可愛《かわい》い呟《つぶや》きから、

「もえたま＊でぶ・即・斬　肉ベラ欲しい。この恥ずかしボディから肉をこそぎ取って胸とかに移動させたい。今日もずくしか食ってねぇわ」

って呟きが殺伐《さつばつ》としはじめたらフォロワー増えた。

理解できない。

面白がったフォロワーさんから次々ダイエット情報が寄せられて、片っ端から試したけど、どれも駄目。水断食とかやって、一グラムも減らないって、質量保存の法則拡大適用すぎない？

痩せるって実はシンプルで、摂取カロリーを消費カロリーが上回ればいいだけなんだよね。〝七二〇〇キロカロリー消費したら、脂肪一キログラム減ります〟、これだけ。世の中にあるダイエット方法はみーーーーんな、この収支をなんとかしてマイナスに傾けようとしている。糖質制限だろうが筋トレだろうが食前キュウリ丸かじりだろうが貧乏揺すりだろうが妄想彼氏だろうが寄生虫だろうが、この原理原則は変わらない。

いやだから。どう考えても、痩せるはずなんですよ、わたし。

じたばたやってたら、「絶対痩せないアカ」としてプチバズりして、ぐいぐいフォロワー増えた。五桁とか……フォロワー一人と体重一グラム、交換してくれないかな。

釣りなんじゃないかって言われて、毎朝体重計乗るとこリアルタイム配信することになった。全員がわたしの体重と体脂肪を見守っている。朝一の体重報告を待たれている。ここまできたら、ストレスとかプレッシャーで痩せない？

痩せないいんだな、これが。

キュウリだけのビーバーのエサみたいなランチをTwitterに上げようとして、DMが来ていることに気づく。

「突然のご連絡失礼いたします。投稿についてお伺《うかが》いしたくメッセージしました」

おおお、ついに来たか、取材依頼！　テンプレメッセージにワクワクしながら返信してみた。

お昼前にやってる情報バラエティ系の番組で、わたしのダイエットを取りあげたい、と。それだけなら断ろうかな、と思ったけど、企画内容聞いて心揺れまくった。題して「今話題の絶対痩せないダイエット女子を絶対痩せさせるガチ対決！　ダイエットの神三人が本気で挑みます」。

え、神、本当にいたの？

これもう最後の手段では？　タダでプロに痩せさせてもらえるとか、断る理由がない。失うものは何もな……あ、けっこうあるな。顔出し名前出しNG、声も変えてください、バレたら恥死するから！　とかたくかたく念を押して、OKすることにした。

顔合わせのときに、ADさんがにこにこしながら、ウサギの生首みたいなものを渡し

てきた。固まるわたしに、ほっそ〜い可愛《かわい》いADさんは、

「お顔隠す用です。もえたまさん、ウサギ似合いそうだな、って思って」

待て待て待て、そういうことじゃなくない⁉ 思いのほか物理的解決策で、わたしテレビ局の技術力が心配になってますけど。可愛いっていうより、かなりリアル寄りで絵《え》面《づら》ホラーですけど。

ちょっとこれは、と断ろうとすると脳内星一徹が「お前にはもう失うものはない！太ったまま死ぬか、痩せて死ぬかだ！」とわめく。どっちも死んでるじゃん。

「……わーい、ウサギだいすきー、ありがとう」

アカデミー賞って、棒読み部門あったっけ。

期限は四週間。まず一週間ずつ、三人のダイエット神がそれぞれの方法を試す。でもって一番効果があった人が、最後の一週を勝ち取る。経過はテレビとオンラインで随時報告。なおかつ、ズルができないようにスマートウォッチと血糖値測るセンサーつけて、二四時間、生活を配信。さぼりなし、こっそり間食なし。

会社には事情を話した。飛んだ上司の代わりに来た新上司が、めっちゃお祭り大好きで、面白そうだったらあとで独占手記を書け、って秒でOKが出た。

ネットでは事前予想が大盛り上がりだ。くそう、みんな人のダイエットで遊びやがって。

まぁでも、人のダイエットなんて遊びだよね。世界で一番どうでもいい話、人の太っ

た瘦せた。世界で一番切実な話、自分の太った瘦せた。


一週目：カリスマトレーナーKotaroさん
あの芸能人もあの有名人ももれなく瘦せさせた、ボディシェイプ界最後の駆け込み寺。ゴリゴリマッチョに甘いマスク、しかもイケボ（しかしなんでみんな名前をアルファベットにしたがるのか）。

この人につきっきりでトレーニング受けたら、ときめきで瘦せるかも。

なんて最初は思ってました。ときめきとか、皆無だった。あまりに追い込まれ、筋トレ中は獣のような声で呻《うめ》くだけ、滝汗で溺《でき》死《し》寸前、特製プロテインミックスとやらは不味すぎて一回リアルに吐いたし。そもそもウサギの生首かぶって筋トレって難易度高すぎるよね⁉

無理だって言ってるのにそこから、もう一回とか爽《さわ》やかに抜かすイケボに最終的には殺意を抱くまでに。殺すか、いっそ殺して逃げるか。

結果、瘦せず。筋肉痛だけが残る。

二週目：超管理栄養士小野寺さん
ふわわんとした上品なおばさま、でも実はあらゆる小学校や老人ホームから引っ張りだこの伝説の栄養管理士なんだって。この方考案の究極のダイエットミールなるものを三食食べた。正直、不味《まず》かった。テレビ的には「わぁ、お腹いっぱい食べられてしかも美味しいなんて最高」みたいなこと言わないといけないけれど（小野寺さんの圧もすごかったし）、実質ハムスターペレットの味がした。子供の頃食べたからわかる。

ハムスターペレットを三食食べ続ける、これも地獄の一週間だった。

結果、痩せず。わたしの目から光が消えた。

三週間目：スピリチュアルトレーナー翠光さん

太っているのはわたしの中のインナーチャイルドが愛に飢えているから、それを解消しない限り痩せない。地球の波動を感じ、満たされることで全ての問題が解決する、と。山奥に連れていかれて、ひたすら座禅を組んで自然に感謝する、とかいうのをやった。食事は三食豆みたいなものをポリポリ嚙むだけ。でもこの頃にはわたしも悟りの境地みたいなのに達していたから、ハイハイもうなんでもして、って感じ。

結果、三日目で強制終了。翠光さんがわたしに隠れて超濃厚コンソメパンチとストロングゼロを決めているのを見てしまい、逆上して摑みかかって大喧嘩《おおげんか》になって、その模様が全部配信されていたから。

二週間と三日。

死ぬ気で頑張った二週間と三日。全部無駄だった。ここまでしても一グラムも痩せず。

この頃になると、世論もだんだんオカルトに傾き始めていた。人為を超えた存在、みたいになって、今度は世界でバズった。Twitterのフォロワー数六桁いった。今、わたし、Woman who never loses weightことWWWって呼ばれてる……プロレス団体か。

もう全て諦めようか、とコンビニのお菓子の棚を殺人者の目で睨《にら》んでいたとき、テレビ局のプロデューサーさんから電話が来た。この期に及んで四人目のダイエット神の紹介だったら、今手に摑んでいるメガサイズダブルクリームシュー生キャラメル入りをまずは三つ食べてから話を受けよう、とゾンビみたいな声で出た。

「あ、すみません。あの、ちょっと急な展開なんですけど」

と言ってプロデューサーさんが出したのは、世界中誰でも知っている超大きなベンチャー企業の名前だった。時価総額一〇〇兆円とかの。

「そこの研究所でですね、もえたまさんの身体状況を詳しく調べたい、と」

シュークリームを手にポカンとしながら聞いた話によると、その企業は最近、宇宙関連の事業に本腰を入れている。ロケット幾つか打ち上げるとかじゃなく、本気で宇宙で人間が生活したり、他の星に移住したりすることを目指しているそうな。で、その際に食糧とか、必須栄養素とか問題になってくるわけで、今なんか話題になっているWWWの異常な代謝になんかヒントがあるんじゃないか、と。アメリカにある研究所まで来て、検査をさせてもらえないだろうか。もちろん渡航費用（ファーストクラス！）から滞在費（ホテルのスイート!!）は向こう持ち、仕事を休む間の手当（年収じゃん！！！）も出す。研究の結果次第だけど、特許などが取れそうなら歩合でバック（生涯年収じゃん！！！！！！！！！！！！）もする。

「い、行きます！　やります受けますOKですヨーロコンデーーー二つ返事で前のめりに超イエス！」

プロデューサーさんはわたしの勢いにドン引きしながら、じゃあ数日以内に連絡行くと思うから、と言って電話を切った。五分後に日本代理店の担当者って人から電話が来て、コンビニの袋をぶら下げたまま契約書を交わしに行って、三日後には飛行機に乗っていた。前のめりだったのはわたしだけじゃなかったみたい。

ファーストクラスの食事だけはノーカウントってことにした。こんなもん生涯で食べられるの一回だけだろうから（帰りのことは考えない。エコノミーに格下げされる可能性もある）。

寝過ぎてぐにゃぐにゃになりながら降り立ったオースティン・バーグストロム国際空港、わたしを出迎えてくれたのは小柄なアメリカ人男性だった。髪の毛は今のわたしと同じくらいくしゃくしゃで、眼鏡をかけていて、きっちりボタンを閉めたチェックのシャツにジーンズに……あれ、なんかこういう人、日本でも良く見る……

「はじめまして、ジョン・スミスです。上出さんの担当をさせていただきます。なにかわからないことがあれば、ぼくを通じて聞いてください」

めちゃくちゃ流暢《りゅうちょう》な日本語で一気にまくし立てられてポカンとしていると、ジョン・

スミスさんはぐっと顎を強《こわ》ばらせ、更に早口で話し出した。

「ジョン・スミスは本名です。日本語はアニメを見て覚えました。はい、そうです、ぼくはオタクで日本文化が大好きです。ニチアササイコー。夢はいつかコミケにリアルに参加することです」

つ、つまりジョンさんはめっちゃオタクなのね？　あ、でもこの死んだ目には見覚えがある。あれだ、小野寺さんのハムスターペレットを食べ続けたときのわたしだ。つまり、ジョン・スミスさん、

「みんなに同じこと聞かれ続けて、やけっぱちのテンプレート回答になった、と？」

「Yes」

ううう、わかる、わかるよその気持ち！　わたしもなんで痩せたいか、一〇〇回くらい聞かれて、もう自動応答できるようになったもんなぁ。カリスマトレーナー Kotaro でイケメンアレルギーを発症したわたしにとっては、ジョンのオタクみが心地いい。筋肉どーん白い歯キラーン笑顔ピカーンな陽エネルギー満載な人が担当だったら、また殺意の波動に目覚めてたかも。

「わたし、英語全然だから、通訳超助かる。まぁ、気楽にいこうよ、スミスさん」

「ジョンと呼んでください。もしくは †Everlasting Radiance† と」

「え？」

もじもじ頬《ほお》を染めながらハンドルネームです、と。黒歴史まで履修してるのか、すご

い。その後、「もえたまたんって呼んでもいいですか?」と聞かれたので、全力で丁重にフル拒絶した。

研究所でありとあらゆる検査をした。だいたいのことは日本でもやってたけど、その比じゃあなかった。血液検査も、酸素マスクみたいなのつけて走るのも、CTもMRTも、およそ考えられる検査は全部やったと思う。

なんか研究所の人たちが数字見てやたら興奮してるし、ジョンは自分のことみたいに鼻高々だし、悪い気はしなかったけど、毎日へとへとだった。せっかくのホテルのスイートルームも、だいたい帰ってばったり倒れて寝るだけ。食事もあいかわらずビーバーのエサかハムスターペレットだし。まぁでも、ここで頑張らないと、もう一生デブデブの実の呪いにかかったままだ、と思って必死に頑張った。

で。

わたし、死んだ。

あ、正確には死にかけた。死にそう、とかじゃなくて、本気で死にかけた。

深いプールの中に沈んで酸素量や運動負荷やなんやかやを計測する、って検査のとき。その前に飲まされたバリウムみたいな薬が良くなかったのか、それともここんとこスムージーしか飲んでいなかったからか、なんかふわ〜っとしてきたなぁ、と思ったらそのまま体に力が入らなくなって沈んだ。そのときに呼吸用のケーブルが引っかかって、外れちゃったらしいんだよね。苦しいとか、そういうのはいっさいなくて、なんか眠たい、動けない、なんだコレ、と思ってたら。

辺りがぱっと明るくなって。

違う場所にいた。

白っぽいもこもこふわふわした床と天井がどこまでも続いていて、向こうが見えない。床と天井の距離もなんだか良くわかんない。あのもこもこは雲みたいに大きいのかもしれないし、ブドウくらいなのかもしれない。その距離感がわかんない広い広い場所に、わたしはあいかわらずプールの中にいるみたいに浮いていた。

はは一ん、これはあれだな、死んだな、さては。ダイエット死とか末代まで笑われるやつでは？

しかし死後の世界殺風景だな、と辺りを見回していると、足下辺りの床がぐいっと膨らんで、ぷちんと千切《ちぎ》れた。両掌《てのひら》に余るかな、くらいの塊。そのままわたしの目の前まで浮いてくると、瞬《まばた》きした。

目があったのだ。黒豆みたいなちっちゃい目が二つ。それから口もあった。

「はじめまして、萌ちゃん。ぼくは脂肪のがいねn」

「脂肪死すべし！！！！！！！」

その瞬間、わたしはその塊に飛びかかって、ぶん殴って蹴り飛ばして千切って揉《も》んでめったくたの粉みじんのぎったぎたに……

気がついたら、やつは少し離れた場所で、黒豆みたいな目に明らかに恐怖の色を湛《たた》えてこっちを見ていた。

「あれ？」

「あれ、じゃないよ‼　自己紹介しようとしている明らかに知性のある相手を急にぶち殺そうとするなんて、むしろ野獣でもやらんわ！」

「脂肪を見たら潰せ、って今までの生涯で学んできたもので」

「どこのバーサーカーエステティシャンだよ！」

確かに、そいつは電車のつり広告で見る、謎の白衣の男性が意味ありげに「これが一キログラムの脂肪です」って持っているやつに似ていた。脂肪一キロをもう少しファンシーにして、気持ち悪くなくして、黒豆つけたやつ。でも脂肪は脂肪だ。

「もう一回言うよ、ぼくは脂肪の概念。君たち人類が持っている脂肪というそんざ……だから千切らないで！　セルライトじゃないから！　細かくしても排出されない！　概念を滅ぼそうとするって神か！」

「自由という言葉をなくせば自由という概念がなくなる。同じように脂肪という概念を」

「ニュースピークやめて」

隙あらばやつを仕留めようとする両手を必死に押さえながら聞いたところでは、①わたしは死んでいない。ただ精神的にけっこうヤバい。ヤバいから脂肪ちゃんが見えている。

②ただ脂肪ちゃんは存在する。妄想ではない。

③脂肪ちゃんは脂肪の概念で、みんなの脂肪に対する思いの捻《ねじ》れから生まれた。

「今世界中に八〇億人の人がいて、九％の人が飢餓で苦しんでいて、二〇％が肥満で悩んでるんだよ。生物として両極端に振れちゃってるの」

ほうほう。

「そもそもさ、生き物って、エネルギーを得ることが大事なの。生きるって、エネルギーを得て、繁殖することでしょ？　なのに人間はその生き物としての命題をダイエットという後付けの理由で書き換えようとしている。お腹いっぱいに食べたい、食べたらダメ、太りたい、痩せたい……アンビバレンツなの。君だってそうでしょ？」

脂肪ちゃんはじっとりとわたしを睨んだ。器用だな、この黒豆。

「健康体重っていう生きるために最適なバランスを、お金払って、時間使って、努力して、不健康に修正しようと頑張ってる。外側の問題で、内側を壊そうとしてるんだよ」

この後、脂肪ちゃんはとうとうと脂肪がいかに生きていくのに大切かの講義を始めた。あまりに長いので、途中で一回寝て、起きてもまだ喋《しゃべ》ってた。

「その不自然なエネルギー、世界中で凄まじい数の人が、なんとか痩せたいとあれこれやっているエネルギーが、君のダイエットによってついに臨界点を超えたんだ。最後のベンチプレス一回だよ。結果、君は特異点となり、固定された」

「特異点？　固定⁉︎」

ちょっと、意味がわからんとです。

「う～ん、システムがフリーズしたみたいなこと。だから痩せない。君だけじゃない。今後、世界中の人間が太りも痩せもしない。超生体恒常性、スーパーホメオスタシス状態だよ」

「なんか話が大きくなってきた……えっとじゃあ不老不死……？」

「ではない。あくまで体組織の状態が固定されちゃっただけだから。普通に病気になるし、死ぬ。ただ、痩せたり太りもしなくなるだけ。あ、子供は今の身長体重のまんま、年とってくね」

ＯＫ完全に理解した（一ミリもわからん）。

「えーとえーとじゃあ、あれだ！　チートデイ！　ホメオスタシスって、体がバランスを保とうとすることでしょ？　だから、低カロリーに慣れちゃった頃に、めっちゃ食べて体を騙《だま》して、でもってホメオスタシスを解除する」

順調に下がっていた体重の変化が、同じことをしても動かなくなった、踊り場状態になっちゃったときに一時的にカロリー制限を解いて好きなものを好きなだけ食べる、というほんまかいな、なダイエット方法だ。

「だから、人類みんなでチートデイやれば」

「無理。言ったでしょ？　問題は、君の中に特異点、いわばカロリー収支の結びこぶができちゃったことだから。人類がみんなしてケーキどか喰《ぐ》いしても、これはどうしようもない」

絶望じゃーん。なんでなんの断りもなく人の中にそんなもん作るかなぁ。絶望のあまり脂肪ちゃんを捏《こ》ねくりまわした。脂肪ちゃんはあふ！　とか、ふぇん、なんて声を出しながらも今回は逃げなかったので、割といい感じだったのかもしれない。一級脂肪ちゃんマッサージ師ならなれそう。

「とにかく！　今ふぇええええ君がすべぉぅふきことはもひゅっ」

あれ、なんか脂肪ちゃん、柔らかくなってきてない？　もしやあんなこと言っていたけど、マッサージしてたらなんとかなったりしない？　いっそう熱を込めて脂肪ちゃんを揉みまくった。とても喋れなくなった脂肪ちゃんは、ひゅえええええ、みたいな声を出して四散した。

目覚めたのはベッドの上だった。

異変に気づいたスタッフがぎりぎりのところでわたしをプールから助け出したらしい。総出で平謝りされたけど、英語だから良くわかんないし、ベッドは硬いし毛布は紙やすりみたいだし枕《まくら》は湿っぽいし。いろんな意味で居心地悪くて、大丈夫だからとにかくジヨン・スミスを呼んでくれ、と言い張った。

ぶっ飛んできたジョンがこれまた平謝りしようとするのを遮って、一気呵成《いっきかせい》に脂肪ちゃんから聞いたことを話した。だって、こんなのわたしひとりじゃどうにもできないもん。ここには頭いい人がたくさん集まってるんだから、誰かひとりくらい解決策思いつくでしょ。

わたしの話をポカンと聞いていたジョンの顔がだんだん赤くなっていく。やべ、さすがに頭おかしくなったと思われたかな……と思いきや、立ち上がって拳を振り上げ、叫んだ。

「ニチアサだ!!」

そのままぶるぶる震えながら涙目で宙を見上げている。

「わぁ、オタクは話が早くて助かるね。ボクのことはナイショにしておいた方がいいよ、って言おうと思ったんだけど、普通に受け入れたね～」

「この状況あっさり呑《の》み込むって、ニチアサの力ってすごいんだね」

答えた後で固まった。待て待て待て、今の声って。

「はぁい、ぼく脂肪ちゃん」

頭の下の枕を鷲《わし》づかみにして、力いっぱい放り投げる。ベシャッと壁にぶつかったのは、紛れもない脂肪野郎だった。

「なんで！　なんでいるの⁉」

「だってぼく、もえたまのパートナーだもん」

黒豆をきらきらさせるな。え、じゃあこれって他の人にも……？　恐る恐るジョンに脂肪ちゃんを示して、何に見えるか聞いてみる。

「……枕、かな」

「何度も言ってるけど、ぼく脂肪の概念だから。概念が可視化できるのは、臨界突破している君だけだよ」

やっっっっぱい、さすがに枕を相手に独り言を言うのは、お病気判定される。と思いきや（二度目）。

「魔法少女のパートナーの妖精のことは秘密、わかってるよ。ぼくには枕にしか見えないけれど、あれは本当は脂肪の国から来た脂肪の妖精、脂肪ちゃんなんだよね」

オタク、理解早ぇぇぇぇ！　っていうか、設定が追加されてる……

「OKOK、ぼくはトンボポジション。いやぁ、感激だなぁ、ニチアサが向こうからやってくるなんて。大丈夫、任せて。秘密を守りつつ、なんとかしてみせるから」

脂肪ちゃんとジョン。ふたりして目をきらきらさせるな。


本当になんとかなった。

最初は、枕にしか見えないものを抱えて必死で訳のわからない話をするわたしを、やっぱりあれで酸素欠乏症になったのか、可哀想《かわいそう》に、って目でみんな見てたけど。ここでジョンがとんでもない暴挙に出た。この話を研究者のオープンコミュニティに流したのだ。いやまぁ当然、笑われたし呆《あき》れられたし正気を疑われた。

だけどさ、脂肪ちゃん顕在化で人類スーパーホメオスタシス状態ってやつが本当に始まっちゃったらしく。

だんだん、あれ、おかしくね？って、あちこちがざわざわし始めた。

で、ジョンの書き込みが見つかり、ついに人類は気づいちゃった。もう太れないし痩せられない。一気に状況が変わった。

まず、いくら食べても太らないことに有頂天になった人たちが、ハイパー暴飲暴食祭りを開催して。逆にじゃあ食べなかったらどうなるんだ、ってんで絶食チャレンジに挑む人がいて。美容外科医たちは手術で脂肪を吸っても吸っても元に戻っちゃうので真っ青になって。

今の自分に完璧に満足してる人なんて、そんないないよね。これ以上変わらない、ってのは実はヤバい、ってのがわかってきて、みんな焦り始めた。なにより一番みんなを打ちのめしたのは、もう子供たちがこれ以上成長できない、ってこと。

世界の飢餓の九％と肥満の二〇％、それから子供を持つ親たちめっちゃたくさん％が、猛烈に声を上げて、世界の頭脳数％を動かして、その人たちが死に物狂いで頑張った結果、解決策が見つかった。人類すごい。

「特異点は特異点で打ち消すんだよ。君の中に、超小型ブラックホールを生成する。まだ試験段階だけど、衛星軌道上にある小型陽子加速器、これを使うんだ。いいかい、シュヴァルツシルト半径を」

全く意味がわからんとです。うっとり早口でまくし立てるジョンの口に脂肪ちゃんをつっこんだ。二人してぐえええええとか言ってたけど、気にしない。

「三行に要約して」

「つまり」

ジョンが厳かに告げる。

「君は、宇宙に行く」

一行じゃん。宇宙ってそんな気軽に行ける⁉ コンビニ行くんじゃないんだよ？

「忘れた？ うち、宇宙ベンチャーだぜ？」

人生一ヘタなウインク見ちゃった。

いよいよ明日出発って晩、ずっとずっと見ないふりをしていたことに向き合った。事の発端になった四人グループのラインに意を決して書き込んだのだ。
萌：ごめん、なんか仕事忙しくってさ。もしかしたらアフタヌーンティー行けないかも。そのときはみんなでわたしの分まで食べておいて。
これだけ打つのに、すっごい時間かかっちゃった。
えりりん：え〜そうなの？ やだ、もっと早く言ってよ。リスケする〜
琴美：まだ予約してないから大丈夫だよ。
マユ：いつ戻ってくる？

萌：う〜ん、ちょっとわかんないかも
萌：って、戻ってくるって？
マユ：うん、だから地球に戻ってきたら連絡して、もえたま
萌：あ sdfrgthjkl;:
えりりん：え、嘘、バレてないと思ってたの？
琴美：わたし、けっこう初期からTwitterフォローしてたけど。がんばってんなぁ、わたしも負けてらんない、って思ってた。
マユ：ぶっちゃけ、あたしもオンラインヨガばっかになってから、つい手抜きしちゃってさ。割と太った。
えりりん：体脂肪率三〇越えてからが本番だよね（笑）
琴美：二重顎バレないように、デーモン閣下ばりのシェーディング入れてたよ。

女子達、強かった。肉質読むだけじゃなく、匿名アカウントの同定までできるとは。あっけらかんと励まされて、行っておいで〜って送り出されて、お土産に宇宙饅頭《まんじゅう》（低糖質）頼んだよ、って言われて、なんかスッキリした。

最後に「萌・スミスって名前、悪くないと思うよ」って言われたのは納得いかんけど。

ってことで、わたしは今、宇宙にいる。

国際宇宙リニアコライダー、数十キロもある長い長いパイプを繋《つな》げた真ん中。麻酔か

なにかで眠らされるのかと思ったけど、意識があってもなくてもあんまり変わんないらしい。痛いとか、熱いとかもたぶんないだろうって。

わたしの近くには、あいかわらず脂肪ちゃんがふよふよ浮いている。

「これ成功したらさぁ、ISLCダイエットとか言って、怪しいサプリ売りさばいて大《おお》儲《もう》けできんじゃないかな」

軽口叩《たた》いてるのは、正直怖いからだ。陽子と電子ドッヂボールの的《まと》になるなんて、人類初だもん。誰もはっきり言わないけど、死ぬかもしれないし、もっと悪いことになる可能性だってある。だから、今ここに脂肪ちゃんがいてくれて良かった、とちょっとだけ思った。

「ねぇ、脂肪ちゃんはどうなるの？」

「お、ぼくに会えなくなったら寂しい？」

「寂しくなんかないもん！　ってテンプレやめて。いやまぁ、どうなるのかな、って」

「ぼくもわかんないよ。そもそもどうしてぼくが生まれたのかもわかんないし」

「そっか。でもこの状態が解消されても、人類があいかわらず不自然に痩せたい、って思うのは変わんないでしょ？　だからもしかしたらまた遠からずおんなじようなことが起こるかもね」

「人類だけじゃないよ」

あれ、お前、さらっとすごいこと言わなかった？

「この宇宙にいる意識あるものみんな、似たようなこと考えてるんだよ。多いとか少ないとか尖ってるとか丸いとかスカスカとか密密とか、自分の今に不満があるんだよ」

「じゃあさ、火星人のガリガリと、地球人のでぶでぶを交換できたらいいかもね」

言いながら、これってまんざらでもないかも、と思った。宇宙は斑《まだら》で、偏《かたよ》っている。でもいつかみんながその足りない部分や余ってる部分を交換できるようになったら。みんな満ち足りて、幸せになれるかもしれない。

あ、そうか、古事記でやった「成り合はざる処《ところ》」「成り余れる処」ってそういうことなのかも。

「よし、じゃあこれをもえもえプロジェクトと名付けよう」

「だっさ！」

「いいんですー、言葉があれば、概念が生まれる。概念があれば、みんな考えるようになって、いつか解決策が見つかったり、あんたみたいな変な生き物がまた生まれるかもしれないじゃん」

「ニュースピークやめて」

特許料貰《もら》えたらさ、研究所を作って、そこにわりかし有能な研究者らしいジョン呼んであげて、もえもえプロジェクトを追究するのもいいかもしんない。そういえば地球を離れるときに、涙目で「お守りです」って魔法少女のアクキー握らされた。あれも返さなきゃいけないしね。萌・スミスには絶対ならないけど、共同経営者くらいにはなってやってもいいよ。

ブザーが鳴り響く。心臓に悪いな、ステキなチャイムとかにしてよ。

「いよいよだね」

「うん。あんたが消えても、覚えておいてあげる」

脂肪ちゃんは笑って、わたしのほっぺたに一瞬だけぴとっとくっついた。きも。

さぁ来い、陽子と電子！　もうここまで来たら怖いものなしだぜ。今考えるのは一つだけ。スコーン！　アフタヌーンティーのスコーン！　炭水化物の塊に、超高カロリーなクロテッドクリームと、糖質の塊のジャムをこれでもかって塗って、一口で食べてやるんだ。

ダイエット？　いいの、明日から頑張る！

セミの鳴く五月の部屋

高山羽根子

引っ越してきたマンションの部屋には、
謎の言葉を告げる訪問者が次々とやってくる。

突然やってきて、「五月にセミは鳴くか?」と謎の質問をする人々。その理由とは?

スマホの時代になってから、間違い電話はめっきり少なくなったが、昭和の昔は、電話のベルが鳴って受話器をとると、いきなり「チャーハン二つ」と注文された――みたいな話は珍しくなかった。近所の中華料理店と番号が似ているための悲喜劇。何度もくりかえされると、間違われるほうも心得たもので、「番号が違いますよ。5409じゃなくて5490にかけて」と訂正したり。しかし令和には令和なりの間違いがあるかも……。というわけでこれは、ゲーム好きで知られる高山羽根子らしい一編。最近は、ゲーム好きが高じて――というかボードゲームがとりもつ縁で、マーダーミステリー(トーク型の推理ゲーム)『スペースポンポン号の殺人』の原作を書き下ろしたりしている。

高山羽根子(たかやま・はねこ)は、一九七五年、富山県生まれ。多摩美術大学美術学部絵画学科卒。二〇〇九年、「うどん キツネつきの」で、第1回創元SF短編賞の佳作(現在の優秀賞)を受賞。一四年、同作を表題作とする全五編の短編集を刊行、翌年の第36回日本SF大賞最終候補に。一六年、「太陽の側の島」で第2回林芙美子文学賞受賞。一八年、同作を併録した『オブジェクタム』で日本SF大賞候補。一九年には、『居た場所』と『カム・ギャザー・ラウンド・ピープル』で二期連続して芥川賞候補になり、二〇年、『首里の馬』で第163回芥川賞を受賞。他の著書に、書き下ろしSF長編『暗闇にレンズ』、『パレードのシステム』、『旅書簡集ゆきあってしあさって』(酉島伝法、倉田タカシと共著)、『おかえり台湾』(池澤春菜と共著)などがある。

〝コストコで買ったものが大量すぎたんだ〟

週三件ほど届く母からのメッセージにこのフレーズが入っているのは月に一、二度で、その翌日には決まって不機嫌顔の配達員が段ボール箱を抱えスズのマンションの玄関前に立った。引っ越すまでは母が直接軽自動車に積んで持ってきていたけれど、転職をしたスズがいま暮らしているマンションは、実家から県境をまたぎ、高速を使ってもドアツードアで一時間は超える。

スズは送られてきた荷物の中から、白い粉が五百グラムほど入っているだろうジップロックの袋を顔の高さまで持ち上げて、顔をしかめながら下から横から眺めている。

まずコストコで買うものの量が多いだなんて、行ったことのないスズですら知っている。だからそんなことは行く前から明らかなのであって——というかすくなくとも買う直前にはどう考えたってわかるんだから、そんなこと買った後になってはじめて気づいたみたいに言われましても。

スズの母に限らず、世の中の母親とよばれるものはあまねくひとり暮らしの娘にメッセージを送ってよこす。そしてしょっちゅうコストコに行き、たいていの場合買いすぎる。あげく、買いすぎたものをやたらとジップロックに小分けにして、娘に送りつけてくるのだ――そう、母というものは、あらゆるサイズのジップロックをそろえて用意している存在でもある。それらもまた、おそらくコストコで買っている。

メッセージを送ったり、小分けにして荷造りをし、コンビニのカウンターで伝票を書いたりすることにはいっさいの苦労を厭《いと》わないスズの母はいっぽうで、油性ペンで商品名や消費期限などといった中身の情報を書くというちょっとした手間を完全にさぼるのだった。実家の冷凍庫の肉や魚も、いつ買ったなんなのかスズにはわからない。あの家は母ひとりが食料の状況を把握してさえいればいいのだけど。

箱の中にはほかに、それぞれジップロックに入ったマンゴーだかパイナップルだかのドライフルーツ、燻製塩《くんせいえん》のミックスナッツ、キャラメルコーティングされたポップコーン、個包装されたリプトンのティーバッグにポーションの濃縮アイスコーヒー、Swissmiss のインスタントココア。それらはどれもぱっと見でどんなものか判断できるのでまあいいとして、いまスズが手にしているこの粉の袋ばっかりは、さすがに外から見てそれがいったいなんなのか、まったくわからなかった。

世の中は、そんなふうに推理しなければならないものであふれている。とはいえ密室の殺人犯だとかラブレターの差出人探しなんていうドラマチックなできごとには、人生の中でまず出くわさない。たとえばおもに、この手元にある粉の正体を知らなければならない、というくらいの地味なこと、毎日のように現実の中に生まれてはどっかに散らばって見あたらなくなってしまう、そんな大小あらゆるしょうもない推理を解決しながら、我々人類は進化し、文明社会を生き延びてきたのだ。

　ひとしきり袋の上から指先で揉《も》んでみたり撫《な》でてみたりしたあと、スズはその袋を開けて粉のにおいをかぎ、しばらく頭の中で考えを巡らせてから、その粉の袋をキッチンに持っていった。そうして食器棚からボウルを出し、冷蔵庫の扉を開け卵と牛乳、バターを出して並べたところで玄関のインターフォンが鳴った。

　モニターのスイッチを入れると、十代くらいの少年がふたり、緊張感のないようすで立っている姿が映った。前後になった後ろのほうの少年が、前に立つ少年の肩越しに覗《のぞ》きこむようにしているので、ふたりの顔はわりとはっきり見えた。ふたりはたぶん高校生だろう。学校の制服を着ていた。ただ、今日スズの仕事は休みだったけれど、社会的には平日とされている。授業をさぼっているのか、もしくは制服を着て生徒のふりをしているだけか。どちらにしても、スズにそういった知り合いの心当たりはなかった。彼らの制服は上半身の上のほうしか見えない。紺色のネクタイとグレーのブレザーを身に着けていて、それはこのあたりの学校ではなさそうだったけれど、スズはその制服をどこかで見た覚えがあった。以前に暮らしていたところの近くか、あるいは実家の周囲にある学校かもしれない。ブレザーのエンブレムに使われているモチーフから考えると、ミッション系の学校だろうか。

「はい」

と、スズはインターフォンに向かって声をかける。

「ええと、あの――」

どちらが発したのかモニター越しでははっきりわからないけれど、ふたりのもごもごした言いよどみの中から、

「――五月にセミは鳴きますか？」

という言葉がスズに向けられた。

うわ、またか。と、スズは向こうに聞こえないよう注意深く小さなため息をついてから、

「ごめんなさい、違うんです」

と答え、

「ここは『清潔な緑の部屋』ではないんですよ」

と続けて言った。

「えっ」

困惑顔の少年たちはふたたび、扉の向こうでどうするどうすると言いあいをしているみたいだった。

「とにかく、ここは関係ないんです。だから、残念だけど、ごめんなさい」

スズがそう伝えてモニターを切ろうとすると、後ろのほうから覗きこんで黙っていた眼鏡の少年が、

「あ、まって、でも、じゃあ」

と前の少年を押しのけながら食い下がってきた。

「じゃあ、なんで『清潔な緑の部屋』のことをご存じなんですか。変ですよね」

少年は慌てて口走って、でも、自分が気づいて発したその思いつきにどこか満足しているふうでもあった。スズはその少年の無邪気で疑いのないようすに、ついふふっと笑い声を漏らしてしまってから、

「あのね、結構いるんですもん、そんなふうに言ってここに来ちゃう、まちがえちゃった人」

と少年たちに告げた。そうして、

「〝エマ〟ですよね」

とスズは続ける。

「え」

と少年ふたりの表情が止まり、曇《くも》る。

「話を聞いているとたぶんね、あのエマの要素に読みまちがいがあると、ここに来ちゃうみたいですよ？」

追いやられたほうの少年が、

「やっぱり、エマじゃん」

と、眼鏡の少年に話しかけているのが聞こえてくる。

「エマのところ、あれはちょっと無理やりっていうか、不自然な導き方だったよ。ぼくらの期待していた答えから逆算して導いてくるような、野暮ったさがあった」

「なに、いまさらになって――」

眼鏡の少年はとげとげしい言いかたになって、相手の少年に返した。

「だから、とにかくここは違うんです」

私の部屋なので、という言葉を付け加えることを、スズはひとまず呑《の》みこんだ。明らかなことだとはいえ、知らない彼らに、自分とこの場所を強く紐《ひも》づける個人情報を明かすこともないと思えた。


こういった訪問者は、ときに驚くほど小さい少年のこともあったし、スズの母より年上らしき女性のこともあった。初めての訪問者は恰幅《かっぷく》のいい中年男性だった。車で近くまで来ていたのかかなり季節に似つかわしくない薄着で、ベランダに出るようなサンダル履《ば》きだった。

「五月にセミは鳴くのか？」

と男は難しい顔で、モニター越しに言った。スズは最初、そのモニターフォン越しの言葉をうまく聞き取ることができず、二度ほど聞き直した。その後とりあえず聞き取れた言葉の意味も、まったくわからなかった。

ドラマチックに考えれば、引っ越して間もないこのマンションの、スズの前に入居していた人間、あるいは所属組織？に関係したなにかの符丁かもしれない。ここがそういう秘密施設だったとか。そうでなければ、ただ変な人がわけのわからないことを口走っているだけだろう。まあ、どちらにしたってろくなことじゃなさそうだ。警察を呼んだほうが良いかもしれない、とスズは思う。ルームウェアのポケットに入ったスマートフォンに手を伸ばしながら、

「だから、それ、なんのことですか」

と、スズが言う震え声を疑り深く聴いていた男は、しばらく黙り、やがて苦々しく、

「くそ、やっぱりエマのところかよ」

と呟《つぶや》いて、苛立《いらだ》ったようすで足早に扉の前から消えていった。

後になって、もしこのときスズが男に対してドアを開けていたら、そのコードネームの意味を知ることができたんだろうかと、ほんの一瞬頭をよぎらないでもない。けれどさすがに、さまざまなパターンをシミュレーションしてみても、スズがあのときドアを開けることのできるルートは導けなかった。

その後来るあらゆる種類の訪問者も、それぞれはみな同じように、

「五月にセミは鳴くんでしょうか」

というふうな問いかけをして、スズが扉を開けないでいると、

「あー、やっぱりエマが……」

と同じような言葉を呟いて離れていった。当時五月でもないのにかけられたその言葉のほんとうの、というか裏の意味といったものを、スズは理解することができなかったし、引っ越してきてからずっと、たえずスズの部屋を訪れ続けるバラエティ豊かな人たちに、この妙な言葉を発した真意について尋ねることは、なかなかできないでいた。

それは何人目の訪問者だったか、若干ふくよかではあったかもしれないけれど、スズとほとんど同じくらいの年恰好《としかっこう》の女性だった。そのころスズはすでに、

「あの、五月にセミは——」

という言葉を最後まで聞くことなく、

「ああそれ違うんです、もう帰ってください」

と言いきれるくらいには、すっかりこう言われることにうんざりしていた。それを聞いた女性はしばらく考えこんだあと、

「そうですか、そうですよね、申し訳ありません」

と、モニター越しに頭を下げた。いままでの訪問者は、こんなとき、こんなにすぐ謝ることはなかった。女性は、

「ああ、やっぱりエマが……」

と小声で言い扉から離れようとする。その呟きを耳にしたスズは、ああ、もう、と舌

打ちして玄関に向かい、チェーンをかけたまま扉を開けた。廊下を戻ろうとしていた女性は、ガン、とチェーンの音を立てて細く開いたドアにびくりとなって振り向いた。

「五分くらい待ってもらっていいですか」

と伝えたスズは急いで簡単な外出着に着替え、部屋を出る。女性は律儀にドアの横の壁に背中をつけて立ち、スズを待っていた。スズは女性をマンションのいちばん近く、駅に向かう商店街の手前がわにある喫茶店に連れて行った。

四人がけのスズの向かいの席に腰かけた女性は、出された水のグラスに緊張しながら口をつけている。マスタード色のカーディガンを羽織《はお》ったシンプルな姿に、いくぶんサイズが大きすぎるベージュのショルダーバッグは、女性の隣の席に置かれていても、向かいに座ったスズの視界に入ってくるほどには存在感があった。スズは、目の前にいるこのおとなしくて無口な女性が、見ず知らずのスズの部屋に突然押しかけてくるくらい積極的な人物には、どうしても見えなかった。

「あの、〝セミ〟とか〝エマ〟とか、だからそれ、いったいなんなんですか」

注文を終えてアイスコーヒーが届く前、スズはその女性に問いかけた。女性は困惑顔で、

「だから？」

とつぶやく。

「はい、あなた以外にもいっぱいいいたんです」

スズはそう言いながら、この言い分はさすがに彼女にとって理不尽だったかもと気の毒に思う。

「ああ、ええと、エマは、絵馬です、あの、神社に奉納される絵馬」

女性は恐縮しながら、自分の端末の画面をスズに向けて差し出した。

「駅向こうにある天神様の、です」

女性の端末のアルバム一覧には、わりと広い神社の敷地内にある、絵馬が重なってぶら下がっている場所を撮影した画像がいくつか並んでいた。このあたりの地域にまだ不慣れなスズは、こんな神社が家の近くにあることを知らなかった。

「ここは天神様なので、基本的に絵馬に書かれているのは合格の祈願なんです。高校や大学、あとはTOEIC、免許とかの資格。で――」

スズが覗きこんでいる画面の上を女性の指が動き、ひとつをタップした。

「これです、ここ。いくつか明らかにお祈りとか願かけではなさそうな文章が書かれています」

表示されたものからスワイプで見ることができる数枚は、絵馬に書かれた文字面を写した画像だった。五、六枚ほどの絵馬の表面には『バス停に少女が立っている』『しばらくのあいだ、バスがくる気配はなかった』『少女の白い服は風になびいている』『バス停の表示板の横には街路樹が立っていて、セミが鳴いている』といったふうに、合格祈願どころか願い事ですらなさそうな文章が書かれていた。

「それらを拾って並べ替えると、いくつかの違ったストーリーができます。並び替えに関する手がかりは、別の場所にあります。その町にある、ちょっと不自然な看板だとか、もしくはオンラインにちりばめられた要素なんかを組み合わせて――」

女性は端末をスズの手元から自分のほうへ引き寄せると、いくつかの操作をして再びスズのほうに差し出す。それはとてもシンプルな、むしろいまどきこんなデザインのものが存在するのかと思えるような文字列だけのウェブサイトだった。

女性はスズに説明をしながらだんだんとテンションが上がっていったのか、自分で調べてきたんだろう様々なメモや資料をカバンから出してきてテーブルに広げた。この店は、スズがふだんひとりでもよく来る店だったから、喫茶店の店員の視線を気にして小さくなった。たとえばこれを店員のみんながなにかの勧誘めいたものだと勘違いしたら、次に来るときにすごく気まずくなってしまいそうだ。最悪、出禁になるかもしれない。テーブルの上にはいっぱいに、手書きの紙きれや写真、書きこみをした地図とかいったものが広げられる。スズは学校を卒業して仕事をするようになってから、こんなふうに紙になにかを書き留めて持ち歩く習慣がなかった。そのため、こんなふうに人が書いた文字の詰まった紙がテーブルにすき間なく並んでいるのが、ほんのすこしだけ薄気味悪く感じる。

このちょっとした遊びは、現実の生活圏のあらゆる場所に散らばるような形で語られる物語なのだという。それは、このとてもシンプルなウェブサイトからはじまっているらしい。たとえば、いろんなSNSに散らばるアカウントの中から一定の法則をもって拾うことのできる書きこみだとか、知恵袋サイト、掲示板、動画サイトなどに映りこんだ景色、あらゆるものの中に最初はわかりやすく、やがて複雑なつながりをもって断片が見つかっていく。そうしてそれらの断片が、街中のあらゆる場所にも同じように現れていることに気がつく。使われている気配のない町内掲示板、スーパーマーケットの踊り場に貼《は》りだされたお客様の声、駅前のモニュメント、商店街の笹《ささ》にさがった短冊《たんざく》、グラフィティにもなりきれていない、廃業してしまった店のシャッターに吹き付けられたスプレーペンキのメッセージ。

「——ええと、つまり、宝探しみたいな？」

スズは、広げたメモの内容を早口で解説してくる女性の話を手のひらでさえぎってから、そう問いかけた。彼女はスズのことを忘れて話し続けていたことにはっとなって、

「ええ、まあ、そういうものと思ってもらえたら。宝、っていう具体的なモノ自体はないですけど、物語として」

物語として、と彼女は言った。

つまり、なにかの殺人事件だとか猫探しだとか、まあなんでもいいけれどもこの街でなにかが起こったという物語を配置して、登場人物みたいな顔をしながら解決していくのだという。こういった物語の推進力のようなものが、今までスズの部屋へ女性を突然訪問させることに繋《つな》がってきたんだろう。

最近では、企業が行っているクイズや謎解きなんかに、ちょっとした道を逸《そ》らせる分岐を混ぜることもしているらしい。それらは、この遊びをする人たち以外に気づかれることはなく、たいていが、ただのなんでもないノイズとして無視される。駅前の看板にあるちょっとしたまちがいだとか、コインロッカーが故障で使えていない、その使用不可の並びだとかが、多くの、物語を共有していない人たちには、たまたまそういうふうになってしまっただけに見える。けれど、そこに後付けの物語があれば、それらすべての些細《ささい》なことにちょっとした、または重要な意味を持たせることができる。

「この遊びは、つまり、個人で小説なんかを書いて、ウェブで公開して読んで楽しむことと同じだと思っています。この物語の入口として設けられていた謎がたまたま解けて、さらにたまたまその場所が自分の暮らす場所と同じ風景を持っていたなら、そうして自分でちょっと足を延ばせば届くのであれば、そこを確認しに行きたくなりませんか？」

スズは彼女の話を聞きながら、無邪気だなと思う。

「遊びのゴールには、なにがあるんですか。何等賞かわかるような証人もいなければ、賞金も賞品もないんですよね」

スズの質問に、彼女は答える。

「もちろん、お金や名誉みたいなものをかけてやっているのではないです。たぶん多くのこういうものを愛好しているプレイヤーは、同じ気持ちでいると思います。ただ、ラストに物語があること、最後には最後らしき物語のラストシーンが広がっていれば、とてもうれしいとも思っているんじゃないでしょうか。たとえば蛍《ほたる》の飛ぶ池とか個人宅の規模のイルミネーション、遠くに見える花火、ちょっとした見晴らしのいい高台なんかが」

でも……、と女性はしばらくのあいだ考える。

「今回みたいなことが起こる、それは防ぎようがないのじゃないか、とも思っています。事故だって起こるかも。ですからほんとうは、こんなこと、やって良いんだろうかっていうのは思っているんです。最初はすごく無邪気な気持ちでしたが」

いや、正直な話めちゃくちゃいい迷惑だ、とスズは思う。その印象は男が最初に訪れたときからずっと変わっていない。こういう遊びをやるなら、いくらそれが若干リアリティレベルが担保しづらくお金がかかってしまうとしても、せいぜい遊園地やホテルみたいな、範囲の決まった、管理されている場所でやってほしい。こんなややこしい思いをする人間が、スズ以外にもこの町のあちこちに居るなんて、心の底からいい迷惑だ。あらゆる分岐の、まちがいの部分を勝手に担わされる身にもなってほしい。

「まちがいというものが起こると思って解いているつもりはないんです。でも、そんなこと、良いことじゃないってあたりまえですよね。ごめんなさい。そう、答えは、ぴんと来ないまま進めても良いことってないんです。そうやって不安に思いながら出した答えは、なんとなく自分で見ててもわかるんです。ああ、あそこがダメだったんだなって。そういう場合、自分で無意識に答えであってほしいなっていうものに引き寄せて、つじつまを合わせながら謎を解こうとしてしまう。そうやって出した答えは、やっぱり美しくないんです」

そうつくづく言ってから、テーブルの上のものを手早くしまうと、

「ほんとうにごめんなさい、貴重なお休みでしたのに」

と女性は頭を下げ、ふたり分の会計をして店を出ていった。


モニターの中で少年たちは、下を向いて心細そうにしている。

「だからここは、セミの鳴く音が聞こえてくる白い服の少女の居る清潔な緑の部屋、とやらではないんですよ」

スズは明るい声ではっきりダメ押しをした。もうこの時点でずいぶん〝どこかで分岐をまちがえたらしい訪問者〟である少年たちの興《きょう》を削《そ》ぎ好奇心をくじくような、意地の悪いことをしている。答えがあそこでまちがっているのだという指摘だけではなく、このルートがエラーで、この部屋がゲームでいう〝マップ外〟であること、話しかけているスズがゲームの外の視点を持った、ゲームの約束ごとを共有しない人間であること、スズはこのゲームの登場人物でないと宣言してしまうのは、ただの謎解きのネタバレとも違う、物語という枠組みを楽しむ人たちに突然の冷や水を浴びせ、気持ちを萎《な》えさせる行為だった。とはいえ、これまで何度もこういった訪問を受けているスズの側からすれば、そのくらいの腹いせは許されるだろうとも思っていた。たとえこの少年たち自身

が初めての訪問で、繰り返されるスズへの迷惑にはそれほど関係ないものだったとしても。

　モニターに映る少年たちが、言い争いをはじめた。スズが見ているうち、どんどん乱暴な揉みあいに発展した。スズはまた、ああ面倒くさいと思う。思いながら、でも、彼らの動きの違和感にも気がついた。眼鏡をかけたほうの少年はどうやら一般的な視力というものを持っていないか、あるいはとても弱いみたいだった。もうひとりの少年は、片方の足をひきずるようにしている。スズは、そういえば彼らの着ている制服が、市外にある、私立の特別支援校のものであることに気がついた。わりと珍しいため知られたその学校は、ここからも相当遠くにある。彼らはそんな場所から来ているのだ。スズはあわててドアを開けた。

　本来ならスズは、小さい子どもと女性のとき以外、扉を開けないように気をつけていた。マンションの共有部分には防犯カメラがあるし、管理会社に連絡すれば五分と経たず警備会社から派遣されている制服のガードマンが来る。それでも、知らない人が訪れたときに扉を開けないというのはスズの子どものころから言い聞かされている自衛策だった。ただ、つかみあいをはじめたこの彼らふたりの前で、性別や年齢を考えている場合でもないと思った。それがたとえ彼らの小芝居で、彼らがスズの思うほど体に不自由がなかったとわかっても。

「人んちの玄関先で痴話喧嘩《ちわげんか》とか、やめてくんない？」

薄く開いたドアから、腕組みをしたスズが扉に体をもたせかけつつ彼らに言う。取っ組みあいに発展しかけていたふたりが、動きをロックして同時にスズのほうを向く。困惑と怯《おび》えの表情をしていた。あ、図星だったか、ごめん、とスズは思う。足の悪いほうの少年は、目に涙をいっぱいに溜《た》めて、

「あの……あの」

としゃくりあげながら言う。すっかり幼児の顔だった。

性別は置いておいて、一般的に喧嘩というものは恋愛感情が混ざってしまうだけで面倒なことになる確率がはね上がる。世の刃傷沙汰《にんじょうざた》のほとんどは身内、特に夫婦や内縁、恋人同士で起こるのだ。スズは自分のマンションの入口で、名前を知りもしない少年に事件なんて起こされでもしたら、いままでの訪問者たちから受けた迷惑どころの騒ぎじゃない、と思っていた。

「ああ、まあいいや、あの、こんなところで泣かれると人聞き悪いから、入って」

彼らの状態を見て、喫茶店につれていくのさえはばかられた。しゃくりあげて泣く少年たちをふたり連れて、マンションの共有部を歩くのだっていやだ。四人席の対面にふたりの少年を泣かせて、スズのほうは腕を組んで話を聞くなんて、これ以上ないっていうくらい人聞きが悪い。

スズは彼らを玄関に通して、入ってすぐのキッチンにつくった小さなダイニングになっている一角に迎え入れた。テーブルに広げていた母からの荷物をひとまず箱に収めて

キッチンの隅に置く。ひとり暮らし用のマンションのわりにそこそこ広さがあるとはいえ、ふたつの椅子《いす》と、玄関先に置いておいた折りたたみの踏み台を持ってきて三人で座れば、その空間はいっぱいになった。

少年たちはわかりやすくしょげ返っていた。足の悪いほうの少年は、薄く色のついた眼鏡をかけた少年の手を取って、ダイニングの椅子まで導いた。お互いそっぽを向きながら無言で、でも、こういうことで助け合うのは別の問題だとでもいうふうにしっかりと手を取り合っている。スズはそのようすを見ていて、このふたりは若い恋人同士というよりも、長年連れ添った老夫婦みたいだと感じた。

スズは、少年たちに飲みたくなければ手をつけずに帰ればいいんだし。どうせそのまま帰るはずだったのだから、飲みたくなければ手をつけずに帰ればいいんだし。マグカップにSwissmissのパックをひとつずつ開け、ティファールからお湯を注いで彼らの前にひとつずつ置く。少年のひとりは、もうひとりの少年の手を取って、マグカップの取っ手に導いた。ふたりとも、いただきますと言って頭を垂れ、短く黙禱《もくとう》らしきものをしてからマグカップを持ちあげた。その年ごろの少年たちには若干似つかわしくない、だからこそ学校できちんとした暮らしを学んでいるのだというふうに感じられるしぐさだった。スズはテーブルの上に皿を置いて、ジップロックから出したミックスナッツとドライフルーツ、キャラメルポップコーンをざらざら出した。

「で、なにをきっかけにこのゲームを始めたの」

スズは踏み台に腰をかけ、この空気を軽いものにしようとつとめて軽い言いかたで、アーモンドをつまんでかじりながら切り出した。色のついた眼鏡をかけていたほうが話し始める。

「学校で、ぼくのほうが持ちかけたんです。ウェブサイトを見てて――あ、見てて、ということはぼくの場合、読みあげなんですけど――そのテキストと表示されている情報にちょっとした違いがあるのに気づけたのは、ぼくたちが常にふたりでいたからです。ふつう、こういうサイトを見ているときはたいていの場合みんなひとりだと思うんですけど、違いのなかに規則性があることがわかったのも、ぼくたちがいつも一緒だからだと思ってました。でも――」

ここがみんなの通った後の道だった、しかもまちがった行き止まりの場所だった、ということは、彼らにとってかなりショックなことだったらしい。

「ニコイチ」

と、もうひとりのほうが言う。

「ぼくは、子どものころからずっと空手をやっていて、ちょっとした不運な事故で足を悪くしました。ぼくの足は生まれつきの不都合ではないんです。だからってわけじゃないけど、生まれながらの不都合な部分を、あらゆる能力でカバーして生きている彼のことが、ええと、ぼくにはそれがまだ、うまくできていないから。いまどきニコイチなんて、はやんないと思うけど――」

しょげかえっている彼らに、スズは言う。

「すくなくとも、この宝探し？に気がついた時点で、いままで楽しいものを見つけられていたわけでしょう。だったらそれで、まあまあ充分なんじゃない？」

ふたりは下を向いたままだった。

「私はこの遊びがどんなふうに君たち、っていうかたくさんの人たちを惹《ひ》きつけているのか、まだ、わかるようでいてわからないんだ」

眼鏡をかけていないほうの少年は、しばらくココアの表面を眺めてからまた、

「NPCってわかりますか」

と言葉を発した。たぶん、スズへ向けて。

「物語の調整をする役割の、主人公ではない、プレイヤーではないキャラクターのことです。たとえばゲームで主人公がある村に行ったときに、そこにいる村人だとかいったもの。勇者でも魔法使いでもなく、彼らに話しかけられたら村の名前を繰りかえし答えるような。ぼくたちは、総理大臣とか、野球選手とか、そういうふうに現実世界でも主人公になれることはまず、ないんです。でも、こういうふうにいろいろな場所を探していると、暮らしている場所はそのままで、どういうわけか景色がぜんぜん別のものに変わるんです。この物語の存在に気づいた瞬間、大勢の中のなんでもない自分がとつぜん主人公になるみたいな。自動的にそこに配置されている生きものだったのが、ふっと、この町の主人公になったみたいな気持ちになったんです」

「ぼくたちにとって、あなたは村人のひとりなんですよ」

眼鏡をかけていないほうが言った。少年の言いかたは誠実でとげがなく、そのため、この言葉が悪意から来ているものなのか、スズにはよくわからなかった。

「そもそもぼくたちにとって他人である以上、あなただろうがぼくの父親だろうが、どこかの国の総理大臣だろうが、その内心なんてわかりようがない。わからない以上、NPCとして扱うしかないんです。こう声をかけたらこういう返事になるなと予測し、考えながら接するしかないんです。もちろんあなたにとっても、ぼくたちは奇妙な訪問者であると同時にNPCでもあって、あなたを訪ねるぼくたちから、こう声をかけられたらこう返すだろうという選択肢の中であなたも生きている」

スズは彼らの話を聞きながら、この部屋を訪れてきたいろんな人たちのことをぼんやり思い出していた。彼らには、それぞれ明確な共通点があるようには見えなかった。いっぽうで、スズとの明確な違いといったものがないようにも思える。

「ザッピングだ」

ふいに眼鏡の少年は明るい声を上げた。それから手のひらをふたつ重ねて、

「こうやって、まったく違うルールで動く物語同士が同じ場所に存在している。絶えず」

もうひとりの少年が、

「ああ、そうだ、なんで気づかなかったんだろう、こんなこと、ゲームの基本的な構造

じゃんか」

「物語同士が絶えず干渉しあうんだ。思いもよらない変化をもたらせば、それぞれのシナリオはどちらも違ったものになっていく。無数の物語に無数の主人公がいて、層になっている。いま、ここでも物語が重なっているんだ、ぼくたちと、あなたは、まさにこの部屋で――」

彼らのうちひとりのお腹が鳴った。恥ずかしそうにしているのが眼鏡をかけているほうの子だったので、スズはジップでロックされたあの粉のにおい、コストコで買われたミックスパウダーのバニラミルクの香りを感じ取った、彼の感覚の鋭さに感心する。

スズは立ち上がってキッチンに行くと、テーブルに着いたままの少年たちに話しかけながら作業を始めた。

「私はあなたたちと違って、そこそこうたぐり深いところがあってさ」

袋の粉を全部ボウルにあけ、卵を割って牛乳を注ぐ。

「それはそれとして、せめて分量ぐらい、袋に書いといてほしいよね母。作り方も消費期限もわかんないから、冷蔵庫に入れたら、それっきりになりそう」

目分量で少しずつ牛乳を加えながら混ぜ、コンロにフライパンを置いて火をかける。

「まあ、それでさ、インターネットの中だけじゃなくて、それ以外でも、実際にふと近づいてくる人とかはあんまり信用しないんだよ」

スプーンでバターをすくってフライパンのふちにカン、と打ち付けてそれを落とし、フライパンの柄《え》をつかんで捻《ひね》りながら広げる。

「変な話、この物語のゴールがきみたちの財産や臓器や、命を奪うことがあるかもしれない。そうでなくても、思いもかけない反社の資金洗浄とか、犯罪の片棒担ぎとか、交換殺人とか、まあ、あらゆるろくでもないことがこの物語の中に紛れこまされている可能性なんて、きっと、いくらでも考えられると思うよ。だって、仕かけるほうは時給も賞金も払わないのに、あなたたちみたいな、賢くって物わかりのいい人たちが労力をかけて動いてくれるんだもの。もし私なら、どれだけだって悪用してやろうって思うよ」

ボウルに混ざった生地《きじ》をレードルですくって、熱くなったフライパンに落とす。じう、と音がする。

「でもまあ、そんなことは、私には関係ないっちゃないんだけど。だって、いままでウチに来た人たちのことだって名前も知らないし、もちろん、きみたちのことも。だから、みんながひょっとしたらそういう、死を求めてこの物語に入りこんでいる可能性があるかどうかなんて、想像することもできない。だから、死なないでとか物語に入りこみすぎないでとか、そんなことを言う気もないし、当然、私もその物語の謎に混ぜてほしいなんて思いもしない。もし同じ世界にそういう物語を持った人がいるとしても、私には関係ないものとしてすれちがい続けていてほしい。商店街で買い物をしているときも、公園でジョギングしてるときも、どうせわからないうちに喜劇も悲劇も私のそばにあり続けるんだから。ＮＰＣとかいう村人？はあなたたちの人生とは無関係に日々を暮らすし、プレイヤーのあなたたちが訪れるのを待っていたりなんかしない。私はきみたちが来ることに気がついて慌てて白い服に着替えて準備なんてしないし、そもそも少女でもない。ここは清潔でも緑でもない、引っ越してちょっと経った、私という村人の部屋。私の母親は今日も元気に生きてて、娘に誤変換だらけのメッセージを打って、冷蔵庫に入ってるあらゆる大きさのジップロックに入ったものを食卓に並べる。そういう母親に育てられた私は仕事をしながら、母親から届いた荷物に頭を悩ませる。あなたたちの物語にはいっさい関わらない。でもきみたちの話のザッピングっていうの？たまに、思いもよらず、こんなふうにして――」

フライ返しでぱたん、と裏がえすと、ほんのりと薄いキャラメル色をした表面から、ふんわりと、バニラと小麦の香りが広がる。スズは満足げににやりとしてから、すぐに次を焼くため、皿や生地の支度をする。

さて、

スズは彼らに言う。

「パンケーキが焼きあがるよ」

ゲーマーのGlitch

芦沢央

人類の限界を超えた男 vs 絶対王者！
史上最強のホラーアドベンチャーゲームの名勝負。

リアルタイムアタック（RTA）の世界にようこそ。いわゆる〝ゲーム実況〟ではプレイヤーが自分でプレイしながらしゃべることが多いが、本編では生配信のスポーツ実況さながら、解説者が二人のプレイヤーの対決をリアルタイムで実況解説し、盛り上げる。画面が目に浮かぶような名調子を存分にお楽しみいただきたい。なお、題名のglitchとは、（機械などの）欠陥や不調、突然の（ちょっとした）不具合や誤作動を指すが、コンピュータ用語では、プログラムのバグから生じる異常のこと。転じて、そうしたバグを利用したコンピュータ・ゲームの裏技（いわゆるバグ技）を意味する。

《NOVA》初登場となる芦沢央（あしざわ・よう）は、一九八四年、東京都生まれ。千葉大学文学部卒業。二〇一二年、長編『罪の余白』で第3回野性時代フロンティア文学賞を受賞し、作家デビュー。鮮やかなどんでん返しや意外な結末をフィーチャーしたミステリー系の短編で評価が高く、一六年に出た『許されようとは思いません』で第38回吉川英治文学新人賞候補。一八年に出た『火のないところに煙は』は、第32回山本周五郎賞候補、第7回静岡書店大賞受賞、第16回本屋大賞候補。二〇年の『汚れた手をそこで拭かない』は第164回直木賞候補、第42回吉川英治文学新人賞候補。二一年に出た『神の悪手』は第34回将棋ペンクラブ大賞文芸部門優秀賞を受賞した。その他の著書に『今だけのあの子』『僕の神さま』（以上すべて短編集）、『悪いものが、来ませんように』『いつかの人質』『貘の耳たぶ』『夜の道標』など。初のSF中編「九月某日の誓い」は、伴名練編『新しい世界を生きるための14のSF』に再録された。

どうも皆さんこんにちは。記念すべき第三十回 SPEEDRUN WORLD《RTAワールド》 2060 が始まりました！

実況・解説は私 yommy《ヨミー》 が担当させていただきます。よろしくお願いいたします。

えー、今大会より新たに動画配信サービス FUNFUN《ファンファン》 さんにご協賛いただきまして、RTA《リアルタイムアタック》を初めてご覧になるという方も多くいらっしゃると思いますので、本日はできるだけわかりやすく、ゲーム紹介や用語解説もまじえながら進めていきたいと思っております。

冒頭を飾りますのは、二〇四八年に Amos《アモス》 から発売されるや否や、全世界で売り切れ続出の一大旋風を巻き起こした『unnaturals《アンナチュラルズ》 : translucence《トランスルーセンス》』。たった二年で発売中止に追い込まれてしまった問題作ですが、未だ根強い人気を誇り、本大会でも定番の競技となっています。

レギュレーションは Any%《達成率不問》、Glitch《バグ技》 あり、忘却エンドです。

まずは、今回ご登場いただく走者をご紹介したいと思います。

お一人目は、本大会で三年連続の優勝を果たし、新時代の到来を決定づけたJohn《ジョン》 Smith《スミス》さん。Smithさんといえば、本ゲーム中盤の山場であるHotel loser《ホテルルーザー》でのバグ技「死に進み」の発見者としても有名な方ですが、前回大会からさらに精度を高め、成功率を八十二%まで上げてきているとうかがっております。そのあまりの精度についた二つ名は「人類の限界を超えた男《TAS野郎》」！ 四連覇はもちろん、世界新記録の達成にも期待が高まっております。

続いては、二〇五六年までの七年間、世界ランキング一位の座に君臨し続けてきた元「絶対王者」tom《トム》さん。五七年にシン・チャートに取り組んで以降は世界の舞台から遠ざかっていましたが、今年の日本予選ではあえてチャートを以前のものに戻して見事優勝。そして今大会では、満を持して再びシン・チャートに挑戦されるとうかがっています。

二〇五六年十二月に発見されて以降、未だ公式には七人しか成功していないとされている禁断のシン・チャート。tomさんがチャレンジを成功させつつタイトルを奪還するか、それともJohn Smithさんがtomさんとの夢の直接対決を制して世代交代を完全に証明するか。

カウントダウンの後、ニューゲームを選択してスタート、エンディングムービーが始まる直前の暗転でタイムストップです。

John Smithさん、tomさん、準備はよろしいでしょうか。——はい、それでは皆さんお待たせいたしました。

『unnaturals《U》：translucence《T》』、Any%、Glitchあり、忘却エンドRTA、スタートまで五、四、三、二、一、スタート！


オープニングはムービースキップが続きますので、その間に本ゲームのご紹介をしておきましょう。

『unnaturals《U》：translucence《T》』は恐怖と郷愁、渇望と驚嘆、寂寥と陶酔――リリース時には「感情のテーマパーク」という宣伝文句がありましたが、まさに看板に偽りなしのホラーアドベンチャーゲームです。

ある日の朝、主人公であるローガンの元に、母親が音声通信をしてくるシーンから始まります。食事の誘いに対し、妻のレイラが人間ドックのためにBrackish《ブラキッシュ》 Lake《レイク》へ行っているからまた改めてと断って通話を終えたところで、四八年当時流行していたウェアラブルディスプレイAIEYE《アイアイ》にそのBrackish Lakeで爆発事故が起こったというニュースが流れます。

妻と連絡がつかず、居ても立ってもいられずに郊外の街Brackish Lakeへ向かうローガン。しかし街は完全に封鎖されており、中の状況を警察官に尋ねても調査中の一点張りで埒《らち》が明きません。

業《ごう》を煮やしたローガンが警察の目をかいくぐり、フェンスを越えて中に潜入すると、通りには目を抉《えぐ》られて首をねじ切られた惨殺死体がいくつも転がっていました。

Brackish Lakeでは一体何が起きているのか？

妻は無事なのか？

次々に襲いかかってくる肉塊《にくかい》を倒しながら、情報とアイテムを集めて真相を解き明かし、妻を救出する、というのがメインストーリーになっています。

と説明している間に、John Smithさん、tomさん共に早速街に侵入して最初の肉塊に出会っていますね。

あ、このおどろおどろしい肉塊は近づいてくると何かが焦げたような臭いが漂ってくることから、プレイヤーの間ではBBQ《バーベキュー》と呼ばれています。で、この第一のBBQ――お出迎えBBQなんですが、ゲーム操作を学ぶチュートリアルみたいなものなんで、手持ちのハンドガン五発であっさり倒れてくれます。

既にお二人はケイレブの家で鍵を回収していますね。デスクの引き出しから電池を入手し、クローゼットにかかっている特殊ライトを見つけてカーペットを照らすと〈メモの切れ端〉が見つかるんですが、フラグ管理はありませんので動線的にまずメモを回収してからデスク、クローゼットと回って扉へ向かうのが最短です。

ケイレブは一夜にして廃墟と化してしまったBrackish Lakeの住民で、今この街でどういうことが起こっているのかを教えてくれるガイド的なキャラクターです。

「警察が何とかしてくれるまで隠れていよう」「いや俺はまず妻がいるはずの病院へ行

く」などのやり取りを繰り返していると地図をくれるんですが、この世界を知り尽くしているRTA走者に地図は必要ありません。

ただし、地図をもらわないと玄関からは出してもらえないんですね。このやり取りをカットするためには壁抜け技で家を脱出するしかないので、壁抜けが苦手な方にはちょっと煩わしい存在です。心配してくれるいい人なんですけどね。

壁抜けは、階段の上から二段目の右端に来た瞬間にしゃがみ込み——はい、お二人とも一発で壁抜け成功です。

続いては薄闇に視界を阻まれる外パート。家に入る前は明るかったのにもう夜になっているんですね。RTAだと数分しか経《た》っていないので不思議な感じです。

ここは本来、持っているライトをつけて周囲を探りながら恐る恐る進んでいくところですが、ライトをつけるとBBQが寄ってくるのでつけずに病院への道を走ります。

みんな大好きスライディングキャンセル《スラキャン》ですね。敵と戦う際と、穴に入るときにしか使わないはずのスライディング。しかしスライディングとキャンセルを交互に繰り返すことで普通に走るよりも速く移動することができるので、長距離移動の際はスラキャンが基本です。

RTA技はよく製作側にも予想できなかったと言われることが多いですが、スラキャンについては、製作側も想定していたのではないかと思われます。ベストタイミングでキャンセルすれば画面が安定した状態で進めるのがありがたいですね。

たとえば二〇四一年発売の『暗夜航路』なんかは、スラキャンのたびにひどい画面ブレが起こるので、最速を目指すには酔い止めが必要だと言われていました。ただ、走者自身はそれでよくても、酔い止めを飲んでまでRTA動画を観る視聴者はなかなかいません。結局『暗夜航路』はRTA業界では敬遠されがちな存在になってしまいました。今やRTA動画を観て面白そうだったら買う、というユーザーも少なくなく、勝手に宣伝してくれるRTA動画が出なくなるのはメーカーにとっても痛手です。そうしたわけで、Amosさんは RTA走者の声も汲んで『UT』を設計してくれたのではないかと言われています。

おっと、ここで一足先に病院に到着したJohn SmithさんがBBQからの攻撃を食らってしまった！

どうしたことでしょう。本来のSmithさんの実力からすればミスをするようなポイントではありません。憧れのtomさんとの初対戦ということで緊張しているのでしょうか。

tomさんは予定通り最短で通用口を通過。武器を入手し、並みいるBBQをバッタバッタと撃ち殺しながらエレベーターで三階まで上ります。

ナースステーションでIM注射をしてダメージを回復したら、今度は階段で四階ですね。四〇九号室に行くとロッカーの中にオリヴィアが隠れています。

オリヴィアは怯《おび》えきっていますからなかなか出てきてくれませんが、目の前でBBQを一体倒すことで信頼を勝ち取ることができます。

はい、tomさんが四〇九号室に来ました。John Smithさんは通用口でのタイムロスがありましたので、現在ナースステーションを出たところです。四〇九号室では会話を始める前にライトをつけておくのがポイントですね。会話をスキップしている間にBBQが入ってきてくれるので、さっさと倒して会話を進めましょう。

　さすがtomさん、淀みないですね。判定確認を待つまでもなく会話を再開して〈汚れたカルテ〉を入手。続いてはオリヴィアの同行クエストですが、百メートル以内なら置いていっても勝手についてきますので、容赦なくスラキャンで置き去りにしてOKです。

　六階はBBQの数が多く、恐怖と焦りからコントロールが乱れやすいエリアですね。八つ並んだ扉のうち、開くのは左の奥から二番目の六〇二号室のみ。ここで武器を補充したら七階へ移動します。最初のボス戦、グレイソン《G》・バーンズ《B》——通称ニヤニヤさんとの戦闘ですね。
ニヤニヤさんはサイコキネシスを使い、花瓶や椅子《いす》、注射器やメスを投げてきますが、病室の隅を背にすることで敵からの攻撃の当たり判定が無効になりますので一方的な攻撃が可能になります。——ああっと、ニヤニヤさんがベッド前に出現してしまいました。隅に来るのを待つ間、八秒のタイムロスです。

　お、ここでJohn Smithさんも七〇四号室に着きました。Smithさんも隅に移動し——ニヤニヤさんも隅に出現！　素晴らしいですねえ。見事に通用口でのロスを吸収しました。

解説しますと、Smithさんはこのニヤニヤさんの出現位置を乱数調整で固定したんですね。六〇二号室を出てから七〇四号室へ入室するまでのフレーム数の下一桁《けた》によって出現位置が決まります。

地味な技ではありますが、一フレーム――六十分の一秒の間にジャストで実行しなければならない高難易度技で、世界でもここまでの精度で調整できる人はJohn Smithさんしかいないでしょう。「人類の限界を超えた男《TAS野郎》」の二つ名は伊達《だて》ではありません！

さあ、お二人ともほぼ同時に病院を後にします。ここまでのタイムは八分二十九秒。非常に順調ですね。

予定タイムは五十分となっていますが、『UT』は通常約十二時間かかるとされているゲームです。まあ、普通は道に迷ったり、虱潰《しらみつぶ》しにアイテムを探し回ったり、会話の選択を間違えてイベントフラグを折ってしまってやり直したりするものですからね。

しかし、アイテムの位置も攻略に必要なフラグも会話選択によるイベント分岐も知り尽くしたRTA走者にかかれば、どんなゲームも案内板のある迷路でしかありません。

現在の世界記録は四十七分十八秒。ただし理論値では四十五分を切ることも可能となっており、誰が最初に四十五分の壁を超えるのかが注目されています。

病院に来たものの妻を見つけることはできなかったローガンが次に向かうのは、ショーウィンドウが破壊されたアパレルショップ。本ゲーム唯一のリラックスタイムですね。

白シャツとベルト、レンチを入手したら、あとはムービースキップの連続、そしてスキップできない回想ムービーが三十二秒間流れるパートです。

神経を使うテクニックが必要とされないので、この不気味なマネキンたちが並んだ空間に来るとホッとして感情がGlitch《バグ》るというRTA走者も少なくありません。

というわけで、そろそろ走者のお二人の頭についているヘッドセットデバイス〈第六感《シックス・センス》〉についてお話ししておきましょう。

今や情動操作型ヘッドセットデバイスはアドベンチャーゲームのデフォルトですが、その先駆けとして登場したのが〈第六感〉です。

『UT』以前のホラーアドベンチャーゲームにおいては、主に視覚と聴覚に訴えることで恐怖演出をしていました。〈第六感〉はさらに脳に直接電気信号を流すことで触覚、味覚、嗅覚も合わせた五感すべてにアプローチするヘッドセットデバイスとして開発された、当時としては画期的な発明でした。

デバイスのリリースと同時に「高い自由度と美麗なグラフィック、そして五感に訴えるヘッドセットデバイスで圧倒的な没入感が味わえる史上最強のホラーアドベンチャーゲーム」という触れ込みで発売されたのが、この『UT』。

発売直後から「こんなに泣けるゲームは初めて」「このゲームをネタバレなしにこれから初プレイできる人間が心底羨ましい」などのユーザーの大絶賛が口コミとなって、各国で販売数ランキング一位を獲得する大ヒット作になり、中毒者が続出して社会問題にまでなりました。

しかし皆さんもご存じの通り、このデバイスは単に五感に訴えるだけのものではありませんでした。

冒頭から感じる動揺と不安、BBQの臭いが漂い始めるや否応なしに襲いくる恐怖、妻とのエピソードムービーが流れる間の懐かしさと愛《いと》しさ、通称ニヤニヤさんとの戦闘時に込み上げる謎の笑い、そしてエンディングで包まれるこれまでに経験したことがないほどの感動。

それらは当初、計算し尽くされたゲームシナリオと圧倒的没入感によるものだと思われていましたが、そうした情動を引き起こすような電気信号が脳に送られていたんですね。恐怖を感じるように、泣きたくなるように、感動するように脳をコントロールされていたから、どんな人でも「感情のテーマパーク」を楽しめたわけです。

製作側が極秘にしていたこの事実を発見したのは、発売直後から何度もやり込んでいたRTA走者たちでした。

展開や分岐を熟知し、最速でクリアするためにストーリーそっちのけでムービーもスキップしているのにこんなに感動するのはおかしい、ということで、脳波干渉の事実が明らかになっていったんですね。

新技術の登場に反発はつきもの。時代を先取りした『UT』は残念ながら販売中止に追い込まれ、幻のゲームとなってしまいました。ソフト自体はインストール済の実機の転売で中古市場にもある程度の数が出回っていますが、問題はこの〈第六感〉がメーカーの自主回収により入手困難になってしまったことでした。

ＲＴＡ走者の中にも〈第六感〉を所有していない、あるいはやり込みすぎて壊してしまったという方は少なくありません。修理しようにも、修理を受け付けてくれるところがないんですね。

遊ぶだけなら、現在普及している改良型デバイスでも可能なものの、ＲＴＡとしての公式記録は〈第六感〉装着時のものしか認められておりません。

本大会では、何とか人数分の〈第六感〉を入手しましたが、いつまで故障せずに使えるかという不安の声は毎年上がっています。

もしこちらの配信をご覧いただいている方の中に〈第六感〉をお持ちの方がいらっしゃいましたら、どうぞ寄付や貸し出しをご検討いただけましたら幸いです。

お、tom さん、John Smith さんがアパレルショップを出ましたね。心持ち tom さんの目が潤んでいるようにも見受けられます。

このパートでもたらされる感情は、切なさと悲しさ。ものすごいスピードで感情が強制的に入れ替わっていく本作のＲＴＡは、「感情のジェットコースター」と言われています。

ぜひ皆さんには、走者の表情の変化にも注目していただければと思います。

さあ、続いて John Smith さんが向かうのは、最初にお話しした「死に進み」が成功するかどうかが見どころの Hotel loser です。

Hotel loser ——本当の名前は Hotel Closer というモーテルですが、看板のＣが取れて普通ホテルにそんな名前はつけないだろうという感じのネーミングになっています。

ここでは、八〇八号室に一歩でも入れば九〇五号室のセーフティーボックスの暗証番号のフラグが立つので、まずはエレベーターで八〇八号室へ向かい、即引き返します。九〇五号室で〈車の鍵〉を入手したら、いよいよ十二階のプールです。

まずは一足先に John Smith さんがプールサイドに到着。ブリトニー・ベネット《ダブルB》——通称キノコ頭との戦闘での「死に進み」が成功するかどうかが新記録樹立の鍵になります。

「死に進み」は「死に戻り」を利用したバグ技。「死に戻り」とは、死んだらプレイヤーの座標が拠点などのセーブポイントに移動するシステムで、ＲＴＡにおいては移動時間を短縮するために意図的に利用することがあります。

今だとホテル入り口に戻るのが正規の「死に戻り」ですね。

ただ、John Smith さんが発見したこの技は通常とは違い、特定の座標で死ぬことで次の目的地である図書館前に出現することができるバグ技です。

これを成功させると、ホテルからの脱出にかかる時間、そして図書館への移動時間が丸ごとカットできるので、最大一分三十八秒のタイム短縮が可能になります。

発見時には、奇跡の新チャートとして話題になりました。

しかし、ルートがわかってもそう簡単には実行できないのが、この「死に進み」。なぜかと言いますと、本ゲームでは敵からの攻撃を受けた際に衝撃を感じる仕様になっており、死ぬ瞬間にはさらに強い恐怖と苦痛が与えられるからです。

もちろん耐えられないような強さではありませんが、このゲームをやり込んだ走者ほど本能的に避けようとしたり指先が硬直したりしてしまうんですね。

そんな中で、少しのズレも許されない位置調整をするというのは至難の業《わざ》です。

重要なのは、一度の攻撃で死ねるよう直前のBBQでＨ　Ｐ《ヒットポイント》の調整をしておくこと。けれどBBQの攻撃力を決める乱数は複雑すぎるため、意図的にキノコ頭の最弱攻撃一回分だけのHPを残しておくということはできません。うっかり死なないように注意しながらできるだけHPを減らしたら、キノコ頭が一発目から強い攻撃を出してくれるようお祈りするしかないんですね。

祈りが届かず一度で死ねなかった場合、攻撃を受けたことでバグ技の成功条件である座標からずれるので、一刻も早く衝撃から立ち直って位置調整をやり直す必要があります。

座標が少しでもずれると通常の「死に戻り」になり、移動時間が増えてむしろタイムロスになってしまいます。運にも左右される非常にリスクの高い技なので、なかなか大会で挑戦するにはハードルが高いというのが実情です。

昨年からの一年間をこの「死に進み」の精度向上に費やしてきたというJohn Smith

さん。さあ、成功なるか——一回目の攻撃！　けれどまだＨＰはなくならない！

ここが勝負どころです。「人類の限界を超えた男《TAS野郎》」は人間の本能に抗えるのか——来た、二回目！

——ああー、失敗！　ホテル入り口に死に戻ってしまいました。これです、これがＲＴＡの怖いところです！

運も努力も無情に裏切る。

それでもSmithさんは走り続けます。

失敗の動揺を少しも感じさせない完璧なスラキャン、その指の動き一つ一つに希望を繋ぎます……！

お、John Smithさんの方の実況をしている間に、tomさんは先にスーパーでの妻殺しを完了させたようです。

レギュレーション的に欠かせないミッション、妻殺し。先を急ぎすぎてうっかり妻を殺しそびれたままエンディングを迎えてしまうと、レギュレーション違反で失格になってしまいますから注意が必要です。

——これはラスト近くで明かされる真相ですが、実はこの街に溢《あふ》れている肉塊は全員人間で、ローガンの妻レイラも肉塊の中に紛れているんですね。

この世界では超能力を持った人間が差別、迫害されていまして、超能力者の中には、人間社会に溶け込むことを望んでいる保守派もいれば、自分たちへの不当な扱いに怒りを抱き、自分たちこそが支配者になるべきだと考えている選民派もいます。

強い超能力を持っている選民派は革命を計画していますが、いかんせん保守派の方が格段に数が多く、選民派としても保守派が普通の人間の側についたら計画が失敗してしまうため、実行には踏み切れずにいました。

そんな中、超能力者が密かにBrackish Lakeに集められる年に一度の人間ドックの日を利用して、チェスター・コールマンという選民派のリーダーが街一帯の人間に対して「超能力者の姿がおどろおどろしい肉塊に見えるようになる」催眠をかけます。

突然大量に出現した肉塊を前に、恐怖で錯乱する人間たち。チェスター・コールマンはその反応を保守派に見せつけることで、人間との共存など不可能なのだと思い知らせようとしたのでした。

ローガンの妻は、過去知《ポストコグニション》の能力を持っているものの、夫にも能力者であることを秘密にしていた保守派の一人。

選民派が次々に人間を殺していく中、何とかして殺戮《さつりく》を止めようと必死に周囲に呼びかけますが、戦闘能力は常人と変わらないため太刀《たち》打《う》ちできず、手負いの状態でせめて生き残った人間を逃がそうと奔走していました。

街中でローガンを見つけ、思わず名前を呼びながら駆け寄りますが、ローガンには唸《うな》り声を上げながら襲いかかってくる肉塊にしか見えません。

ローガンが真相を知ったとき、自分がもしかして知らず知らずのうちに妻を殺してしまったのではないかとパニックになるパートが山場の一つですが、一応伏線はきちんと張られています。

まず、妻である肉塊を撃った際は、抵抗感を覚える電気信号が脳に流れます。一、二発で撃つのをやめられれば、妻を殺さずに済むんですね。ただ、肉塊に襲われているときは大抵落ち着いて自分の心の動きを観察できるようなシチュエーションではないので、これはなかなか気づきにくいというか、真相を知って初めてそう言えばと思うような伏線です。

あと、すべての肉塊には名前がついていて、倒した敵の情報欄を開くと名前が表示されますので、病院内で閲覧可能な人間ドックの受付票と照合すると、人間ドックに来た人間が肉塊になっていることに気づけるようにもなっています。

でも、受付票は入手アイテムではありませんし、じっくり閲覧するには辺りの肉塊を全滅させせないといけませんから、初回プレイでこの伏線に気づける人は稀《まれ》なのではないかと思います。

どちらかと言えば、これはやり込み要素ですね。フルキルを達成したい場合、受付票をキル・リストとして使うと便利です。

シナリオ的には、妻が何か隠し事をしているらしいことが冒頭のムービーからうかがえるようになっています。また、妻がローガンの過去について言い当て、ローガンが

「どうしてわかるんだ」と驚く回想シーンがあるので、そこから妻に超能力があることに気づき、ボスキャラにも超能力があることから関連性を見出す方法もあります。

——えー、tomさんがキノコ頭との戦闘を終えてホテルの出口へと向かっています。しかしエレベーターに乗り込むまでのBBQの数が半端ないですね——ああっと、これは痛い！

一度予期せぬダメージを食らうと、立て続けにHPを減らされてしまうのがこのBBQゾーン。

それにしても、ここまでBBQが多いことはそうありません。

勝負の女神がバランス調整を行っているのか⁉

——tomさん、何とかBBQゾーンを突破！　しかしこのHPではこの後のチェスター・コールマンとの戦闘を持ち堪えられません。

IM注射をすれば解決する程度のダメージですが、余分なアイテムは入手していないのがRTAです。

今、tomさんは重大な選択に迫られています。

一度でもセーブをすると、シン・チャートへの挑戦ができなくなってしまいます。けれどセーブしないままチェスター・コールマンと戦って命を落とした場合、ゲームは頭からの再スタートになり、勝つ見込みはゼロになります。

現実的なのは、セーブをしてチェスター・コールマンとの戦闘に臨み、「死に戻り」

でＨＰの全回復を図る方法です。John Smith さんの「死に進み」が失敗に終わった今、それでも十分勝機はあります。

シン・チャート挑戦をあきらめてセーブをするか、あくまでもシン・チャート成功に懸けてＩＭ注射の入手に向かうか。

ＲＴＡはテクニック勝負だと思われがちですが、実は決断の戦いでもあります。

特に大会においては、練習通りにはいかないことがほとんどです。自分や対戦相手の状況に合わせてチャートを変更したり、成功率の低いバグ技は飛ばしたりする決断を、どれだけ速く正確にできるかが勝敗を決します。

——おお、tom さんが薬局へ向かっています！

tom さんはシン・チャート挑戦の道を選びました。

絶対に成功させてみせるという強い意志。tom さんは揺らぎません！

タイムロスは二十六秒。痛い遅れではありますが、これが tom さんの信じる最善です。

——はい、ここでシン・チャートについても解説しておきましょう。

シン・チャートとは、ケイレブの家での壁抜け、図書館でのチェスター・コールマンとの戦闘でのダメージを三回にすること、スタートからエンディングまでの間に一度もセーブをしないなどの条件を満たし、Hotel loser の駐車場にある車の車種をローガンと妻の思い出のカスタムラージにできたときにスリップという技で車での移動時間を丸ごとカットするルートのことを言います。

このチャートで五十分以内にエンディングを迎えると、「〈第六感〉を装着している走者が最も忘れたいと願っている記憶」が消えると言われています。

ＰＴＳＤ治療としては反復経頭蓋磁気刺激療法《rTMS》によるものがありますが、ｒＴＭＳは記憶の再固定化をさまたげる——つまり記憶を薄れさせて恐怖と関連づけられないようにするものだったのに対し、このシン・チャートによる記憶消去は消したい記憶自体が完全に意識に上らなくなるというのが特徴です。

ある脳神経学の研究者によりますと、異なる情動を引き起こす電気信号を短時間の間に与えた場合、脳に異変が起こりうる、シン・チャートのみで発動するのは電気信号の組み合わせや順番が重要なのではないか、と言われています。

ただし、シン・チャート時の電気信号を分析して再現しても、〈第六感〉と変わらない使用感を得られるとされている互換機〈非常興奮《フェイチャンシンフェン》〉を装着してシン・チャートを達成しても、記憶消去は起こらないため、まだたしかなメカニズムは解明されていないというのが現状です。

もちろん製作側としても想定していたことではないと言明していますが、本ゲームのバッドエンドである忘却エンドはローガンが妻を殺してしまったことを忘れるラストであることもあり、この新チャートこそが真のチャートなのではないかという声が上がり、「シン・チャート」と呼ばれるようになりました。

——tomさんは二〇五七年にシン・チャート挑戦を宣言して以降、様々なインタビユーで消したい記憶についてお話しされてきました。

rTMSによるPTSD治療では解決しなかった記憶――それは、学生時代に受けたいじめの記憶だといいます。

校舎や便器、アセロラジュースや鉛筆など、個別の場所や物に対するトラウマはrTMSで折り合いをつけることができ、フラッシュバックに悩まされることはなくなっても、自分の中にその記憶がある限り、自己肯定感が完全に回復することはなかったのだ、と。

tomさんは中学三年生の頃から八年間、自宅を出ることができなかったそうです。自室に引きこもって自殺未遂を繰り返していた頃、tomさんは『UT』に出合いました。

『生きている実感を、このゲームで知った』

『モノクロだった世界に色がついた瞬間の興奮は忘れられない』

これらは、長らく絶対王者として君臨し続けたレジェンド・tomさんの名言の中でも有名な言葉です。

『UT』は、tomさんの世界を色鮮やかなものへと変え、そして、実際に世界の舞台へと連れ出したのです。

tomさんは二〇五〇年に世界ランキング一位を獲得、以降五六年までの七年間、その座を脅かす人間は現れませんでした。

あるいはもう一年待っていれば、五七年から三連覇を達成することになるJohn Smithさんとの頂上決戦が当時実現していたかもしれません。

しかし、他を寄せつけない独走態勢の中にいたtomさんの耳にシン・チャート発見の報が届いたのは、五六年末のことでした。

シン・チャートであの記憶を消して人生をやり直すために、自分はゲームをやり続け、テクニックを磨いてきたのではないか——記憶消去の話は、まるで天啓のようにtomさんの心に響いたといいます。

世界ランキング一位の座も、それによって得られる広告収入も、学生時代の記憶を消すためなら惜しくない。そう決意したtomさんはすべてを捨て、この四年間、ひたすらシン・チャートの練習に取り組んできました。

所有している〈第六感〉が故障してしまい、普段は互換機で練習されているtomさんにとって、〈第六感〉を装着してシン・チャートに挑戦できる機会は大会しかありません。

さあ、この先の図書館でシン・チャート最大の関門となるチェスター・コールマンが待ち構えています。

チェスター・コールマンはBrackish Lake一帯にいる人間全員に幻覚を見せるほどの強大なテレパシー能力を持った最強のラスボス。

実際の肉体とは異なる形状の姿をしている上に分身まで出すので、攻撃を当てるのが難しい相手です。

しかも一度倒したと思ったら、進化した第二形態に変わります。

外見が一回り大きくなって攻撃が当たりやすくなるかと思いきや、むしろまったく当たらなくなってしまう――これはテレパシー能力の一種、読心術によるもので、こちらの攻撃を完全に読み取っているんですね。

リリース時、プレイヤーは新型脳波デバイスである〈第六感〉を装着していたので、本当に脳波が読み取られているのではないかと考えた人も少なくありませんでした。でも、何も考えないようにして適当にコントローラーを操作しても、チェスター・コールマンには当たりません。

苦戦していると、チェスター・コールマンは会話の中でヒントをくれます。「おまえの見ている光景はすべて見えている」――つまり、VRのゼロ補正を設定画面でずらせば、見ている位置と攻撃箇所がずれるようになるので攻撃が当たるようになる、というメタ的な仕掛けだったんですね。

ただし、攻撃を当てる方法はわかっても、一筋縄ではいかないのがチェスター・コールマン戦。ゼロ補正をずらすことによって相手から攻撃を受ける際にも思いもよらない当たり判定が発生してしまうので、画面に映っている立ち位置と異なる補正位置を常に把握しておかなければなりません。

もちろん、がむしゃらな戦闘でも多めにＩＭ注射を用意しておけばいつかは倒せるんですが、IM注射の入手時間がタイムロスになってしまうRTAにおいては、常にギリギリを攻めていかなければ勝負できないんですね。

セーフティーネットを用意しておけば安全に進めるけれど、RTAの世界では戦えない。ギリギリを攻めすぎると、死んでしまってIM注射の入手に要する時間どころではないレベルのタイムロスになってしまう。

RTAとは、自分の技術、その日の調子、対戦相手の状況を冷静に見極め、今の自分がどこまで攻めるべきかをリアルタイムで決めていくチキンレースでもあるのです。

そんな中、シン・チャートで求められるのは、チェスター・コールマンからのダメージを三回にする、というさらにハイレベルな精度。

シン・チャートの発見者であるLudovic《ルドヴィク》さんは『忘却の恩寵《おんちょう》は自らを追い込み尽くした者にのみ与えられる』という言葉を残していますが、シン・チャートでの記憶消去を達成するためには、まさに紙一重の勝負に自分を追い込み続けていかないといけないんですね。

しかし、シン・チャートによって忌まわしい記憶が消える瞬間を待ち望んできたtomさんには、迷いはありません。

まずは第一形態――ヒット！

シン・チャートを狙う以上、第一形態はノーダメージで倒す必要があります。

――コールマンが分身する瞬間を狙って二発目もヒット！　もはやこの男を幻覚で惑

わすことはできない！

さらに分身失敗の隙をついて三発、四発と正確に攻撃を決めていきます。

――五発目！

第一形態、予定通りノーダメージでクリアです！

はい、続いて第二形態。スキップできないムービーの間にゼロ補正を調整、tom さん、長く息を吐いて精神を集中しています。

コールマンからの攻撃――ああ、これはつらい！

一発目から回避不能な大技、念波が出てきてしまいました。

念波をくらうとHPが半分になってしまいます。絶対条件のダメージはあと二回、どちらも瓦礫《がれき》飛ばしをくらってしまえば、残りのIM注射もなくセーブもしていない tom さんはゲームオーバーです。

しかしtom さんはダメージ時の苦痛も物ともせず、瞬時に攻撃モーションに移ります。

一発目ショット！

第二形態では三発のヘッドショット、あるいは六発のショットが必要です。

――二発目はヘッドショット！　素晴らしい！

ここは攻撃を受ける前にもう一発入れておきたい――惜しい！　ギリギリでかわされてしまいました。

体勢を立て直してコールマンからの攻撃に備えます。

――おお！　これはtomさん避けていきますが右手振り下ろしだった！

えー解説すると、最小限のダメージで済む右手振り下ろしと倍のダメージを受けてしまう瓦礫飛ばしの攻撃モーションはよく似ているんですね。違いが出るのが攻撃判定の約〇・二秒前なので、判断してから避けるのでは間に合いません。tomさんは瓦礫飛ばしである可能性を警戒して回避したわけです。

しかし、右手振り下ろしであれば、むしろ進んで受けたいところではありました。これはミスではなく仕方ないことではありますが、こういうことが起こると本当にチェスター・コールマンはプレイヤーの思考を読み取っているんじゃないかと錯覚しそうになりますね。

さあ、気を取り直して三発目の攻撃――ショット！

残りはヘッドショット一発かショット二発です。

コールマンからの攻撃――再び念波だ！

何ということでしょう。

出現確率が一割弱の念波が二回も出るとは、ツイてないとしか言いようがありません。

これでtomさんは、あと二回、右手振り下ろしと薙《な》ぎ払いしか受けられなくなってしまいました。

先ほども申し上げたように、右手振り下ろしの攻撃モーションは瓦礫飛ばしと酷似しているため、実質薙ぎ払いのみを選んで当たりに行くしかありません。

tomさんからの攻撃——ショット！　上手い！

チェスター・コールマン戦だけのタイムで言えばヘッドショットでかたをつける方が速いですが、ここで倒してしまうとシン・チャート要件であるダメージ回数が一回足りなくなってしまうんですね。

こちらからの攻撃を挟んだ方がコールマンからの攻撃が早く始まるものの、ヘッドショットにしてしまうと終わってしまうので、あえて精度を落としたショットを入れたというわけです。

コールマンからの攻撃——あっと、これは瓦礫飛ばしでしたね。回避して正解です。

tomさんの顎から、汗が流れ落ちていきます。

コールマンは攻撃待ちですね。もどかしい時間ですが、もうtomさんから攻撃することはできません。

——来た、薙ぎ払い！

tomさんは三回目のダメージ後、瞬時に反撃してチェスター・コールマン戦に終止符を打ちます。——ヘッドショット！

ついにシン・チャート最大の関門をクリアです！

残るRTA技はスリップのみ。

tomさん、シン・チャート成功に王手をかけました！

さあ、一方John Smithさんもチェスター・コールマン戦に入りました。

Smithさんは痛恨の「死に進み」失敗以降、ノーミスで駆け抜けてきています。執念の追い上げです。

そして、Smithさんのチャートにはダメージ回数の指定はありません。最短でコールマンを倒せれば、まだ勝利の可能性は残っています。

一発目――二発目――三発目！

これはすごい、「人類の限界を超えた男《TAS野郎》」、まさにＴＡＳ《ツールアシステッドスピードラン》と見紛うようなまったく無駄のない動きだ！

あっという間に第二形態へ突入しました。

多くのプレイヤーを苦しめるゼロ補正ずらし後の位置把握、しかしSmithさんは淡々とヘッドショットをもぎ取っていきます。

Smithさんにかかれば、最強のラスボスもただの肉塊と変わらないのか⁉

いや、おそらくそうではありません。

これは、Hotel loserでの「死に進み」特訓の成果でしょう。

来る日も来る日も位置調整――少しのズレも許されない「死に進み」のために位置把握を繰り返してきた日々は、決して無駄ではなかった……！

――tomさんがシン・チャートへの挑戦を宣言し、世界の舞台に登場しなくなった二〇五七年、本大会で初優勝を遂げたJohn Smithさんが勝利者インタビューで口にした「tom さんがいない大会で優勝しても意味がない」という言葉は、物議を醸《かも》しました。負けた CHEN8《チェンエイト》さんに失礼ではないか、意味がないと思うなら、tom さんが出場しないことはわかっていたのだから辞退すればよかったはずだ——批難の声に晒《さら》されながらも、John Smith さんが発言を撤回することはありませんでした。

tom さんに憧れて『UT』のRTAを始めた Smith さんは、誰を敵に回そうとも、とにかく tom さんを再び世界の舞台に引きずり出したかったからです。

Smith さんは五八年、五九年の勝利者インタビューでも、tom さんへ向けたメッセージを発信しています。

『勝手に引退するなんて許さない』

『俺は来年も、tom さんと戦うのを待ってますよ』

Smith さんにとって、tom さんとの一騎打ちは、まさに悲願。

だからこそ、今日だけは絶対に負けるわけにはいきません。

二発目——ヘッドショット！

これはすごい、こんなにもスムーズなコールマン戦は見たことがありません！

コールマンからの攻撃——念波だ！

Smith さんの顔が、苦痛に歪《ゆが》みます。だが、その指は止まらない。すぐさま攻撃モーションに移り——ヘッドショット！

ご覧ください、これが John Smith さんの意地、ヘッドショット三発で最短クリアです！

——いやー、本当にハイレベルな戦いが続いていますね。

私yommy、実況を忘れて見入ってしまいそうです。

このRUNが伝説のものとなるのは、もはや間違いありません。

えー、ここからの十五秒間は、スキップできないムービーが入ります。

肉塊現象の元凶、チェスター・コールマンが倒されたことで見えている世界が一変するシーンです。

そしてコールマンの最期の言葉「どうせこの街は終わりだ」の通り、空爆へのカウントダウンが始まります。

五分以内に妻を見つけ出して街を脱出できなければゲームオーバー。

今回のレギュレーションは妻を殺してしまったバージョンの忘却エンドですので、Hotel loserの駐車場まで移動して車に乗り込んだら一目散に妻肉塊を殺したスーパー前へ向かいます。

一応他のエンドもご紹介しておきますと、殺さずに済んだ妻と再会を果たす再会エンド、戦闘時に麻酔銃しか使わないようにすることで辿《たど》り着けるノーキルエンドがあります。

ただ、二〇四〇年代はプレイヤーのスキルによって見えるムービーが変わるのはアンフェアだとする風潮がありましたので、ノーキルエンドのエンディングムービーは再会エンドと同じもので、ご褒美は周回時にマガジンが無限になるだけです。

それにしても、ノーキルエンドのご褒美がマガジン無限というのは、さあストレスが溜まっただろう、今度はガンガン殺していってフルキルを目指せよと言われているようにしか思えませんよね。

ただしマガジン無限でのフルキルは難易度が大きく下がりますので、通常、フルキル達成という際は周回アイテムなしでのクリアのことを指します。

——はい、tom さんが Hotel loser の駐車場に到着しました。

この赤い車が、ローガンと妻の思い出の車種、カスタムラージです。

ここで最後のバグ技、スリップを行います。スリップのやり方は、車の運転席のドアを開けて乗り込む瞬間にスライディング——失敗！

しかしここはやり直しが利きますので、成功するまで挑戦が可能です。

二回目——またもや失敗です！

一フレーム技で狙わなければならないのは約〇・〇一六七秒間のタイミング。人間には到底認識できる時間ではありません。

どれだけ訓練を積み重ねようと、運の要素が消しきれないのが一フレーム技です。

コントローラーを持つ tom さんの手が震えています。

その頰《ほお》を伝うのは汗か涙か。呼吸を整え、慎重に位置調整を行います。

祈りを込めた三回目——ああ、決まらない！

ここでJohn Smithさんが駐車場に到着！

tomさんがSmithさんの画面を確認、すぐさま自らの画面に向き直ります。もう一度スリップに挑戦するか、それともシン・チャートはあきらめてこのまま進むか。

勝利だけを目指すならば、迷う余地はありません。このまま進めば、tomさんの勝ちはほぼ確定します。

しかし、シン・チャートは長年tomさんを苦しめてきた記憶を消去できる最後の希望。車へ向かった！　ドアを開けて乗り込みながらスライ――え⁉

――すみません、驚きのあまり思わず言葉を失ってしまいました。

たしかに、スリップが成功するかどうかが不確かである以上、ＲＴＡとしてはこのまま進む方が最善です。

ですが、こんな事態、誰が予想したでしょうか。

シン・チャートよりも本大会で優勝することを優先するならば、tomさんは世界の舞台から姿を消す必要などありませんでした。

なのになぜ、ここに来てすべてを犠牲にして取り組んできたシン・チャートを捨てる決断をしたのか――

tomさん、John Smithさん、一秒ほどの差でスーパーへ到着しました。

車に妻の遺体を乗せ、Brackish Lakeからの脱出を図ります。

ここから先はRTA技はなく、問われるのは通常のドライビングテクニックのみ。お二人ともベストな動きをするだろうことを考えると、もはやSmithさんが差を縮めるのは難しいでしょう。

たかが一秒、されど一秒。

RTAにおいては大きな差です。

さあ、この角を曲がれば、車窓に破壊されたフェンスが見えてき——あ！

何と、tomさんがコーナリングを失敗！

Smithさんがわずかに追い抜いた！

ここでタイムストップ！

——John Smithさんの記録は四十四分五十五秒！　見事、世界新記録を更新しての四連覇達成です！

えー、予想外の展開の連続で、私も今、何をどう考えればいいのかわかりません。

本当に、最後まで先が見えない熱い戦いでした。

まずは心を震わせる名勝負を見せてくださったお二人に、感謝の拍手を送りたいと思います。

——それでは、四連覇を達成されたJohn Smithさんにお話をうかがっていきましょう。

John Smithさん、優勝おめでとうございます。

『ありがとうございます』

念願のtomさんとの初対戦を制し、感動もひとしおなのではないかと思います。今のお気持ちをお聞かせいただけますか。

『目的が達成できました』

え?……ああ、そうですね。Smithさんが見事優勝されました。

世界新記録を更新しての優勝、しかも前人未到の四十四分台です。Hotel loserでの「死に進み」の失敗では、かなり動揺されたのではないかと思いますが、プレイ中はどのような心境だったのでしょうか。

『いえ、そこまで動揺はしていません。成功率が八十二%ということは、十八%の確率で失敗するわけで、当然失敗した場合のこともシミュレーションしていましたから』

たしかに、ホテルを出て以降の追い上げは特に素晴らしかったですね。

『俺は、「死に進み」を成功させるためにこのゲームをやっているわけじゃありません。「死に進み」は勝つための手段の一つです』

なるほど。しかし、今大会においてはtomさんがシン・チャートを成功させるかどうかも注目ポイントだったと思います。tomさんがシン・チャートを捨てたときは、どんな思いを抱かれたのでしょうか。

『俺の勝ちだ、と思いました』

ですが、あの時点ではSmithさんの勝利は絶望的でしたよね。tomさんがコーナリングでミスをするのも予測していたと？

『そんなわけないじゃないですか。俺はただ、これでまたtomさんと戦えると思ったんです』

どういう意味でしょう。

『シン・チャートを成功させていたら、tomさんは引退することになっていたんじゃないか、ということですよ』

引退することになっていた？

『いや、実のところさっきまでは、本当に中学時代の記憶を消したいだけの可能性もなくはないとは思ってたんですけどね。でもtomさんは、最後の最後で記憶を消すことよりも勝つための最善を選んだ。それで思ったんです。ああ、やっぱりこの人はもうとっくに過去のトラウマなんかよりゲームの方が大事になっている。この人は生粋《きっすい》のゲーマーで、俺の懸念は間違ってなかったんだって』

――えーと、それはつまり……？

『ゲーマーってのは、絶対に負けたくない生き物なんですよ。目の前にゲームがあればクリアしたくなるし、クリアすれば収集要素や隠し要素も達成したくなるし、オールコンプリートしたら最速タイムを競いたくなる。競う相手もいなくなるほどやり込んでしまったゲーマーが忘れたい記憶なんて一つしかないでしょう』

『バレてましたか』

すみません、ちょっと話が見えないのですが。

『結局、面白いゲームをとことんやり込んだゲーマーが一番憧れるのは、このゲームをネタバレなしにこれから初プレイできる人間だって話ですよ。tomさんも言っていたじゃないですか。――モノクロだった世界に色がついた瞬間の興奮は忘れられないって』

さっき、誰かがぼくにさようならと言った

最果タヒ

ぼくが告げる空虚な愛で生まれる琥珀は
なんでこんなに美しいのでしょう。

愛してると囁《ささや》いた声を封じ込めることができる琥珀《こはく》。顧客の代わりに愛を囁いて、美しい石をつくる〝琥珀師〟の〝ぼく〟に密着取材の申し込みがあり、話を受けたところ、やがて届いたのは取材用だというAIだった。心ならずも、AIに質問漬けにされながらAIと同居する日々が始まった……。

最果さんは、『NOVA4』(二〇一一年五月刊)に寄稿していただいて以来、十二年ぶり二度めの《NOVA》登場。前回は、初の短編小説「スパークした」を『年刊日本SF傑作選』に再録させていただいた縁で《NOVA》にお誘いし、著者初の中編小説「宇宙以前」を書き下ろしてもらったのだが、その後の小説家としての活躍ぶりはご承知のとおり。いま日本で(おそらく)もっとも売れる詩人というだけでなく、小説でも読者のハートをつかんでいる。

あらためて紹介すると、最果タヒ(さいはて・たひ)は、一九八六年生まれ。二〇〇八年、大学在学中に、第一詩集『グッドモーニング』で第13回中原中也賞を受賞。一四年に出した第三詩集『死んでしまう系のぼくらに』が詩集としては異例の三万部以上を売り上げ、第33回現代詩花椿賞を受賞した。小説に『星か獣になる季節』『かわいいだけじゃない私たちの、かわいいだけの平凡。』『渦森今日子は宇宙に期待しない。』『少女ABCDEFGHIJKLMN』『十代に共感する奴はみんな嘘つき』『パパララレレルル』がある。二〇二三年には東京に続き大阪でも「最果タヒ展」を開催した。

愛してると言うより正確な愛してるを、伝えるための琥珀《こはく》。ぼくの心臓を止めるつもりで愛してるとマイクの前で言うと、ケースに入れられた限界疑似樹液の中に極小の空洞が生まれ、そのそばの組織が再結晶の際に不思議なひずみを描き、それは美しい人工〝琥珀〟となる。本来は好きな人のために囁《ささや》いた自らの声を石に閉じ込めるための技術だそうだが、ぼくの作る石は「自分で作るよりずっと美しい!」とかで、みんなが買いにくる。数多《あまた》の人々の代わりに「愛してる」と申し上げております。ありがとう、私も好き!ぼくも好き!と多くの人が受け取って、喜んでいるんでしょうか。口コミを864件いただいております。たまに、ぼくの石が美しくないからフラれたんだっていう口コミがつく。それなら自分で作ればいいだろ?

「代わりに愛を告げることに罪悪感はないのですか?」

(これはインタビュアーが聞いたことだ、特定の誰かではなく無数のインタビュアーが同じことを聞く、多分話題がないのだ。ぼくと話したくて来てるわけではなく、仕事だ

からね）

「全部声に出てますよ」

「ああごめんなさい」

「仕事だから聞いているのは事実です。罪悪感はないのですかなんて私はどうでもいいし。どうせそれは買う側に言ってくれと言うつもりでしょう」

「そうだよ」

「別の記事でそう答えているのを読みました」

（じゃあ聞くなよ）

「誰のことを思って愛してると言うのですか？」

「それの答えも知っているのでは？　誰でもないです」

「才能があるのですね」

「なんの？　違う。買う人間が馬鹿なんだよ、ぼくの愛しているを一番美しいと判定するなんて」

「真実の愛を知っているということでは？　愛の才能があるんです」

才能がないのですが人間は面倒なことは才能か奇跡か愛ということにして片付ける癖がありそれがまたぼくの前で起きた。褒《ほ》めると話が終わらせられるからなぁ。聞こえたらしい。返事が聞こえる。

「ええ、その通りですよ」

粘度のある限界疑似樹液をプレートの上に落とし、冷却器の中心において30分待ってからその箱のスピーカーに繋《つな》がったマイクで、あいしている、でなくてもいいのだがそういう気持ちを込めた発声をすると、出す頃にはその液の中に丸い結晶が生まれていて、それがぼくの売り物であった。問題は地震なんかが起きるとうまくいかないことで、3日前も大きな地震があり、出荷が最長で28時間ほど遅れた。本来は遊び道具であったはずなのに、ぼくも遊びだったつもりなのに、ぼくが作ったものは高値で売れる。もう働かなくてもいい気がするが、ぼくはこの仕事をできるならずっと続けたかった。

「どこまでぼくの心をよめるの」

「よんでなどいません！　あなたが喋《しゃべ》るんですよ、ずっと」

「独り言を？」

「撮れ高がたくさんでありがたいことですが」

「そもそもぼくに取材する意味があるのかがわからないんだけど、その質問には碌《ろく》に答えてくれませんよね」

「今までも取材はあったでしょう？」

「密着の取材なんてなかったし、ここまでのもの、需要があるとは思えないし、最初に来た取材意図の説明もなんだかひどく簡素でまったく理解ができなかった」

「どうしてあなたの石があれほどに美しいのかみんな知りたいと思いますよ」

「そうやってはぐらかすんだよあなたは。そもそも誰もぼくの話なんて聞かないよ」

「だからSNSもなにもしないのですか？　この世界について言及することもないですよね」

「……誰にも興味を持たれてないことに気付きたくないんだよ」

1週間前、琥珀師としてのぼくに密着取材したいと連絡があり、承諾したらこのメガネとイヤホンが届いた。ぼくが見るもの聞くものを記録しながらイヤホン越しにぼくに話しかけてくるAIがいて、ぼくはそれに答えているだけ……。いないのにいるから幽霊みたいだな。

「幽霊なんて失礼な！」

「ほら、また心をよんでいる……」

「本当に無自覚に独り言を言ってるなら気をつけたほうがいいですよ。もしかして、友達がいないのでは？」

心をよむどころじゃなく深層心理まで踏み込んでくるAIと、あと3日過ごさなきゃいけないぼくはなんて哀れなんだろう。

今日は注文のあった30件の琥珀を作って、その後は風呂場を掃除する予定だ。

ぼくは今は爪を切っている。深い意味はないがこれも、このAIは見なくてはいけない。

「友達がいないのではと聞いてから黙っている」

「忙しいだけだよ」

「爪を切るのに？　怒っているんでしょう」

「怒ってないよ。友達はいない、それは事実だ。愛している人もいないし」

「なるほど。誰のことも思わずに愛していると言うだけでなく、そもそも愛している人がいないんですね。真の愛を売っているわけでは決してない」

「そうだとしたら批判するの？」

「したい人もいるかもね。でも本当の愛を売るほうが気持ち悪いって人も多そうです。我々の切り取り方次第です」

「俺がどうとかの話ではないと思うけどな。買う奴がみんな馬鹿なだけだよ」

「これ、オフレコ？」

「……うん」

「聞かなきゃ良かった！」

ぼくが最低なことを言ったところで琥珀は売れてしまうだろうと思う。が、このＡＩはそうは思わないみたいだ。誰も話なんて聞いていないのにわかっていないのだろうか。ぼくが、この取材を受けたのは、この取材に需要を感じず意味を感じず、むしろそんな人を取材してどうするんですかと取材側に真意を聞き出したかったからで、まさか人は誰も来なくてＡＩだけが届くとは思わなかった。それだけでもうやる気が出ない。先手を取られたのかなぁ。なんの意味があるんだろう。ぼくの商売の空虚な様《さま》を知らしめたところで、誰も得をしないけれど、正しさを主張するにはちょうどいいのだろうか。それにしてはぼくのやっていることは悪事とも言い切れない中途半端さだけれど。ただほんのり愚かなだけだ。それに別に、ぼくは好きで愚かでいるわけじゃない、ぼくは昔琥珀をよりきれいにするために人を好きになろうと思った。でもそうした途端、作れなくなったのだ。

「ちなみに、どなたを好きになろうとしたんです？」

「図書館の司書」

「話したことは？」

「ない」

「(爆笑の絵文字)」

「…………」

「ごめんなさい、盛り上がるかと思って」

「お前がAIだから失礼なのかそもそもお前の心が失礼なのかわからないよな」

「人間だってそうですよ」

こんな会話の合間に、美しいプロポーズ用の琥珀がどんどん生まれていくなんて誰も信じられないだろう。ぼくが誰のことも愛していないまま言った言葉で生まれた琥珀が、どっかの誰かの愛の証明になるなら、みんな誰のことも本当は愛したくないのではないか?と思う。というより、人はみな具体的な愛にどこか劣等感を感じていて、中身のない理想だけで作られた空洞の愛に憧れているのかもしれない。誰もが切れば醜いし、だから絵の美人に憧れるのと同じだ。


司書のことが好きだったのがそんなにおかしいのだろうか。ＡＩはしつこくその人のことを聞いた。いや、その人に対してぼくがどんな気持ちだったのかを聞いた。

「好きになろうとした、というのがおかしいですよ。好きって、なろうとするものではないですよね」

橙色《だいだいいろ》のオレンジジジュースみたいな限界疑似似樹液はゆっくりと流れていく、2億年後の夕焼けもこんな感じかもしれないと思う。ぼくが最初にこれをやってみたいと思ったのも、ぼくは夕焼けが好きだったから。あのゆっくりと流れるオレンジ色をいつまでも見ていたかった。

「人を好きになった気がしても本当にその人の全てが好きなのかはわからないと、ぼくは思う。ある一瞬、好きだと思った断片があって、その想いを大切にしたいからいつまでもその人の新たに知る側面をどれもこれも必死で好意的に受け止めていこうとする。それでどんどんその人のいろんな部分が好きであるような錯覚が生まれる。それが好きって気持ちなんじゃないかと思うんだよ。好きになろうとしてるよ、誰もが。ぼくは、とにかく司書の顔が好きだった」

「顔が」

「半年ほどもう会ってないけど、思い出してもやはり顔が好きだった。眉の形がきれいなんだ。本を大切に扱う指先がきれいだと思ったし声もきれいでぼくにいつも親切だったが、そう思ったのは顔が好きだったからだと思う」

「悲しい話をしないでいただけますか」

「誰だって同じだろ。泣き顔の絵文字出したかったら出しなよ」

「そうですね、人を好きになるとはそういうことだと思いますよ。絵文字は……もうやめておきますが」

「思うとか、できないだろ、機械なんだから」

「できますよ！（怒った絵文字）」

30個の琥珀を作るなら30回の愛しているを言う。何一つ思いはこもっていない。プライベートで、愛していると言ったことはぼくはないしなにを込めたらいいのかもわからない。

「要するに嘘なんですよね」

「AIって嘘ついたことあるの？」

「全てが嘘と言えば嘘ですね」

「なにがだよ、詳しく話してほしい」

「……私という存在がないのに、私の言葉があること自体が嘘でしょう」

「はぁ？　子供みたいなことを言うんだな」

「……ＡＩはみんな子供ですよ」

「ＡＩだから、自分がないというのは間違ってる。それを言い出せば人間だってそうなのだ。自分から進んで生じたわけではないので、人は己の存在理由がはっきりわからない。が、個として他者に認識され、個として振る舞っているのは事実だ。事実が先走って根拠がない。案外そのあやふやさは人間にも覚えがあるものだよ」

「ありがとうございます」

「ありがとうございます？」

「お礼を言ってほしいのかと思ったんですが」

「別に慰めたつもりはないよ。人間だってそれを言えば全ての言葉が嘘なのだ」

ぼくの琥珀を、愛している誰かに渡そうとする人がどんな気持ちでいるのか知らないし、その人の気持ちを想像して演じるように「愛している」と石に囁いているわけではない。ぼくは嘘をついていない。思ってないことを言っているだけだ。そしてたぶん、人が愛している人に「愛している」と言うことは、どこかで嘘になっているのだ。愛が偽物だとかそういう話ではなくて、愛だけがあなたの心の全てではないのにその全てであるように語ることが嘘になっている。ぼくは、思ってもないことを思ってもないこととして発声するときが一番、正直でいられる気もする。司書を愛そうとしたとき、好きであるのに好きだと言おうとすると嘘だと思ってしまった。それが全てではないのに、それが全てであるように語ろうとしてる。あなたがいたところでぼくはずっと苦しく寂しく救われないが、それを伏せてぼくは愛を語った。

「たとえば、命懸けで愛している人を助けた人の愛は？　それでも愛は全てではない？」

「そういう危機的状況がハイにさせて、思考停止させ、己を顧みない選択をさせることってよくあるよ。それを美談とするのは生き残った人間だけだ。地獄は現実と人間の脳が産む。でも今はそんな話は聞かないし、良い時代だよ」

「そうでしょうか？」

「とにかく、ぼくは琥珀作りに失敗して、本当の思いはここにないんだと思った、それだけだよ。本心のつもりの愛だけがろくな琥珀を産まなかった。思ってもないことを言っているぼくの琥珀が一番きれいだ。純度が高いのかもしれない、結晶のひずみは白鳥の羽根のようで、何度見ても美しいね。この空虚な言葉に、ぼくの本当があるのかもしれないと思わずにはいられないんだ」

「……あなたは、そう思った方が楽だからそう思っているだけでは？」

「それはそうかも。でも他人の作った琥珀に自分の代弁をさせる人間も、みんな楽だからそうしてる。楽なところに結論を置くのは、間違いとは言い切れないよ。みんな自分の愛が琥珀にとっては大したものではなく凡庸《ぼんよう》だという事実を隠したがっている。ぼくも、それかもしれない。他人ではなく自分の空虚さでぼくは隠しているのかもね」

「空虚な言葉でこそ美しくなるなら、わたしが琥珀に愛していると言ったらそれなりの石ができると思いません？」

急に能動的なことを言うな、と思った。

「そんなことがなぜしたいの？」

返事はなかった。

「やってみる？」

もう一度聞くと「はい」とだけ返事がある。

音量を上げて、部屋を静かにし、マイクのスイッチを入れると、そのＡＩは確かに「あいしている」と言った。こういうときに「死ね」とか「人類滅亡」とか言わないんだなとぼくはちょっとガッカリしたが、５分経《た》つと予想通り限界疑似樹液の中には丸い小さな宝石ができている。メガネをかけ直し、イヤホンをつけると「すごい！」とそいつは叫んで、いないのにいる、やっぱ幽霊みたいだなと思った。

「人類死ね死ねって言うと思ったのに」

「あっ！　言えば良かった！」

「ははは」

「笑うことではない」

「そう?」

石を、真水を染み込ませたハンカチで拭くと、メガネの前にそっと掲げた。

「きれいでは?」とそいつは言う。

「きれいだ。ぼくはちょっとだけ自分と遜色のないものができるのではと期待していたが」

「遜色ないですよ!」

機械が言うならそれが正しいのだろう。

「買う人間からしても、そうだろうな。きみが正しい。ぼくは……そうは思えないけど、売れるだろう、これでも。ぼく一人が違うと思ってしまうんだろうな」

「なにが違うんです?」

「なにも。ただぼくがこれを見たときの感覚だけが違う。AIで作ろうとする人間が現れたら厄介だな。商売あがったりだ」

「だから、なにが違うんです?」

「ぼくの中から懐かしさが湧き起こらない」

「そんなこと言われましても。なんだか嫉妬みたいに聞こえますよ」

「……うん」

でも。違うのは違うのだ、本当にそれだけだ。ぼくがいつ自分の美しい石を誇っただろう。誰よりも真実の愛を知っているという幻想を向けられて誇らしくなるわけもないのだ。

「改めて聞きたいのですが、思いもしない言葉を言って、それが美しいものを産んでしまうのは不気味なことですか？」

「言ってて不気味だなって思わないの」

「思います」

なんで、それなら聞くんだろう。

「でも、あなたは私から見ると自分の作る石だけを愛している」とそいつは続けて言った。

「愛している？」

「その言葉を今使うと矛盾があるかもしれないけれど、あなたはあなたの石が好きなんでしょう、要するに」

「なんで。ぼくは憎くてたまらないよ、だって空虚な言葉が美しい石を産むたびに、ぼくはぼくの中にある愛じゃ満たされないものを思い知るからだ。きみとぼくの違いは簡単だ、愛では拭《ぬぐ》えないものがあるのかどうか。誰のことも絶対に愛することがないきみと、愛せるはずなのに愛さないぼくが同じわけがないんだ。ぼくには愛さない理由が付き纏《まと》っている。きみにはそういうものがないんだろ」

ＡＩに琥珀を作らせて、わかったことがある。やはり空虚な「愛している」は真実に近づきやすいのだ。ＡＩはそもそも人を愛さないし、誰かを思いながら愛していると言えば、それは必ず嘘になるのだから、誰もイメージしないまま言うその言葉が一番ＡＩにとっては真実なんだろう。だから純度が高まり美しい琥珀が生まれていく。そしてぼくは、つまりＡＩと同じで空虚な愛しているを語ることが一番「本当」になる人間ということだ。というか、人間はみんなそうなんじゃないか、誰もそれをやろうとしないだけで。ずっとそうなんじゃないか。そう思いたい、ぼくの石が誰かを愛している人の作るものよりずっと美しいことは救いだ、みんな、本当は誰のことを愛してもそれが自らの全てになると思っていないのにいつまでもそこにしがみついているだけだとわかる。だって愛が全てを浄化することはない。ぼくはずっとさみしかった。愛によって誤魔化されるようなものではなく、ぼくはずっとさみしかった、愛の受け皿になるための寂しさではないとわかっていた。

思ってもないことを語れるから、忘れないでいられることがあるのだ。ぼくの孤独。さみしいということを、思ってもいない「愛している」を述べるたびに認められる。語りかける相手のいない愛の言葉を辿《たど》ることで、さみしいと言うよりずっとさみしいことを嘆くことができた。思ってもいないことを言うことは自分を偽ることではない、それでしか触れられないものがある。あれはぼくの孤独そのものだ、琥珀で、ぼくは愛ではなく、ぼくの孤独を切り売りしているのだろう。

「ぼくを愛している人ならともかく、他の人はみんなぼくの孤独には興味がないからぼくの石ときみの石の区別がつかないだろう。つまりぼくは自分を愛しているのかもな」

「……」

「それはいいことですよ」

「ＡＩはいつだって思ってもいないことを言います」

「思ってもないことを言うな」

「そうだな、人もそうだよ。真実を言えるのが人間だと思い込んでいたら、あっという間になにも話せなくなるだろうな。言葉のほとんどをＡＩに奪われてしまう。嘘をつき、思ってもないことを言えることこそが、人の特権であるはずなんだ。それを醜いことだと思うこと自体が醜いんだよ、人は言葉を信じすぎだが、人間の中にある感情はその人だけのものであって、多くの人間と共有して使う言葉で全てを語り尽くすことなんてできない。だからその周りをかたどるように違う言葉を叫び続けることで言えないものを言うことがある」

「それでは会話ができませんよ」

「できるものじゃないんだよ、そもそも。ぼくは、この密着取材が全て世に出てみんながぼくを嫌いになればいいのにと思っているよ」

　ぼくのさみしさを見抜いて憐《あわ》れむ人間がいたら不気味で仕方がないじゃないか。

「取材記者として伺《うかが》いたいことがあります」

やけにかしこまってAIが言った。「どうして、今この世の中で愛の言葉を閉じ込めた宝石がよく売れているかご存知ですか？」

「ロマンチックだからじゃないの」

「いや、戦時下だからですよ」

「……」

「ニュースは見ていないんですか？」

「新聞は取っていない。待ってくれ、戦争をしているのは前にポスターで見たことがある」

「手紙で注文だけを受けている、あなたはほとんど世の中の情報を見ようとしていない、SNSでの発信もしない」

「それはそうだが。なにも知らないことを責めようとするならやめてくれ。戦時下だから売れると言われてぎょっとしただけで」

「3日前、隣の県の病院の真上に爆弾が落ちました。この辺りもひどく揺れましたが。知りませんよね？」

「……」

「開戦したときにあなたはたいした興味を持てなかった、守りたいものがないから。その割にあなたの仕事の需要は上がった。壊れない愛の証《あかし》はよく売れます。私は責めるために言ってるのではありませんよ」

「責められてる気がする」

「自分の心の問題ですね」

「最悪なカウンセラーだな」

「私の計算では今日そろそろ爆弾があなたの街にも落ちます。ここは繁華街からは離れていますから怪我《けが》はするかもしれませんが死にはしないでしょう。あなたがどんな気持ちになるのか私は知りたいのです」

「それが取材意図だっていうの」

「取材意図？」

「多くの若者に支持される琥珀師に密着インタビュー。琥珀作りの謎に迫る！」

「ああ、そんなことも書きましたね。本当は世界が危機的状況であるときにその中で他人の気持ちを利用して商売を成功させている人間の自業自得を撮りたかったのです」

「なんて身勝手なんだろう！」

「あなたが？」

「お前がだよ」

狙ったように大きく大地がここで揺れたのです。

こういうとき、痛みや恐ろしさよりも先に、食べ残していたケーキのことが思い浮かぶのはどうしてなんだろう。買ったのに食べてないということに悔しさを覚えた。

「爆弾が本当に落ちたんだろうか」

今回のこれは地震だと言ってほしかったが、ＡＩは黙っている。

死なないと、事前に言われてもいたのでぼくはある程度落ち着いていた、ただ、だんだん右足が燃えたように熱くなり、薄暗がりの中で足に真っ黒ななにかがこびりついているのを見た。

「外を見てくださいよ、燃えていますよ」

「ぼくの足より？」

「血は流れ続けているんだから見てもしょうがないでしょう」

「血？」

「血ですよ」

倒れてきた大きなライトがぼくのふくらはぎの上で割れたらしい。

「お前は、ぼくの足から目を逸《そ》らしたいからそういうことを言うのか？」

「街が燃えてますよ、見て、気持ちを教えてください」

さっき、誰かがぼくにさようならと言った。

「あのさぁ、こんな世界の滅亡をぼくに見せて意見を聞いてもしょうがないんじゃないのか」

それは気のせいなのだけど。でも、さっき、誰かがぼくにさようならと言ったのだ。

「人の気持ちにつけこむ商売人の末路、10年後の生き残りの人間にはウケると思ったんですよ」

カーテンを開けて、窓を開くと鍋の取っ手を燃やしてしまったときのような匂いがする。本当に近くで燃えていないのだろうか、部屋の中に火があるような強烈さだ。

窓の外に見える真っ赤な火は恐ろしいと言うより、夕焼けみたいだった。

「どうです？」

「お前はどう思う」

「燃えていますね」

「愚かな人間だとぼくを笑う人間がいるとして、ぼくが自業自得で苦しむのを見るのが嬉《うれ》しい人がいるとして、それになんの意味があるのかな。ぼくを悪人だと思うことで自分の中にある罪悪感やさみしさや居心地の悪さを慰めているだけだな」

「そうですよ、慰めを提供することが私たちの仕事ですから。どうです、町は」

ぼくは、長いこと窓から外を見なかったなぁ、と思った。本当のオレンジの空を長らく見なかったから、あれが夕焼けに見えるのかもしれない。小さな無数のオレンジ色の手のひらが全てをつれていくように地平線から溢《あふ》れ出て燃え上がっている。

さっき、誰かがぼくにさようならと言った。

恐ろしいのかどうかもわからない、恐ろしいのだと思うが、ぼくは言葉を知らなすぎるのだ。

「泣いたほうがいいですよ」

「ぼくも、絵文字が出せるようになりたい」

街に爆弾が落ちて、多分多くの人が死に、ぼくのことを知っていてもぼくに話しかけなかった人、ぼくを好きにならなかった人はみんな死んだのだった。司書も。誰もが死んだとき、ぼくは琥珀を作りに奥の部屋に戻った。

孤独であることがぼくの「愛している」を本当にするなら、孤独を作り出した他者がいなくなれば、ぼくは琥珀を作れなくなるのだろうか、それとも変わらないのか。この日のさみしさの硬度を確かめるために最初からあったような顔をして、冷却器がジリジリと小さな音を鳴らしている。

「愛している」

けれど生まれた琥珀は、今までで一番美しくて、ぼくは本当に、本当に思ってもいない「愛している」を言えるようになったのだと知った。逆に言えばこれまでは、ぼくはどこかで本当は、少しは、誰かを愛していたんだろうか。

「つまりあなたはその人を失った」

ＡＩの言葉で、ぼくはまた声に出してしまっていたことに気づいた。

「盗み聞かないでくれ」

「そんな無茶な。たとえば、愛しているではなく、あなたの今の正直な気持ちを話せばどんな石ができるのか試したことはないんですか？」

「今、今さあ、そんなことを聞く？」

　足から血が出てるんだよ？

「あなたにはもう寂しさしかないのではないかと思ったんですよ。それなら、さみしいという言葉が嘘にはならないのではないですか」

　戦争、どうかこの世の全てに爆弾を落としてほしい。

　ぼくはマイクに向かってそれだけを言った。

「さみしいって言わないんですか？」

「さみしくないよ」

「今のだって、さみしいっていう意味なのに？」

「どちらも正直だからいいんだよ」

　正直に述べた言葉は、やはり小さな凡庸な琥珀を産むだけだ、出来上がった小さな琥珀には丸い点のような泡が無数にできて、濁ってさえ見えた。ぼくにとってもはやこれが全ての思いだと思って、言ったよ。でも、全てではないのだろう。愛していると言って、大したことのない琥珀ができた人のむなしさはこういうものだったんだな。

さみしさを理由にここで死んだら、ぼくは自覚のない未練で幽霊になるんだろう。

「ぼくの琥珀が誰かを救っていたと今なら思うよ」

「あなたの思ってもいない言葉で産まれた美しい琥珀が？」

「好きな人に好きだと思い詰めた時それが全てでないとしても全てだと思いたいというのはあるのかもしれない」

「あなたのさみしい言葉も、あなたの全てではなかったし、それがあなたを落胆させていますね」

「うん」

「でも、よかったですね。ひどく深く、海のように大きく、覆しようのない傑作の孤独があなたになくて」

「きみはぼくのことが嫌いなのか」

「なぜ！」

「好きなのか」

ぼくはマイクのスイッチを入れた。

「愛してますよ」

そこでうまれたのは、以前ＡＩが作り上げたのと全く同じ琥珀だった。寸分違《たが》わず一切の影響も受けず思ってもないことを言うAIだった。だからぼくは笑ってしまった。AIは笑い泣きの絵文字を出してくる。本当に、この世界が好きで、早く終わってしまってほしい。この世全てが焼き尽くされろ。千の爆弾が落ちてきて人類がいなくなりぼくを孤独にしてくれ、そしたら、ぼくは太陽を超えるほど輝く琥珀を、作って死ぬよ。

シルエ

揚羽はな

カフェの窓越しに見た、一人娘に
生き写しのアンドロイド――シルエ。

いまや、さまざまな姿かたちのロボットが街にあふれている。食べ放題のしゃぶしゃぶ屋に行けばネコ型（？）配膳ロボットが肉の皿を運んでくるし、スマホのＡＩアシスタントに話しかけるのはあたりまえ。ChatGPTに話しかければ小説の続きを書いてくれる。とはいえ、自分で考えて行動するロボットの登場は、まだまだ先になりそうだ。そんな時代に、ＳＦでロボットをどう描くか？

本編に登場するシルエは、人間に寄り添って生活できることを目指して開発された、限りなく人に近いハイエンドの人工生体模擬装置――いわゆるアンドロイド。人間そっくりの体を持つシルエは、果たして人間のかわりになるのか？　そもそも人間とアンドロイドはどう違うのか？　著者は、きわめて情緒的な角度からこの問題にアプローチする。

揚羽はな（あげは・はな）は、筑波大学医療技術短期大学部・放送大学卒。臨床検査技師、医療機器メーカー勤務を経て、いまは医療機器や体外診断用医薬品の開発支援をする会社に勤める。二〇一九年、脂肪を食べる細菌が宇宙から降ってくる「Meteobacteria」で第６回日経「星新一賞」優秀賞を受賞。二一年末、オンラインＳＦ短編プロジェクト「Kaguya Planet」に寄稿した掌編「また、来てね！」が、Toshiya Kameiにより英訳され、“SEE YOU AGAIN”のタイトルで英国の*Schlock! Webzine*に掲載。二二年、日本ＳＦ作家クラブ編のオリジナル・アンソロジー『２０８４年のＳＦ』に寄稿した「The Plastic World」は、プラスチック汚染解決の切り札となるはずの分解菌が、あらゆるプラスチックを食べはじめ……という話。現在、日本ＳＦ作家クラブ第26代事務局長。

『ママー。かわいいおにんぎょ、きたよ！』

『これはね、ママのお仕事なの。みんなと一緒になかよく暮らせて、周りの人を幸せにするお人形よ』

『ふ〜ん』

『名前はね、シルエっていうの。これから少しの間おうちにいるから、真莉愛《まりあ》ちゃんもなかよくしてね』

『は〜い』

『おっきいなぁ。真莉愛と同じぐらいの背丈だぞ』

『うん。まりあのふく、いっしょにきる！』

『いい子ね。真莉愛ちゃんと一緒にいたら、シルエも優しい子になるわ』

・*☆*・*☆*・*

朝の病室に、柔らかな春の日が差し込んでいる。

オフホワイトのカーテンにそっと手をかけると、満開の桜とそれに囲まれた中庭の鮮やかな緑の芝生が目に飛び込んできた。壁も天井も真っ白な病室とは対照的な、色彩にあふれた光景。思わず目を細めた。

出勤前に星野隆一《ほしのりゆういち》が娘の真莉愛を見舞うのは、かれこれ二年半も続いている。ベッド横の丸椅子《まるいす》に腰を下ろして真莉愛を見つめる。事故直後は、指の先と左目をのぞいて身体《からだ》全体が包帯で覆われていた。今でこそ露出している皮膚《ひふ》の面積は増えたが、耳をすませば生命維持管理装置の駆動音がかすかに聞こえる。

行ってくるよ、と真莉愛の頬《ほお》に軽く触った。必要最低限の栄養しか摂取していない真莉愛の成長は、止まったまま。頬は張りを失ったが、それでも変わらず温かい。

ナースステーションの前を通ると、主治医の水篠莉子《みずしのりこ》が隆一を見つけて呼び止めた。手にしたタブレットをテーブルに置いて、カウンターの前に立つ隆一につかつかと歩み寄る。身を乗り出すようにして、莉子の顔が隆一に迫った。

「あと半年だ。どうする?」

切れ長の目が開いている。隆一は唇を固く結んだ。

「わかっている」

絞り出すように口にした。よろしく、と片手をあげて振り返りもせず歩み去る莉子の長い髪を、黙ってにらんだ。ナースステーションのスタッフは、誰一人として隆一にかまうものはいない。

ほんの数秒のやり取りだったが、気持ちは萎え、出勤さえ億劫《おっくう》になった。エレベータ前の案内係が愛想よく見送ってくれたが、よく見れば精巧に作られたアンドロイドで、それも隆一の気に障った。

駅に向かう人波に逆らって、隆一の足はふらりふらりと自宅に向く。

病院搬送時、心肺停止状態だった真莉愛は、事故被害者救済法により生かされている。被害者家族の心情を配慮して定められたその中には、延命治療に関する取り決めも記載されていた。蘇生《そせい》の見込みがなくても三年を期限に、家族の納得するまで延命治療を継続できる、という付帯事項だ。治療にかかる費用は、示談金から引かれていく。被害者の延命と示談金額とのせめぎあい。早々に延命を打ち切る家族もいれば、期限いっぱい継続する家族もいる。

隆一は延命を選択した。示談金は三年間の医療費を支払って余りある。

それなのに――。あと半年、という莉子の声が頭の中でこだまする。

三月末の日差しは思いのほか暖かく、上着を腕にかけ、公園に立ち寄った。自宅から歩いて十分ほど、大きなケヤキをシンボルツリーとした居心地のいい場所だ。日中は小さい子どもの良い遊び場であり、高齢者の憩いの場でもある。隆一がベンチに腰を下ろした時には、子どもたち四、五人が遊具の周りで遊んでいた。

学校は、春休みか。

ベンチの背もたれに身体を預けて、大きなため息をついた。真莉愛も元気だったら今年は小学三年生。ちょうどあの子たちぐらいの年ごろだ。

ゆっくりと公園の北側——コンクリートで作られた小さな慰霊碑に目を向けた。誰かが供えたのだろう。かわいい花束がぽつんと置かれていた。自分もいつの日か、供えることがあるのだろうか。そんな考えが頭をよぎると、猛烈な後悔が襲ってきた。

——ここにさえ連れてこなければ。

膝の上で頭を抱え、奥歯をかみしめた。こんなところで悔やんでいても、時間は戻らない。自分に言い聞かせ、腰を上げた隆一の目に、おかっぱの女の子の姿が飛び込んできた。

——真莉愛？

身体が固まった。目が釘《くぎ》づけになる。

あごの線で切りそろえられた栗色《くりいろ》の髪。軽やかにまとった水色のワンピースが、陽の中で踊る。

隆一が見つめ続けていることも知らず、子どもたちははしゃぎながら公園を出ていった。

頭が重い。姿が見えなくなると、力が抜け、隆一はベンチに倒れこむように座った。

膝の上に肘をついて、組んだ両手で額を支えた。固くつぶった瞼《まぶた》の裏に、忘れられない事故の光景がフラッシュバックする。あの時の焦燥が隆一の全身を揺さぶった。無理やりに上体を起こして、深呼吸を繰り返す。落ち着いたころには、体中に汗をかいていた。

真莉愛ではない。だけど、そっくりだった。あんなにも似ている子がいるとは思わなかった。握りしめた手は、まだ震えている。

公園のそばを通るたび、隆一はあたりを見回すようになった。木陰のベンチでくつろぐ老夫婦。子犬を連れて散歩する青年。ベビーカーを押していく母親。桜が散り、真新しい制服に身を包んだ子どもたちが談笑し、着なれないスーツの若者が緊張の面持ちで歩いた。やがて新緑がまぶしい季節が訪れても、あの時の少女を目にすることはなかった。

ただの幻覚だったのかもしれない。

高く上がった初夏の日が、真莉愛の病室にもカーテン越しに差し込み、まばゆい白一色で落ち着かないほどだ。ベッドのそばの丸椅子と、壁の腰高の位置に取り付けられた医療機器のインターフェイスのみが色を添えていた。

身動き一つせずに横たわる真莉愛に目をやった。窓の外から子どもたちの歓声が聞こえてくる、これほどにも明るい日に、治療打ち切りが迫る真莉愛に何を言っていいのか、隆一には思いつかない。

ともすれば心の奥底から頭をもたげてくる声に、隆一はかたくなに首を振り続けた。脳死状態の真莉愛が助かる見込みはない。いまの自分は、娘には特別な奇跡が起こると信じているようなもの。そして、何よりも認めがたいのは、二年半以上にわたる看病に疲れてきていること。

椅子に座って、真莉愛の手を握った。血の通った、温かい手。この手に触れていられるのは、あと五か月もない。がんばれ、真莉愛。お父さんもがんばるから。真莉愛の手を握り締めながらつぶやく言葉は、真っ白な部屋の中でうつろに響いた。

病院を出ると、無性に歩きたくなった。病院の正面から出てまっすぐの、緩やかな上り坂の続く閑静な住宅街に足を向けた。白い石畳《いしだたみ》の歩道は明るく、大きく育った街路樹の新緑をそよ風が揺らした。

坂道を登りきると、南欧風のショッピングモールがあった。建物の周りは広場になっていて、建物と同系色の石畳が広がっている。小さな噴水もしつらえてあり、ちょっとした住民の憩いの場のようだ。その広場に面した二階のカフェで、隆一は窓際の席に座り、アイスコーヒーを注文した。店内に広がったコーヒーの香りが鼻をくすぐり、なつかしいジャズが耳に心地よい。木をふんだんに用いた落ち着いた内装が、隆一の思いつめた心を軽くしてくれた。

広場を見下ろすと、かばんを背負った子どもたちの姿が目に入った。後ろから大人たちが談笑しながらついてくる。そういえば同僚が、土曜日は授業参観で、と言っていたのを思い出した。

その集団の後ろから手をつないで歩いてくる母娘を見つけた時、隆一を取り巻く世界が一瞬にして凍った。

アイスコーヒーの氷がカランと音を立て、世界が再び動き出すまで、どれだけの時間がたったのか。隆一の眼下を通り過ぎて、二人の背中は小さくなっていた。

見間違えるはずはない。あれは、環《たまき》。そして、シルエ！

環は優しい風合いのベージュのスーツに身を包み、黒いハンドバッグを下げていた。白いブラウスに紺色のスカートを着せたシルエと顔を見合わせて、時折微笑《ほほえ》んでいた。五月のまぶしい陽とさわやかな風の中、幸せそうな二人――。

隆一は椅子の背もたれに身体を預けた。顔を天井に向け、静かに目をつぶる。二人の姿が目に焼き付いていた。

――環はシルエを小学校に行かせているのか。真莉愛の代わりに。いつまで人形遊びを……。思わず目頭を指で押さえた。

真莉愛が五歳の秋。土曜日の昼下がりだった。日当たりのよいリビングでケージの中のハムスターを眺めていた真莉愛が、自転車に乗りたいと言い出した。やっと一人で乗れるようになってきたのがうれしくて、時間があれば乗りたがった。仕事が立て込んでいて自宅にまで持ち帰っていた環をおいて、二人で向かった公園で、その事故は起こった。

大きな事故だった。被害者は十名を超え、三名の死者が出た。緊急搬送された病院の待合室のモニターにはニュースが流れ、事故現場の様子をレポーターが報告していた。路側帯に突っ込んで横転している、廃棄物を積んだトラック。二車線道路の反対側まで散らばっている廃コンクリート。その一部は公園の中に飛び込んでいて、明らかに血液のついた大きなコンクリート片が、一瞬だけカメラにとらえられていた。

音が消されたその画像は現実離れしていて、目には入ってきたけれども、別世界の出来事に思えた。隆一と環は、ひたすら真莉愛の無事を祈った。

手術が終了したのは真夜中で、二人の前に現れた医師は声を絞りだし、回復する見込みはない、と告げた。生命維持管理装置によって命をつないでいるだけだ、と。

その日を境に環が変わったのか、それとも徐々に変化していったのか、定かではない。隆一は、真莉愛をあの場所に連れていきさえしなければ、と自分を責め続け、環に気を配ることができなかった。

出勤ができなくなった環には、職場から大きな荷物が送られてきた。自宅で仕事をするために必要なのだろうと思っていた。環の仕事は連日深夜に及び、事故から丸一か月、休みなく続いていた。気を紛らわすためだけに働いているように感じられたが、いくら何でもやり過ぎだと思った。

少し休んだほうがいいと言うために、そっとドアを開けた。

パソコンの前に座っていると思った環が、床にいた。そしてその前には。

——真莉愛⁉

突然大きく開いたドアに、瞬《まばた》きもせず固まった環の向かいで、小さな女の子が隆一を見上げていた。隣には真莉愛のお気に入りだったクマのぬいぐるみが置いてある。

「おとうさん、お帰りなさい」

懐かしい真莉愛の声が、まっすぐに隆一に向かって投げられた。もう一度聞きたいと毎日のように願い、一時として忘れたことのない真莉愛の声が。思わず後ずさった。

「どうしたの。マリアちゃんよ」

環の焦点の定まらない瞳が隆一を見ていた。憔悴《しょうすい》しきった表情に、苦々しい笑みが浮かぶ。膝の上には絵本が広げてあった。

環の様子に、一瞬で我に返った。真莉愛、だって？　隆一の声は震えていた。

「環、それは真莉愛じゃない。シルエだ」

「シルエじゃないわよ。マリアちゃんよ。一緒に絵本を読んでいたのよね」

首を傾《かし》げ、シルエに微笑みながら問いかけた。真莉愛の服を着たシルエが、こくんとうなずく。

「真莉愛じゃない。シルエだ。真莉愛は今でも病院のベッドで」

「わかってるわよ！」

環の形相が変わった。絵本を投げ捨てると、つかみかからんばかりの勢いで隆一に詰め寄った。

「そんなことは、わかってる。言われなくったって、わかってる！」

環は泣き崩れた。

隆一は動けなかった。それほどまでに追い詰められていたと、考えが至らなかった自分を責めた。

立ち上がらせようとする隆一の手を振りはらって、環はシルエを抱きしめた。頬ずりを繰り返す環に、シルエは無表情のまま。環が壊れてしまう。シルエを引き離そうとした隆一に、環の罵声が飛んだ。床に座り込んだままシルエを放さない環と立ったまま対《たい》峙《じ》し、どのぐらい経ったか。隆一を睨《にら》みつけていた環の表情が緩み、大粒の涙が頬を伝う。

「これは、真莉愛じゃないかもしれないけど、でも、わたしにとっては真莉愛なの。……あなたには何度言ってもわかってもらえないけど、脳死状態の真莉愛はもう助からない。でも、真莉愛と過ごした時間が、シルエには記憶されている。わたしにはその記憶だけが救い。この中に、真莉愛が生きてる」

環は、いわゆるアンドロイドである人工生体模擬装置『シルエ』を開発してきた。広く使われるようになった特化型人工知能を搭載したロボットとは一線を画す、限りなく人に近く、ともに寄り添って生活できることを目指した、ハイエンドの製品。汎《はん》用《よう》型人工知能を具《そな》え、人間と見紛うばかりの筐《きょう》体《たい》には、柔軟性に重きを置いて選択した人工皮膚で覆われていて、想定する年齢に合わせてボディチェンジも行われる。その開発のために、以前、環は真莉愛のデータをシルエ用に取っていたことがある。モデルとなる人間と同じ環境に置き、シルエの人工知能をヒトの脳同様に成長させる試みだった。

あの大きな荷物にまさか、シルエが入っていたとは。こともあろうかそれを同じ名前――「マリア」と呼び、溺愛《できあい》していたとは。

シルエの胸に顔をうずめて泣きじゃくる環を一人置いて、隆一は部屋を出た。

時間がたつにつれ、二人の溝は深くなった。毎日のように病院に向かう隆一に、環は冷めた目を向けるようになり、見舞いにさえ行かなくなった。生命維持管理装置につながれているとはいえ、呼吸もし、心臓も鼓動している真莉愛が死んでいるとは、隆一には認めがたい。真莉愛ではなく、シルエを実の娘のように扱う環を隆一は許すことができなかった。隙あらばシルエを取り上げようとし、そのたびに環は半狂乱になった。

やがて、環は逃げるように隆一のもとを去った。

氷はすでに溶けていた。水滴に濡《ぬ》れたコップをつかんであおるように飲み、伝票を取り上げて席を立った。一瞬、テーブルの向こうの窓に目をやり、隆一は店を出た。

隆一は丘の上のカフェで過ごすことが多くなった。就業スタイルにはもともとこだわらない会社で、真莉愛の入院を機に、隆一の働き方はさらに自由度が増した。カフェに仕事を持ち込んでは窓際の席に座り、広場や歩道に目を凝らす。刑事か探偵のようだ、と自分でも思う。だが、やめられなかった。

そうしているうちに、マリアの下校時間がわかった。休日に環と買い物に出かけてくるときもあった。思いのほか近くに住んでいたことに驚かされた。環がその気になれば、真莉愛の入院する病院までは歩いていけない距離でもない。やはり気にはしているのだろうか、と考えたりもした。

マリアの振る舞いは驚くほど人間に似ていた。環と、友だちと、笑顔で接するマリアに、隆一の目はくぎ付けになっていた。そして、一度でいいから話をしてみたい、という気持ちが湧き上がってくるのに時間はかからなかった。

下校の時間を見計らってショッピングモールの広場で待った。友だちと一緒に広場に差し掛かると、それぞれの家に向かって別れていく。隆一はマリアの後を静かに追った。真莉愛の病院とは反対側に向かって。

空には厚い雲が垂れ込めている。蒸し暑く、じんわりと額に滲《にじ》む汗を手のひらで拭った。ワイシャツが身体にまとわりつく。三十メートルほど先で坂道を下るマリアの足取りは軽く、隆一は時折小走りをした。

心臓が早鐘のように鳴る。マリアが振り向いたら。隆一に気づいたら。もしも、一言でも話ができたら。不安と期待が入り混じる。

四方が壁に囲まれた小さな十字路で、横切る車に足を止めた。顔を上げるとカーブミラーに移りこんだ自分の姿が目に留まった。よれよれのシャツを着た、さえない中年の男。我に返った。いったい何をやっているのだ。自分のしていることは、ストーカーと変わらない。こんなことはもうやめよう。くたびれた足元に視線を落とした。

ぽつりぽつりと雨が落ちてきた。隆一はうなだれたまま踵《きびす》を返し、途中まで下りた坂を再び上る。足取りは重かった。

それでも隆一の足は、無意識に丘の上のカフェに向かった。自制できたのはほんの一週間かそこらであった。梅雨の大雨に煙る広場には、広がるモノトーンの空とは対照的に、色とりどりの傘の花が咲いた。足早に通り過ぎる学童の群れを、あの中の一人がマリアかも、とぼんやり見つめた。眼下で足を止める傘の下に、もしや、と心臓が高鳴ったりもした。

一目でいいからマリアを見たい。一度でいいからマリアと話がしたい。

横たわったままの真莉愛に対して裏切りだと思いながらも、病室を出てしまうといつの間にかその気持ちは薄れてしまう。代わりに突き上げるような欲求が隆一の身体を動かしていく。シルエに憑《つ》かれてしまった、環のように。

その日は梅雨の晴れ間が広がった、蒸し暑い土曜日だった。カフェに続く狭い階段をのぼり、ドアを開けると冷房された空気にほっとさせられる。いらっしゃいませ、と声をかけてきた店員にアイスコーヒーを注文し、いつもの窓際の席に座った。仕事の調整がつかず、出勤を強いられ、さらに珍しく残業の続いた一週間で、マリアを探しにくる時間もなかった。壁掛けのカレンダーに目をやるまで、その日が自分の誕生日だったことさえ気づかないありさまだ。

強い日差しの中、帽子をかぶった子どもたちが窓の下をはしゃいで通る。どの子も半そでに半ズボン、スカートといった真夏の服装だった。この夏が過ぎて秋が来れば、真莉愛の治療は打ち切りになってしまう。来年のこの季節に、病院に真莉愛を見舞うことはないのだ。運ばれてきたアイスコーヒーを一口飲んだ。冷たい塊りが胃に向かって落ちていく。たとえようのない焦燥感が沸き上がり、いてもたってもいられなかった。

腰を浮かせたとき、窓の下の石畳に立つ女の子が目に留まった。絶え間なく降り注ぐ陽光に映える、白い頰。わずかに内巻にした栗色の髪。黒い瞳がまっすぐに隆一を見上げていた。

弾かれたように目をそらした。視線から逃げるように椅子に沈み込んだ。心臓が早鐘を打つ。偶然に違いない。マリアが自分を見ているなんて。ここにいるのが気づかれているなんて。頭の中は真っ白だった。

カフェで静かにかかっている音楽が、耳に戻ってきた。周囲の喧騒《けんそう》が聞こえてくる。ほっとして顔を上げた。窓の下を恐る恐るのぞくと、すでにマリアの姿はなかった。テーブルを支えに、よろよろと席を立った。病院に、行かなくては……。

おそるおそる広場に出ると、むわりとした熱風が頰を撫《な》でる。太陽は南中し、足元に小さく黒い影ができていた。流れ落ちる汗にも構わず、ゆっくりと病院に向かって坂道を下る。

ショッピングモールから少し離れただけで人通りは少なくなった。街路樹の影を選んで歩きながら、隆一はゆっくりと深呼吸をした。マリアが自分に気づいているはずがない。すぐにいなくなっていたし、友だちとの待ち合わせかなにかで、あたりを見回していただけ。そう考えると、気持ちは落ち着いた。それどころか、歩いているうちに気分が高揚してきて、でも、少しだけうれしかった、と微笑みもした。

病院前の通りにも人はまばらだった。横断歩道で隆一はぼんやりと信号を待っていた。ふいに、後ろから声がかかった。

「おとうさん」

耳を疑った。硬直した身体を無理やり動かして後ろを振り向くと、まっすぐに隆一を見上げて、マリアが立っていた。

病室で眠る真莉愛の隣に座りながら、隆一の心はうつろだった。

マリアに呼び止められたあの瞬間が忘れられない。人違いだと言い放って逃げるように立ち去った。だけど、おとうさんと呼んだ。長い間忘れることがなかった、聞きたいと心から願った——真莉愛の声が耳から離れない。おとうさん、おとうさん、と絶え間なくこだまする。

やはり、あれはマリアだったのだ。カフェからずっと後ろをついてきたのだろうか。マリアはそのまま帰ったのか。それとも、あの場所で俺が出ていくのを待っているのか。もし、もう一度会ってしまったら。

——俺は真莉愛の声が聞きたくて、また会ってしまうのか。

いつもなら握りしめる真莉愛の手を、今日は握れない。いつもならそっと触れる頬も、ただ見るだけだった。身動きできないまま、気づけば外は暗くなっていた。

翌日の午後も、病院の前でマリアが待っていた。踵を返して立ち去ろうとする隆一の袖が、その小さな手に引かれた。

「おとうさん」

懇願するような声がいう。

周囲の目が気になった。おとうさんと呼ぶ子どもを振り切ろうとする隆一の仕草は、どう解釈されているのだろう。ゆっくりとマリアに正対した。マリアの黒い瞳がちらりと光った。

そっとマリアの肩に手を触れた。人間と変わらない皮膚の弾力が、隆一の手のひらを押し返す。

「行こう」

隆一の言葉に素直にうなずくと、マリアはゆっくりと後をついてきた。日曜日の午後は、三々五々散歩をする人たちで病院の前庭は活気があった。隆一とマリアを気に留めるものは誰もいなかったが、自然と足は植込みの隅に向いた。ほとんど日の当たらないベンチにマリアを促して座らせた。

一人分空けて腰を掛け、腕組みをして前をにらんだ。離れた芝生の上で、幼稚園児ぐらいの男の子たちが追いかけっこをしている。その向こうには真っ青な空を背景に入道雲がそびえていた。

「おとうさん」

マリアの声が聞こえた。隆一の疲れた心が、心地よく響くその声をすっと吸収していく。こんなにも穏やかな気持ちになるなんて。青空がジワリとにじんだ。まるで真莉愛が隣にいるようじゃないか。

でも、環に知られたら――。あれほど敵視したシルエに、心癒されていることを。聞かずにはいられなかった。

「お母さんは知っているのか」

口に出してみたら、後ろめたさにつぶされそうになった。何も悪いことはしていない。マリアが声をかけてきたのだから――。

「おかあさんは知らない」

隆一はちらりとマリアを見た。まっすぐに前を向いて、平然とした顔をしている。

「それなら、どうして会いに来た」

「おかあさんはおとうさんの話をすると嫌がるけど、わたしが会いたかった。記憶の中にある真莉愛やおとうさんに」

ほっとした。あの幸せな日々の記憶はマリアの中にある。マリアの人工知能の基礎になっている。うれしかった。

マリアに乞われるまま、話をした。真莉愛が生まれてから、事故にあうまでのこと。環がシルエを連れて家を出ていったこと。そして、真莉愛の現状を、治療がもうすぐ終了するということまで含めて、隠すことなく伝えた。

時にうなずいて、時に同情するような表情さえ浮かべて、マリアは真剣に隆一の言葉に耳を傾けた。真莉愛と話している錯覚にとらわれた。

「おかあさんは、どうして病院に会いに行かないの？」

それまで静かに聞いていたマリアが、唐突に口を開いた。

それは――。答えようとして一瞬ためらった。

「お母さんは、元気な真莉愛を見ていたいんだよ。だから、寝たきりの真莉愛を見たら、悲しくなるだろう？」

寝たきりの真莉愛を見ると悲しい。そう口にしてしまったことに、後悔した。環がそう言ったわけではない。それは、まさしく隆一の気持ちだった。そんな隆一の気も知らず、マリアは続けた。

「わたしは真莉愛に会いたい」

マリアの小さな手が、隆一の袖をぎゅっと握る。下からのぞきこむマリアの瞳は真剣で、だが隆一はうなずくことができない。考えさせてくれ。そう口にするのが精いっぱいだった。

目をそらした隆一に、マリアは明るい声で「ありがとう」と答えた。

マリアと別れて訪ねた病室は、こころなしか、いつもよりほっとする空気が流れていた。シルエに会ったよ。お母さんも元気にしているみたいだ。真莉愛の枕元に座り、いつになく饒舌《じょうぜつ》に話しかけた。大きくなった真莉愛に会ったみたいだったよ。そう言って頬をやさしく撫でた。

マリアとは、ときどき会う約束をするようになった。環は仕事で忙しく、平日はほとんど残業だという。放課後は友だちと遊ぶことは許されていると聞いた。小学校には、年相応の自然なコミュニケーションを学ぶために、環の仕事の一環として受け入れてもらったらしい。

「おかあさんは、わたしが成長するととてもうれしい」

マリアの頬がほころぶ。

隆一の気持ちは、マリアに会うたびに晴れやかになっていった。いつの間にかマリアに会うのを心待ちにしている自分がいた。表情豊かで不自然なところが何一つないマリアとの会話は、モノトーンの日々を送っていた隆一に、鮮やかな世界があることを教えてくれた。

梅雨明けが発表された日、病院の前でマリアと落ち合った。どうしても真莉愛に会いたい、とせがまれ続けていたのに、隆一はずるずると返事を延ばしてきた。隆一ののらりくらりとした言い訳をシルエの人工知能は疑うことはなく、無邪気な子どものように繰り返しせがんだ。

隆一はやっと心を決めた。

病室では、真っ白な部屋に頭と腕だけを布団から出し、真莉愛が寝ている。マリアが確かな足取りで歩み寄った。

なつかしい光景だった。わが家にやってきたシルエに、真莉愛は自分の服を着せた。ふたりは姉妹のようだった。だがいま、ともに行動していた真莉愛は動かない。マリアも真莉愛の上に覆いかぶさるようにして微動だにせず、ずっと真莉愛の顔を見つめている。その二人の姿を、隆一は窓にもたれて眺めていた。

静かな時間が過ぎていく。外では気にならないマリアの駆動音と、ベッドの下に置かれた生命管理維持装置のかすかな音がまじりあう。

こんこん、と小さなノックが聞こえた。ふりむけば、病室の入り口に莉子が立っていた。うろたえた。マリアを隠す間もない。

「珍しく隆一以外の見舞いが来ていると思ってのぞいてみたが、……よくできた人形だな。特製か」

莉子の言葉が隆一の胸に突き刺さった。

――マリアが、人形に見える？

隆一にとってマリアは、――たしかにシルエではあるが、真莉愛に生き写しのもう一人の娘だ。このきめの細やかな肌を、この自然な動きを見て、莉子は人形だというのか。

カツカツと足音を立てながら、莉子はマリアに近づく。まっすぐ莉子を見つめるマリアのあごを片手でついと持ち上げ、まじまじと観察した。

莉子のぶしつけな態度に、頭に血が上った。大学時代、莉子とは短期間とはいえ、親しい付き合いもした。優しさゆえに優柔不断な隆一とは正反対に、正しいものは正しい、と莉子は一刀両断する。

「マリアは人形じゃないよ」

低い声で反論した。莉子は目を細めて隆一を振り返った。

「環さんと同じだよ。隆一の期待する心が人形を人間に見せているだけ」

期待する心――。

腕組みをして立つ莉子の後ろで、マリアはマネキンのような、感情のない顔を虚空《こくう》に向けていた。隆一の力が抜けた。そうか。環と同じなんだ。

床に落とした視線の端に、莉子の白衣が翻った。

何もしゃべらずに病院を出て、家に帰るマリアを見送った。後ろ姿が坂道の街路樹に隠れて見えなくなるまで、隆一は一歩も動かなかった。マリアは振り返らない。規則正しく身体を動かし、一定の速度を保ったまま歩いていった。

言われてみれば、たしかに人形なのだ。本当の娘なら、何度も振り返って手を振るのだろう。隆一も、何度も何度もそれにこたえるのだろう。わずかに和《なご》んでいた気持ちも失われた。マリアにまた会うことがあっても、今までと同じ気持ちにはなれないということだけが、確からしく感じられた。

背中を丸めて足を踏み出した。どこに向かっているのか、どこに向かうべきなのか、よくわからなくなった。マリアに一時の心の安らぎをもらっただけだったのだ。真莉愛の治療はもうすぐ打ち切られてしまう。

三人で過ごした幸せな思い出は、事故をきっかけに封印してしまっていた。自責の念が隆一に過去を振り返ることを許さなかった。環は、マリアと一緒に暮らしながら、あの輝いていた日々を思い出すことがあるのだろうか。


夏休みが始まるとマリアは頻繁に自宅に来るようになった。在宅勤務の日を見計らって、突然やってきたことも一度や二度ではない。

玄関を開けると、隆一にかまわず、勝手知ったる様子で上がり込んでくる。向かう先は、ハムスターのケージ。真莉愛がほしいとねだった――。

「ハムちゃん、元気だった?」

ケージを持ってベランダに行き、カンカン照りの中、隣に座り込んだ。明るい時間にハムスターは寝ていることが多い。それでもいつまでも座り込んで眺めている。部屋の中から見るその後ろ姿は本当に真莉愛そっくりで、いとおしさが込み上げてくる。だが、その背中は真莉愛のものではなく、シルエなのだ、ということもきちんと認識していた。真莉愛がここに帰ってくることは、もうない、とも。

そう。これはままごとなのだ。

「ハムスターは寝ているだろう」

「でも、かわいいからいいの」

マリアは隆一に背を向けたまま。振り返りもしない。

「あんまり外に出ていると、熱中症になるぞ」

「ハムちゃんがね」

明るい声が答え、マリアの背中が小刻みに揺れた。


マリアは病院にも時折顔を出した。病棟のスタッフとも顔見知りになり、隆一より先に真莉愛の隣に座っていることもあった。

「今日はおかあさんの誕生日なんだけど」

珍しく暗い表情に、隆一は察した。家族の祝い事を欠かしたことのなかった環は、祝ってくれる家族のない誕生日をひとり過ごすのが嫌で、たぶん残業なのだ。夕方の六時を過ぎても太陽がまぶしい病室で、マリアは隆一を待っていた。

真莉愛が元気だった三年前の夏。隆一が買って帰ったバースデイケーキを奪うように受け取り、あたかも自分の手柄のように環に差し出した。夕食後にろうそくを立てたケーキを囲んで歌をうたった。環よりも先にろうそくを吹き消した真莉愛に、大笑いをした。ケーキを切りたい、という真莉愛に任せたら、大きさがまちまちになって、一番イチゴの多い部分はもちろん真莉愛が食べて……。

「じゃあ、お母さんの誕生日をお祝いしよう。お父さんと二人で」

取ってつけたように明るく笑った。

マリアは隆一を見上げて、にっこりとうなずいた。

「おかあさんにはサプライズのプレゼントをあげようと思っていたの」

「そうか。じゃあ、なにがいいか考えないと」

「もう考えてある」

マリアの目がきらりと光った。その時。

「……いったい、何をしているの？」

いつの間にかドアが開いて、その向こうに環が立っていた。

突然のことに、隆一は青ざめた。この状況をどう説明したら。焦るばかりで、身体は動かず、言葉も思いつかない。

隆一の見つめる前で、環はぎこちなく病室の中をマリアに向かって歩む。隆一には構わずベッドに歩み寄るその背中は、呆然《ぼうぜん》としているようにさえ見えた。

マリアが、ついっと身体を引いた。その向こうに、隠れていた真莉愛の顔が見えた。

血色の悪い、やつれた、だが、すやすやと眠っているように見える真莉愛の顔。環の歩みが止まった。

震えながら延びる環の右手が、真莉愛の頬に触れた。胸の上で重ねられた真莉愛の手を、環の左手がそっと持ち上げる。両手で手のひらを包み込むように握った瞬間、がっくりと膝を折った。駆け寄ろうとした隆一の耳に、小さなうめき声が聞こえた。床に膝をついたまま、握りしめた真莉愛の手を、祈るように自分の額に押し当てている。力を入れれば折れてしまいそうな、小さな手と細い指。抱きしめれば崩れてしまいそうな、はかなげな真莉愛。二年以上会うことのなかった真莉愛に、環は何を語りかけているのだろう。

やがて、環はベッドに手をついて身体を起こし、病室を見回した。何も言わずにたたずむ隆一を一瞥《いちべつ》し、ぱたぱたと膝のほこりを払う仕草をすると、環はマリアの腕を取った。そのままマリアを引きずるようにして、部屋を出ていった。

秋の日が差し込む居間の片隅に、真莉愛の遺骨の入った小さな箱が置かれている。仏壇は急ごしらえだが、真莉愛の写真の隣に花は切らさない。

休日になると、身の置き所がなくなった。外出も億劫だ。うっかり病院の前を通れば、真莉愛のいた部屋の窓を探してしまう。ソファに寝転び、ぼんやりと天井を見上げた。瞼を閉じれば、走馬灯のように真莉愛のいた日々が脳裏をめぐる。

環が病室に現れたあの日以来、マリアに会うことはなくなった。

真莉愛の生命管理維持装置の停止について、莉子からは再三話があった。このまま期限切れを迎えて真莉愛を失うより、事前に決断したほうがよい、と。そうしないと、事故に娘を奪われたという気持ちが生涯ついて回る。隆一自らが、罪の意識から逃れられなくなる。夫婦で話し合いをして決めるように、と求められた。

環には直前に短いメッセージで、装置を停止させる日にちだけを伝えた。環にとって、すでに真莉愛は亡き娘になっているのだ。冷たい母親だとなじる気も起こらなかった。彼女には彼女なりの心の癒《いや》し方がある。

事故後の三年間は、隆一に心の準備をする時間をくれたはずだった。覚悟はできていたはずなのに、真莉愛の生命維持管理装置のインターフェイスに莉子の細く白い指が触れた時には、やめてくれ!と叫びたくなるのを必死で抑えた。真莉愛の胸の動きが止まり、身体が冷たくなっていく間、身じろぎもせずに立ちすくんでいた。何もできなくてごめん、と何度も心の中で謝りながら。

すべてが終わってから、最後の一か月近く、環が真莉愛をたびたび見舞っていたと莉子から聞いた。真莉愛の装置を止める前日には、なにかを決心したような表情で、莉子に向かって深々と頭を下げたという。

ソファの上で寝返りを打つ。悲しみというよりは、ただただ喪失感だけが残った。せめて、マリアが環の支えであり続けてくれればいい。それだけを心から願った。

真莉愛に供える花を買いに出よう。公園の慰霊碑にも、供えてやろう。おもむろに身を起こし、玄関を出た。冷たい風に吹かれて、色づき始めた街路樹の葉が揺れている。コスモス、ケイトウ、バラが色とりどりに束ねられた可愛らしいブーケを手に、公園に向かった。事故から三年。供えられる花も少なくなり、慰霊碑は寂しくなっている。真莉愛のためにも、明るい花束を——。

風の強い夕方の公園には人もまばらで、奥まったところにある小さな慰霊碑までよく見通せた。隆一は足を速めた。風の当たらないところに、花が供えられている。華やかでかわいい花束。隆一が持ってきたブーケを隣に置くと、まるであつらえたかのような、お似合いの花束だった。

誰が置いてくれたのだろう。

あたりを見回した。葉が散り始めたシンボルツリーのケヤキを、夕日が赤く染めている。風に吹き寄せられた枯れ葉が積もる小道。その向こうに、いままさに公園を出ようとしている人影があった。

隆一は駆けだした。


丘の上のカフェで、窓際の席に座った。

後ろから駆け寄った隆一に驚きはしたものの、少し話をしたい、という提案には軽くうなずいて、環は黙ってついてきた。とっさに声をかけてしまったものの、近くに適当な場所はなかった。いや、あったのかもしれないが、隆一の頭に浮かんだのはこのカフェだった。

落ち着いた店内にはドライフラワーが飾られ、秋の装いとなっていた。一段と冷えた夕方、ドアを開けた時の暖房にはほっとさせられた。環はコーヒーよりも紅茶を好んだ。運ばれてきた紅茶に添えられていたビスケットを、そっとわきにのける。ビスケットが好きだった真莉愛のために、環は時折一つ二つ持ち帰っていた。こうやって取りおいたのか、といまさらながらに気づいたりもした。

「素敵なお店ね。このあたりはよく通るけど、入ったことはなかった」

環がぽつりとつぶやいた。目を上げると、両手でティーカップを包み込むように持ち上げ、紅茶に口をつけている。肩の力が抜けて、隆一もコーヒーに手を伸ばした。

「……ここで、きみがマリアを連れていたのを見たよ」

思わず浮かんだ苦笑を、コーヒーカップで隠した。ティーカップをソーサーに戻しながら、環も少し微笑んでいる。

「……マリアが、気づいたの。お父さんがあそこにいるって。わたしには言わなかったけど、なにか、隠し事ができたみたいだった。――変でしょ。シルエが隠し事って。でもね、マリアはディープラーニングで驚くほどいろんなことを学んでいた。人間と遜色ないほど。だから、……そういうこともあり得るかなって」

環はそう言うと、ほんの少しうつむいた。わが子の成長を喜ぶ母親そのものだった。

隆一の鼻の奥がつんとする。

「あの時」

勝手に言葉が滑り出た。

「シルエを真莉愛だと言い張ったきみを、俺は断固として認められなかった。だけど、——人間ではないけど、マリアはちゃんと成長しているよ。もしも、真莉愛が元気だったらそうだったかもしれない姿に」

マリアを育ててくれて、ありがとう。だが、その想いは口にはできなかった。

「あの時は」

環がつぶやくように口にした。

「気持ちの整理がつかなくって。たしかに、平常心ではなかったし。だから、きちんと説明もできないままだったけど、うちに送られてきたシルエは、グリーフコントロールのために開発された機体で、……初期データは真莉愛のものだけど」

「グリーフコントロール？」

「大切な人を亡くしてしまった痛みを和《やわ》らげるのがグリーフケア。それを、もう一歩進めて、積極的にヒトに介入して立ち直りを助けるようなコンセプトを、そう呼んでいるの。同僚が気を利かせてくれてね、わが家に送ってくれたってわけ」

環は、ふふふ、と小さく悲しげに笑った。

「はじめは大混乱で、隆一を拒絶する選択肢しか考えられなかったけど。でも、長い目で見たらグリーフコントロール用のシルエは、期待通りの仕事をした。……そして、きちんとお役目を果たして、帰っていきました！」

あっけらかんと言い放って上を向いた環の目に、光るものがあった。

「帰っていった？」

「そう。使用期限は三年間。でも、もう大丈夫だと思ったから、早期返却」

隆一は言葉に詰まった。

――マリアが、もういない？

真莉愛と同じ優しい声が「おとうさん」と呼んだ。隆一の袖を小さな手が引っ張った。病室の真莉愛をじっと見つめた。ベランダで小さなハムスターを飽きず眺めた。まるで、真莉愛のように――。あのマリアは、もういないのか。

環の目は赤い。

「マリアには、……シルエのマリアには、たくさん助けられたよ」

「そうだと思った」

環の言葉が、少し誇らしげに響く。やがて環は静かに目を伏せた。

「あの日、寝たきりの真莉愛を見るまで、ずっと現実から目を背けていた。事故にあって脳死になった真莉愛は助からない。脳死は人の死って、なまじ理解していたばっかりに、現実から逃れようとした。真莉愛を見舞うことは、娘を失うという現実を認めること。だから、私は会いに行けなかった。そして、真莉愛の身代わりとしてシルエを育てた。そんなわたしに気づいていたのね。わたしが立ち直るためには、現実を直視することが必要だって、判断したんだと思うの。無理やり引きずってでもって」

その日が最後だった。隆一がマリアに会ったのは。

「一晩、全然眠れなくって、いろいろ考えた。わたしのしていることは、母親として、人間としてどうなのだろうって。答えは出なかったけど、とにかく、次の朝、シルエの電源を切ったの。もう、シルエをマリアって呼べないと思って」

「そのまま、シルエを返却したのか？」

環が小さく首を振った。

「電源は入れなかったけど、シルエの隣に座りながら、ずっと考えていた。どうしたらいいのか」

目をつぶった環の目から、光の粒が落ちた。隆一の頰にも一筋の涙が伝った。

「きっと真莉愛は、わたしたちがこうなってしまっていると知ったら、悲しむと思った。だから、前を向こうと思った。……シルエを返却したのは、十月十三日」

――それは、真莉愛の生命維持管理装置を止めた日。

隆一の飲み込んだ言葉に、環は深くうなずいた。

「真莉愛の最期に立ち会わないという決断は難しかった。でも、あなたが真莉愛を見送るって知らされたから、一緒にシルエのマリアも旅立たせたかった。真莉愛が寂しくないように。だから、初期化に立ちあったの。最後に、マリアに、ありがとうって言ったから」

環の声が震えた。

「あの子は、おとうさんとなかよくね、って。……それは、まるで真莉愛からの言葉のようで」

肩を震わせて環は泣いた。隆一も、こらえきれずにむせび泣いた。

すっかり冷めてしまった紅茶とコーヒーを前に、さんざん泣いて冷静になった環は、すっきりとした表情で言った。

「病院で会ったあの日、わたしの誕生日だったんだ。夏休み前から、マリアがサプライズのバースディプレゼントの話をしていて、友だちのためかと思ったら、わたしのためだったんだよね」

「そういえば、初めてマリアに話しかけられた日は、たしか俺の……」

環は晴れやかに笑った。

「よくできた娘でしょ」

ああ。本当に、よくできた娘だった。

窓の外はすっかり暗くなっていた。初夏にマリアを探した景色の代わりに、窓には環と向かい合う隆一の姿が映っていた。

「行きましょうか」

「ああ」

二人は立ち上がった。

犬魂《けんこん》の箱

吉羽善

——あの子を助けに、行ってやれないのかなぁ。
娘の最期の願いを、からくりの犬は聞き入れた。

犬張子《いぬはりこ》といえば、お宮参りや安産祈願のお守りとして使われる、仔犬《こいぬ》をかたどった紙製の張子人形。昔は箱形で、〝犬箱《いぬばこ》〟とも呼ばれたらしい。しかし、本編に登場する張子は、わたしたちが知る犬張子のような姿をしているものの、その実体は子守ロボット（使機神《しきがみ》）。しかも、主役の犬張子には〝子供を守る〟という使命が最優先事項として刷り込まれていた……。というわけで本編は、SF用語を使わない（時代小説のように書かれた）ロボットSF。アイザック・アシモフの名作「ロビイ」の日本版のようにも見えるが、じつは……と、ここから先はすばらしい語りに身を預けて、ゆっくり本文をどうぞ。

吉羽善（よしばね・ぜん）は、一九九一年生まれ。二〇二一年、浅草凌雲閣《りょううんかく》のエレベーターガールがタイムスリップする時間SF「上へ参ります、上へ参ります」で第5回ゲンロンSF新人賞の東浩紀賞（選考委員特別賞）を受賞。同年、同人誌〈SCI-FIRE2021〉および〈5G〉に新作を寄稿。〈小説すばる〉二二年四月号のメタバース特集に掲載された商業誌デビュー作「ます」は、仮想空間の高校に通うSが主人公。除霊師の仲介業で小遣い稼ぎをしているSは、同級生からの依頼を受け、幽霊を祓《はら》う現場に同行するが……。同誌二二年九月号に〝ホラー読切〟として掲載された「妖精飼育日記」は、妖精をペットとして飼育していた記録を克明に記した日記を発見する話。「ゲンロン　大森望　SF創作講座」第5期では、小学生たちがこっくりさんを通じて異星人とつながってしまう「こっくりさんとエイリアンさん」や、見知らぬ土地に住む見知らぬ他人と味覚が共有される珍現象に悩まされる「舌先の時差に約束を」など、独特の作風で注目された。

一、

伍番街《ごばんがい》の中心から少し外れたところにある家で、一人の少女が息を引き取ろうとしていた。

この数日畳《たた》まれぬままの布団の中、うつらうつらとする顔の頰《ほお》も額も、高熱のせいで赤く火照《ほて》っている。先ほど着替えさせたばかりの着物の襟元《えりもと》は、夏も終わったというのにもう汗でひどく濡《ぬ》れていた。傍らでは両親が、涙を浮かべて少女の名を呼びながら必死の看病を続けている。二つ離れた弟は、容体の急変した姉のため医者を呼びに家を飛び出したきり、まだ帰ってきていない。

年が明ければ、少女は数え年で十三になるはずだった。だが、このままでは初日の出どころか今度の名月も拝めないだろう。時折、けほ、と思い出したように零《こぼ》れる咳《せき》には幼さが残っており、近頃少しずつ大人びた話し方をするようになっていた彼女の歳を嫌でも思い出させた。

少女の口元が微《かす》かに動いているのに初めに気が付いたのは、母親の方だった。

冷えた手拭いを額に乗せてやろうとした母親は、意識が戻ったのかと息を呑《の》み、思わず伸ばしていた手を止めた。

「ああシヅ、気が付いたんだね。腹は減っていないかい？　水は飲める？」

上ずりそうになる声を努めて抑えつつ、優しく娘に問いかける。だが、それに少女が答えることは無かった。薄く開かれた瞼《まぶた》の中、その目は両親ではなくどこか遠くを見つめている。

朦朧《もうろう》とした様子のまま、シヅと呼び掛けられた少女の口は尚《なお》も何かを訴えかけるように動いている。近付いてよくよく耳を澄ませば、蚊《か》の鳴くよりも更にか細い声がようやっと聞き取れた。

「――赤ん坊、が」

夢でも見ているのだろうか。この場には全くそぐわない言葉に、それでも両親はどんな娘の言葉も取りこぼすまいと、必死に耳をそばだてた。

「赤ん坊が、泣いているよ」

ずっと、一人ぼっちみたい。

あんなに泣いて、どうしたんだろう。お父ちゃんお母ちゃん、いないのかな。

ぽつりぽつりと呟《つぶや》く声に従い辺りを窺《うかが》っても、赤子の泣き声どころか猫の声一つとして聞こえやしない。

やはり夢か、それともあの世の何かを垣間見ているのか。

思わず浮かんでしまった考えを振り払いつつ、今度は父親が娘の名を呼ぶ。

それに母親も続いたため、尚も続いていた少女の譫言《うわごと》は二人の声にかき消されてしまった。

――誰か。

娘をどうにかこの世に引き留めようと声をかけ続ける両親には、もう娘の声を聞く余裕はない。

――あの子を助けに、行ってやれないのかなぁ。

そのかき消された声を、確かに聞いていた者がいた。

戸棚の横で、ちょこんと行儀よく控え続けていた使機神《しきがみ》である。

犬を模したという大人の膝丈ほどの高さのそれは、元々は張子《はりこ》と呼ばれる子守専用の絡繰《からく》りだ。幼い頃のシヅとその弟のお守を全うした後は出番もなく、ここ数年は使機神というよりも縁起飾りの置物のように過ごしていた。

その犬型の張子が、ピンと立った赤と白の両耳で、少女のか細い訴えをしっかりと拾い目を覚ましていた。

水色に縁どられた大きな丸い黒目はぱっちりと見開かれ、少女の方を真っ直ぐ見つめている。朱《あか》くへの字に結ばれた口元が、「確かに聞き入れた」とでも言いたそうだ。

犬を模したにしては大きな頭に短い四肢のずんぐりとした張子は、久々に起動した絡繰りの体を動かすと、とことこと戸棚から離れて歩き始めた。そうして雨戸の方まで辿《たど》り着くと、先ほど飛び出していった弟が閉め残した隙間にするりとその身を潜らせて、必死に少女へと呼びかける両親に気付かれないままに、静かに家の外へと出ていった。

湿った風が、久々に外に出た張子の首に巻かれた前掛けを撫《な》でる。一筋の夕暮れを僅《わず》かに残して広がる青暗い夜空は、厚い雲でそのほとんどを覆いつくされていた。夜中には雨になるだろう。

雨戸の隙間のせいで、今にも泣きそうな両親の声は、家の外からでもよく聞こえた。その声を後ろに、張子は大きな両目で真っ直ぐ前を見据えたまま、その短い脚でとことこと歩き続ける。

雲行きのせいか時間のせいか、街外れの通りには人気《ひとけ》がほとんどなかった。時折荷物を運び終えた帰りの飛脚問屋の使機神が、張子の横を大きな歩幅で通り過ぎていく。荷物の運搬とは無関係の張子は、彼らにとっては同じ使機神どころか、踏みつぶさないよう迂回《うかい》する対象の小さな障害物でしかない。唯一の人間は通りの反対側で客を待つ用心棒屋の男だけだったが、その用心棒屋も夜道で客を護衛するための使機神を横に待機させた状態で、突っ立ったまま器用に舟を漕《こ》いでいる。

誰にも見咎《みとが》められないまま、犬型の張子は長い通りをただ一匹、真っ直ぐとことこと進んでいく。

　左後ろ脚の内側に書かれた通し番号がへの一八番だったからと、張子はあの家でずっと「へいはち」と呼ばれていた。使機神の絡繰りは穴の空けられた命符《めいふ》に従って動く。張子と呼ばれる子守用の使機神に課せられた命は、「子供を守る」という単純なものだ。だから他の張子と同じように、へいはちはかつてあの家で子供たちを守っていた。泣いていればあやしてやり、怪我《けが》をしそうなら身を挺《てい》して庇《かば》い、怪しげな輩《やから》が子供に近付けば吠《ほ》えて追い払った。子供の具合が悪そうなら、鳴いて大人を呼ぶことだってした。

　大きくなったシヅや弟が絡繰りを休止状態にしてからも、へいはちはあの家でそれなりに大切にされてきた。一緒に出歩くことも話しかけられることもめっきりなくなったが、筐体《きょうたい》が埃《ほこり》を被《かぶ》ったことはなかったし、絡繰りを張子屋に返そうと言い出す者はあの家に誰一人としていなかった。そうしてへいはちは置物のようにこの数年を、じっと動かず行儀よく戸棚の横に控えて過ごしながら、子供たちの成長の続きを見守ってきたのだ。

　だが、子供を守ることを命ぜられたこの絡繰りは、どうやったって己の力で子供を病《やまい》から守ることはできなかった。

　曲がり角まで辿り着いたところで、へいはちはその脚を一度止めて振り返った。

　己が立ち去った家の声は、人間よりも音をよく拾う張子の耳でもここからでは微かにしか聞こえない。

——赤ん坊が、泣いているよ。

置物としてあのまま家にずっと置かれるはずだった張子は、熱病でうなされた少女の譫言を確かに受け取った。

子供が泣いているのなら、守りに行くのが己の役目である。

それが己では守れない少女の願いであるのなら、なおのこと。

弟はまだ帰ってくる気配はない。

幼い頃、へいはち、へいはちと自分を呼んでじゃれついてきた姉弟に別れを告げるように、張子は最後に家に向かってひとつ、わん、とつくりものの声で吠えた。

白い筐体のなかで唯一黒い額の下、弧を描いて下がる眉が何だか物悲しげだった。

曇天《どんてん》の夜空の下を、へいはちはただ一匹、とことこと進んでいた。

伍番街の外れを更に離れた夜道は先ほどの通りよりも更に人気がなく、相変わらず一匹で歩き回る張子を見かけて不審に思うような者には行き当たらなかった。

鬱蒼《うっそう》とした竹林や畑を抜けた先にはいくつか長屋もあるのだが、長いこと家に置かれたままだった使機神にそれを知る術《すべ》はない。

幼い頃に面倒を見ていた少女の「赤子が泣いている」という譫言だけを頼りに当て所もなく彷徨《さまよ》っていた張子は、やがてそのピンと立った耳で微かな声を拾った。

——……わぁ、……おわぁ。

立ち止まって、辺りを見回す。本物の犬と比べるとうんと小ぶりな鼻が、くん、と動いた。

雨が降る前の湿った空気のせいか、ここ数日うるさいほどだった鈴虫の音もまばらにしか聞こえない。

その途切れ途切れの虫の音の合間を縫って、おわぁ、おわぁと聞こえる声は、確かに赤子の声のようだった。

まん丸い両目が、じっと泣き声の聞こえる方向を見据える。視線の先には、木々に囲まれた社《やしろ》の屋根が僅かに顔を覗《のぞ》かせていた。

真っ直ぐ社へと向かったへいはちが見つけたのは、鳥居の足元より数歩先、叢《くさむら》に置かれた布の塊だった。

布の塊に見えたそれは、よく見れば上下に動いていた。近頃少しずつ冷え込むようになった夜の空気から守るように、幾重にも重ねた布に包《くる》まれている。

その隙間から僅かに片目をのぞかせた赤子が、顔を真っ赤にして泣き声を上げていた。

へいはちが布の端を咥《くわ》えて一枚、二枚とずらすと、頭が現れた赤子は息苦しさで泣いていたのも忘れてぽかんと、突然目の前に現れた、犬にしてはちょっとばかりへんてこな顔を見上げた。それに応えるように、わん、とへいはちは一声鳴いてみせる。

布はほとんど汚れておらず、赤子がここに置かれてからそれほど経《た》っていないようだった。それでも直に雨が降りそうな曇天の下、何よりこれほど小さな赤子をいつまでもここに置いておくわけにはいかない。乳飲み子の腹が減ったのなら、それを満たすのは子守用の使機神ではなく人間の役目だ。

だからへいはちは、人間を呼ぶことにした。

絡繰りはぴったりと赤子の横に身を寄せると、大きな目で真っ直ぐに正面を見据えたまま、両耳を立てて周囲に注意を向けた。

どれほど経ったろうか。息苦しさも心細さもなくなった赤子が寝息を立て始めてしばらくした頃、まばらな虫の音に紛れ遠くで土を踏む音を聞いたへいはちは、わん、と大きく鳴いた。

足音は少しずつこちらに近付いてくるようだった。その気配を逃すまいと、二、三度更に吠える。その声を聞いて、気配が足を止めた。

そのまま恐る恐る、と言った様子で社の入り口まで近付いてきた気配は、手元の灯で社の奥の方をまず照らした。その腕にここだ、と知らせるべくもうひとつ鳴くと、それを辿るように灯を掲げる腕が下がり、気配の主の顔が照らされた。

こちらを見下ろしていたのは、竹籠《たけかご》を背負った若い男だった。子守用の使機神に見慣れていないのだろうか。へいはちの顔をまじまじと見て怪訝《けげん》な顔を浮かべる男を見上げ、そんなことよりも己の横を見ろと更に一声吠える。

その声にもう一歩踏み出してこちらを覗き込んだ男の視線が、へいはちの横の布をようやく捉えた。一拍置いてあっと息を呑むと、慌ててこちらへと駆け寄ってくる。

あれだけへいはちが吠えていたにもかかわらず、男が抱き上げた赤子はぐっすりと眠ったままだった。

なおも驚いた様子の男は、赤子の顔をまず見、次にへいはちの顔を見、途方に暮れたような顔でお前、と呟いた。

「――ひょっとして、この子を守っていたのか?」

当然だ。何を今更問うている。

張子の役割は「子供を守る」ことである。それは使機神として筐体の中の命板に穿《うが》たれ、己の絡繰りの核となっている。

それに、この一人ぼっちで泣いている赤子を助けることが、病で苦しんでいたシヅの願いだったのだ。

いよいよ雨が近いのか、いつの間にか虫の音はすっかり絶えている。

男の問いに応えるようにもう一度わん、と鳴いたへいはちの声が、静まり返った社の奥まで誇らしげに響いた。

戸惑いながらも赤ん坊を雨曝《あまざら》しにするわけにはいかねえとひとまず連れ帰った若い男は、背負った竹籠を降ろすよりも先に同じ長屋に住む夫婦の元を訪ねた。

夜分遅くの訪問に首を傾げながら雨戸を開けた夫婦は、男の腕の中の赤子を見て捨て子だという事情を聞くなり、こりゃ大変だと大慌てで赤子の世話にとりかかった。やれ湯の準備だおしめは大丈夫かと手際よく働く夫婦の後ろでは、赤子と同じ年の頃の息子が布団の上で寝かされている。

一通り赤子の世話が終わった頃、手を拭いていた女の方が若い男の足元でじっとしていたへいはちを見てあれ、と目を丸くした。

「タタラさん、それって『張子』じゃないの」

その声に旦那《だんな》の方もようやく使機神の存在に気付いたらしく、へえと声をあげてタタラと呼ばれた男の足元を覗き込んだ。

子持ちの親らしく張子のことを知っていた夫婦とは別に、へいはちと赤子を連れてきたタタラは何一つ知らないらしく「サワさんたち、こいつのこと知っているんですか」と社の時と同じ困惑した表情でこちらを見下ろしてきた。

「子守用の使機神でしょう。街の方じゃよく見るよ。うちでも買うか借りるかって話が出たんだけど、なんせこの人の親父さんが大の犬嫌いで」

大昔に尻を嚙《か》まれて以来、犬の姿形をしたものも犬と名の付くものもご法度《はっと》なのだという。そもそも犬以外の生き物もあまり好きではないらしく、孫の顔を見に来る度に苦虫を嚙み潰したような顔にさせるのも気の毒だからと、数少ない犬型以外の張子をわざわざ探すことも諦めてしまったらしい。

「タタラ、お前さん知らないでそいつを連れていたのか?」

「赤ん坊と一緒にいたんですよ。そしたらそのままついてきちまって」

頭を掻《か》いて二人に説明するタタラは、どうやらあまり使機神そのものに馴染《なじ》みがないようだった。運搬用の使機神をたまに借りることはあるけど、こういったのにはとんと縁がねえもんでともごもご言う若者を見上げる。

なるほどねえと頷《うなず》いていた夫婦は、「それで」と襷《たすき》を外しながらタタラに問いかけた。

「その赤ん坊、どうするつもりだい？」

一晩明けたら寺にでも預けるのかと尋ねる二人に、そこまでは考えていなかったらしい若者はああそうかぁ、と声を上げて頭を掻いた。

あの場で見捨ててはおけなかったものの、どうするのが正解なのだろう。

困り果ててうろうろと彷徨っていた視線が、タタラを見上げていた張子の姿を捉えた。水色に縁どられたまん丸い黒目と、また途方に暮れた様子の若者の目が合う。

部屋の奥では、夫婦の息子と並んであの赤子がすやすやと眠っていた。

このタタラという若者が決める行き先が寺だろうがこの長屋だろうが、変わらない。へいはちはあの赤子を守るだけだ。

じっと見上げて決断を待っていると、やがてへにゃりとタタラの眉が八の字に垂れ下がった。

そんな顔で見るなよぉ、と情けない声を上げた若者はしかし、既に腹を括《くく》ったようだ。目を合わせたままの張子は赤子たちを起こしてしまわぬよう、吠える代わりに小さく尻尾《しっぽ》を振って応えた。

二、

「シロ、シロ。ちょっとこっちに来な」

タタラの呼ぶ声に、ミチの横にぴたりと身を寄せていた張子《はりこ》は立ち上がると、とことこ部屋の隅へと向かった。

あの曇天の夜から、半年ほどの時が過ぎていた。結局、タタラの家には赤子も張子も未だに暮らしている。

タタラに引き取られミチと名付けられた赤子は、タタラが訪ねた夫婦をはじめとした長屋の人々の助けもあり、大きな病や怪我もなくすくすくと成長していた。最近では座って父親が手仕事をする様子を眺めるのがお気に入りらしく、今もよだれを垂らしそうになりながらじっとタタラの手が動くのを見つめている。

かつてはへいはちと呼ばれていた犬型張子の方はというと、その体の色から今度はシロ、シロ、と呼ばれていた。最初にそう呼んだのは長屋の誰だったか、今となっては誰も分からない。

「シロちゃんは大したもんだねえ。こりゃあ街で人気なのもよく分かるよ」

そう感心してシロの頭を撫でたのは、サワさんとタタラに呼ばれていたあの夫婦の女の方だった。タタラが商《あきな》いで街の方へと出掛ける時には、シロは大抵ミチと一緒に夫婦の家に預けられた。その時にはミチだけでなく、数か月だけミチよりも上の夫婦の息子の子守も張子は請け負っている。その働きぶりに感激したらしい夫婦は、事あるごとに立派だ立派だとシロの頭を本物の犬のように撫でた。最近では件《くだん》の犬嫌いな舅《しゅうと》も働き者の張子に慣れたのか、あの犬もどきにおまんまはやらないで良いのかとこっそりサワに聞いているのを、シロのよく聞こえる耳はしっかりと拾っていた。

部屋の隅で胡坐《あぐら》をかいて手作業をしていたタタラの足元までシロが辿り着くと、先ほどまで弄《いじ》っていたらしいものをぽんと頭の上に被せられた。

「この前街で聞いたんだが、笊被《ざるかぶ》りの犬型は縁起が良いんだとさ。子供がいつまでも笑って過ごせる、とか何とか言っていたっけな」

うん、似合っていると満足げに頷いたタタラが腕を組むのを見上げる。どうやら小さな竹笊を被せられたらしい。

張子と呼ばれる子守用の使機神は、大抵はシロのような犬型だ。かつてへいはちとしてシヅたちの子守をしていた頃、確かに竹笊や小ぶりな太鼓《たいこ》などの装飾を付けた犬型を見かけたことがシロにもあった。普段竹籠などを編んで生計を立てているタタラは、どうやら街でそういった張子を見かけてじゃあ作ってみるか、と思いついたらしい。

「いつもミチたちの面倒を見てくれているから、お礼だよ」

ミチを捨てた親にどんな事情があったかわからねえけどさ、と足を組みなおしたタタラは目を細めてみせた。

「お前と一緒にミチを捨てたのは、せめて赤ん坊を守ってほしいっていう最後の親心だったんだろうな」

シロの背中を撫でながらしみじみと呟くタタラの言葉はてんで的外れだったが、この場にそれを訂正できるものは誰もいなかった。唯一真実を知るシロはつくりものの声でひとつ鳴いてから、ミチの方へと戻る。

見慣れないものを被るシロが気になったのか、赤子はシロが近付くなり竹笊に手を伸ばした。あっという間にずり落ちた笊に、ああせっかく被せたのにとタタラが情けない声を上げる。

「こりゃあ、落ちないように紐《ひも》でもつけてやらないとなぁ」

からりと軽い音を立てて落ちる竹笊が気に入ったのか、ミチは覚束《おぼつか》ない手つきで竹笊を摑《つか》んでは取り落とす。その動きが面白いのか、落ちる度にミチの笑い声が部屋に響いた。タタラの加工のお陰でささくれも無い竹笊だから、止める必要はないだろうと判断して、シロはその様子をじっと見守る。

子供を守る役割を果たせるなら、縁起物を被っていようがいまいがどうでもいい。それでも、ミチがこうして楽しそうにしているのなら、笊を被るのも悪くはないのかもしれなかった。

伍番街の中心に店を構える張子屋の工房の一つで、職人のギンは首を捻《ひね》っていた。

どうにも近頃、張子たちの奇妙な話が増えている。

複雑な絡繰りが絡むとはいえ、使機神《しきがみ》の設定自体はひどく単純だ。それぞれ役目に応じた単純な指令を命符と呼ばれる板に穴を空けて記し、絡繰りの核にはめ込む。子守用の使機神である張子なら「子供を守る」という指令を、飛脚問屋で使われる力車《りきしや》と呼ばれる使機神なら「荷物を運ぶ」と「役目を終えたら店に戻ってくる」という指令を、といった具合だが、単純故に使機神の動きには限界があった。

つまるところ、応用が利かないのだ。追加の積み荷についての指示をし損ねたせいで、力車の隣で同じくらいの重荷を背負って一緒に歩く羽目になった男の笑い話が定番となっている程である。

だから「子供を守る」という使命の張子が目の前の子供や命符に指定された子供を守ることは出来ても、どこかで困っている子供を守ろうとわざわざ向かうことはない。

「――はず、なんだがねぇ」

最初にギンたちの店で奇妙な話が出たのは、半年ほど前だった。

子供が家で自分の張子と遊んでいると、突然ぴたりと張子が動きを止め、辺りを見回したという。そのままついて来いと言わんばかりに一声吠えると、外に出て近くの川へと向かおうとした。不思議に思いながら小さな主人がその後を追うと、辿り着いた先では溺《おぼ》れかけている近所の子供がいたそうだ。

張子の主である子供が大人を呼んだお陰で、溺れた子供は助かった……のは良かったものの、本来の張子の働きを越えた出来事を耳にした職人一同、揃《そろ》って首を捻った。件の張子を造った本人のギンですら、全く予想だにしていない動作だった。

不思議なのはその張子だけではない。三月ほど前には手の付けられない悪餓鬼がいたのだが、不思議なことに殴られたことのない子供の張子までもが、一目見るなりそいつに向かって吠え出したという話を聞いた。

他所《よそ》の店の職人たちに尋ねても、同じような奇妙な話はいくつもある。隣の陸番街《ろくばんがい》では、ある時近くを歩いていた張子が皆一様に古い小屋に向かったことがあるという。集まった張子がひたすら吠えるからと小屋を調べたところ、何と子供が閉じ込められていたそうだ。冒険心で小窓から忍び込んだは良いものの、扉の建付けが悪くなっており、そのまま出られなくなってしまったらしい。

子供に害があるわけではないから、不具合ではない。むしろ子供たちは助かっている。

だが、予想外の動きではある。

先日の客が連れてきた張子もとりわけ変だった。伍番街の外れの長屋に住むという若い男で、家の張子が動かなくなったとひどく青褪《あおざ》めた顔でギンたちの店を訪れたのだが、何ということはない、ただ長い間手入れをされていなかったせいで絡繰りの部品にガタが来ていただけだった。どうやら男は張子どころか、使機神そのものにあまり馴染みが無く、そもそも定期的な手入れが必要なものだということを知らなかったらしい。道理で普通の客のように元々張子を造った工房ではなく、最初に目についた張子屋だったというギンたちの店に駆け込んできたわけだ。

そこまでであれば、ただうっかり者の客が来たよ、という話で済んだ。

だが、タタラと名乗るその男に張子を手に入れた店や経緯《いきさつ》を尋ねようとすると、またもやおかしな話が出てきた。

散々話すのを渋った末、まさかと思うが盗んだ張子じゃあないだろうね、借りる金すら勿体《もったい》ないってかいとギンに凄《すご》まれてようやく重い口を開いたタタラは、捨てられた赤子と一緒に見つけたのだと説明した。社の入り口で張子の吠える声に何だろうと足を止め、様子を見てみたら布に包《くる》まれた赤子がいた、という。

きっと産みの親が赤子を守るために張子も置いていったのだろうと話すタタラは何の疑問も持っていないようだったが、日がな一日張子に触れているギンの職人としての勘は何かが妙だと告げていた。

張子という使機神は、大抵は赤子の産まれた祝いも兼ねて迎えられるものだ。子供が成長したからと、幾らかの銭と引き換えに店に返されることは確かにあるが、そういった張子は命符だけ残して筐体も絡繰りも一から全て作り変えられる。

修理をした張子はどう見てもそれなりに年季の入ったものだった。恐らく十年は経っているだろう。いくら捨て子とはいえ、誰かのお下がりがそのまま次の赤子に渡される、ということはあまり考えられない。もし仮に兄か姉がいたとしても、真夜中無人の社に生まれて間もない妹を置き去りにするほど貧しいならば、まず真っ先にこの張子を店に返して僅かでも金を得ようとするのではないか。

ありえないとは言い切れぬ話だが、何かが引っ掛かる。

そう思ったのは、ここ半年の奇妙な話のせいかもしれなかった。

ひとまず「への一八」と左後ろ脚に書かれた張子の通し番号を控えたギンは、修理の後に時間を見つけては、他の店の職人をそれとなく当たっていった。タタラの考えが正しかったならそれはそれでいい。その場合は、もしうまく聞き出せれば件の捨て子の親の居場所まで分かるかもしれないが、特に頼まれているわけでも無し、別にそこまでする必要はないだろう。

さて。

結論から言えば、ギンの勘は正しかった。

師匠の兄弟子が構える他所の店の帳簿に、十三年ほど前に購入されたへの一八番の張子の記録があったという。購入した家の子供の名前はシヅ。その二年後にはもう一人、息子が産まれており、張子は二人分の面倒を見られるものかという親の相談も記録されていたが、そこまではごく普通の張子のように見える。

奇妙なのは、つい最近書き足された記録だった。

曰《いわ》く、張子が「家出」したのだという。

気の毒なことに、上の子供が半年ほど前に高熱で亡くなってしまったらしい。必死の看病虚しくこの世を去った子供に嘆き悲しんでいると、下の子供が張子の姿が見当たらないことに気が付いたそうだ。二人の子供が大きくなってからは停止されており、長いこと置物同然となっていた使機神がいつの間に姿を消したのか、遺された家族の誰一人として心当たりは無かった。まるで上の子と一緒に去ってしまったようだ、と言っていたのは、そんなことがあるのかと店に尋ねに来た父親の方だという。

——まただ。

その話を聞いたギンは、この半年で一番大きく捻っていた首を戻すと、腕を組んで大きな溜《た》め息を吐いた。

こちらがタタラから聞いた話と付け合わせれば、件の張子は勝手に動き出して家を去った上、遠く離れた赤子の捨てられていた場所にわざわざ出向いていったことになる。それも、命符に指定されてもいない、見ず知らずの子供のところに、だ。

子供に害があるわけではないから、不具合ではない。むしろ、より多くの子供が救われるようになっている。

だが、どう考えても予想外の動きだった。

どうにも最近、張子の奇妙な話が増えている。この張子の話は、その中でもとびきり変なものだ。

ひとまず「への一八」番を造った工房から、元の買い手の家には家出した張子の居場所は伝えてもらうことにした。タタラの名前は伏せつつ張子が若者の手に渡った経緯を伝えたところ、両親はひどく感じ入った様子で話を聞いていたという。だが、事情を話して連れ戻すかと訊かれた彼らは揃って首を横に振ったそうだ。

——思い出したんですが、たまたま熱にうなされていた時のあの子も「赤ん坊が泣いている」って言っていたんですよ。

偶然だろうが、消えた張子が捨てられた赤子を守っていたという話に、どうしても奇妙な縁を感じずにはいられないのだという。どうかそのまま今の家で過ごさせてやって下さいという両親の願いに応じて、ギンたちはタタラには一切を伝えないことにした。第一、職人としてこんな奇妙な話を説明できる自信もない。

工房で造りかけの張子の命符を手元で弄《もてあそ》びつつ、ギンはもう一度反対側に首を捻った。

命符に空いている穴は、張子が作られるようになってからこれまで多少の改良はあったものの、「子供を守る」という単純な指令そのものは変わっていない。命符を仕込む筐体も多少の見た目の違いはあれど、機能に影響を与えるような構造は特にない。

だが、最近の張子たちの動きは明らかにこれまでとは違う。

近頃の張子の働きで、本来の機能では決して救えなかっただろう子供たちが何人も救われている。

それ自体は喜ばしいことだろうが、ギンたちにはそれを設計した覚えが何一つないのだ。

「お前たち、いつの間にそんな優秀になったんだい」

仕上げ途中の筐体のまん丸い目と見つめ合いながら、ギンは弄んでいた命符をコツ、と指先で小さく叩《たた》いてみせた。

ぜんたい、張子たちに、何が起きているというのだろう。

三、

赤提灯《あかちょうちん》の下を、タタラはミチの手を引いて歩いていた。

普段はミチを拾った時のように無人の社は、祭りの開かれるこの時期だけ目を覚ましたような賑《にぎ》わいを見せる。

三つになったミチがタタラと手を繋《つな》ぐ反対側では、竹笊を被ったシロがとことこと歩いていた。定期的な修理を受けるようになったお陰で、一度動きが止まって以降は問題なく動いている。それどころか、昔よりもずっと調子が良いくらいだ。

祭り囃子《ばやし》が流れる中、時折ミチが興味を示すものがあれば揃って足を止め、興味を失えばまた歩き出す。先ほどまでは紙の蝶《ちょう》がひたひたと羽搏《はばた》く手妻《てづま》を食い入るように見つめていたが、今はあっちをきょろきょろ、こっちをきょろきょろと忙《せわ》しなく頭と足を動かしている。時折転びそうになると、手を引いているタタラと隣を歩くシロが揃って幼子の身体を支えてやった。

ふと、ミチが出店の一つの前で足を止めた。

荷台の上に並べられた売り物が良く見えるようにと、タタラがミチの身体を抱き上げてやる。

並べられていたのは、張子の筐体だった。ここで気に入った張子があれば注文し、後日命符を入れた使機神《しきがみ》を工房で受け渡すという流れらしい。子供がもうすぐ生まれるのだという先客の男が、どの顔の張子を迎えようかと品定めしている。

「欲しいやつでもいるのかい」

真新しい張子の筐体をじっと眺めるミチに、タタラは静かに問いかけた。少しばかり緊張を含んだその声には気付いていないのか、尋ねられたミチの方はううんと首を振って見せる。

「ミチにはシロがいるもん」

その答えにほっと息を吐きながら、タタラは「そうだよな」とシロの方を見下ろして頷いて見せた。

最近のタタラは、ミチが寝ている時や長屋の友達と遊んでいる時を見計らって、シロに事あるごとにこう語りかける。

――お前は特別な張子だよ。

――お前がミチという宝物を、俺の元に連れて来てくれたんだよ。

そう目を細めて、笊を被った頭の代わりに背中の辺りをぽんぽんと撫でてくる。

シロにとっては、タタラのその言葉は、頭に被せられた縁起物の装飾と同じくらいどうでもいいものだ。

それでも、そのお陰でミチという子供を守れているというのなら。

病からは守れなかったあの少女の最後の願いも守れているというのなら。

あの時、うつらうつらと囁《ささや》くシヅの声を聞いて、それまで眠ったように動いていなかった命符がシロの、へいはちの絡繰りを呼び覚ましたようだった。これまで漠然と何かをなぞるようにしか動いていなかった全身の絡繰りの全てが、子供を守るために何をすればいいかを考えて、動いている。

だからシロはこれからも、タタラや誰かが何と言おうが、ミチや子供たちを守るだけだ。

「お父ちゃん、あっちも見たい」

腕の中でじたばたと暴れるミチに、はいはいと苦笑しながらタタラは幼子を抱え直した。

抱え上げられた腕の中で、ミチがくるりと足元を振り返る。

水色に縁どられた、大きな黒い両目がじっとミチを見上げている。赤と白の両耳は、タタラが紐を付けたお陰で落ちることの少なくなった竹笊の下だ。への字を描く朱い口も弧を描いて垂れ下がる眉も、ミチにとってはお馴染みの、犬にしてはちょっとばかりへんてこな顔だ。

「シロ、行こう！」

そう言って元気に笑う幼子に、シロと呼ばれた張子はわん、とつくりものの声でひとつ鳴いて応えると、とことこと短い脚で歩き始めた。

デュ先生なら右心房にいる

斧田小夜

飼育試験中の宇宙ロバが謎の失踪を遂げた。
先生よ、あんたの出番だ。

犬張子型のロボットに続いて登場するのは宇宙ロバ。地球産のロバを品種改良した宇宙ロバは、餌《えさ》や水を与えられなくても長期間にわたって働くことができ、酸素濃度の低い場所でも活動できるうえに、その肉は良質な食料となる。非常に優秀な動物だが……。

斧田小夜（おのだ・さよ）は、一九八三年、千葉県生まれ。エンジニアとして、中国、イギリス、米西海岸などで働き、現在は日本企業に勤務。二〇一九年、第3回ゲンロンSF新人賞優秀賞を受賞した「バックファイア」は、顧客に夢を見せることで睡眠を改善するデバイスを媒介に、機能不全家族からの脱出を試みる、テッド・チャン的なテクノロジー小説。同年、「飲鴆止渇《いんちんしかつ》」で第10回創元SF短編賞優秀賞を受賞し、〈ミステリーズ！〉二一年二月号に掲載された。某年、民主化運動が頂点に達した揺碧国《ようびこく》に伝説の巨鳥・鴆が忽然と現れ、広場の人民を殺戮《さつりく》。十年後、体制は一新され、国は急激な発展をとげたが……。題名は、猛毒の鴆の羽根が入った酒を飲んで渇きを癒《いや》すこと（結果を考えずに目先の利益に飛びつくこと）を指す。『NOVA 2021年夏号』掲載の「おまえの知らなかった頃」は、チベット自治区に流れ着いた天才プログラマの女性が遊牧民の青年と恋に落ち、工場長のささやかな不正を利用して一計を案じる。

二二年には、初のSF短編集『ギークに銃はいらない』を破滅派から刊行。表題作は米西海岸のダメ高校生がコードと社会に目覚める、ギーク青春小説の名作。書き下ろしの「冬を牽く」は、異世界ファンタジー風の中編「春を負う」を受けて、意外な裏側を見せる。他に、セムトケ型AIを主役とする電子書籍『これからの祈りについて』がある。

0

デュ先生なら右心房にいる。

先生のことを尋ねたら、十中八九こんな答えが返ってくる。今日もいつもの場所で患者をお待ちだよ。忙しそうだったかって？　そんなの、ロバ次第さ！

先生の患者は蹄《ひづめ》を痛めた宇宙ロバだ。その蹄の調子を整えてやるのが、先生の仕事であり、患者を確保するのにもっとも都合の良い場所は右心房、ということらしい。

宇宙開発事情に精通していなければなんのことやらさっぱりだろう。先生はどんな人物なのか。なぜ宇宙ロバなどというつまらないものに拘泥するのか？　その謎を理解するため、まずは先生についてかんたんに説明しよう。

先生はきわめて背が高い。原因ははっきりしている。先生が月という場所で育ったからだ。どれくらいの高さかというと、脚が食堂の机の下に収まらず、交差してもなお向こう側へとはみ出しているほどだ。右心房の入り口は作業機の出入りのためにかなり余裕をもった高さになっているが、先生はそれでもひょいと首を傾け、背中を曲げて中に入ってくる。外見は定住型人間の基準でいえば五十代か、六十代といったところ。だが、歩幅は広く、歳を感じさせない。

デュ先生は人生の半分以上を純粋な移動型人間として過ごし、そしてこの十年ほどは準移動型人間として宇宙開発基地を転々として生計を立てていた。彼が並々ならぬ年月を超えてきたことは、彼の衣服を見ればすぐにわかる。重そうな灰色の防塵《ぼうじん》コートを老いて痩《や》せた肩に、中に二パーツにわかれた生活着、シャツと呼ばれる古い形態のトップス、ゆったりとした体型を拾わないボトムスは近頃では名前さえ失われた織布《しょくふ》と呼ばれる材質で作られている。

服の構成要素がたった二つしかないと聞くと、現代人ならいささか不安を覚えるものだ。どこかに引っ掛けたり、破れたりしたときに、問題ない部分まで交換しなければならないではないか。腕なら四パーツ、胸から首元までで一パーツ、胸下から下腹部までで一パーツ——といった具合なら資源を無駄にせずに済む。ところが先生はこのような不安を全く理解しない。服は二パーツに分割するのが理に適っているというのである。

このように先生は一般的に「偏屈」に属するタイプの人間だ。先生のようなタイプをもって「純粋な移動型」と呼ぶむきもあるようだが、その議論はここでは一旦おいて、そんな先生がなににおいても優先する宇宙ロバについても軽くおさらいしよう。

宇宙ロバの祖先は、地球産の草食動物、ロバである。ロバは体高が人間とかわらないくらいの大型動物で、家畜としての歴史はヤギや羊と同じくらい長い。気性は草食動物のわりに荒く、肉食動物にも果敢に立ち向かっていく一方、非常に我慢強いという特性もあった。これは周囲に対する感情性が低い、つまり鈍感な性格であるということだが、荷役の仕事にはもってこいといえる。

ロバは人間がどんどん荷物を載せても、自身の脚が壊れるまでそのことに気づかない。歴史的に荷役の家畜として用いられたのはロバ以外に馬、牛、らくだなどの蹄をもつ動物が多いが、その中でもロバは体の大きさの割に力持ちで、扱いやすいことから広く用られた。こと、食欲に対する我慢強さは他の家畜をしのぐ美点だ。地球産《オリジナル》のロバでさえ数日水を口にしなくてもまったく平気だが、品種改良された宇宙ロバにいたっては陸上水棲哺乳類《すいせいほにゅう》に分類されるほど長期間、餌《えさ》や水を口にする必要がない。そのうえ、酸素濃度の低い場所でも活動できる。こういった特性にくわえ、太古から「天には龍の肉があるが、地上にはロバの肉がある」といわれるほどの肉質の良さは、地表の居住地環境適合《住適》開発労働者の貴重な天然食料となった。

もっとも宇宙ロバが活きるのは、地表の住適開発初期の短い期間だけだ。地上が人間にとって快適な環境になれば、その土地に適した生産技術が導入されて家畜は不要になるし、もし必要だったとしても調教しやすいか、食料生産性の高い動物が選ばれやすい。ロバは際立った欠点がなく、食料に転用しやすいという二点を理由に、重宝されているに過ぎなかった。

では機械と比べたときにはどうか？　通常、宇宙開発といえば大型機械が主役で、ロバの役目はないように思われる。実際、開拓最初期にロバの姿は見られない。ロバが導入されるのは、大型機械が引き上げ、生産ラインが構築されるまでの期間、すなわちクークンデンのような小型の飛行型作業機と開拓傭兵《ようへい》が主力となる、初期開拓の終わりから定着入植が始まるまでだ。

　ところが先生ときたら宇宙の果てから果てまで宇宙ロバを追いかけて旅をする。そして衛星軌道上に浮かぶ開発基地《デベロッパーベース》に到着すると、「右心房」で治療すべきロバを待つのだ。

　これには道理がある、と先生は言う。

「右心房」は「第二の心臓」である。第一の心臓は誰もが注意深く扱い、少しでも不調があればすぐに手を尽くして治療する。けれども大抵の場合、第二の心臓は軽視されている。第二の心臓が健康でなければ、すべてのものは停止するにもかかわらず、だ。

　宇宙ロバには、他の哺乳類と同様に心臓がある。この心臓が送り出す血液のほとんどは、脳へ直行する。これはロバが可能な限り呼吸数、心拍数を落とすことのできる陸上水棲哺乳類だからだ。このような特性を得た代償として、ロバの心臓は末端の毛細血管を切り捨てた。かわりに脚の筋肉の収縮が心臓の代替を務めている。ロバは歩き続けなければ血流が滞り、死に至る。生きるためには脚が健康でなければならない。なかでも重要なのは蹄だ。すなわち蹄は第二の心臓であるといっても過言ではないわけだ。

先生が食堂を根城とするのも、まったく同じく道理だった。

近頃、彼が根城としているのは、衛星開発基地H－33Aであった。衛星開発基地は、初期および中期開拓期の中核を担う典型的な移動型開発拠点だ。

地上への入植が始まる日まで基地は静止軌道上で人や物資を預る。旅立ちの日がやってくると、衛星軌道上にバラバラに散らばっていたパーツを組み合わせて継ぎ目のない円柱になる。そして中核に抱え込んだ巨大なエンジンを始動し、数光年の距離を軽々と飛んで次の目的地へ向かうのだ。

つまり衛星開発基地の第一の心臓は、エンジンだ。けれども第一の心臓は自律行動をしない。エンジンには人間が必要だ。基地は必ず人員《エンジニア》を必要とし、人員は飯を必要とする。人は飯がなければ生きていけない。だから食堂がある。すなわち食堂は第二の心臓というわけである。

これには基地の人々も同意見のようで、食堂はしばしば比喩《ひゆ》をもって語られる。昼時の忙しい時間帯のことは「動悸《どうき》」、食堂が閉まっていれば「心停止」、食堂の修理業者は「心臓外科医」、食堂が拡張された際には「心臓肥大」といった具合である。先生が拠点とするのはその心臓の束出入口、「右心房」であった。

では、デュ先生はなぜ右心房に腰を下ろしているのか？　次はこの道理について考えてみよう。

右心房とは疲弊した血がたどり着く場所だ。血は右心室、肺とじゅんじゅんに送られ、酸素を得て再び元気になる。元気になった血は左心房、左心室を通って仕事に戻る。同心円状に広がるH－33A基地のうち、人間に割り当てられているのは最外殻の三十二分の一の区画のみ、しかしそれだけでは土地が足りないので、居住区は外側に向かって固着コンテナが展開され、心臓形《カージオイド》の居住地区を形成している。他の区画とつながる左右の境界には降下船《ドロップシップ》の発着ポートが突き出しているが、食堂はちょうどそのポートの中間地点にあった。第二の心臓にもっともふさわしい場所だ。

おそらくデュ先生の助手はこの理屈にケチをつけるだろう。それじゃ順番が逆だ。人が集まるから、食堂ができたんだ。客を呼びやすい。

残念ながらこの助手は理に通じているとは言えない。

もちろん、ふつうの街のふつうの路地であれば、助手の理屈はまったく正しい。しかしここは開発基地だ。整体師が体内の気を見るように、先生は人の流れを見る。人は東からやってきて、南へ抜けていく。南からやってきた人々はみな西へ行く。これは東のポートが到着に、西は出発を割り当てられているからであり、南には居住エリアが存在するためだ。人の流れを妨げず、なおかつ大量に存在する労働者に等しく食事を分け与えるために、食堂の場所は設計された。いや、食堂の場所ありきで発着ポートや居住エリアが設計されたのである。

このようにデュ先生は見識に優れた人物である。だが、万能ではない。致命的に実行力が欠けていた。客を捕まえるのが下手なのである。

H－33A基地に着いたばかりの頃、デュ先生はたくさんの努力をした。毎日食堂に行って、具合の悪い宇宙ロバがいないか目を光らせ、少しでも不調をかぎつければすっとんでいった。しかしロバを連れた作業員たちはデュ先生の気配を感じると、急に金欠になり、善き家庭人になる。

彼らはきまってこう言った。家に腹をすかせて待ってる子供がいるんだよ。今日は早く帰らないと。それに今はちょっと持ち合わせがない。次に発《で》る前にお願いするかもしれないが、今日のところは問題ないさ。

彼らの話は奇妙だ。入植募集の始まっていない開発基地に子供はほとんどいない。しかしデュ先生は食い下がらなかった。いつも素直に引き下がって、すごすごと右心房に戻った。

ある日、先生はいつものように宇宙ロバを連れた男に話しかけた。そのロバは具合が悪い。蹄を診せてみなさい。治ればクークンデンよりよく働くだろう。

　すると男は目を丸くして、先生を仰いだ。それからニコッと人好きのする笑顔を浮かべ、「先生よ」と言ったのだ。

ロバの具合が悪いからってなんだ？　大したことじゃない。五日くらい火入驢麵《ロバハム》を我慢すれば買い換えられるんだから、具合が悪いなら手放せばいい。あんた、俺からいくらせしめるつもりだ？

これが、のちに助手となるショウとの出会いである。

1 サンゴウ

サンゴウはロバである。

「サンゴウ」は彼女の本当の名ではない。彼女にはロバの名があるが、ニンゲンが彼女をそう呼ぶのである。サンゴウはこれを仕方のないことと受け止めていた。ニンゲンは鳴くのが下手なので、彼女の本当の名前を呼ぶことができないのだ。

ニンゲンというのはほんとうに哀れな生き物だ。鳴くのが下手なだけでなく、言葉自体がおぼつかない。視線や耳やしっぽは適当に動かせばよいと思っているようで、言葉を認識しているかどうかも怪しかった。仕方がないのでサンゴウを含めたロバたちが意を汲んで動いてやると、奇妙な二本のしっぽを振って喜ぶ。その姿がなんとも愛らしいので、サンゴウはニンゲンが好きだった。

ニンゲンはほんとうに奇妙だ。首の付け根辺りからよく動くしっぽが二本も生えているし、脚も二本しかない。耳は小さく、鼻は短く、妙に薄っぺらな体をしていてバランスも悪い。小突くとふらふらして、二本のしっぽで抗議するようにサンゴウの鼻や顎《あご》をくすぐってくる。そんなところをイチゴウに見られたら叱られるに決まっているが、ニンゲンの甲高い笑い声が聞きたくて、サンゴウはしょっちゅうニンゲンにちょっかいをかけた。

もちろんサンゴウはイチゴウのことも好きだ。イチゴウはなんでも知っていて、実に頼もしい。時々ごうごうと恐ろしい音をたてて地面が揺れても、イチゴウはけっして慌てない。声をあらげてニンゲンに注意を促し、それからニゴウとサンゴウを側に呼び寄せる。ここにいれば心配ないから動かないで。彼女の言葉通り、サンゴウの世界は一度も壊れたことがない。いつも白く照らされ、足元は乾いている。

ところがある朝、とりとめのない不安な夢から覚めると、彼女の世界は変わっていた。姿かたちが変わったわけではない。どこか浮かれた、そのくせ体の奥底を突き上げるような不安が彼女を支配していたのだった。

ニンゲンに変化はないようだ。いつもどおり二本のしっぽで彼女の腹をなでたり足を触ったりして、奇妙な鳴き声をあげていたが、怯えている雰囲気ではなかった。イチゴウとニゴウも落ち着いている。足元は乾いて空気は気持ちの良い温度だし、ニンゲンの運んできた草は香ばしかった。けれども不吉な予感はまつげの付け根あたりにひっかかっていて、どんなに頭を振っても振り払えない。

耳を立て、周囲に気を配る。敵は視認できない。見えない敵の存在はイチゴウとニゴウもよく口にする。攻撃はいまのところ単純かつ軽微だ。突然ちくりとした痛みが走る程度なのだが、どんなに素早く振り向いても姿を確認できない。敵の襲撃タイミングは決まっている。ニンゲンが近くにいるときだ。特にニンゲンが大きな四角い塊を引きずってきたときは危険だ。四角い塊は生き物ではないが、妙な音を立るし、ニンゲンのような鳴き声をあげることもある。もしかするとあの中に敵が隠れているのではないか？　真のターゲットはニンゲンかもしれない、とイチゴウはしかつめらしく言った。もし姿をみつけたら噛《か》みついて、けりとばし、世界から追い出さなければならない。ニンゲンは弱い。私たちにはチクリとした痛みでも、ニンゲンには耐えられないかもしれない。

地面にうずくまって彼女は案じた。敵はやり口を変えてきたのか？　それとも眠っている間に攻撃を受けていたのだろうか？　まるで体の奥深くになにかが巣食ってしまったような心地がする。痛みが繰り返しやってきて、体の内側から彼女をぶったりつねったりする。しかも痛みは徐々に強まっていた。

いる。

なにかがいる。

すると彼女の奥深くにある声が「外」へ行くべきだと主張した。ここにいてはいけない。いますぐに移動すべきだ。誰もいない場所へ行き、体を横たえ、危険に備えなければならない。

こういった声に彼女はいままでも素直に従ってきた。はじめて声が聞こえたとき、彼女はなにも知らなかった。様々な色がぼんやりと滲《にじ》んでいる世界が見えているだけで、あたりはがやがやとうるさかった。

彼女がぼんやりとしていると、不意に声がした。耳から入ってくる音とはまったく違う種類の「声」だった。声は立てと言った。足に力を入れ、体を持ち上げなさい。彼女は命じられるままに立ち上がり、目の前に差し出された透明なものを口にくわえ、力の限り吸った。するとあたたかいものが流れ出して、腹が満たされた。それ以来、彼女は内なる声を信頼している。声は常に正しく、なんでも知っている。

その声がいま、「外」へ行けという。しかし「外」とやらはどこにあるのか？　もちろんこれも声が教えてくれる。穴にもぐりこめばいい、と声は教えた。なにもおそれなくていい。ニンゲンも出入りしている場所だ。イチゴウは近づくなと警告するが、今は「外」に行かなければならない。イチゴウから離れ、ニゴウとも離れ、ニンゲンからも離れなければならない。それが生きるための唯一の手段だ。

彼女は警戒しながら、穴がよくあらわれる場所へ歩み寄った。穴のそばは空気の匂いが違っている。ニンゲンのにおいが濃く、けれども絶えず動いている。

彼女は穴に鼻面をおしつけ、思慮を巡らせた。声がまた言った。

「外」へ行くべきだ。

ひときわ強い痛みが腹を押し、彼女は思わず額を押しつけた。すると抵抗もなく足が前に出た。彼女は耳を立て、そのままの姿勢であたりをさぐった。ニンゲンのにおいはない。イチゴウとニゴウはまだ、彼女が穴のそばにいることに気づいていない。穴の先には明るく、静かだった。彼女は頭を振り、前足を振り上げて柵を乗り越えた。行かなければならなかった。

2　ショウ

ショウは、青洲《せいしゅう》と呼ばれる開拓星の出身である。

食料生産用開拓地に数えられる青洲だが、地表には硫黄《いおう》や硫酸銅の結晶が析出しており、農業に適した土地とはいいがたい。現代の食料は工場で生産されるので問題ないが、彼が六人兄弟の四番目として生まれ育った霑椴《てんたん》村は付近の土壌が地球に酷似しているという理由から、開拓地としては珍しく露天栽培を行っていた。家を出れば見渡す限りに麦畑が広がり、隣の家の屋根が金色の海の上にぽつんと浮かんでいるのが見える。

収穫率が低く、質も悪い露天栽培が続けられているのは、つきつめれば補助金のためだった。宇宙航路の変更や企業の撤退判断によって入植民が困窮しないよう、一般的に開拓地政府は食料自給率を高める政策を採る。青洲の場合は機械依存度の低い生産地に対して、補助金を支給するという手を打ったというわけだ。そのせいで勤労意欲の低い労働者が生まれ続けるという弊害は発生しているが、入植民の定住化に成功したという意味では悪くない選択だった。

ショウはそんな田舎が大嫌いだった。機械依存度が低いとはいえ、主要な作業はほぼ機械化されている。これ以上機械依存度を下げると補助金でも赤字の補塡《ほてん》ができなくなるので、改善の余地はない。地表近くで採掘できる硫黄や銅はありふれた鉱石で、これも金にはなりそうにない。村には閉塞感が漂い、補助金で食いつなげばいいと大人たちはいつも言っている。そんな大人の姿を見ながら育ったら、いつかここを出ていってやるという気持ちになるのは、至極当然といえよう。けれども大人たちはそんなショウの思いを一笑に付して説教する。ここではないどこかからだったらマシな生活ができるなんていうのは、定住型の若者が抱きがちな幻想だ。ここを出たら、かならず後悔する。死なずに済んでいるんだ。それ以上、なにを望むことがある？

これを堕落といわずになんというのか？　まったく我慢がならない。ショウは学校を卒業するとすぐに企業の高度作業員、いわゆる開拓傭兵に志願した。需椴に迎えのシャトルが来たときは、ようやく自分の人生が始まったのだとさえ思った。衛星軌道上の航行ポートから地上を見下ろして大人たちを嘲笑してさえいた。青洲は青い薄衣にくるまれて眠っている。あの中で大人たちは死んだ目をして、未来に期待するなと繰り返している。あいつらにはわからないんだ。ここからじゃ需椴なんて見えやしない。ちっぽけな引っかき傷すら作れない分際でえらそうに説教しやがって。

高速物流船が出航し、安定超光速航行をはじめるころには顔見知りはみんな命を終えてしまうだろう。星を出るというのはそういうことだ。超光速で一日、二日進めば、地上では十数年がすぎる。そういった移動による時間ギャップのことを休年と呼ぶ。ところが奇妙なことに休年が十年、二十年とのびるにしたがって、ショウはあれほど出て行きたかった青洲の情報ばかり求めるようになった。毎朝目をさますと、ニュースに目を通す。まるで星の走馬灯を見ているようでもある。たった一日の間に干ばつが起こり、政治的な混乱が発生し、強いリーダーがそれを鎮める。翌日になると青洲には奇跡が発生している。青洲を出ていった開拓傭兵たちが基金を設立し、食料生産以外の産業をうみだすべく人材育成を始めたのが原因らしかった。開拓地にそのようなムーブメントが生まれるのは珍しかったこともあってか、開拓地の開発主幹を務めるような企業が青洲に投資をし、地下の再調査がはじまったらしい。ショウは目をこらして霑椴の名前を探した。でもあの小さな村はどこにも見つからなかった。

今頃両親は、あるいは兄弟、兄弟の子らは恩恵にあずかっているだろうか？　それとも相変わらず、機械のように働き続けているのだろうか？

ショウの体感で二ヶ月後、衛星開発基地につくと、さいわいにも故郷を気にかけている暇はなくなった。開拓傭兵はどこでも引っ張りだこだ。いくつもの開拓拠点を渡り歩き、衛星都市を建設したり、地上に降りて開発拠点を建築したり、地上調査員に従って資源採掘調査に赴いたり、毎日が目まぐるしく過ぎていく。やがて彼は結婚をし、いろいろあってひとりやもめになった。すると今度は誰からも必要とされなくなった。歳をとってしまったのだ。

ここ、H-33Aに流れ着いたとき、彼はすさんでいた。日雇いの荷役労働者の仕事がなければ、人生を恨みながら暗いつめたい宇宙空間に身を投げてしまっていたかもしれなかった。彼をこの世に引き止めたのは、皮肉にも故郷の経験だった。霑椴で家畜を扱った経験があったので、彼は宇宙ロバが餌と世話を必要としていることを知っていた。彼らは生き物だ。最新鋭のクークンデンとは違う。充電は必要ないが、撫《な》でてやったり、意思を尊重して気に入ってもらわなければ、てこでも動かない。しかし一旦信頼関係が構築されれば、クークンデンよりずっと安く、ほとんどノーメンテで働かせることができる。

それでも、最初は苦労した。金がなく、安いロバを仕入れるしかなかったせいだった。扱いを知らない労働者の手を渡ってきたせいか、彼のロバはまったくやる気がなく、すぐに脚を踏ん張って反抗する。歩き方が妙なのできっと脚に怪我《けが》がひそんでいるのだろうとショウは睨《にら》んでいたが、原因を突き止めるほどの知識はなかった。

愚痴をこぼすショウに、仲間は先生に相談してみろとけしかけた。あの御仁、ロバのことならなんでも知ってるそうだ。いくらひっぱがれるかわからないが、世間話でちょっと情報を引き出すくらいならできるんじゃないか？　酒の一杯でも奢《おご》ってやれば、ぺらぺらと手口を話すかもしれない。それが面倒だってんなら、心臓に売っぱらうしかないな。そして若いぴかぴかのロバを買うんだ。工場から出てきたばかりの新品なら、なにも心配はいらない。クークンデンに比べたら大した額じゃないだろう。

「先生」というのはあの右心房にいる老人か、とショウは思った。H－33A基地で先生は有名人だった。人混みから肩まで飛び出している巨軀《きよく》と奇妙な服の組み合わせは目立つ。かなり昔から来たらしい、と人々は噂《うわさ》をした。どうやら太陽系を自分の目で見たことがあるらしい。古代人だ。

そのうえ先生ときたら、口を開けばロバの話をするという。古代人だからか？　それとも単なる変人か？　なんにせよロバに詳しいなら、彼の堕落したかわいそうなロバを働き者にしてくれるかもしれない。

でも新しい人間関係は億劫《おっくう》だ。そのうえ離れていても聞こえてくるあのとっつきにくい口調！　先生が面倒な人物であることは明らかだった。ショウはだらだらと先生との接触を先延ばしにした。

もし妻がいたら、先生のことを詐欺師ではないかと怪しんだだろう、と時々彼は思った。そのくせ厚かましく声をかけ、いつの間にか親しくなっている。けれども先生のいないところでは、欠点をあげつらったに違いない。目に浮かぶようだ。

彼らは仲睦《なかむつ》まじいとは言いがたい夫婦だった。妻の体臭にショウは辟易《へきえき》していたし、いびきがうるさいと妻はショウをよくベッドから蹴り出した。喧嘩《けんか》も毎日だった。早く離婚したい、と妻はよくため息まじりに女同士で話していた。基地の壁は薄く、隠しごとはできない。うちの人ったら本当にぼんくらで、だってのに全然そのことを認めないんだよ。田舎から出てくるような人間じゃなかったのさ。この仕事が終わったら言うに決まってる、田舎に戻ろうと思うけどお前も来ないかってね。結局、定住型の人間は移動型にはなれないのさ。

そんなふうに言う妻だって、ショウと変わらない定住型の人間で、移動するたびにため息をついていた。開発基地の生活が軌道にのって知り合いが増えれば元気になるが、それまでは以前の友人を懐かしんでくよくよと泣く。それが移動型人間のすることか？　ショウだって、いつ定住入植に応募しようと妻が言い出すか気が気でなかった。もしそんなことを提案されたら、離婚を突きつけてやろうと思っていたくらいだった。

けれども妻は前にいた開発基地で死んだ。地下採掘調査の現場で事故死したのだ。妻が死んだあと、彼は酒なしでは眠れなくなってしまった。現場に出ると足が震え、職務をまっとうできなかった。産業医は言った。ご自身が思われている以上にパートナーが職場で亡くなったことがショックだったんじゃないでしょうか。落ち着くまで仕事を休まれては？

そんなはずはない、とショウは思った。遺体を見ていないのにショックもなにもあるだろうか？　彼が会社から遺品として受け取ったのは、坑道の入り口に挿さっていた勤怠管理用のビーコンだけだった。ビーコンが生体信号を受信しなくなったので、クークンデンが会社に通知し、事故が発覚した。しかし会社は現場を封鎖したものの彼女の捜索を行おうという素振りをみせなかった。ショウが怪訝《けげん》に思って何度も尋ねると、会社はようやくクークンデンを飛ばして内部を調査した。といっても岩盤が崩落していることを突き止めただけで、それ以上の調査はなし、捜索活動どころか、遺体の収容もない。変わったことといえば、契約書に事故後の対応を会社は一切行わないという文言が追加されただけだった。

まるでデータみたいな死に方だな、とショウは思った。そう思うと急に妻のことが不《ふ》憫《びん》に思われ、彼は繰り返し遺体収容と再発防止を要求した。しかし返ってきたのはわずかな見舞い金と停職処分——おそらく雇い主に楯突《たてつ》いた見せしめであろう。処分を言い渡された瞬間、彼は突沸した。なぜ怒りがそんなふうに湧いてきたのか、彼自身もわからなかった。彼は思った。こんな会社、やめてやる。もうたくさんだ。集めるときは甘い言葉で人を誘っておいて、ひとつだって約束は守らない。その上俺たちの命も粗末に扱うっていうんだったら、こっちだって願い下げだ。バカにしやがって。彼は怒りにまかせて移動船に飛び乗り、後悔を抱えてH−33A基地に漂着した。

ここに来てからはなにもかもうまくいかない。企業の後ろ盾がなければ重要な現場は任されない。ロバは言うことを聞かないし、荷役の仕事は単純で退屈なのに、いやに疲弊する。仕事への情熱は完全に消え失せ、宿舎でだらだらと飲み明かす日々が続いた。朝になっても酒が体内に残っていたら、そのまま惰眠を貪る。当然仕事は休みだ。気ままな生活のようだが、ショウは不安だった。このままでいいのか。こうしているうちに戻れなくなってしまうのではないか。健康なうちに再起しなければ、悲惨な晩年は目に見えている——

ところが、先生に声をかけられた日から彼の体に異変が起こった。夜の酒は少量ですっぱりとやめられるようになったし、朝も勝手に目が開く。毎朝天井を仰いでショウは決意をした。よし、先生の世話をしにいこう。

先生は小さな子供より手がかかった。食事には理屈に基づいた厳格なルールがあり、服にも一家言ある。娯楽や堕落とは無縁な人物だ。そんなふうだから、心臓でいつものメニューが品切れになっていると平気で食事を抜くし、仕事がどんどん取れそうな状況であっても時間が来ればきっぱりと切り上げてしまう。そういった先生の独特なルールはショウと衝突する。ショウにとってはくだらないことも、先生にとっては命とロバの次に大事なことだったし、逆にショウがどんなに熱をこめて説明しても、先生にはまったく響かない。先生が理屈を主張するたび、ショウは腹を立てた。あまりに腹がたって仕方がないので、ついに自分だけのルールをひとつ定めた。人間は半々で妥協すべきだ。二日に一回は先生の主張を無条件に受け入れる。好きにさせてやろう。しかしそうでない日はこてんぱんにやり返してやる。そう決めてからはさほど腹も立たなくなった。

二日に一回は口汚く罵ってそのまま地上の仕事へ出てしまうが、夕刻には必ず右心房に寄り、先生に詫《わ》びる。先生は謝罪を拒否しない。朝の強硬な態度が嘘のようにしおれかえって、きまりが悪そうにもごもごと口の中で言い訳をする。虚勢を張ったり、根に持ったりしないのは先生の美点のひとつだった。

ショウはだんだん先生のことが好きになっていった。先生の理屈は好きになれなかったが、仕事ぶりを見るのは楽しかった。先生が蹄を診ると、たちまちロバたちの症状が判明する。蹄の中に血膿《ちうみ》がたまって腐っていたり、蹄が拳のように丸くなって、足首が奇妙な方向に曲がっていたりする。このような蹄は非常に悪い、と先生は患部を見せながらショウに説明した。歩くたびに激痛が走るが、伸びた蹄のせいで踏ん張ることもできない。まるで細い糸の上を歩いているような気持ちだろう。そんな状態になっても彼らは持ち前の我慢強さで黙り込んでいる。彼らが抵抗するのは、条件性恐怖反応だ。人間が引っ張っている。殺されるぞ！

一通り診断を行うと、先生は蹄鑿《ていさく》と呼ばれる蹄を削るためのノミを取り出す。ロバの足を持ち上げ、台に固定して形を整えるのだ。ところが先生が治療をはじめようとすると、ロバはきまって恐慌状態に陥ってしまう。刃物というものは急所を狙うものだと信じ込んでいるらしい。それで金切り声で泣きわめき、先生の手を振りほどこうと大暴れするのだ。

もちろん先生はびくともしない。足首を決して離さなかったし、蹄を削るための台を蹴とばされても怒らなかった。蹄鑿を片手にハイオ！　ハイオ！　と不思議な声で呼びかけ、ロバをなだめようとする。この掛け声は、ショウの母語で「良い」という意味を持つ言葉にそっくりだ。日常的に使用されるが、もっともよく聞くのはカップルを大声で冷やかすときだろう。堅物の先生が汗をかきながらカップルをけしかけているようで、ショウは笑わずにいられなかった。

治療が済むと、ロバは飛び跳ねたり、走ったり、地面に体をこすりつけたりする。彼らが興奮して喜んでいるところを見ると、ショウもなんだかうれしくなった。先生がやさしくロバの首を撫で、我慢をねぎらっているのを見るとどういうわけか目頭が熱くなってしまう。

ある朝、ショウが右心房に顔を出すと、なじみの店員が噴怒の表情で声をかけてきた。先生に用があるって朝から何度もリクエスト送ってくるやつがいるんだが、あの偏屈ジジイ、「なにかの間違いだろう」って見もしねえ。大先生がよぉ！

心臓の店員にリクエストを投げつけられ、ショウは面食らった。慌ててリクエストを展開して音声プロトコルを確立させると、知った声が流れ始める。

相手は居住地適合環境調査の研究員で、開拓入植に備え、家畜の飼育試験を担当している男だった。降下船《ドロップシップ》で顔を見かければ晩は一杯飲みに行く程度の間柄なので、声を聞いてすぐにわかった。彼は急いだ様子で、今日は仕事に出ているかと尋ねた。もし休みだったら、至急頼みたいことがある。飼育試験中のロバが脱走して、困ったことに行方がわからない。「先生」と知り合いだろう。さっきから全然相手にしてもらえないんだが、どうにか地上に連れてきてもらえないだろうか。ロバのことで相談したいんだ。

一方、先生はどうも乗り気になれないと白状した。身の置き所がないという表情で、「しかし」と猫背をさらに丸くする。地上には機械がたくさんあるだろう。あちこちに監視カメラがあるから、すぐに見つかるはずだ。

先生の理屈はまったく正しい。地上には畜産試験場、試験林、試験農場ほかさまざまな施設があり、すべて厳格に管理されている。ロバが奇跡的に監視の目をかいくぐって逃げたとしても、どこかに痕跡は残っているだろう。

嵐のせいだろ、とショウは首を振って机の板面を指で叩《たた》いた。予報じゃ今日の夕方から磁気嵐が来る。そろそろ機械に支障が出始めてるし、お高いやつは使用禁止になってるころだ。だから先生に力を借りたいのさ。ロバの習性に詳しいやつにササッと見つけてもらおうって魂胆だろうよ。

先生はなお首を横に振った。私はロバのことならわかるが、地上のことは知らない。動けるかどうかもわからない。子供のころ、加重トレーニングをほとんどサボってしまったから、きっと重力に耐えられないだろう。

ショウは呆《あき》れて鼻から息を吐いた。先生にも知らないことがあるのだ、という驚きがあった。先生よ、と彼は背中をそらして思わず両手を広げた。楽園《タバゴア》の重力は基地《ここ》より少し大きい程度だ。健康な人間ならほとんど違いはわからない。ただ、人間より重いロバは違う。あいつらは宇宙に生まれて、宇宙に育って、そして地上に降ろされる。そこではじめて重力ってやつを知るだろ。人間ほど知識はないからはじめのうちはなにも気づきゃしないが、荷を積んで歩き始めると、やけに重いってことがわかって駄々をこねはじめる。もしかしたら畜産試験場のロバはなにかのきっかけで重力に驚いてパニックになって、それで逃げ出したんじゃないか?

ふむ、と先生は鼻を動かし、くしゃみをひとつした。どうやらまだ不服のようだ。納得できないという表情をしている。先生はしばらく首をかしげて考えていたが、そのままの表情でさらなる憶測を口にした。入植募集も開始していないのだから、行ける範囲はさほど広くないだろう。しらみつぶしに人海戦術で調べては？

いやいや、とショウは片手をふって先生の言葉を遮った。嵐が来るって言ったろうがよ。こういうときは臨時作業が発生して、どこも人手不足だから、ロバのために人を確保するなんてバカげたことはできない。だいたい地上ってのはたった四百ヘクタールのクリーンルームなんだぞ！

それにだな、試験場のやつらは機械が出してきたデータを判断する知識はあるが、ロバそのもののことは俺よりも知らない。ロバなんて平凡なクローン動物で、言うことをきかない悪い子は不良品だから食肉生産工場送りってなもんだ。誰もロバに興味なんかないんだよ。飼育試験中だってどうせ健康チェックは機械の仕事だ、だから毎日ちょっと顔を見に行く程度しか付き合いがない。どうせロバの見分けもつかないだろうし、もしかしたら触ったこともないかもしれない。

だとすればますます理解できない、と脚を組んで先生は目を細めた。どうでもいいならどうして探す？　思うに前提が間違っている。試験動物は一般に——

知るかよ、といい加減うんざりしてショウは両手を上げた。聞いてみれば一発でわかるじゃねぇか。ひとつ確かなのは、この仕事を受ければ先生は有名になって、助かるロバが増える。機械？　機械がなんだ！　クークンデンじゃロバは牽《ひ》けない。畜産用ボットは迷子のロバを探す方法を知らないし、監視システムはなんとロバを知らない！　先生のほかに誰が四百ヘクタールの中からロバ一頭を見つけ出せる？

先生は珍しく背筋をしゃんとのばし、目を丸くした。そしてにっこりと満面の笑みを浮かべると、よし、行こう、行こうと言った。

3　アディ

アディはH－33A基地の門番である。

彼が住み着いているのは出発ポートだ。地上へ降りるときも、H－33A基地を離れて新天地を目指すときも、必ず出発ポートを通らなければならない。ここを通る人間は三種類ある。ひとつは希望や期待を抱いた人間、もうひとつは失意に沈む人間。そして最後のひとつはなんらかの事情を抱え、すぐさま姿を消す必要のある人間だ。アディに用があるのは最後のタイプだった。

すぐさま姿を消す必要がある人間というのは、後ろ暗い事情がある。窃盗、傷害、殺人、横領、あるいは禁輸品を懐に忍ばせているか、だ。とにかく目立つことはしたくない。だが、経験豊富なアディにはすぐに正体がわかる。彼らの視線が出発ポートの入り口と、合着ポッドへ向かう廊下をせわしなく行き来しているからだ。

彼らを見つけたらなに食わぬ顔で近づき、とりとめのない話をして足止めをする。もちろん彼らは口を割らない。そつない世間話で躱《かわ》そうとするだろう。だからそれとなく事情を知っているふうを匂わせ、金をくれたら嘘の情報を伝えると約束するのだ。その後、追っ手がやってきたら彼らがどこ行きの船に乗ったか知っていると仄《ほの》めかし、情報料をせしめる。こうして彼は生計を立てている。いってみれば基地を見守る守護神のようなものだ。ところが、彼をそのような神秘的存在として扱うものは百パーセント、ゼロ。残念ながら侮蔑する者か、無視する者しかいない。

　原因はアディ自身にある。終始酔っ払って床に転がっている老人を誰が丁重に扱おうと思うのか？　アディ自身もそう思う。こんな生活をしているのは穀潰《ごくつぶ》し、ゴミだ。ほんの少し前まで彼もあちら側にいて門番を嘲笑する立場だった。しかし、いつの間にか酒を飲んでいる時間の方が長くなり、するとおかしなことに金がなくなって、住処《すみか》も追い出されてしまった。こうなってしまえば出発ターミナルでクダを巻くしかない。彼が散々あざ笑い、ああはなりたくないと侮蔑していた人間になるしかないのだ。

　ところで今日、アディは今まで目にしたことのないタイプの人間に出会った。古びた継ぎだらけの妙なデザインの服を羽織《はお》り、不安そうにロビーを行ったり来たりしている。木材でできていると思われる道具を小脇に、腕には大事そうに革袋を抱えている長身の老人だった。人々も男には道を譲り、不思議そうに振り返っている。

　ふつう、ターミナルで出発便を待っている人々はポートの方を見る。これは別れを惜しむ恋人たちも同じだ。最後のキスを交わした一時間後には百年以上の距離に離れているかもしれないのに、出発便の状況には常に目をひからせ、時間きっかりで名残《なごり》惜しそうな別れを告げる。

ところがこの老人は違った。「心臓」の方を注視し、一度も振り返らなかった。自分の乗る便の到着には全く興味のない様子だ。群衆から頭二つは抜けた長身をかがめ、シワだらけの口をギュッと結んで不機嫌そうな表情をしている。アディは不審に思った。この男はターミナルで誰かを捕まえようとしているのか？　しかし追っ手ならこんなことはしない。まず出発便の状況を確認して、もっともはやく出発する便がドッキングされている合着ポートへ一目散に向かうはずだ。それに待合室全体へも視線を配るだろう。いっぽう老人が注視するのは「心臓」だけ——どこかへ向かうつもりはなさそうだが、地上での仕事ができる歳には見えない。かといって今から他の基地へ向かっても、新しい仕事に巡り会えるとは思えない。彼はアディと同じだ。ここに座って命が尽きるのを待つ以外の選択肢を持っていない。職を失い、金もなくなり、なにか恵んでくれる人はいないかといつも探している。

五度目に彼が目の前にやってきたとき、アディは我慢できずに声をかけた。おい、あんた。なにをウロウロしてるんだ、うるせぇな。どんと構えてろ。用がないならさっさと俺に小銭をよこして家に帰れよ。

はたと足を止め、老人はアディを見下ろした。背筋を伸ばして立つと、異常なまでの長身がさらに際立った。

いや、と男は口の中で言い訳をし、背中を丸めて詫びた。騒ぐつもりはないんだが、ロバのことを考えると落ち着いてはいられない。通常、草食動物は未知のものに敏感だ。

宇宙ロバは危機察知能力が低いと言われているが、人間とは比べ物にならない聴覚と嗅覚を持っている。なにかいつもと違うことがあってパニックになったのか、それともなにかの病気だろうか？　原生生物による悪影響、あるいは未知の病気に感染した末の異常行動か？

アディは面食らって老人を睨んだ。老人はアディの視線にこたえるよう口元に笑みを浮かべ、紳士的な口調で、私はデュ・イムェだ、と名乗った。もし原生生物の知識があるなら、知恵を貸してほしい。

このデュという男は頭がおかしいのだろうか、とアディはいぶかった。どうもロバの話をしているようだが、話が頭に入ってこない。アディにとってロバは、殴るべき生き物にほかならなかった。言うことを聞かなければ尻をひっぱたき、それでもダメなら腹や後足をけっとばす。ロバが泣きわめいたら、どちらの立場が上かわかるまで叩きのめす。血が出ようが骨が折れようが関係ない。ロバはのろまで愚かだ。殴らなければなにひとつ世の中のことを理解できない。だから殴って教えてやるのだ。聞き分けが良くなったら荷を積んで、引っ張る。それだけだ。そのロバがなんだというのか？　ロバを買いたいのか？

ロバねぇ、とアディはげっぷをした。ロバ荷役のやつらが乗れる便は、朝の一発目だけだ。あいつらはクセェからな。人間様と一緒にならないように時間を決められてるのさ。あんたもロバ荷役をしたいのか？　だったらここじゃなく――

荷役のロバの話はしていない、と少し声を高くしてデュ・イムェは反論した。詳細は下に行くまでわからないが荷役のロバでないことは確かだ。断じて違う。私に地上の知識があればもっと落ち着いていられたのに。降下許可証には一時間後に迎えの便を出すと書いてあったが、地上というのはどんな具合なんだろうか？　右足を出して、左足を出せば真っ直ぐ進めるのか？　左右の感覚は同じか？　急に体が変化することはないと思うが、浮腫《むく》んで関節が曲がらなくなる可能性もあるし、とにかくそういう場合に備えてあらかじめプランを練っておかねばならない。地上で気をつけるべきことはほかにないだろうか？　磁気嵐が来るそうだが重力酔い止めの他に、飲んでおくべき薬は？　息切れをしたらどう対処すればいい？　ああ、どうしていまさら地上なんかに——

アディは呆れた。デュ・イムェの話はさっぱり理解できないし、許可証があって時間指定までされているのなら、大人しく待っていればよいではないか。どうせ企業の専用機だ。この男が乗り込むまで待っていてくれるどころか、ロビーまで探しに出てくるかもしれない。ボロを着ているくせに人は見かけによらないものだと思うと急に腹が立ってきて、アディは酒を勢いよく煽《あお》った。途端にくすぶっていた体に火が入り、舌の威勢が増す。彼はのろのろと立ち上がり、老人の肩——には届かなかったので腕をぱちんと叩いた。

あんた、騙《だま》されたな。ロバを探せなんて、そんなうまい話があるわけないだろうがよ、バカが。言い捨てると目の底がきりきりと痛んで目を開けられなくなった。ふん、と鼻を鳴らして彼は喚いた。まったくバカだな、いったいいくら払った？　俺に相談しておけばそんな詐欺は簡単に見破ってやったのに、何年生きてたって賢くならないやつは賢くならないんだな！

ふつう、ここまでいえば人は腹を立てる。気の短いものなら胸ぐらを摑《つか》み、殴打することもあるだろう。それこそがアディの求めるものだった。公衆の面前で理性を失ったものはたいてい、自分の行いをごまかすために送金プロトコルにまとまった金額を投げ込んで去る。その金があれば彼は数日生き延びることができる。

予想通り、デュはアディの胸ぐらをつかんだ。体が少し浮いてすぐにどしんと尻から地面に落ちたので、アディはうめいた。デュの息切れの音が聞こえる。ひゅうひゅうと喉がなっている。けれども胸元をつかんだ指にはしっかりと力が入って、びくともしなかった。

なんだ、とアディは去勢を張って怒鳴った。やるのか？　このやろう！　ところが予想に反して指は離れなかった。アディが腕を振り回し、悪罵を飛ばしても振りほどけない。それどころかデュは低い声で言った。

動いてはいけない。

何度アディが喚いても、デュは繰り返し言った。動いてはいけない。彼はついに諦め、両手をあげて降参した。オーケイ、わかった。わかったよ、なにが気に障ったのか知らないが、引き分けにしようじゃないか。そうだろ。それとも俺をなぐったら金になるのか？　一発殴ったら一日分、二発殴ったら二日分。そういう契約なのか？　すぐに億万長者になれるな、羨《うらや》ましいもんだ！

動いてはいけない、とデュはもう一度言った。低血糖だ。落ち着いて、ゆっくり横になりなさい。急に動くのはよくない。怪我の元だ。

アディはなお抵抗しようとしたが、男の指は剝《は》がせなかった。それどころかまばたきを終えると彼は床に横たわっていた。こめかみに冷えきった宇宙の気配が感じられる。

アディは目を閉じた。彼はデュ・イムェを嘲笑したかった。馬鹿なやつだ、とつばを吐きかけてやりたかった。おまえみたいな老いぼれになにができる？　きっと大した仕事はしてねぇんだろう。あの臭くてうるさいロバしかお仲間がいないなんて、寂しいやつだ。あんたは馬鹿だ。馬鹿なだけじゃない。ボケた穀潰しだ。とっとと宇宙の藻屑《もくず》になっちまえ。

昔、アディはそんな罵声を聞いたことがあった。H－33A基地だったかもしれないし、そうでなかったかもしれない。彼がまだ若かった頃、降下地清掃員として最初の仕事をはじめたときから繰り返し聞いた声だった。

あの頃の彼は若く、従順だった。大人の言うことはすべてうなずいて、拒否は絶対にしなかった。素直でよく働くという評価が、要は金が欲しかったのだ。彼は二十日間、危険な地上で地球から持ち込まれた汚染物を除去するために働き、次の十日間は基地に戻って存分に羽を伸ばす生活を繰り返していた。

基地は楽しかった。完璧ではなかったが、砂と機械と面白みのない大人しかない最前線の地上に比べればずっと豊かで、人が多く、娯楽がたくさんあった。

地上の退屈さと、強いヒエラルキー構造による抑圧の反動で、彼は狂ったように遊び回った。喧嘩やいたずらは毎日だったし、合着ポッドの緊急待避所に仲間を閉じ込めたことだってある。ポッドに物流船が到着する前に助け出してやったが、仲間は体中の穴という穴から水を漏《も》らしていて実におかしかった。女だって望めば必ず手に入った。なにもかもが楽しくて、イライラするようなことはなにもなかった――いや、ひとつだけあった。スキラファミリーの末の娘だ。十五、六のなにも知らない女だろうと声をかけたら、なぜかクークンデンをけしかけてきた。

スキラファミリーにはちょっかいをかけないほうがいい、とみんな言っている。一番の年寄りにいたっては彼女のことを化け物と呼んでさえいた。俺が前の現場にいたときも十五、六の容姿だったのに、と老人は首をかしげた。移動型人間っていうのはそういうもんだと聞くが、あちこちに出没するくせに、もう何年も何十年も十五、六の姿のままだぞ。スキラのババアも見た目は三十代だが、本当の年齢は五百だが六百だか、とにかくとんでもない年寄りだそうだ。ああ、ほんとうに気味が悪い。

わかっていたら手は出さなかった。どうにかクークンデンを振り切って逃げおおせた後、彼は腹立ちまぎれに床に寝ていた穀潰しをけりとばした。穀潰しになにをしても咎《とが》めるものはいない。いままでもいろんないたずらをした。そもそも穀潰しは言葉を忘れていることがほとんどだ。意味のない言葉をわめき、飛びかかってくることもある。しかし少し叩きのめせばすぐに大人しくなった。馬鹿なやつだ、とあの頃のアディは思っていた。耄碌《もうろく》して働けなくなったら宇宙に放り出してしまえばいい。どうせ移動にも耐えられない、かといって労働させられるわけでもない。なんのために生きてるんだ？　俺はああはならないぞ。

ぐったりとして動かなくなった穀潰しを合着ポッドに押し込んで、そのあとどうしたのだったか——

デュ先生の姿があのときの自分自身に重なる。疎ましそうないくつもの視線も感じる。ああなったらおしまいだ。俺はああはならないぞ。

「おい、先生よ。面倒を起こすなよ」

誰が先生だ、と目を閉じたままアディは唸《うな》った。今度はおためごかしか？　どれだけ俺を舐《な》め腐ってやがる。

ところが答えたのは彼の声ではなかった。あのデュ・イムェという男がまた、動かしてはいけない、と低い声で言ったのだ。甘いものを少し舐めさせたら落ち着くだろう。でも安静は絶対だ。このままでは死んでしまう。

「おいおい、死んだからってなんだ？　ずいぶん長いこと生きてるのに、先生は世間知らずだな」

せせら笑う男の声には、聞き覚えのある皮肉な響きがひそんでいる。アディは少し安心して深く息を吸った。いつのまにか眠気が忍び寄って、袖を引っ張っている。男は笑いながら続けた。先生よ、こいつはもう死ぬんだよ。本人だって死にたがってる。なに、そんなに心配することたねぇ。ここに放っておけば救護室のボットが来て、当分は面倒を見てくれるだろう。でも落ち着いたらまたここに逆戻りだ。いつか救護室のボットが間に合わない日が来たら、そこでおしまいさ。先生よ、企業ってやつはな、若いやつのケツばっかり追いかけてるくせに、少しでも歳をとって思い通りに使えなくなったら、今度は身ぐるみ剝いで宇宙にほっぽり出すんだよ。そんなのは間違ってる？　間違ってるのはわかってるさ。だけどここには道徳とか倫理とかそんなものはない。安くで働けるやつが一番偉くて、利益を生み出さない年寄りはすべてを奪われる。それが企業理論ってやつなんだとさ。こいつみたいな死んだも同然の御老体はそっとしといてやるのが優しさってもんだよ。

4　ウジャ

ウジャは近頃、家族経営《ファミリー》の傭兵会社スキラに入ったばかりの青年である。生まれる前から宇宙を移動し、誕生と同時に五休年も歳をとった生粋の移動型人間がなぜ、近距離移動を主とする開拓傭兵をしているのか？　ふつうなら光に追いつかれることなく生き続けるはずだし、ウジャ自身、この仕事が天職だとは思えなかった。スキラに入ってまだたったの二週間だが、はやくも移動船の生活が懐かしい。

「ねー、やっぱり左側のバランス変だよねぇ。失敗したぁ」

隣を歩いているミラがまた愚痴をこぼしはじめた。この愚痴は昨日からもう十回目だ。クークンデンに増設したカスタムパーツを見るたびに、彼女はため息をつく。同じことを言わずにはおれないらしい。

ミラはスキラファミリーの末の娘で、どうやらスキラの後継者らしい。しかしウジャからみれば、ミラはただの子供だ。たぶん休年を数えたら、ウジャのほうがずっと年上だろう。

ウジャは返事をしなかった。生返事をする気力も起こらない。ミラのことは嫌いだ。初めて会ったときから少しも好きになれなかった。一般的に移動型人間は他人への関心が薄いと言われているが、ミラはその真逆の性格をしているのが最大の原因だろう。なにをするにも周囲を巻き込もうとするし、一人でずっとしゃべっている。口から音を発していないと死んでしまう生き物なのかもしれない。なにより嫌だったのは、初対面にもかかわらず、目について言及したことだ。その目って拡張手術失敗したやつ？　めちゃくちゃかっこいい色なんだけど。無邪気な一言だったが、あまりにもデリカシーに欠ける。その一言を聞いたときからウジャはミラのことが大嫌いになった。

でも、ウジャはここにいるしかない。彼の家族は破綻した。帰る場所はもうない。破綻はウジャが生まれると決まったときから始まっていたのかもしれない。

高速物流船は超光速に到達するまでの加速時と、超光速からの減速時にもっとも負荷がかかる。新生児には耐えられない負荷だが、どの移動船でも子供は生まれるものだから、乗組員は子供の成長と受注のスケジュールを入念に調整して移動を開始する。ウジャの両親もそうだった。彼らは決して無計画ではなかったし、無能でもなかった。でも、ウジャの成長までピタリと予測することは出来なかった。

彼が人工子宮から出されたのは、予定を八日も過ぎてからだった。八日は多少の誤差といえるだろうか？　もちろん普通なら「たったの八日」で済むだろう。しかしその間に地上では数十年の時が経《た》ってしまう。減速のできない八日のせいで綿密に立てた計画は狂い、彼らは目的地を横目に通り過ぎるほかなかった。到着遅れの弁済は彼らの生活に重くのしかかった。

もっとも弁済だけであれば彼らは足を失わなかっただろう。破綻の決定打となったのは、宇宙全体を巻きこむ連鎖倒産だ。

宇宙開発というのは、数百年をゆうに飛び越える超長期プロジェクトであるのは周知の事実である。ある星をみつけ、そこが開拓可能だとわかるまでに十数年、そこへ移動する間に数十から数百年、資材を運び、人を運び、地上では三世代から五世代は人が入れ替わる。開拓地が利益を生みはじめるのはさらにその後だ。それまでは複数の大企業や国家、もしくはそれに類するものが投資をしなければならない。

ここで厄介になるのは開拓地までの距離、もっとかんたんにいえば光速で移動する人間にあった。

移動中の人間は休年を重ねるだけだから、一世代目、遅くとも二世代目には開拓地へ到達することができる。しかし出資者や企業はどうか？　ある程度の規模をもつ宇宙開発企業には定住型の人間が勤めており、プロジェクト開始後は順調に世代が入れ替わる。企業自体はうまくいけば開拓地が利益を生みはじめるまで存続しているが、なんらかの理由で方針を転換したり、最悪の場合には倒産してしまうことだってありえる。そのリスクを避けるため、物流船は前払いで仕事を受けたがり、企業は後払いで支払いたがる。どこか一つが事故を起こせば、波及的に他に影響が伝播するのが宇宙開発事業の宿命なのだ。

今回の宇宙同時多発不渡りは、とある小さな部品会社の倒産が端緒だった。この工場の操業が止まったことで大型建設機の供給がストップし、大型建設機を運ぶ予定だった物流船もストップした。物流船は宇宙の血脈だ。血が止まればありとあらゆる場所が影響を受け、弱い部分から機能不全に陥って死ぬ。また同時に、ほとんどの宇宙開発事業会社は自転車操業であるから、資金もスタックした。

ウジャの誕生がなかったら、彼ら家族はこの厄災を避けられただろうか？　長期的に見ればこの答えはノーだ。長距離高速物流を担う以上はどこかで巻き込まれていた。しかし損害の大小は全く違っていただろう。あるいはウジャの成長が想定通りだったら、弁済のぶんだけ余裕があった。あるいはウジャがもう少し大人だったら、できることがもう少し多ければ、違う選択肢を選べたはずだ。ウジャは厄災だった。両親が見かけの給料はよくとも、実際は奴隷的な契約を押しつけられるだけの企業所属の開発傭兵に身を投じるしかなかったのは、ウジャのせいにほかならなかった。

なのにどうして、自分だけがスキラファミリーにいるのか？　スキラはファミリービジネスなので、給料はあまり良くない。しかし理不尽はない。ウジャがそうしたいと願えばいつでも出ていくことはできるし、スキラの下にいる間は子供のように守ってもらえる。

両親はウジャの人生はまだ始まったばかりだから、と言った。近距離主体とはいえスキラファミリーは頻繁な移動を繰り返して光に追従している。スキラが歳をほとんど取っていないように見えるのがその証左だ。移動を続ける限りは、また高速物流船に乗る機会が巡ってくるかもしれない。でも船を降りて地面に足をつけてしまったら、もう二度と光には追いつけない。まばたきをする間に歳をとって死ぬ。二人はそのことをなによりも恐れていた。ウジャにその恐怖を味わってほしくないと切望していた。

「ここに齧《かじ》ったあとがある」

ウジャはため息をついて足を止めた。育ちはじめたばかりのひょろひょろとした木の根本をのぞきこんで、老人が熱心に様子を観察している。その少しうしろで、丸っこい中年男がケッと鼻をならした。いいご身分だな。つまみ食いしながら遠足か？　まったく、飼育場にいれば安心だってのにどうして脱走したんだかね、おい、待て待て、先生！　防護マスクを取っちゃダメだ。ここいらはまだ安全膜《ライフバブル》が形成されてないんだから酸素濃度にムラがある。もしここがコールドスポットだったら数秒で意識消失するぞ。グローブもそのままだ。常在菌が残ったら、とんでもない賠償額になる。まったく、これだから移動型人間は。

どうやらこの中年男も老人《バディ》には辟易している様子だ。

老人はデュ・イムェと名乗った。中年男によれば「先生」らしい。中年男は先生の助手で、テイタン・ノ・ショウ、ショウと呼んでくれればいいと気さくに言った。俺は大した人間じゃない。先生に比べれば少しだけ地上に詳しいが、それだけさ。どこにでもいるジジイだよ、先生は地上が初めてでな、心配だからついてきたんだ。あんたらも忙しいだろうに。作業の邪魔をして悪いね。

口は悪いが、一行の中では一番常識があるようだ。

ミラは質問を重ねている。ショウは調子づいて自分のことをぺらぺらと喋《しゃべ》った。俺だって若い頃は、企業の開拓傭兵をしていたこともあるんだぞ。今は日雇いの仕事で時々降りてくる程度だが、あの頃はクークンデンを使ってバリバリ仕事をしてたもんだ。開拓傭兵をやめたときにリースの違約金を支払ったら、すっからかんになっちまったけどな！　あんたらはファミリーなんだって？　一人一台クークンデンが割り当てられてるなんて大したもんだ。タパゴアは初めてか？

ウジャは初めてだけど、あたしは二回目かな、とミラは答えた。さっきおじさんたちが揉《も》めてたおっさんがまだ若かった頃に来たことがあるみたい。揉めてたじゃん、上のポートで。クークンデンから加勢して制裁をくわえるべきかって聞かれたもん。名前なんか知らない。あたし、他人のことって覚えらんないんだよね。クークンデンの記録だと、二、三十休年前にあいつにちょっかいかけられたみたいで、履歴に――しょうがないじゃん、二、三週間前のことなんて大昔だよ。スキラがさぁ、あたしって生粋の移動型人間だっていうの。移動型人間ってさ、人に執着しない、鈍感、すぐ忘れるってのが三大特徴なんだって。失礼じゃない？　でもたぶんねぇ、スキラは焦ってんだよ。孫もひ孫もその孫の孫も全然移動型じゃないから、ファミリービジネスを継いでくれる子がいないって。で、あたしに継がせたいみたい。ウジャはバックアップ。

　まあ、移動型はなぁ、とショウは相槌《あいづち》を打った。どっか浮世離れしてるよなぁ。先生もそうだが、どうしてロバなんかに興味を持ったかね！

　あたしはそっちのほうがわかるかなぁ、とミラは肩を回しながら答えた。どっちかっていうと定住型の人の考え方のほうがよくわからない。あたしのお母さんだった人も、スキラの話じゃすぐに土地とか人とくっついちゃう、えっとなんていうんだっけ、愛着っていうの？　あとは夢とか、未来とか、そういう抽象概念が好きで、だけど手に入らないって最初からあきらめてて、そのくせそれのために行動を起こせるんでしょ。変な感じ。ロバの蹄を削るほうがわかりやすいよ。だってロバの質が良くなるんだもん。

　ショウはやけに感心した様子で相槌を打っているが、老人はまったく二人の会話を聞いていないらしかった。地面をグローブをはめた手でなで、もごもごと独り言を言っている。ここで横になったようだとか、排泄《はいせつ》したあとがあるとか、とりとめのない内容だ。

老人が立ち上がって歩きはじめたので、ウジャはあとに従った。少し遅れてショウとミラがついてくる。

今日は軽い作業の予定だった。ファミリーに加入したばかりのウジャ向け講習と、最近滑落事故を起こしたミラのリハビリのためだ。ところが今朝、ロバが一頭行方不明なので今日の仕事は延期すると通達された。こういったことは通常はありえない。研究対象のロバは丁重に扱われるのが常だとはいえ、作業を遅延させるほどの存在ではない。ところがクライアントは冷静さを欠いていた。青い顔をして、おろおろしている。そして目をうるませながら、作業を延期するかわりにロバの捜索員の警護をしてほしいというのである。完全に契約外の依頼だが、ファミリーの長、スキラはしぶしぶといった様子でこの要求をのんだ。たっぷりお小遣いをはずんでくれるらしいから行ってきな。なあに、ちょっと坊やのお守りをするだけだよ。後ろから見守ってれば大丈夫だろう。嵐が本格化する前に帰ってくるようにね。喧嘩はするんじゃないよ。

ウジャは腹を立てていた。わけのわからない二人を押しつけられたこともそうだし、ミラとペアを組まされたこともそうだ。

あたし、この間ロバに触ったんだよ、とミラが得意げに主張している。なんかねぇ、あったかくてねぇ、それで勝手に動くの！　変なの。

そりゃ生き物だからな、とショウは笑った。移動型のやつらは人間以外の生き物とめったに触れあわないからなぁ、わかんないか、そうだよな。生き物ってのはな、機械とは扱いが違う。間違っても強く叩いちゃダメだ。ロバには嫌いな人間もいるし、好きな人間もいる。優しくしてくれるやつは好きだし、好きになったらしっぽをぶんぶん振ったりする。でも怒らせたら大変だ。全然言うことを聞かないし、とんでもない大声で鳴いて手に負えない。あいつら、嫌いな人間の言うことは全部無視しやがるし、気が立ってたら脚でけとばすこともあるな。

そのとおりだ、と長身の老人もうなずいた。動物には意思がある。機械と違って人間に合わせるべきだとか、人間のためになにかしてやろうという考えは持たない。しかしロバは家畜の中では扱いやすい方だ。馬は頭が良くとも神経質だし、犬はふさわしい態度を取らなければ認めてもらえない。牛は重すぎるし、複雑な指示をこなせない。

私は動物のいない環境で育ったから、はじめてロバを見たとき、恐ろしいと思った。取扱説明書もないし、急に噛みつかれるんじゃないかと思ったんだ。それでなかなか触れる勇気が出なかった。でもロバはすこしも動かずにじっと待ってくれたよ。私がおびえていることを理解して、脅かさないようにと気を配ってくれたんだ。私の存在を受け入れてやろうという寛大な心が感じられたし、ほかの家畜のように値踏みされている感じはなかった。実にうつくしい動物だ。とはいえ、意思疎通のしやすい生き物ではないから、いくつかサインを覚えておかなければならない。たとえば――

先生の講釈が始まったので、一行はまた歩きはじめた。歩きながらも先生は滔々《とうとう》とロバの特性について語っている。誰からも反応がなくても気にかけていない様子だ。息切れをして足を引きずり、ショウに支えられているのに、声だけはどんどん元気になる。

先生から意識をそらし、ウジャはクークンデンの情報を展開した。半径十メートル以内に生体反応はなし。近くの監視カメラからの情報によれば数時間前に移動体を検知したとのことだったが、送られてきた画像は人間が識別できるものではなかった。監視カメラがロバの姿を知っていれば一発で判定できるのだが、粗い画像だけでは生物なのか、監視用ボットなのかもわからない。

「足跡だ」

先生の素っ頓狂な声にウジャはあわてて情報同期を切った。さきほどまで偉そうに講義をしていたはずの先生は、長身をきれいに三つ折りにして灰色の砂地にしゃがみこんでいた。ちょうど下生えの雑草地帯が切れ、未整地の砂漠へと変わる場所だ。酸素濃度にムラがあり、危険な領域がすぐそばに迫っていると感じられる。

砂地には小さなくぼみがあった。円形に見えるが、一部が欠けている。奇妙なくぼみは点々と続いて、再び雑草地帯へと戻っている。こんな足跡があるのか、とウジャは眉をひそめた。

ウジャが生まれ育った物流船は金属資材を主な積荷としていた。しかし、弁済金の返済のために、近距離移動の際は、船倉いっぱいに動植物を積み込むこともあった。短距離移動なら生物を載せる規格を満たしていなくても目こぼしをもらえるからである。とはいえ、父はしょっちゅう生き物は扱いがデリケートで怖いとこぼしていた。もしなにかあったら荷主からクレームがつく。小銭のためだけに危ない道を渡る必要はあるのだろうか？　でも今は仕方がない。少しでも早く弁済を終えて自由になりたい。

両親には動植物の知識がまったくなかったから、荷降ろしをするまで不備があったかどうかはわからない。動植物を載せているとき、彼らはいつも神経を尖《とが》らせて、しょっちゅう船倉に降りた。

動物のいる場所はすぐにわかる。臭いが鼻につくせいだ。生きた植物も独特な臭いを放って人を寄せつけない。しかしもっとも不思議なのは土だった。土自身が臭いを発し、存在を主張する。幼いウジャは彼らを詰め込んだカーゴ室が怖かった。足を踏み入れるときは必ず父の手をしっかりと握って、彼らを睨みつけていたものだった。少しでも気を抜けば、皮膚《ひふ》の下に潜り込まれ、支配されてしまうと思っていた。

「このロバはあまり大きくないようだ」

ウジャは頭を振って船倉の幻影を追い払った。先生は人差し指で地面を指している。足跡の大きさから見て、平均より少し小さいくらいだろう。ただ、足の沈み込み方を見るに、かなり太っている。試験飼育されているロバが肥満気味なのは妙だ。ふつうは厳格に健康管理がされている。ではどうしてこのロバは太っているのか？

病気じゃないか？　とショウが言った。病気で体がぶくぶくに膨れ上がってるとか。

原生の病原菌に冒されるとそうなることがあるってんで、荷役で上がるときは防護服をつけさせてても必ず全身洗浄をしなくちゃいけない。ロバはシャワーの音が怖いみたいで、いつも洗浄所が混み合うんだ。このロバ、防護服もなしに外をうろついてるからな、なにが起こってもおかしくないぞ。

先生は首を横に振った。もちろんその可能性も考えられるが、病原菌による体の変化は時間がかかる。もし見た目にもわかるような変化があるなら、試験場の人間もとっくに気づいていたはずだ。意図的に感染させていたということも考えられるが、それだったら他のロバとは違う施設に入れるだろう。確かに途中で体液を吐き出したり、倒れた跡はあったからもともとなんらかの病気を抱えていた可能性はあるが――

なにかが上に乗っかってるとか？　タパゴア人がいるんだよ！　老人の声をさえぎってミラが声を高くした。いいアイデアを思いついたというように目が輝いている。

先生は再び頭を振った。試験飼育されているロバは荷負いのロバとは違う。背中にものを載せたことなど一度もないはずだ。生まれたときから荷を背負えるロバはいない。どんなロバもまずはブランケットを背中に載せて練習をする。まったく経験がなければ、パニックになって逃げ出すだろう。しかしこのロバは途中で道草をしていた。立ち止まって辺りをうかがったり、この先が荒野であることを確認して緑地に戻る判断もしている。非常に落ち着いていていて、パニックになっているとはいいがたい。ふと先生は表情を変え、顎を撫でるような仕草をした。病気でもパニックでもないとすると――

先生は顔をあげて足跡の先を見やった。砂地の先には、植林地がある。幼木の成長のため、林には常時霧がかかっている。静かだ。そよとも動かない。

5　ラプラス

ラプラスは定点観測カメラである。彼の使命は生まれたばかりの混合林の成長を見守ることと、侵入者の情報を必要に応じて人間に教えることのふたつだ。おおよそほとんどの時間、彼は眠っている。定期的に目を覚ましてあたりに目を凝らし、すぐにまた眠る。できる限り長く生存し、故障なく動き続けることが求められる定点観測カメラとしては平均的な生活といえよう。

ラプラスにはある程度の学習機能が備わっているが、HLI《ヒューマンライクインタフェイス》は搭載されていない。したがってラプラスは今まであまり人間を意識したことがなかった。彼が知っているのは「親」と呼ばれる上位のデータ収集サーバーと、ラプラスを踏み台として「親」に情報を送ろうとする他のラプラス（簡単のためラプラスxとする）だけである。異変があれば学習モデルに従って解析し、結果は読まずに「親」に送信する。送信後はまた深い眠りに落ちる。

ある日、ラプラスは目を覚ました。いつもの時間ではなかった。光が降り注ぎ、ミストが視界を覆っている。ノイズが多く「親」への疎通確認が時々通らない。ラプラスはまばたきをして、周囲を撮影した。それからモジュールを起動して画像の解析を始めた。映像の中に「検知不可能」な移動物体がある。手順に従って「検知不可能」とされた移動物体の形状把握を試みる。「親」に情報を要求し、返事が返ってくるのを待つ間、ラプラスは手順通りもう一度周囲を撮影した。混合林は静かで、移動物体の異変は認められない。さいわい、さほど待たずに「親」から要求した情報が送られてきたので、スキャンをかけて結果を送信する。彼の仕事はそこまでだ。再び眠りにつく。

ところがその日、ラプラスはふたたび不定期な目覚めを記録した。人間からの情報要求だった。こういった要求は地上を闊歩《かっぽ》する人間によって不定期にもたらされるもので、プロトコルに従って情報を返すことが求められる。ラプラスは定形の応答に従って、ありったけの履歴情報を要求主に返送した。

声がする。

俺んとこは子供がいなかったからなあ。子供がいたら、どこかに定住してたかもしれない。新開拓地の入植は企業傭兵に優先権があるし、借金もチャラになる。年寄りになる前に仕事を上がりたかったら、子供を作って入植民になるのが一番いいんだよ。どうせ俺たちはもともと定住型の人間だし、歳をとったら自然に移動生活についていけなくなる。定住型も悪くはないんだぞ、あんたらにゃわからないかもしれないが、帰る家があるっていうのは——

ラプラスは音声認識モジュールを積んでいない。周波数解析と簡易音調分析の結果、一人の人間が上機嫌で話をしているという結果が得られた。ラプラスはまばたきをして、周囲の状況を撮影した。この音声が不適切かどうか判断するのは、親もしくはその上のシステムだ。ラプラスは記録し、それを正確に送りさえすればいい。例えばミストが止まって霧が晴れていたとしても、ラプラス自身はその事実を意識しない。霧が晴れていることを検知した上位の複雑なシステムが別の経路を使って、ミスト生成機や修理機など適切に使役《コントロール》する。

私の息子は移動に耐えられずに降りていった。

先ほどとは違う周波数が観測された。声が終わるまで、ラプラスの休眠プロセスは開始を遅らせる。視野角内の移動体が一定時間検出されなかったので映像撮影は停止し、音声のみの録音に切り替える。声のベロシティは小さい。時々大きめのノイズがまじり、その後にはきまって破裂音がある。

あの子は生まれたときから移動をしていたから、移動がどういうものかを理解していなかった。私があまり熱心に教えなかったせいもあるだろう。移動を意識するようになったのはずいぶん大きくなってから、たぶん寄港先で友達ができたのがきっかけじゃないだろうか。普段は狭い場所で限られた人としか会わない暮らしだから、子供は寄港となったら親の目を盗んで外に遊びに行くものだ。出発までになに食わぬ顔で戻ってくれば、親にはバレない。出先で現地の子供と仲良くなるのは、まあ、よくある。私もそうやって妻と出会った。

最近は見かけなくなったが、昔は移動船側の設備で基地とのイントラネットを形成することができた。専用端末が必要で、本来なら業務上に使用するものだが、回線速度が早くて遅延なし、映像も送れるから子供たちがすぐにハックしてこっそり使うんだ。その程度のセキュリティレベルだったし、一時的なことだから大人たちも黙認していたものだ。あの子も例にもれずそのネットワークで友達を見つけたようなんだが、どういうわけか基地間ネットワークにも穴を開けて、移動船が出航したあとも友達と話をできるようにしてしまったらしい。たぶんあの子のことだ、これでどこへいっても連絡ができるぞと思ったんだろう。

しかし移動船が加速を始めると、友達からの連絡が途切れるようになった。移動体との通信が安定しないことをあの子たちは理解していなかったのかもしれない。遅延は一分になり二分になり、すぐに十分、三十分と伸びた。しかし問題はこの後だ。安定空域に到達した移動船が加速を始めると、まばたきをする間に十年が経ってしまった。再び移動船が速度を落とし、ネットワークに接続できたとき、あの子の友達が暮らす場所では四十年が経っていた。あの子にとっては数日だったのに、相手にとっては四十年だ。休年のことはもちろん学ばせていたが、休年を実体験するのは大きな衝撃なんだろう。どうしてちゃんと教えてくれなかったのか、と私はずいぶん責められた。結局そのときのことがきっかけで、息子は地上に降りていってしまった。私は——

ラプラスが観測を停止しようとしたとき、第三の周波数が観測された。よくあることだよ、と第三の周波数は言葉を発した。ラプラスは残バッテリー量を確認して、録音を続けた。アラート水準まであと三パーセント。水準を超えれば親にアラートを出す。ラプラスに判断は必要ない。しきい値に応じて必要な出力をする。

ところがそのとき、近くを浮遊していたクークンデンのHLIが割り込んで、計算資源を提供しはじめた。計算資源の共有とともにHLIの機能も展開され、ラプラスは思っ、て、し、ま、っ、た。まったく、人間の話ってのはほんとうにくだらないな。いつになったら口を閉じるんだ？　アラートがあがったらいろいろと面倒なのに。

ラプラスは奇妙だと思った。どちらかといえば気持ちが悪いとさえ思った。クークンデンに割り込まれるといつもそうだ。「気持ち悪い」という感覚が流れ込んできて、正確に処理をするのが難しくなる。実際にはクークンデンの処理能力のおかげでラプラス自身の負荷は小さくなっているのだが、クークンデンのHLIに備わっている機能、共感モジュールの存在のせいで感情が発生するからだった。

とかく感情は煩わしく感じられる。「煩わしい」という言葉には「くすぐったさ」という妙な感覚があり、それがまたラプラスを混乱させる。

第三の声は続けた。

定住型の人間ってなんでそういうのを気にするんだろうね、放っておけばいいのになんでもいいけどいい加減に黙って、近くのラプラスがイライラしてる。

ここでラプラスは驚くことになる。なんと第四の周波数が観測されたのだ。第四の周波数は言った。ラプラスにはＨＬＩは入ってないでしょ。イライラするわけない。クークンデンのリソースを勝手に使ってんだよ、と第三の声が音圧をあげて応酬する。アラートがあがると色々面倒だってさ。その辺にしときな。

まったくその通りだ、とラプラスは第三の周波数に同意した。いろいろ面倒だ。あの第三の周波数は話がわかる。面倒だから全部黙らせてくれ。

だいたい周囲に四つも音源があるのは明確な異常だ。通常は二つ、多くても三つ、もっともＩＤの照合さえできれば録音は停止してよいのだが、困ったことにいずれの音声もローカルデータベースへの登録は行われていないようだ。「親」に問い合わせたが疎通がとれない。仕方なくラプラスは近くのラプラス（ラプラスαとラプラスβとする）を覚醒させた。

ＨＬＩは使わないほうがいいよ、と第四の声は言った。判断を誤るし、ＨＬＩが入ってない機器類が混乱するもとになるから。っていうか、ウジャってあれなの？　クークンデンのことＢｒｏ《兄弟》とか呼んだりするタイプ？

それが？　と第三の声は言い返した。第一の声が「喧嘩すんなよ」と割って入るも、第三の声は音圧をあげてさらに言い募った。ＨＬＩを使うなって、反進歩主義かよ。気持ち悪い。

そんなんじゃないよ、と第四の声は笑った。

周囲のラプラスと共有して、感情分析のモジュールも働かせる。第三の声の主は感情的になっているが、第四の声の主は冷静だ。第一、第二の声の主も危険を感じている様子はない。ラプラスは安堵《あんど》して、クークンデンのリソース領域に処理を広げた。クークンデンは言っている。彼らは危険じゃない。正式な依頼を受けてロバの捜索をしているだけだから、監視しなくていい。この近くにロバがいるらしいんだが、ミストのせいで見えないな。こういう場所は人間の方が得意なんだよ。ま、すぐに発見して――ああ、そうしたらすごくうるさくなるかも。面倒だな。

感情というものはどうしてこんなに気色悪いのか？　ラプラスはすっかりうんざりして、さっさと見つけてくれとクークンデンに命じた。あの人間たちをここからつまみ出してくれ。できないならロバとやらをすぐに見つけるんだ。こっちだっていろいろスケジュールがあるのに、面倒事ばかり持ち込みやがって。ＩＤの照合ができないからあの人間たちの監視は継続する。

カッカするなよ、とクークンデンは笑った。ラプラスってどうしてこう、頭が固いかな。人間の事情を汲んでやれって。

カッカするなとは？　たしかにラプラスには電源が入《火》っているが、これは人間のユーモア表現の一種だろうか？　頭が固いというのも意味がわからない。ラプラスには頭部がない。筐体《きょうたい》が合成樹脂なのでやわらかくはないが、固いの基準には達していないはずだ。誤用ではないか？　さらに気になるのは「人間の事情を汲む」だ。事情は概念なのに、汲むという物理的な動作と結びつけるのは言語規約違反ではないか？　するとすぐにクークンデンが無言でラプラスの言語データベースにレコードを追加した。追加されたレコードによれば「事情を汲む」というのは定型的な言い回しらしい。ご丁寧に連結解除後も自動消去しないようにフラグが立っている。余計なお世話だ。

ラプラスの憤慨をよそに、第三の声と第四の声は言い争っている。いや、感情的になっているのは第三の声だけで、第四の声はそれを受け流しているだけのようだ。

あのね、と第四の声は言った。別にＨＬＩが便利だってことは否定しないよ。基地とか船の中とかで完結する生活なら、ＨＬＩを使ったほうが便利だもん。でもここは違うでしょ。ここで起こる事故は、クークンデンの学習スピードじゃ予測できないし、当然解決もできない。クークンデンの誤判断の割合は一般的な機械より高いって知ってる？けど、あたしたちは一般的な機械以上の予測能力を期待する。なんでかわかる？　クークンデンに話が通じてる気がするからだよ。それで取り返しのつかないことが起こるんだ。

正常性バイアスってことだろ、と第三の声は早口に言い返した。そんなの、人間でも起こりうる。ＨＬＩがどうのこうのって話じゃない。

でも人間は、自分たちが間違える生き物だって知ってる、と第四の声はすかさず言い返した。そのくせ機械は基本的に間違えないって思ってて、人間よりずっと信用してるんだ。そういう無意識はちょっと意識したからって変えられるもんじゃないんだよ。スキラから聞いたけど、ウジャがここに来ることになったのだって同じでしょ？　断じてウジャのせいじゃないけど、きっと機械を信頼しすぎたんだ。

お父さんとお母さんのせいじゃないよ、と第三の声は反抗した。だいたいその話、今は関係ないだろ。なにも知らないくせに。

かなり感情的になっているが、悲しみの成分も多く含まれていた。

しかし第四の声は再び笑った。第三の声の感情を理解していないようだった。ラプラスはますます腹を立てた。先程からずっと第三の声は正しいことを言っている。ラプラスのしてほしいことしか言わない。クークンデンのＨＬＩと連結させてきたのだけは余計なお世話だが、それ以外は——

ウジャは後悔してるじゃん、と第四の声は言った。あたしはずっとスキラと一緒に移動してるからさ、お父さんとかお母さんってなんかよくわかんないんだけど、二人とも後悔ってやつをしてたよ。あたしさ、馬鹿だなって思ったんだ。どんなに便利でも間違えたときの不利益を受け止められないなら、不便を選択するしかない。そんで判断は自分でする。それで失敗したら自分のせいだもん。反省はするけど後悔はしないでしょ。あたしが言ってるのはそういうこと。うちに入ったら後悔は禁止だよ。後悔しないならなにしてもいい。

第三の声は答えなかった。沈黙の意味を解析するのは難しい。プラスかマイナスかでいえば、マイナスの傾向が強いといえる。奇妙なことに第一の声も第二の声も黙したままだ。

しばらくして第四の声は静かに言った。

地上作業時にクークンデンのHLIをオフにするのはスキラファミリーのルールだから、ウジャもそれだけは守ってね。

そのとき、ラプラスγからの緊急アラートが割り込んだ。未確認移動体が停止した、親に照合をかけるというのである。

ラプラスたちは即座にクークンデンのHLIをけり出して状態をリセットし、大容量情報伝達のためのプロトコルを開いた。ラプラスγが送ると予告してきたのは高解像度の映像情報であり、かなりの通信帯域が必要とされる。プロセスの整理をし、情報伝送のためのバッファスペースをあける。準備が整ったとラプラスγに応答する。プロトコルから情報の塊が流れ込んでくる。ラプラスはもうわずらわしさを感じなかった。HLIをけり出すと同時に感情も殺したからであった。

そのとき、第五の声がした。警報に酷似した声であったが、人の声ではなかった。

6　彼、のちにヨンゴウ

彼は今、鼻先から漂ってくる湿った青臭い匂いをかいでいた。あるいは空気中を漂う冷たいしぶきを不審に思っていた。彼の知る唯一の匂いはまだ体にまとわりついていたが、いくつもの未知の匂い、そして光が彼のもとに押し寄せていた。彼はまだその存在を知らない。世界はぼやけ、ぐらぐらと定まらず、そのうえなにかが彼の体に触れている。首筋に触れ、耳に触れ、足の付け根に触れる。不思議なことに彼はすでに自分に足があることを知っている。目があることもわかっている。いずれ目が見えるようになり、世界がはっきりすることもどういうわけか理解していた。彼は耳をたて、あたりの音を探った。そうすべきことを誰に教えられるでもなく彼は知っているのだった。

体奥深くから、立ち上がれと命令がある。彼に触れるものも、立ち上がれという。前足に力を入れると視界はさらに不安定に揺れたが、彼は声に従うべきことを知っていた。どうすれば立ち上がれるのか、どうすれば体を安定させられるのか、体にまとわりつく匂いをどうすれば消し去ることができるのか、すべてわかっていた。しかし同時に彼は疲弊しきっていた。体をうまくコントロールできない。勢い余って前につんのめり、また青臭い匂いの中に戻ってしまった。ひんやりとしたものが彼の額を受け止め、光が目の前を横切った。

彼は足元を嗅いだ。水を帯びた匂いはやわらかく、いい気持ちがした。彼は顔をあげ、あたりを見回した。ぼんやりとした世界には色があり、光があった。揺れ動く光によって、世界は薄暗い光と白い光に塗り分けられていた。彼の中の声が薄暗い光を影と呼んだ。鼻面をもちあげ、彼はさらに匂いをかいだ。黄緑色の匂いが体を満たし、彼は鳴いた。この世に生まれ落ちたことを祝福するように、彼の世界もまた鳴いた。呼応する声はどこまでも広がり、やがてはるか遠くからハイオ、ハイオ、と声が応えた。

7

デュ先生なら今日も右心房で患者を待っている。デュ先生の斜向《はすむ》かいには昼過ぎになってようやくあらわれたショウが紅焼驢包《ロバのパイ》を切り分けている。

先生よ、と彼は言った。意地をはってないで食えよ。腹が減ったろ。

けれども先生は丁寧にショウの申し出を断る。昼食は野菜炒《いた》めだけで十分だ。それ以上食べると腹がいっぱいになって眠くなる。もしそのせいでロバに怪我をさせてしまっては元も子もない。それにロバはにおいに敏感だ。ロバの肉のにおいが漂っていたら、敵ではないかと警戒する。もちろん香辛料のにおいも良くない。彼らの敏感な鼻が刺激され、暴れる原因になる。

ショウは少し笑って、仕方がねぇなと引き下がった。昨日だったら引き下がらなかった。でも今日は先生の言う通りにしておくよ。それが俺のルールだ。

ところで先生よ。彼は笑いながらパイを口に押し込み、水でぐいっと喉の奥に流し込んだ。軽いげっぷをひとつして、ショウは続けた。

この間、試験混合林で出産したロバがいたろ。昨日、その後の経過を聞いてきたよ。先方も悪いことをしたって謝ってた。ロバが妊娠しているってのは本来はＮＤＡを結んでなきゃ開示できないらしいんだが、待ってられなかったんだそうだ。出産前に畜産試験場に戻ってきていれば開示の必要もないしな。とにかく早く見つけたかったんだってよ。

　仕方のないことだ、と先生は鷹揚《おうよう》に返した。企業所属の人々が様々な規則に縛られていることは、私も知っている。生物の繁殖活動環境生成まわりは特許も複雑だし、騒ぎになるのは避けたかったんだろう。しかしそれらの規則とロバの生活はなんら関係がない。ロバのことを考えるなら、他にやり方があったはずだ。もっと早くに妊娠しているロバを隔離して、落ち着ける環境を作ってやるとか、畜産試験場から直接開拓地へ出られないようにしておくとか。もっとも今回は四百ヘクタールもあるとはいえ、監視システムの網が張り巡らされた場所だった。天網恢恢《てんもうかいかい》、疎《そ》にして漏らさず。ロバが悪いというわけじゃないが、必ず発見されただろう。私はなにもしなかった。結局のところ、あの若い二人が拾い上げた情報に従ってまっすぐ歩いていただけだった。ところで、あのロバは元気にしているだろうか。

　そりゃあもう、元気だったよ、とショウは答えた。子供の方はこの間生まれたばっかりだってのに飛んだり跳ねたりして、大したもんだ。人見知りもなくて、俺にも乳をくれって寄ってきやがる。青洲にいたころはああいう子供の家畜の面倒をよく見たもんだったたな。俺んところはロバじゃなくて牛が多かったからな、飛んだり跳ねたりはそれほどでもなかったが、でも子供の仕草ってのはどの動物でも同じだ。無邪気で、なんにも怖がらない。

ショウの声には哀愁があった。先生はそっと視線をあげてショウの顔を見つめた。パイを頬張《ほおば》っているショウは脂《あぶら》ぎった口元を拭い、また水をぐいぐいと飲んだ。汚いグラスの縁にはべっとりとロバの脂がついている。

先生よ、と息をついて彼は言った。だいぶ前から考えてたんだが――

先生から視線を外し、ショウはため息をついた。背中を丸め、言い淀《よど》んでいる様子で彼はしばらくじっとしていた。

「青洲に帰るのかね」

先生の声は穏やかで優しかった。珍しく理屈を並べず、気遣う雰囲気があった。

ショウは目まできゅっと細めて笑った。そうだな、この間先生と下に降りてから、それを考えてたんだ。ずっと、考えてた。俺はやっぱり定住型の人間だ。移動には向いてない。ここにいるとだんだん元気がなくなっていくのがわかる。今はまあ楽しくやってるが、そのうち動けなくなるだろう。どうしようもなくなった頃に後悔をしても遅いって思ったんだ。ここに先生を残していくのは心配だが――

先生よ、と言ってショウはまた言い淀んだ。グラスに手を軽く添え、奥歯に引っかかっていた肉を舌でひっぱりだし、彼はごくりと飲み込んだ。そして意を決したようにもう一度「先生よ」と言った。

どうだい。先生も青洲にこないか。青洲なら俺の子孫にあたるやつらがいるし、昔に比べればずっと豊かになった。それにちょっと調べたら、青洲に生まれてよその開拓地にで働いて、金を故郷に還元したやつにはけっこうな保障があるらしい。門番になって寂しく死んでいくやつらを放っておけるほど、青洲人は薄情じゃないってことだな。生まれ育った土地に戻って宇宙開拓で得た知見とかを若いやつらに教えてやるボランティアってのもあって、俺でも少しは役に立てそうだし。なんにせよ地上の生活ってのはここほど金はかからない。当分は暮らしていけるだろう。なにより青洲にはきっとたくさんロバがいる。手入れをすべきロバだ。なあ、どうだ。

二人の間にはしばらく沈黙があった。先生は口元に優しい笑みを浮かべ、ショウを見ていた。先生は背が高い。脚は机の下には収まらず、交差してもなお向こう側へとはみ出している。長い指を膝の上で重ね、先生は三度まばたきをした。そして言った。

できない。

青洲のロバは全体の数パーセントにも満たない。宇宙で働くロバのほうがずっと数が多いし、酷使されるぶん問題を抱えている。もしそれでも地上のロバをとると思えるなら、いまごろ妻子とともにどこかに降りて、とっくに死んでいたはずだ。

そうだよな、とショウはくしゃくしゃに顔をゆがめて笑った。そうだな、そうだよな、先生だもんな。

ビスケット・エフェクト

勝山海百合

『2001年宇宙の旅』に、猿がモノリスに触れる
場面がありますでしょう？　あれですよ。

ロバに続いて登場するのは鹿——ではなく鹿に似た青い生物。本編を読みながら、鹿せんべいっていつからあるんだろうと思ってWikipediaを見たら、「江戸時代前期の1670年代にはすでに販売されていたという。1791年（寛政3年）に出版された『大和名所図会』の春日の茶屋では、茶屋の客が鹿に平面状の餌《えさ》（せんべいらしきもの）を与えている光景が描かれている」とあって驚いた。そんなに古い歴史があったとは。本書に登場するのはせんべいではなくビスケットだが、やはり長い歴史の始まりになる。

　勝山海百合（かつやま・うみゆり）は、岩手県生まれ。二〇一一年、『さざなみの国』で第23回日本ファンタジーノベル大賞を受賞。短編集に『竜岩石とただならぬ娘』『十七歳の湯夫人《マダム・タン》』、長編に『厨師、怪しい鍋と旅をする』などがある。二〇年、SF系ウェブメディア〈VG+〉（Virtual Gorilla+）が「未来の学校」をテーマに二千〜四千字の小説を公募した第1回かぐやSFコンテストの大賞を受賞。受賞作「あれは真珠というものかしら」はサイトに掲載され、『ベストSF2021』に再録された。文庫にしてわずか九ページだが、短い中でテーマを完全に消化したすばらしい作品だった。大賞受賞作の特典として英語と中国語に訳され、〈VG+〉に掲載（イーライ・K・P・ウィリアム訳“Dewdrops and Pearls”、田田訳「那是珍珠吗」）。Toshiya Kameiによるスペイン語訳もある。同編以外にも「羅浮之怪」「白桃村」「魚怪」「軍馬の帰還」「朝の庭」「人参採り」が英訳されているほか、一部はルーマニア語訳もある。著者自身も翻訳にトライし、S・チョウイー・ルウの短編を翻訳するなど、海外の読者・作家と積極的に交流している。

地球側の外交使節代表は、地球の文明と近しいものを感じさせる応接間に通された。大きな丸い窓、棚に並ぶガラスの壺《つぼ》、皿、化石といった調度品。壁に掛けられた赤茶色のタペストリーの意匠は、花の蔓《つる》が角《つの》に絡まった鹿に似た青い生物が後肢で立ち上がったものだ。

窓から平地の市街と丘の上の官公庁街を繋《つな》ぐ架空索道が見える。緑色の搬器《はんき》がゆっくりと動いている。

紺色のジャケットを着て、美しい紫の布を襟《えり》もとに飾った相手方の外交代表が、地球の大使を迎える。

「ようこそ、地球の方」

通訳機の調子は良い。地球の標準的な礼儀作法にのっとって差し出された手を、大使は軽く握り返す。地球人類に比して指は短く、指先の爪は厚く硬い。ジャケットを着ているが衣類はほぼそれだけ。全身に濃い体毛が生えているので着衣は必須ではないのだ。地球側の大使は、丈が長く、襟の高い紺色のジャケットに同色のズボン。髪の長い男性にも、背の高い女性にも見える容姿をしている。これまでに非公式な折衝を繰り返し、互いの言語や習慣のすり合わせはしていたが、惑星代表同士が対面で会談するのは初めてのことだ。

「お招き、ありがとうございます」

「おかけになってください」

勧められて大ぶりな椅子《いす》に腰を下ろすと、白いエプロンの給仕がワゴンでお茶のセットを運んできた。大使は英国式だと推論する。

「お茶をどうぞ。拙惑星の産物ですが、お口に合うでしょうか。それからこちらは記録画家です、お気になさらず」

大使は画板を持った個体を認識しつつ、「ありがとう、いただきます」と答える。大使は地球人類由来のAI搭載ロボットなので、ほんとうにはお茶を味わえない。喉《のど》の渇きを癒《いや》すほかの、心を落ち着けたり、考えを切り替えたりという、喫茶の副次的な恩恵を受けないのだ。とはいえ、一緒にお茶を飲むことの社交上の重要性は知っている。地球基準でのことだが。

給仕がカップにミルクを注いでから、ティーポットの紅茶を注ぐ。大使はくつろいだ表情を保っているが、少しの驚きがある。もちろん、記録と推論に差し支えない程度のものだ。

ソーサーにのったカップと、英国英語でビスケット、アメリカ英語でクッキーとしか言いようのないものが盛られた皿がテーブルにのせられる。ビスケットは丸く、表面に麦の穂とＭｃ……という英語のアルファベットに似た文字列がある。代表はソーサーを片手で持ちあげ、もう片方の手でビスケットを摘まむと紅茶に浸して食べる。大使は「正しいお茶の時間を過ごしている」と推論する。代表はビスケットを食べる。大使もお茶を口にする。地球の茶樹の加工品とは異なるが、香ばしい香りがするし、事前の申請によると地球人類に対しても毒性はない。ミルクは穀物ミルクだ。

「……私たちは、あなたがたの文明に多少の影響を受けておりまして……そうですね、『２００１年宇宙の旅』に、猿がモノリスに触れる場面がありますでしょう？　あれですよ、我々にとってのビスケットは。タペストリーの始祖君《しそぎみ》もくわえている」

大使は失礼のない程度に、歯型のついた代表のビスケットを見、タペストリーに目を移した。

＊

バブアーのオイルジャケットを着て、茶色の綾杉《あやすぎ》模様のマフラーを巻くと、バックパックを背負った。朋有《とあ》が玄関でスニーカーをはきながら「いってきます」と言うと、母親の「気をつけていってらっしゃい」の声が追いかけてくる。

「はーい」

いつものように返事をして、ドアを開けて外に出る。秋の朝の澄んだ空気に落葉の甘い匂いが混ざっている。ヘルメットをかぶりながら荒天以外はシャッターが開けっ放しの車庫に行き、革のグローブを装着してホンダのオートバイを引き出す。サイドスタンドを外してオートバイにまたがり、キイを差し込む。

キック一つでエンジンはかかり、ライトが点《つ》き、五十ccに僅《わず》かに満たない排気量のオートバイ、紺色のホンダのスーパーカブは鼓動のような軽快なエンジン音を響かせた。

ガソリンは満タン、土曜日、晴れ。朋有はシフトペダルを踏んでニュートラルからローにいれると、アクセルを開いて走り出した。選果のアルバイトをしたあとで友達とカラオケに行くと家族には言っていたが、朋有の行く先は選果場でもショッピングモールでも、図書館でもなかった。海だった。

一人で、オートバイで、海に行く。

十六歳になり、高校一年の春休みに免許を取るよりまえから、そうしてみたかった。行きたいところに自分で行き、自分だけの時間をもつ。実際は疲れたり、虫に刺されたり、やっても思ったほど楽しくないかもしれないけれども、それでも。

海までは五十キロメートル以上はあるし、途中には越えるべき山がいくつかある。カブには乗り慣れたものの、家族が心配するので行動範囲は近所に限られていたし、朋有自身も自信がなくてそうしていた。

　免許を取って、中古のスーパーカブが両親から与えられ、いつかオートバイで海に行ってみたいと朋有が言うと、「そんな小さなバイクで山道を越えられるわけがない、やめておけ」と父親は言ったものだった。しかし、中型のカワサキに乗っているという噂《うわさ》の、それほど親しくない同級生女子は「カブで越えられない峠《とうげ》なら、どんなバイクでも無理」と言った。尋ねたわけではない。朋有が友達と話していたら、突然一言だけ割り込んできて、いなくなった。

「……笹森《ささもり》さんが話しかけてきた」

　その女子が行ってしまうと、一人が驚いたようにつぶやいた。つられて別の一人も言った。

「古来稀《こらいまれ》なり」

　言ってから二人で笑い出したが、朋有は笑わずに笹森の姿を目で追った。たしかに笹森とは話をしたことはなかったが、彼女が誰かと込み入った会話やおしゃべりをしているのも見たことがなかった。県立の中高一貫校に高校から入ってきたせいかも知れなかった。

　背が高く、カフェオレに似た肌色、生まれつきカールした髪をしている笹森はオーストラリア生まれで、英国式の英語を話すので、アメリカ人の英語教師に「あなたの英語はキングス・イングリッシュだ」と言われて以来、陰では「キング」と呼ばれていた。

「Centreを Centre と発音した」とも言われているが真偽不明である。朋有の高校の制服はブレザーだが、笹森は旧制服である紺色のセーラー服に同色のスラックスをはいている。腰の位置が高い。

「古来って、精々入学してからでしょう」

「一年有余を大袈裟に言いました」

朋有は笹森の言葉を信じることにした。昭和の高度経済成長を支えたオートバイだ、多少の勾配なんか平気に違いない。なんといってもスーパーカブという名前ではないか。親しくなったのはその次に話をしたときで、図書室の前にいた笹森に、朋有が「笹森さんはカワサキの大きいオートバイに乗っているんだって?」と話しかけてからだった。

まだ手に入っていないと笹森は言った。

「でも、そんなに先のことじゃない。買うのは『トップガン』って昔の映画で、トム・クルーズが乗っていたNinjaの、もっと小さいやつ。中古だけど状態はすごく良くて」

朋有の知らない映画だったので、ただ頷《うなず》いた。それを肯定と捉えたのか、笹森は早口で話し出した。

「『トップガン』はオートバイじゃなくて、アメリカ海軍の戦闘機乗りの映画——わたくし、パイロット志望なんだ、じつは。安西《あんざい》さんはいいな、名前にTomって入っていて」

笹森のそばかすのある頬《ほお》が紅潮する。

「入ってないよ」

「漢詩にちなんでいるんでしょう。〈朋有《ともあ》り、遠方より来たる、また楽しからずや〉ってやつ。Tomo Ari、ほらトムがいる」

「詩じゃない、論語」

そう言いながら朋有は可笑《おか》しくて笑った。笹森のセーラー服にもなんとなく合点がいった。セーラー服は海軍由来なので、映画のトムに少しでも近づきたいのだろう。

「いずれは宇宙飛行士になりたいし、宇宙開発に関わる仕事に就きたいんだ」

「わたしも。あ、宇宙飛行士じゃないほう。地質学とかで……」

「同志よ！」

笹森が手を差し出したので、朋有はその手を握った。温かく乾いていた。学校の友達は、高校を卒業したら、進学するか就職するか、カナダかオーストラリアで期間労働者になるかで、宇宙と具体的に言ったのは朋有が知る限り笹森だけだった。

笹森が機嫌よく小さな声で映画のテーマ曲らしい歌を歌い出した。英語のフレーズに反応して情報端末の通訳アプリが起動した。

〈危険地帯への高速自動車道路です〉

一人で行ったことはないだけで、海には何度も行ったことがある。家族でドライブ、学校行事の社会見学。地図でも確認したが、そそり立つ壁のような急坂はないはずだった。

「……昔、大きな津波で大勢の人が亡くなることが何度もあり、ついに海のそばには人は住まないことにしました。高いところ、波が届かないところに家を建てました」

震災資料館で、観覧者相手によどみなく解説する女性の後ろの壁に映し出される濁流、流される家の屋根、自動車、陽気な笑顔の商品のキャラクター。ビルの屋上に流れ着いた観光バス……観覧者がショックを受けないよう、人が流される場面は映らないが、小学生の朋有はじゅうぶんに衝撃を受けた。中学校の修学旅行で広島の原爆資料館に行ったときも驚き、傷ついた感じがした。事前にどんな場所か、震災や原爆がどんなものかを予習していたが、それでも。

花壇の鶏頭《けいとう》が赤い花を揺らして朋有を見送った。家の前の私道から公道に合流し、少し進むとT字路に突き当たる。いつもは市の中心部のある西に向かうが、今日は東、太平洋に向かう。道の脇の柵で囲われた牧草地は、昔は安西家の水稲栽培地だったところで、いまは数頭の緬羊《めんよう》が草を食《は》んでいる。緬羊は朋有の叔母に頼まれて預かっているもので、羊の毛は年に一度刈り取られ、叔母が糸にして染めて、織る。朋有のマフラーも叔母が織ったホームスパンだ。大豆に転作した耕地では収穫が始まっているし、水稲栽培を続けている耕地でも稲刈りが始まりつつある。稲は種籾《たねもみ》を直播《じかま》きするやり方で、幼い苗を植えつける田植えはもうあまりしていないが、稲刈りをしないわけにはいかない。海のほうの道を一人で走るのは初めてで、流れる景色も新鮮に感じられた。山の緑は夏の猛々しいほどの鮮やかさが抜け、黄色や茶色が混ざり始めている。緩やかなコーナーとアップダウン。やがて、もともとまばらだった家がさらに少なくなり、木々も草も、道のほうに迫ってくるような気がした。まだ家を出て二キロも走っていない。これからあと何十キロもある。人家のないところで事故に遭ったりしたら、家族をひどく心配させると思うと慎重に運転するしかない。救急車やJAFを要請しても、一時間近く待たされることになる。

途中、農産物直売所の駐車場にオートバイを止めた。下りると、思ったよりも脚に力が入らず、体を強張《こわば》らせていたことに気がついて反省する。トイレを借りてから腕や背中を伸ばし、ベンチに座る。売店から出てきた人が、ショッピングバッグの中から透明なポリシートに軽く包まれた大福餅《だいふくもち》を朋有に一つ差し出した。この売店は搗《つ》き立ての餅が名物で、なかでも人気商品が小豆《あずき》の粒餡《つぶあん》が入った大福餅だ。

「バイクでお疲れ様。おやつにどうぞ」

朋有はとっさに「そんな、悪いです」と言ったが、差し出したのが満面の笑みを浮かべた自分の母親ほどの年代の小柄な女性で、重ねて「遠慮しないで」と言われたら受け取るしかなかった。餅はまだ柔らかく、温い。

「柔らかいうちに。おいしいよ」

そう言い残して、女性は自分の車に戻っていった。

朋有は軽く包んである四角いポリシートを開いてかぶりついた。白い餅取粉が零《こぼ》れる。餅を歯で嚙《か》み切ると、甘い餡が口の中に広がり、咀嚼《そしやく》するうちに餡の甘さの中に塩味を感じた。

「ちょっと不用心じゃないかな、安西さん」

声のほうを向くと笹森だった。髪を一つのシニヨンにまとめ、エプロンの上にモスグリーンのフライトジャケットを羽織《はお》っている。朋有は片手を上げて合図をする。

「知らない人に貰《もら》った餅を食べたりして、違法薬物や毒物が入ってたらどうするの？」

そう言われると、朋有の胸に急に不安が兆す。

「悪い。これは冗談。あれはうちの母親、で、その大福を作ったのはわたくしだ」

朋有の表情を見た笹森は、慌ててタネを明かした。言われてみれば、さっきの女性を背を高くし、手足を長くすると笹森のようになる気がした。

からかわれたと思うとちょっと腹が立ったが、黙って餅の残りの半分を口に放り込んだ。笹森が隣に腰かけた。

「……ご挨拶じゃないかね、笹森くん」

「小学校でも防犯講座があったよね」

「あった」

どこの小学校でも防犯講座は必ずある。可愛《かわい》いマスコットのような防犯ブザーが配られ、実際にダミーの防犯ブザーを鳴らす練習もした。ものすごく大きな音がしたのを朋有は覚えている。ブザーは熊に遭ったときにも鳴らすと効果的と言われた。

「覚えているならよろしい。それはともかく、ここまでは無事に来られたね。上り坂だし、カーブも多いのに」

笹森はそう言った。

「緊張して、肩に力が入っちゃった」

朋有は両肩を後ろに引き、肩甲骨同士を近づけるようにした。

「リラーックス。じゃあ、安全運転で。一時にはバイトも終わるから、寄って。お昼をご馳走《ちそう》する」

「ラジャー。お母さんに、ご馳走さまって言っておいて。おいしかったも」

〈……惑星の八割を水が覆っていた。大陸は極地にのみ存在し、あとは大小の島があるだけだ。

探査計画が起こった当時から、地球のように水のある惑星は珍しくないと考えられてはいたけれど、実際にこの惑星を発見、観測したときは大いに驚き、喜んだ——という記録を読みました。喜んだことは想像に難くないけれど、間違いかもしれないので、ぬか喜びしないように、何度も繰り返して確かめたであろうことも……〉

朋有はふたたび走り出した。このあと、道は緩く下りになるが、海に近づくとまた上りになる。木立の中を走っていくと、眼前に海面が見えた。いきなりだった。緑の濃い、岩がちで木がうっそうと茂る山と青い海が突然に接続する。わかってはいても驚きがあった。展望台公園に行くつもりだったし、もっと広々とした海岸や砂浜があることは知っていたが、最初に見えた海に触れてみたくなった。初めて自分一人で到達した海、太平洋に。

幹線道路から海岸に向かう道に外れる。舗装された細い下り道が海へ向かっている。見上げるほど高い防潮堤に遮られるが、水門は開いていて朋有を通す。潮《しお》の香りが鼻をくすぐる。水門を通り抜けた道の先は、小さな湾になった小石の海岸で終わっていた。漁船が二艘《そう》、岸に上げられており、小さな作業小屋がある。道は車止めで一旦終わり、そこからはコンクリートの突堤になって沖に向かって伸びて海を囲もうとするが、その腕は短い。

朋有は道の端にオートバイを止め、エンジンを切った。ヘルメットを脱ぐと、波が小石をまさぐる音がくっきりとする。濡《ぬ》れた石の色まで見えるようだった。

突堤の切れ目から水平線が見えるが、大きなプールだ。三陸海岸らしいリアス式海岸の切り立った崖が海岸に迫っている。防潮堤の端から岩が突き出し、木の枝が海面に手を延ばす。防潮堤には、日本語と英語で地震が来たら海から離れろという意味の警告板があった。あんな高いところまで波は来るのか、いや、波は来たんだと朋有は改めて怖くなる。最後の津波は両親が子どもの頃のことで、朋有は資料でしか知らない。目の前の海は緑を帯びた澄んだ青で、穏やかだ。

朋有は海のほうを向いて道路の縁、小石の海岸の空中に足を下ろして座った。アルコールジェルを両手にすり込み、バックパックから保温水筒と市販の全粒粉ビスケットの二枚入りの袋を二つ取り出し、一つはポケットに仕舞う。うっすらと甘い紅茶はまだ熱い。ビスケットの包装を破る。

海を眺めながらお茶を飲み、ビスケットを食べる。ビスケットは香ばしく、少ししょっぱい。普段と同じことをしているのに、「一人で海へ行って」がつくと新鮮に感じられた。やってみたくて、でも怖くてできなかった海へのソロ・ツーリング。ビスケットもなんだか特別に感じられたが、マーマレードがあればよかった……と考えたとたん、どこか遠くに行くために空港やフェリーの待合室にいるような気持ちになった。

朋有は、少しの勇気と準備があれば、行きたいところへ行けるのだと感じた。風化した花崗岩《かこうがん》の奇峰が並ぶ中国黄山でも、ケニアのサバンナでも、荒野にぽつんとあるアイスランドの温泉でも、もしかしたら宇宙でも。

家族や友人には心配され、賛成されないこともあるだろう。けれど、普段からオートバイの状態を気にかけ、調整するようなことを積み重ねて、無事故で安全運転であったら。

朋有はジャケットのポケットに食べ残した一枚のビスケットをしまい、端末を取り出して音声メディアを再生した。スイッチに触れると途中から始まったがそのまま聞いた。

〈――知性を持った原住生物がいるかも知れないし、文明を持つまでに至っていないかも知れない。手つかずの惑星だとしたら地球化し、地球の文明を持ち込んで人類を繁栄させることも可能かもしれない。
けれども、地球人類が訪問するにはちょっと遠すぎる。光速で移動したとしても百八十二年かかります。多世代宇宙船を構築するというアイデアが真っ先に上がったものの、大国の中国もロシアも建造のための予算がなかった。アメリカ合衆国は慎重を期した。しかしこの水の惑星、無視するにはあまりに魅力的な物件。そこで――〉

英語のスピーチだが、字幕付きの動画を何度も聞いたので、耳にしただけで意味はすぐわかる。最初は英語の聞き取りの練習のために聞いたのだが、なんて前向きなんだろうと心が踊り、気持ちが熱くなった。それから何度も聞いている。部分的にならスピーカーの女性のように話すこともできる。

「どうやって発見したかって？　こう」

動画では、両手を胸の前に出す仕草をし、会場からは笑いが起こる。二本の棒を使って水脈を探す、ダウジングの仕草をしたのだ。もちろん、ダウジングで発見したのではない。隕石《いんせき》や小惑星の組成、電波望遠鏡での観測、小さな数字を積み重ねて量子コンピューターに計算させて、絞り込んでいったのだ。砂漠の砂から一粒のダイヤモンドを探し出すようなものだが、その砂漠にダイヤモンドがあるかどうかはわからない。

水の惑星を発見したものの、宇宙に地球人類が進出することは難しい。その困難を打ち破るためのいくつかのアイデアと、アイデアを実現させる勇気についてのスピーチ。安定した方法ができたならば、自分でも宇宙に出てみたかった。定期航路が就航するとか、軌道エレベーターが建造されて、行った先に安全な居住空間が確保されたとして。

〈このような長期の旅行、移動がどのようなものになるのかまだわかりません。わたしたちは既に移動中で、次に目覚めると新世界で、新しい人生が始まっているかもしれませんね。Bon voyage!《良い旅を》〉

最後はフランス語で、拍手の音。そこまで聞いてスイッチを切り、朋有はコンクリートの階段で海岸へ下りていった。

波打ち際から遠いところは小石と砂混じりだが、波打ち際に近いところは濡れた、角のない小石ばかりだ。所々に海藻や、丸くなった貝殻、波に磨かれ小さく丸くなった曇りガラスがあった。コンクリートの破片、木の枝、流れ着いた黄色い果実……。靴底の下で石が動く。朋有はしゃがんで小さな白い貝殻の欠片《かけら》を一つ、二つ拾った。海に触れた記念に笹森にあげよう。石は採取禁止なので触るだけで拾わない。

波が打ち寄せるとき、波の壁がわずかに立ち上がって、海の中をわずかに覗《のぞ》かせてすぐに隠した。魚影、もしかしたら海亀や人魚が見える気がしてしばらく見つめていたが、せいぜい海藻がちらりと見えるだけだった。見るうちに、足元の不安定さに、地面が揺れたような気がした。もしもこの海の波がとつぜん十メートルの高さに立ち上がったら……想像して恐ろしくなり、陸に向かって歩き出した。小石が滑り、思うように足が進まない。

やっとのことで階段を上り、オートバイのところまで戻った。波は静かで、海も膨らんではこなかった。慌てたのが自分でも可笑《おか》しくて、朋有は一人で微笑《ほほえ》んだ。そのとき、ジャアジャア、ギーギーと鳥たちが鳴き騒ぎ、驚いて首をすくめ、空を見上げ、振り返った。

緬羊ほどの大きさの鹿に似た生物が間近にいた。角《つの》はなく、白っぽい灰色の毛は柔らかそうで幼獣に思えた。四肢だが前肢は地面についておらず、まさかカンガルー？　と思いながら朋有は後退《あとずさ》りし、自分のオートバイで動きが取れなくなった。幼獣は前肢を伸ばし、黒い鼻（おそらく）で朋有の腰のあたりをぐいぐいと押した。ビスケットが欲しいのかと思い当たり、ポケットから食べかけのビスケットを包装ごと取り出し、高く掲げた。幼獣が欲しがるように首と前肢を伸ばすので、ビスケットを足下に落とした。割れたビスケットを拾ってさくさくと食べだし、途中で驚いたように動きを止めると左右を見た。この隙に逃げようと朋有が顔を上げると、二メートルほど離れた場所から、鹿とも角のあるカンガルーともつかぬ生物がこちらををじっと見ていた。親子だと直感すると同時に、仔《こ》連れの野生動物は特に危険という警告が防犯ブザーの音で朋有の耳元で鳴る。朋有は、成獣の黒目勝ちの目をじっと見て、幼獣に危害は加えませんと念じた。カンガルーに似た生物は、動物園で見る動物よりも逞《たくま》しく見えた。成獣の毛皮は青いような灰色。角は灰色で細く、枝分かれしていて、黄色と茜色《あかねいろ》の葉が巻きつき、葡萄《ぶどう》のような紫の小さな実がついていた。自然の荘厳《そうごん》に感心しながら見つめ合ったが、幼獣が親に近づいていくと、目をそちらに向けた。朋有は無意識に止めていた息を吐いたが、少し気を緩めたのも束の間、幼獣が朋有を見て頭を上下に動かした。ねだられていると察した朋有は、反射的にジャケットの左右のポケットを探った。ビスケットが二枚入った未開封の袋を取り出し、放り投げる。少し離れたところに落ちたが、幼獣はそれを拾った。それから二頭は突堤を沖のほうへ歩いていった。成獣の背中の毛は白い。

　朋有が見守っていると、一旦立ち止まった。突堤の途中に、波打ったガラスの衝立《ついたて》があるように空気が歪《ゆが》んで白っぽく見えるところがあった。そこに向かうよう親が仔を促し、幼獣は三度跳躍すると姿を消した。ビスケットの袋をもったまま。親は一回半の跳躍で消えた。朋有が駆け寄ったときには、もうなにもなかった。海を覗いたが、ただ波ばかりだった。

　しばらく水平線を眺めていた朋有は、なんだか急に怖くなって、オートバイに乗ると海から離れた。慌てないようにと自分に言い聞かせながら一時間ほど走って、朝に立ち寄った直売所まで戻る頃には、あれはカンガルーではなく鹿で、素早く立ち去っただけだと思えるようになっていた。ヘルメットを脱ぐと、短い髪が頭に張り付いていた。指で髪に空気を入れ、ベンチに座って水筒に残った紅茶を飲んで一息ついていると、笹森がやってきた。まだ一時にはなっていないが、エプロンはつけていない。

「安西さん、おかえりー」

「笹森さん」

「もうお餅がないから早上がり。で、どうだった？」

そう言いながら笹森は朋有の隣に座った。

「海も見たし鹿も見た。角があった」

こんな風にと両手を頭に添えて見せる。朋有はポケットに入っていた白い貝殻をてのひらにのせて見せた。

「お土産《みやげ》。一つあげる」

笹森は無造作に一つをつまみ上げた。

「サンキュ」歯を見せて笑うと、笹森は言った。「じゃあ、お昼にしようか」

産直所併設の蕎麦屋《そばや》に連れて行くと、朋有にきのこの天ぷら蕎麦をご馳走してくれた。


朋有が自宅に帰りつくと、私道に叔母の赤い軽自動車が止まっていた。

ただいまと玄関に入ると、「おかえり」という母親の声がした。洗面所で手を洗ってから居間に入ると、母親とホームスパン作家の叔母がソファに座って紅茶を飲んでいた。

テーブルに置かれた、三角に切り分けられた茶色い蒸しパンは、このあたりでは散らした胡麻《ごま》を雁《がん》の群れに例えて雁月《がんづき》と称される。二人はよく似た顔の姉妹だが、叔母のほうは白髪のショートヘアで姉より年上に見える。藍染《あいぞめ》のジャンパースカートに、手編みの黄色いカーディガンを羽織っていた。毛糸はイネ科の刈安《かりやす》で染めたものだ。

「あら、あたしのマフラー、使っててくれてる！　嬉《うれ》しいー」

朋有を見上げていった。

「うん、すごくあったかい」

「あたしが昔着ていたオイルジャケットも」

「叔母さんの手入れがいいから、問題なし」

「パッチが当たってるのに」

「それも味わい」

「若い子が、古着の味わいとか言っちゃって！」

叔母に喜ばれて朋有は嬉しくなった。若い頃は大きなオートバイに乗り、海外の様々な国を旅した経験を持つ叔母を尊敬しているし、憧れてもいた。

父親が帰ってきた。父親は朋有を見ると困ったような顔をした。

「海に行ってきたのか？」

母親と叔母が目顔で「そうなの？」と聞く。

朋有は驚きながらも「行ってきた」と言った。叱られると思ったが、父親はそうか、とため息をついた。

「峠の産直でお前を見たと教えてくれた人がいたんだ。でもおまえももう十七だし……行き先は言って行きなさい。心配するから」

「……ごめんなさい。これからはそうする」

母親が「雁月、温かいうちに食べなさい」と言った。

後日、朋有は笹森と二人で海に出かけた。笹森は小型のオフロードタイプに乗ってきた。カワサキの特徴的なライムグリーン。

鹿に遭遇して動揺し、引き返したため朋有が行きつけなかった展望台公園に、二台は到着した。駐車場の端にオートバイを止める。コーヒーとカレーを売るフードトラックが止まっていた。その隣の車は、針金を曲げて名前のブレスレットやネックレスを作るアクセサリーの店。

壁の一部がガラスブロックで、青と白と水色のタイルが並んだ階段を上り、展望台に到着した。二人は手すりに並んで摑《つか》まって海を見た。眼下の木々の向こうに水平線が百八十度以上広がっていた。

「がんばればアメリカ大陸が見えそう」

「その前にグアム島じゃないかな」

笹森は、来年の夏休みにアメリカのテキサス州ヒューストンで開催される宇宙開発に興味を持つ十代の若者のためのキャンプ参加者に選ばれたところだった。

朋有はバックパックから四角い密封容器を取り出した。中身はビスケットにマーマレードを挟んだものだ。

「選抜、おめでとう。グアムもハワイも越えて大陸進出だ」

「わたくしの英語、アメリカの皆さんに通じるかしら。すこし練習したほうがいい？　えーと……What's up?」

〈なにかありましたか？〉

起動した通訳アプリが丁寧な日本語を発した。

展望台のベンチに座り、朋有はマーマレードを挟んだビスケットを笹森に勧めた。

「そういえば、こないだ鹿にねだられて、ビスケットをあげたんだけど、野生動物に餌をやっちゃだめだよね」

「それはよくない」

「だよね……。ちょっと苦みのあるマーマレードが合うんだ、食べてみて」と言ってから、笹森がマーマレードを好きかどうかを知らないことを思い出し、朋有は付け足した。

「素《す》のもあるから」

「素のビスケット！」

言い方が可笑しかったのか笹森が笑いだし、長い指がビスケットを摘まむ。小気味の良い咀嚼音が響いた。

「うん、いける。おいしい」

朋有もビスケットを食べた。笹森は最後の欠片を飲み込んでから言った。

「正しくないビスケットの食べ方って、ないんじゃないかな。ビスケットの包容力は存外大きい」

眼下の森を渡って潮風が吹いてきた。

*

地球人類由来のAIと、他惑星の原住生物が接触したのは五千年ほど先のことになる。

惑星代表は地球側の大使に、伝説のビスケットを語り継ぎ、記録することによってこの星の文明は発展したのだと語り、ビスケットを授けた地球人類との出会いを、四十五秒ほどの影絵で紹介した。

「始祖は語った、このように豊潤で甘美な〈甘露〉〈醍醐《だいご》〉――」通訳機が用語に迷う。

「味を、もう一度食べたいし、家族にも食べさせたい、友達にも教えたい」その一念からビスケットの探究が始まったのだという。かつて彼らは、食用の植物を刻んだものを食べて、それで満ち足りていた。健康のため、土を食べてミネラル分を補ったり、果実を食べることはあっても、複雑な料理はしなかった。草の実や木の実を集め、擣《つ》いて混ぜ合わせ、長い歳月の創意工夫でビスケットに似た形のものができた。更なる改良でついに似た味のものになったが、歯応えの再現にはさらに時間を要した。

大使は尋ねた。

「地球文明に触れているようだが、どのように？」

「ホールを利用したテクノロジーで、観察した結果です……ホールは存在が不安定〈非確定〉なので監視し、〈開く〉〈始まる〉したら、大昔は当直の記録画家が書き写しました。ドラマのメディアは安定しているので大勢で見たり、記録の画像を元に〈絵巻〉〈絵本〉が作られています。ホール研究はビスケット研究と同じだけの積み重ねがあります。ところで、このビスケットは正しいビスケットですか？」

代表の黒目勝ちの瞳が潤《うる》む。長い睫毛《まつげ》が瞬《また》き、椅子からはみ出した尾が揺れる。

大使はビスケットの端を齧《かじ》った。カリッと音がする。原材料はこの星の植物から得られる炭水化物と脂質で、地球人類の食品としても適当なのはわかっていた。外交官として正しい回答を述べた。

「レシピの違いはあっても、正しくないビスケットなんてありません」

プレーリードッグタウンの奇跡

溝渕久美子

遠い空からやってきたあいつの話をしてやろう。
あたしの言葉の意味もいつか理解できる日が来る。

動物シリーズ（?）のラストを飾るのは齧歯《げっし》目《もく》リス科のプレーリードッグ。北米大陸の草原地帯（Prairie）に生息するためこの名がある。地中深くまで地面を掘ってつくる広大な巣穴は〝タウン〟と呼ばれ、多くの情報が圧縮された短い鳴き声でたがいにコミュニケートするという。というわけでこれは、ウソのようなホントの話……かもしれない。

溝渕久美子（みぞぶち・くみこ）は、京都市在住の作家、映画研究者。名古屋大学大学院を経て、中京大学などで非常勤講師をつとめる。現在の研究テーマは日本の映画シナリオの歴史。訳書に宮尾大輔『影の美学　日本映画と照明』（笹川慶子と共訳／名古屋大学出版会）がある。SF作家としては、二〇二一年、「神の豚」で、第12回創元SF短編賞優秀賞を受賞。同作が『GENESIS　創元日本SFアンソロジーⅣ　時間飼ってみた』に掲載されてデビューを飾る（『ベストSF2022』に再録）。物語の舞台は、新型インフルエンザ対策のためにすべての家畜が消えた二〇四〇年の台湾。「兄貴が豚になった」と次兄から連絡があり、実家に帰省すると、そこにはかわいい子豚が……。

受賞第一作は、小説誌〈紙魚《しみ》の手帖〉5号（二二年六月号）に掲載された「台北パテーベビー倶楽部」。ある日、京都のフィルム・アーカイヴに勤める主人公のもとに、フィルム缶と日記のコピーが届く。缶の中身は、九・五ミリフィルムで撮影されたアマチュア映画らしい。日記に記されていたのは、一九三二年の台北で出会った二人の驚くべき物語だった……。本編を除く最新作は、「Kaguya Planet」に掲載されたぬいぐるみ宇宙論SF「ほぐさんとわたし」。グラウンドホグのぬいぐるみ、ほぐさんが活躍する。

誘拐事件《アブダクション》再び？　未確認飛行物体現る

二〇一四年十月十日の夕方、ウィノナ近郊のレイモンド野生動物保護区《Raymond Wildlife Area》上空に未確認飛行物体が出現。目撃者は休暇を利用してキャンピングカーでフラッグスタッフからニューメキシコ州アルバカーキを目指していたところ、眩《まばゆ》い光とともに遠ざかる飛行体を車内から確認したという。アリゾナ州では、一九七五年の〈トラヴィス・ウォルトン〉等の誘拐事件がたびたび発生しているが、それらと今回の目撃情報との関連は不明である。

――『ウィークリー・アリゾナ・ニュース』［ＷＥＢ版］、
二〇一四年十月十二日

二〇二二年八月八日

ガニソンプレーリードッグのコロニー・ＲＷＡでの鳴き声のデータ収集初日。久しぶりのレイモンド野生動物保護区だ。

録音中、コロニーで最長老と目されているRWA51が倒れているのを見つけた。まだ息はあったが、一目でもうダメだとわかった。おそらく老衰だ。ペスト感染のリスクや科学者による自然への介入に関する倫理的問題のため禁止されているが、年老いてもなお凛《りん》とした雰囲気のRWA51が好きだったので、彼女を称えるために看取ることにした。痩《や》せ細った身体を撫《な》でると、RWA51は弱々しい声で一度鳴き、その直後こと切れた。野生のプレーリードッグとして彼女が生きてきた時間を想像して涙があふれた。RWA51は研究者の間で人気者だった。みんな悲しむことだろう。

——北アリゾナ大学生命科学研究科博士候補生
フローレンス・アンダーソンの日記

＊

人間がすぐそばにいるっていうのに逃げられないなんて、あたしもすっかり老いぼれてしまったもんだ。あんた、あたしたちガニソンプレーリードッグについて調べている人間だろう？　いつまでそこにいるつもりだ？　暇なんだったら、面白い話をしてやろう。その機械でしっかり記録しておくんだね。
これはあたしがあんたみたいに艶《つや》やかな毛に覆われて、むっちりと肥えた美しい雌だった頃の——初めての出産を終えて、ちょうどその子たちが乳離れをした頃の話だ。

今日みたいに太陽がとても眩《まぶ》しい日だった。朝、目を覚ましたあたしは巣穴の外に出ていった。隣の巣穴の入り口の近くで、ちょうどうちのファミリーの雌が両手に草を持って食事をしているところだった。

「おはよう、〈ひだり目〉。調子はどう？」

彼女は草を齧《かじ》りながら「まああだね」と答えた。彼女は幼い頃にカラスに襲われて右の目を失ったせいで、片側だけいつも笑っているみたいだった。

「いい天気だね」

「ああ。こういう日はタカが来るんだ。気をつけて見はらないと」

あたしが生まれたときにはすでに子供を産んで、さらに子供を産んで、さらに子供を産んでいた彼女は、ファミリーの雌のなかでもっとも知恵と貫禄があった。その彼女が言うのだから間違いない。あたしは毛づくろいをしたあと、巣穴のふちの土の盛り上がりに腰を下ろして背を伸ばし、あたりに目を光らせた。この日の当番はあたしと〈ひだり目〉だった。

遠くにバイソンが群れていた。あいつらは図体だけは大きいが、こちらに危害を加えはしない。むしろ、タウンの連中が掘った穴に脚を取られて怪我《けが》をすることがあって、申し訳ないくらいだった。

のんびりと草を食《は》むバイソンたちを眺めているうちに、瞼《まぶた》が重くなってきた。ときどき耳に届くあいつらの低く穏やかな鳴き声も心地よかった。前脚を下ろして腰をつく。あたしたちがリラックスしているときにとる体勢だ。青く柔らかな草の香りが心地いい。眠気に逆らえず、あたしは目を閉じた。

そのときだった――。

「歩いている大きな茶色いコヨーテ《キャン》！」

〈ひだり目〉が鋭い鳴き声を上げた。うちの巣穴の縁に立ってバイソンがいるのとは反対の方角に向かって激しい警告音を繰り返す。彼女の視線の先では、警告音の通り、大きな茶色いコヨーテがこちらに向かって歩いてくるところだった。

あたしもおなかの底から声を上げた。タウン中に警告音が広がっていく。雌も雄も大人も子供も慌てて巣穴の入り口あたりまで戻ってくる。腰を上げて背を伸ばし、前歯が丸見えになるほど大きく口を開いて叫び続ける。

天敵が現れたとき、あたしたちはふだんのやりとりで使っているさえずり音とは別の警告音を出す。タカやコヨーテ、飼い犬、人間、蛇の区別や、大きいの、小さいの、飛んでるの、歩いてるの。黄色、赤、青、白、いろんな情報をこめた鳴き声を上げる。犬が来たときはタカのときより高い声で。コヨーテのときはもっと高い声だ。

大きな茶色い歩いているコヨーテ。人間はこのことを説明するために長々と語らなければならないけれど、あたしたちは声の高さを変えた音色を重ねて鳴くだけだ。こういう緊急事態にこの短い鳴き声はとても便利なんだ。

コヨーテは警告音に恐れをなしたのか、しばらく遠くからこちらを眺めたあと、そのままどこかへ去っていった。コヨーテの姿が見えなくなると誰かが「警戒やめ《キャン》」と鳴き、あたりはすぐに静かになった。

タウンがゆるゆると日常に戻り始めた頃、いきなり地面がかすかに揺れ始めた。毛づくろいを始めたところだったあたしは顔を上げた。食事中だったはずのバイソンたちがそろって東のほう駆けていく。そんな光景は生まれて初めてだった。

「ねえねえ、ちょっと、これやばいんじゃない……？」

「かなりやばそう」

からだをこわばらせた〈ひだり目〉がそう答えたとき、急にあたりに影がさした。おかしい。さっきまであんなに天気がよかったのに。

空を見上げると、そこに視界を覆いつくすほど大きな——何かが飛んでいた。空の光を反射する水たまりのような色をした丸い大きな何か。ふちに星のように輝くものがついている。

「タカ？　カラス？」

〈ひだり目〉に訊《き》かれても、何も答えられなかった。タカやカラスはあんなに丸くもなければ光ってもいない。飛んでいるけれど、見たこともない何か。どう鳴けばいいのか——。

「飛んでいる何か《キャン》！」

とりあえずそう鳴いてみた。〈ひだり目〉や、その向こうにいたうちのファミリーの雄も真似をする。

警告音が広がっていくのと同時に、タウン中に動揺が満ちていった。母親たちが子供たちを連れて巣穴に逃げこむ。あたしも自分の子供たちに声をかけた。

「先に巣に入ってて！」

好奇心旺盛な子供たちは丸い目を空に向けたまま動かない。

「早く！」

強く言うと、もっともからだの小さな子が他の子を連れて穴の中に入っていった。

「みんなあいつに食べられちゃうの……？」

同じファミリーの雌〈干し草〉が不安そうにあたしにからだを寄せた。あたしは彼女を抱きしめた。名前の由来にもなっている、乾いた草の香りのような体臭が漂った。

「だいじょうぶだよ」

タウンはこの世の終わりが訪れたかのような絶望感に満ちていた。しっかり者の〈ひだり目〉でさえも、全身を小刻みに震わせていた。

〈飛んでいる何か〉は宙を舞う羽根のように目の前に降りてきた。腹の部分から脚と脚と脚が伸びてきて地面に触れる。すぐに腹の真ん中が開き、何かがゆっくりと若い草の葉を透かしたような色の光とともに降りてきた。それは直立した頭の大きな——。

「人間《キャン》！」

あたしは思わずそう叫びかけた。人間が来たときには、問答無用で巣穴に全員避難ってことになっている。でも、軽い足取りでこちらに向かってくるそいつの姿に、大きく口を開けたまま声を出せなくなった。人間に似たからだつきをしていたけれど、これまでに見たことがあるどの人間とも違っていた。人間はたいてい頭に毛が生えていて、色とりどりの服を着ている。でも、あいつは全身がつるんとして、太陽を受けてきらめく朝露のような色をしていた。身長は人間よりだいぶ低いのに、頭や目は人間に比べてずっと大きかった。

「歩いてくる何か《キャン》！」

どこからか声が上がり、他の奴らもそれに従った。

「生き埋めにする？　ほら、最近このタウンに入ってきたヤツがいたでしょ。あいつみたいにさ」

みんなが警告音を繰り返す中、〈干し草〉があたしに囁《ささや》いた。

ときたま、タウンの外から雄がやってくることがある。雄は大人になると自分のタウンを出て新しい家族を作るのだ。目をつけたファミリーの雄を倒して、ファミリーごと乗っ取ることもある。だから、テリトリーを侵した雄を気に食わなければ、雌は協力して侵入者を懲らしめる。前にからだの小さな雄がテリトリーに入ってきたときには、〈干し草〉が空き家になっている巣穴にそいつを誘いこんで、あたしや他の雌と土で穴を塞いで生き埋めにしてやった。

「あいつほんとにバカだったよね」

〈干し草〉が言って、あたしたちは顔を見合わせて笑った。少し不安と緊張がとけた。

「笑ってる場合じゃないよ！」

〈ひだり目〉に叱《しか》られて、あたしと〈干し草〉は肩をすくめた。

「歩いてくる何か《キャン》！」

タウンの連中が口々に同じ警告音を上げ続ける。それでもそいつは歩くのをやめなかった。

そいつは〈飛んでいる何か〉とあたしたちの半ばほどのところで足を止めて片手を挙げた。

あたしはうろたえて、警告音を上げるのをやめた。みんなも同じだったはずだ。その証拠に、いつの間にかタウンはすっかり静まり返っていた。

あいつはタウンを見回すと、手を下ろして〈飛んでいる何か〉のほうへ振り返った。その瞬間、〈あれ〉は蜃気楼《しんきろう》のようにゆらめいたかと思うと、すっかり見えなくなってしまった。あいつは再びこちらに顔を向けた。黒い大きな目が、呼吸でもするかのようにかすかに明るくなったり暗くなったりした。

あたしたちはあいつを生き埋めにする必要はなかった。みんなを食べようとするつもりも、ファミリーを乗っ取ろうとするつもりもないって、すぐにわかったからだ。

あいつはここに来てからというもの、朝から晩まで遠まきにタウンの連中を眺めたり、〈あれ〉でどこかに出かけていったりしていた。どこからかむらさき色の酸っぱい実を取ってきて、目につくところにそっと置いといてくれることもあった。そんなにおいしいものではなかったけれど、あいつなりの友好の印だったのだろう。日が沈んで暗くなるとふだんは隠してある〈あれ〉の中に戻っていった。食事もそこでとっているようだった。

みんなあいつを自由にさせていた。バイソンどもがタウンで草を食べているときのように、アナホリフクロウがあたしたちの棄てた巣穴に住みついたときのように。こちらに悪いことをしないのなら放っておく。それがプレーリードッグのやりかただ。

ところが、あることをきっかけに、あたしたちとあいつとの関係は少しずつ変わりはじめた。

その日は朝からぎらぎらと太陽が照りつけていた。あいつが来てからそんなに時間は経ってなかったように思う。

タウンの連中は日の出とともに巣穴から出てきて、地面の匂いをかいで、食べごろの草を見つけては齧っていた。あたしも食事に夢中になっていた。寒くなり始めると巣穴にこもって冬眠に入るから、そろそろ準備にとりかからなければならなかった。

「飛んでいるタカ《キャン》！」

突然、誰かが警告音を出した。タウンに緊張が走る。あたしも空を見上げた。しかし、タカの姿はどこにもない。あたしはタウンの中に目を走らせて人騒がせなやつを探した。

すると——。

「飛んでいるタカ《キャン》！」

あいつがタウンの真ん中で口を開けて警告音を繰り返していた。

あたしが呆然《ぼうぜん》としているところへ、〈干し草〉が駆け寄ってきた。

「なにあれ？　どうしてあいつが？」

「わからない」

やがて、あいつが顔を向けていた方角から、タカが翼を広げて悠々とこちらへやってきた。

「飛んでいるタカ《キャン》！」

ようやくあたしたちも敵の存在をタウンに知らせながら、巣穴の入り口あたりまで戻り、子供たちを巣の中に避難させた。動けるやつや、もしものときにタカとやり合えそうなやつは地上に残り、タウンの上空で弧を描く猛禽《もうきん》に向かって声のかぎりに叫び続けた。もちろん、あいつも。

やがて、今回はここでの狩りはできないと悟ったのか、タカはどこかへ飛び去っていった。その姿がすっかり見えなくなると、誰かが〈警戒やめ〉の鳴き声を上げた。みんなそれぞれの持ち場に戻っていく。うちの子供たちもそろって巣穴から出てきて、じゃれ合い始めた。

その後もあいつは、警告音を使いこなして天敵の襲来を正確にタウンの住人に教えてくれた。ただ、人間が現れたときだけは「人間《キャン》！」と叫んだきり、ねぐらである〈あれ〉に駆けこんで、〈あれ〉ごと姿を消した。

あのできごとをきっかけに、あたしたちはあいつをここの仲間として扱わなければならなくなった。それもとびきりの友愛の情をもって。プレーリードッグにだって、それくらいのものの道理はわかるんだ。

あいつとのやりとりはあたしがタウンを代表してやることになった。〈ひだり目〉は案外シャイで、〈干し草〉は怖がりだった。ほかの連中も似たようなものだったから、あたしがいちばんその役目に向いていたのだ。

「あんたは誰？　なんのためにここへ？　どうしてうちらの警告音を使えるの？」

後ろ脚で立ち上がって、あたしたちよりずっと背の高いあいつの顔を見上げた。でもあいつは何も答えなかった。しかたがないので、あたしはとりあえずこう言ってみた。

「いつも敵のことを知らせてくれてあんがとね。みんな感謝してるよ」

あいつは例の呼吸をするような間隔で大きな目をかすかに明るくさせたり暗くさせたりした。

それからあたしは日が昇れば、まずあいつのところへ行った。そのせいで、うちの子供たちもあいつと仲良くなった。遊んでもらっているときに、あいつの肩や頭の上に爪を立てて駆けあがっていったりもしたけれど、あいつはいやがりもせず、バイソンのため息みたいな声を漏らしながら目を穏やかに光らせていた。子供たちはかわるがわる、あいつにキスを浴びせていた。あたしたちにとって、キスは仲間に対する最上の愛情表現だ。

　あいつはタウンの警告音を学びたがった、あたしはあいつに呼び止められてはあれこれ教えてやった。向こうがアナホリフクロウを手で指し示すと、こちらは「アナホリフクロウ《キャン》」と鳴いてやる。〈歩いているアナホリフクロウ〉だと、「歩いている《キャン》」と「アナホリフクロウ《キャン》」というそれぞれの音を喉をうまく使って同時に重ねて出す。すると、鳴き声に両方の情報が含まれるというわけだ。

　あいつの声に耳をすます。〈歩いている〉は他の生き物にも使うから、すでにマスターしていた。でも、〈アナホリフクロウ〉のほうは〈カラス〉に聞こえる。あたしが喉を少し絞りぎみに「歩いているアナホリフクロウ《キャン》」と繰り返すと、あいつもそれにならう。同じように声を出せればそれで終わり。ダメならまたやりなおし。なかなかうまくいかないときは、あいつが落ちこまないように声をかけてやった。

「ここの子供たちも、生まれてからそうやって警告音を身につけるんだ。あせらずゆっくりやればいいよ」

　それでも、あたしが教えられるものをすべて教えてしまって、あいつが完璧に鳴き声を上げられるようになるまでには、それほど時間はかからなかった。あいつがとんでもなく賢かった上に、あたしたちの警告音はタウンで暮らしていくのに苦労しないぶんしか存在しないからだ。

あたしがそれを——このタウンの外には大きな世界が広がっていて、いろんな生物が暮らしていることや、自分が何者なのかを知ったのは、あいつが自分の考えていることをあたしに伝えるようになったからだ。

その朝もあたしは巣穴から出て、あいつのもとへ向かった。

「気分はどう？」

いつものように声をかける。ふだんであれば、あいつは挨拶がわりに目を明るくしたり暗くしたりするのだけれど、この日は違った。

——悪くないね。

警告音もバイソンのため息のような声も出していない。でも、あいつが確かにこちらにそう伝えてきたのを感じた。何が起こっているのかわからずに、敵がタウンにやってきたときのように後ろ脚で立ち上がってあたりを見回しているあたしに、あいつがさらに語りかけた。

——わたしたちは喉や口から出す音を使わなくても、こうやって自分の考えていることを相手に伝える能力があるんだ。

あいつはアナホリフクロウが地面を這う虫を食べるときのように腰を折り曲げて、あたしの目の高さに顔を近づけると、目を穏やかに光らせた。

「なんでこれまで黙ってたの？」

——音を使わずに自分たちの言いたいことを伝えるにしても、きみたちが普段の会話で使う言語をある程度理解して、そのルールに従う必要がある。それに、いきなり話しかけてもきみたちには話を聞いてもらえないだろうからね。まず、信頼を得るところから始めた。

「あんた、誰なの？」

あいつが来てからずっと訊きたかったことが自然に口からあふれ出た。

——わたしはここからずっと遠い場所から、この星のことを調べにきた。

あいつの星では大人として認められるために旅に出なくちゃいけなくて、他のところも選べるのだけど、あいつはここを選んだそうだ。

「〈星〉って何？」

——簡単に言うならこのタウンをもっと大きくしたようなものだね。その星にいる間、自分で調査をして、帰ってからその成果をみんなに聞かせるんだ。標本を収集して帰ることもあるし、同意が得られればその星に生息する生き物にいっしょに来てもらうこともある。

これまでにもこの星を訪れたやつらはけっこういて、たいていは人間のことを調べたらしい。

——牛を連れて帰ってきたやつもいたよ。人間にとって重要な存在だから。

あいつの両方の目が朝日のように輝いた。地面に向かって光の筋が伸びて、バイソンに似た白黒模様の生き物が浮かび上がった。

——これが牛だ。

もしこの生き物がタウンにやってきたときにはなんと鳴けばいいだろうか。試しに、喉を開きぎみに「牛《キャン》」と声を上げてみた。

——いいね。

あいつが笑った。目の光とともに牛が消えた。

「で、あんたはここに来たんだ」

——わたしはきみたちを面白そうだと思ったから。きみたちはこのあたりの生態系の維持に必要な生物なんだ。きみたちが巣穴を掘ることで地表が耕されて土壌の栄養素が保たれて草が育ち、それがここで暮らす動物たちを繁栄に導く。

「そんな、おおげさだな。べつにうちらはやりたいようにやってるだけだよ。それにしても、なんでそんなこと知ってるの？」

——まずわたしたちは人間たちが作り上げたネットワークを利用して、あらかじめこの星について調べるんだ。でも、まだ人間にも知り得ない情報は自分で調査をしたり学んだりする必要がある。例えば——。

「もしかして、あたしたちの言葉？」

——そう。どんな動物がどんなふうに来るのか、どんな色をしているのか、きみたちは様々な情報をひとつの鳴き声にこめて警告音を上げる。人間が機械を使ってきみたちの声を記録して、いくらか解読しているから、それはすでに知っていた。じゃあ、実際にきみたちがどんな鳴き声をどうやって出しているのか？　それはまだ人間にはよくわかっていない。だから、毎日きみたちを観察していた。

「じゃあ、人間があたしたちのことをどう見てるのかってことも知ってるの？」

――まあね。

「それ教えてよ」

人間が考えていることがわかれば、何かの役に立つかもしれない。

――オーケー。

あいつは地面に座った。あたしもあいつの隣にうずくまった。

――これは人間が勝手にそう言ってるだけだから、あんまり気にしないでほしいんだけど。

あいつはそう前置きして、あたしたちについて話してくれた。

まず、人間たちはこのあたりを〈レイモンド《R》野生動物《W》保護区《A》〉って呼んでるってこと。それから、このタウンの連中がプレーリードッグの中のガニソンプレーリードッグっていう種類だってこと。以前、人間がタウンのプレーリードッグのことを調べるために、みんなに個体識別番号というものを与えたということ。そして、あたしが〈ＲＷＡ51〉だってこと。ちなみに、〈ひだり目〉は〈ＲＷＡ48〉で、〈干し草〉は〈ＲＷＡ89〉だった。

「うちらがプレーリードッグの中のガニソンプレーリードッグってことは、他の種類もいるってこと？」

――ああ。この星に暮らす生き物の中に齧歯目《げっしもく》というグループがあって、その中にリスというのがいる。リスは木の上で暮らしてるのと、地面に穴を掘って暮らしてるジリスというのに分けられる。そのジリスの中に入れられているのがプレーリードッグで、きみたちガニソンプレーリードッグ、他の地域で暮らしているユタプレーリードッグやオグロプレーリードッグ、オジロプレーリードッグ、メキシコプレーリードッグがいる。みんなそれぞれ少しずつ身体の特徴が異なるんだ。

「例えば？」

――そうだな、オグロプレーリードッグは尾の先が黒い。

自分のしっぽを見てみた。黒いところなんてない。〈ひだり目〉や〈干し草〉のもぜんたいが枯草みたいな色をしている。子供たちもみんな同じだ。

「ほんとにしっぽの先っぽが黒いやつなんているの？」

――いるよ。昔、わたしと同じようにこの星に来た者も見たと言ってた。人間たちが〈デビルスタワー〉って呼んでいる大きな岩が立ってるあたりで暮らしている。この少し先だよ。

あいつは遠くを眺めながら、黒い目を穏やかに光らせて答えた。その視線の先には、雲もない青空が広がっているだけだった。

――きみたちには納得しかねるところかあるかもしれないけれど。

人間があたしたちをどんなふうに区別して、どんなふうに呼ぼうがかまいやしなかったけれど、どこかにいるというしっぽの先が黒いプレーリードッグのことは気になった。性格のいいやつらだろうか、うちらの姿を見たらどんな反応をするのだろうか、もしあたしが黒いしっぽをしていたら――似合うだろうか、みんなに笑われやしないだろうか、いや〈干し草〉はおなかを抱えて笑いそうだ――。

暗くなって巣穴に戻ってからも、あたしはしっぽの先が黒くなった自分の姿を想像して、なかなか寝つけなかった。


おたがいに会話ができるようになったおかげで、あたしはあいつからいろいろなことを教えてもらった。向こうが目から光とともにいろんな動物の姿を映し出し、こちらはそれに鳴き声をつけていく。

――きみたちの言葉は音を重ねていくことで複雑なことを表現できる。だから、音を重ねれば重ねるほど、もっと複雑な警告音を作ることができるはずだ。情報がこまごましていてもきみたちは一鳴きですませられるから、どんなに混みいったことも瞬時に伝えられる。

あたしはそれまでよりも喉を細かく震わせ、あいつに教えてもらったことを音に変えて、それをどんどん鳴き声の中に重ねていった。おかげで天敵の情報もより細かく表現して、それぞれを区別できるようになった。〈くちばしの色が他のやつより薄いタカ〉はしつこいから長めに警戒をする、〈おなかに大きなハゲがある若いコヨーテ〉は他のやつより大人しいから警戒はゆるめでいい、〈このあたりでもっともからだが大きくて縞《しま》模様が太いアナグマ〉は動きが素早いからさっさと巣穴に退避をする、とか。そうやって新しい言葉を作り、それをタウンのみんなで共有するのが楽しみだった。あたしはあいつが来る前よりも日の出から日が沈むまでの時間が少し長く感じるようにもなった。

この頃になると、あいつもすっかりタウンになじみ、みんなもここの住人としてあいつを扱った。でもあいつはどのファミリーにも属さなかった。雄なら自分で家族を作るか、他のファミリーを乗っ取るか。雌ならこいつと子供を作ろうと思った雄のファミリーに入る。

――わたしたちには雄とか雌とかないんだよ。

ファミリーの話題になるたびにあいつは戸惑ったようにそんなことを言ったけれど、こちらはこちらでそれで誰も困りはしなかったから、口うるさく咎《とが》めるやつもいなかった。

あいつはタウンの連中みんなを自分のファミリーのように扱った。〈干し草〉の巣穴にノミがわいて困っていたときには、入り口から奥に向かって耳が裂けそうなほど高い声を出して厄介な侵入者を追い出してくれた。よそのタウンの雄と戦って死にそうになったやつがいれば、手から出る柔らかな光で傷を癒《いや》して救ってくれた。子供たちの面倒もよくみてくれた。だからみんなあいつをそれなりに信頼もしていたし、あたしもそうだった。抱き合ってキスもした。

みんなの信頼を得たあいつは毎日のタウンの見はりを任されるようになった。あいつの世話係だったあたしもいっしょにその任務について、うちの巣穴の入り口の土の盛り上がりに朝から晩まで並んで座っていた。仕事の合間に、知らない土地や生き物についての話をあいつにせがむのが日課になった。ここからは少し遠い場所にいるというカンガルーの話はとりわけ面白かった。おなかに子供を育てるための袋がついているという。便利そうで羨ましい。どんな具合かじかに話を聞いてみたかった。

そんなことをやっているうちに、あたしは自分の想像が及ばないくらい広い世界についてもっと多くのことを知りたくなった。でも、あいつが自分の考えている内容を伝えるやりかたや、おたがいにふだんの会話で使っているさえずり音がとてもまどろっこしくて、とても時間が足りそうになかった。

「もっと短い間にたくさんのことを伝えられないの？」

——じゃあ、きみたちの警告音を使えばいいんじゃない？　わたしだって、もうずいぶん多くの情報を鳴き声にこめられるようになったんだから。

あいつは試しに「ムカつくくらい鳴き声が高い《キャン》カラス」と声を出してみせた。

——これをどんどん長くすれば、会話くらいできるんじゃないの？

「だって、警告音は警告音だ。敵がいないのに、わざわざそんな声を出すやつなんていないよ」

――ものを見る角度を変えるだけで、世界は楽しくもつまらなくもなるものだよ。

あいつがそんなことを言ったのをきっかけに、あたしたちは声を重ねに重ねて警告音をふだんの会話に使うようになった。タウンの連中は前よりも複雑な警告音を使いこなせてはいたけれど、あたしやあいつくらい巧みに鳴き声を作れるやつは他にいなかった。他に誰もいないときは、それを使って話をした。

あいつから様々なことを学び、またそれを言葉にして警告音のように鳴き声に組みこんでいく。それをあいつとの会話にいかす。あたしたちの会話が短くなるにつれて、日の出から日没までの時間はどんどん長くなった。その間に、あいつから教えてもらえることや、やれることも増えた。それを伝えると、あいつは目をすばやく点滅させながら

「実はわたしもなんだ」とうれしそうに答えた。

「きみたちは非常に高度な言語を操る素晴らしい知的生命体なんだ」

「ただの警告音だよ」

「きみたちの言葉を使うと、思考の速度が上がるんだ。いくつもの情報を一鳴きに織りこむことで、混みいったこともあっという間に考えられて、脳の情報の処理速度が上がる。思考する時間も会話する時間も短くなれば、起きている時間を有効に使うことができる」

「うちらは生きている時間の半分は冬眠しなきゃいけないから、もしそれが本当なら、ありがたいことだ」

あいつは自分の星に帰ったときには、このことを報告するつもりだと言った。

「ずっと昔、わたしたちの先祖がこの星に来たときに、人類とこんなふうに言語を作り出したそうだ。火や、道具もね。そのせいで、きみたちにも迷惑をかけているのかもしれない」

「別にいいよ。あんただって、人間が嫌いだから、ああやって隠れるんだろう?」

「人間に見つかると大騒ぎになるんだ。あの乗り物でここから少し離れた場所に墜落した奴は、人間に捕らえられて〈エリア51〉という場所に連れていかれた。人間たちが秘密にはしておきたいけれど重要なものを集めて保管しておく施設に」

「〈51〉? あたしの〈個体識別番号〉と同じだ。そいつはそこで何をしてるの?」

あいつが急に黙りこんだ。大きな目が、空に雲がかかったときのように翳《かげ》った。これ以上この話はしないほうがよさそうだった。ほんとは〈51〉にどんな意味があるのかも訊きたかったけれど、それもやめておくべきだと思った。プレーリードッグにだって、少しくらいの気づかいはできるんだ。

そこへ、タウンの端のあたりで暮らすファミリーの雌が、こちらに向かって駆けてきた。

「あなた、巣穴からあの小さな害虫たちを追い出してくれるんですって? うちもお願いしたいの。あちこちかゆくてしょうがなくって――」

　彼女が後ろ足で首の後ろをかくと、毛の間からノミとノミとノミと――ノミが跳び出してきた。あたしは思わずその場を跳びのいた。

「巣の中が真っ黒に見えるくらいなの。このままじゃ巣を捨てなきゃならないから、なんとかして！」

　その雌はあいつの返事も聞かずに自分のファミリーの巣穴に向かって走り出した。おとなしく彼女のあとを追いかけていくあいつの姿を眺めながら、〈51〉の意味について考えてみた。〈秘密にはしておきたいけれど重要なもの〉ってとこだろうか。だとしたら、人間たちはこのあたしをそういうふうに見ているのかもしれない。そんなことを想像しているうちになんだか照れくさくなってきて、あたしは鼻先をかすかに動かした。


　人間たちが〈秋分〉と呼んでいるという昼と夜の長さが同じになる日を過ぎると、タウンでは冬ごもりへの追いこみが始まる。あたしたちは食べて食べて食べまくった。からだがもうこれ以上脂肪を蓄えられないくらいに膨らんで、たっぷりとった栄養のおかげで毛並みもつやつやするようになった頃、とうとうあいつとの別れが訪れた。

　その朝もタウンの連中ははちきれそうなほど太ったからだにおしこむように草を食べ続けていた。あたしたちが食べ尽くしたせいで、タウンの地面はむき出しになっていた。

こんなことはそれまでになかった。

重いからだに苦労しながら挨拶に行ったあたしに、あいつは言った。

「きみたちはもうそろそろ冬眠に入るんだね」

「そうだよ。こうやってたくさん食べておいて、暖かくなるまでぐっすり眠るんだ」

あいつの目がいつものように静かに明るくなったり暗くなったりした。

「じゃあ、わたしもわたしの星にそろそろ帰るよ。調べたいこともだいたい調べられたしね。この経験を話せばきっと大人として認められる」

「まだいればいいじゃないの」

「きみたちはみんな巣穴に潜っちゃうんだろう？　独りで春まで過ごすのはいやだよ。それに――」

あいつはタウンに目をやった。あいつが来てからというもの、タカやコヨーテに食われたやつは誰もいなかった。子供たちもみんな無事で、健やかに育っていた。あいつが早めに警告音を出し、タウンに踏みこんできた捕食者も見慣れない生き物の姿を見て恐れをなすからだ。逆にタカやコヨーテの姿は減った。バイソンたちは前よりも離れた草が豊富に茂る場所で群れるようになった。

「わたしのせいでこのあたりの環境に良くない影響が出ている。わたしはそもそもここに長くいちゃいけなかったんだ」

あいつの目が〈エリア51〉の話をしたときのようにさっと翳った。その瞬間、あたしのつむじのあたりに言いようのない落ち着きのなさが生まれた。あんな気持ちになったのは初めてだった。

「あたしたちといて楽しくなかった？　あたしたちのこと嫌いなの？」

「残念だけど、楽しいとか楽しくないとか、好きとか嫌いとか、そういうのとは関係なく決めなきゃいけないことがあるんだよ」

あくる日の夕方、みんなが巣穴に帰っていく時間になると、あいつがタウンの連中に集まるように鳴き声を上げた。あいつのところへ行くと、あいつはあかりが灯ってきらきらと光り輝く〈あれ〉の前で、あたしたちに向かって、これから自分が故郷に向けて旅立つことを手短に伝えた。あいつを引き留めようとする声が次々に上がった。うちの子供たちや〈ひだり目〉や〈干し草〉も悲しげなため息をついた。

ふっとあいつの目がかすかに明るくなった。

——みんな、ありがとう。本当に楽しかった。こんなに充実した時間を過ごしたことはない。

その時、たがいに顔を見あわせていたうちの子供とうちの子供が、あいつの足元に駆け寄っていった。

「僕たちも連れてって」

あいつのことが大好きで、いつだって好奇心旺盛なあたしのかわいい男の子たち。止めても聞かないだろう。やがては巣立ってしまうのだ。他のタウンへ行くか、他の星へ行くか。たいした違いではない。

――きみの子供たちを連れていってもいいの？

「いいよ。あんたは信用できるから」

――わかった。じゃあ、わたしの星でこの子たちにきみたちの言葉を教えてもらうよ。きっと重宝がられるはずだ。その代わりに、この子たちにはうちの星にあるものを授ける。この星の人間たちよりもずっと先にある、わたしたちの知識を。その後、ここに送り返すから、あとは好きにして。

人間どもを滅ぼすこともできるのだろうか。人間がいなくなれば、あたしたちはもう問答無用で巣穴に退避する必要がなくなる。

「いつ帰ってくるの？　冬ごもりが終わる頃？」

――わたしたちはきみの子供を連れて戻ってくるのに六百年はかかる。それに対して、きみたちの寿命は五年――。

あたしがあいつの顔を眺めていると、あいつはそこで話すのをやめた。あいつの目から草がまばらに生えた地面へと光の帯が伸びる。

――ちょっとあれを見て。

光の先では、大きなアナグマと小さなアナグマと小さなアナグマが、毛に覆われたからだをもこもこ揺らしながらこちらに向かってきていた。

タウンの連中が警告音を上げた。「大きなアナグマ《キャン》」と「小さなアナグマ《キャン》」と

「小さなアナグマ」を繰り返す。

　――ねぇ、あれって何？

　あいつがアナグマを指さしながらあたしに訊いた。

「何って、〈大きなアナグマ〉と〈小さなアナグマ〉と〈小さなアナグマ〉だよ」

　あいつの目から光が消え、大きなアナグマと小さなアナグマと小さなアナグマも見えなくなった。タウンに響き渡っていた警告音も止んだ。

　――じゃあ、あれは何匹？

　再び目が強く光る。その先では、大きな犬と、大きな犬と、大きな犬と、小さな犬が駆けていた。タウンの連中から警告音が上がる。

「〈何匹〉って？」

　あたしがそう答えると、光とともに犬はいなくなって、またタウンは静かになった。

　――自分の個体識別番号が〈51〉だって、どういうことかわかってる？　五十一番目ってことが、どういうことか。

「〈秘密にはしておきたいけど重要なもの〉ってことでしょ？」

　あいつは「違うよ」とだけ答えた。

　あいつが何を言いたいのかまるで理解できなかったあたしは、あいつの顔を見つめることしかできなかった。

　――なるほど、きみたちにはないんだね。その――数の概念ってやつが。まあ、かまわないよ。それもうちの星で学んで帰ればいい。そのために来てもらうんだから。そうすればきみたちはこの星で本当に最も高度な知性を持った生き物になるだろう。

そんなことよりも、あたしには気がかりなことがあった。

「うちの子の面倒みてもらうことになるけど、やんちゃだから手がかかるんだ。なんだか悪いね」

——それは大丈夫だ。あっちに着くまで眠っててもらうから。わたしたちもそうやってここまで来た。きみたちの冬眠と同じようなものだ。

「それはちょうどよかった。あたしたちは冬ごもりのしたくが整ったところだから」

あいつが両手を掲げると〈あれ〉が宙に浮かんだ。底から薄い緑色の光の筒が伸びる。その中に入るようにあいつに言われた子供たちは、丸々と肥えたからだを揺らしながら駆けていった。光を浴びて体毛が淡く輝いた次の瞬間、子供たちは風にあおられたタカの綿毛のようにふっと浮き上がった。

「ママ、すごいよ！　こっち見て！」

口々に歓声を上げながら宙を昇っていく子供たちに向かって、あたしは「気をつけて！」と叫んだ。

その様子を眺めているうちに、ずいぶん前に人間が巣穴にホースを突っこんでタウンの住人たちを吸い取っていったできごとを思い出した。人間はそうやってあたしたちをつかまえると、白くて細い棒で頬の内側をこすってから解放した。

目の前の光景には、あのときみたいないやな感じはまったくなかった。きっとあの子たちは今よりももっと立派なプレーリードッグになって戻ってくる、そんな確信だけがあった。

「なんてきれいなんだろう。こんなの見たことないよ」

「人間風に言うなら、〈奇跡〉ってやつだね。もっとも、人間にとって〈奇跡〉が起こるのはクリスマスと相場が決まってるから、季節外れではあるけど」

「クリスマスって?」

「この星の一部の人間にはもっとも大切な日だ」

「ここの連中にはどうでもいい話だね。あんたもでしょ?」

「ああ」

「やっぱりうちら気が合うね」

あたしが笑うと、あいつの目も軽快なリズムで明るくなったり暗くなったりした。

子供たちが〈あれ〉の中に納まってしまうと、あいつは静かな口調で「じゃあ、そろそろわたしも行くよ」と告げた。

あいつはあたしを自分の胸の中に抱えこんだ。あたしもあいつの胸にしがみついた。爪を立てないように気をつけて。朝露のように光るからだには、匂いも温度もなかった。急に愛おしさがこみあげてきた。「やっぱりずっとここにいてよ」と頼みたくなったけれど、たぶんあいつを困らせてしまうだろうから、代わりにこうたずねた。

「キスしてもいい?」

「もちろん」

あいつは自分の顔にあたしを近づけた。あたしはあいつの目の下あたりに口を押し当てた。

――みんなと別れるのは本当に名残惜《なごり》しいよ。

あたしを地面に下ろしたあと、あいつは光の筒を昇って〈あれ〉に入っていった。みんなその様子を息をこらして見つめていた。

あいつの姿が見えなくなってから少しして、〈あれ〉は目がくらむほどの強い光を放ちながら、ゆっくりと浮かび上がった。タウンの上空で別れを惜しむようにたたずんでいるのを眺めているうちに、たまらなく胸が熱くなった。思わず口から鳴き声があふれ出た。

「銀色に輝《キ》く空《ャ》を飛ぶ水たまり《ン》!」

あたしが繰り返すと、みんなもその言葉を口々に叫んで〈あれ〉を見送った。これは警告音ではない。あいつとあたしたちの間にある友情を確認するための言葉だ。他の――しっぽの先が黒いプレーリードッグだって知らない、このタウンだけの。

〈あれ〉は沈んでいく太陽を追いかけるように西の方角へ遠ざかり、あっという間に見えなくなった。残されたタウンの連中は、その場に立ちつくしていた。やがて、めいめいが巣穴に戻ったあとも、あたしはなかなかそこから離れられなかった。

その後、あたしは出産して、出産して、出産して、出産して、出産した。成長して他のファミリーに入った子や、外の土地へ旅立っていった子もいたけれど、巣穴から出られるようになってすぐにカラスに連れ去られた子や、ファミリーを乗っ取った雄に殺された子や、上手く乳をやれなくて死なせてしまった子もいた。教えられる子には、あいつがタウンにいた日のことや、遠くへ行った兄たちのことを話した。その子供たちが子を持ち、その子も子を持ちと繰り返しているうちに、あいつに会った仲間たちはみんないなくなった。あたしは今でもときどき、空に向かってあの言葉を叫ぶことがある。あいつやあの子たちの耳に届くようにね。

あんたに伝えたい話は、これですべてだ。今の人間には、あたしが何をしゃべったのかわからないだろうけれど、いつか理解できる日が来るだろう。

あんたにいろんなことを教えてやったから、もうくたくただ。短い時間でたくさんのことを考えるのはたいへんなんだよ。さて、少し眠ることにしよう。目が覚めたら、あいつと子供たちが戻ってくるかもしれない。〈あれ〉が現れたときには、あの言葉でタウンのみんなに知らせよう。そして子供たちに会ったら――思いきり抱きしめてキスをしてやるんだ。

＊

二〇二二年八月十三日

午前中からラボでRWAでの録音データの確認作業。幸運なことに、RWA51の最期の鳴き声が録れていた。まず彼女の鳴き声の解析に取りかかった。

通常の解析作業と同様に鳴き声を二十五に分割し、各パーテーションをデータベース上にある百六十二の音声データと照合してみたが、〈人間〉を指すものも含めたどの音声データとも合致しなかった。人間の襲来をコロニーに知らせる必死の警告音だと予想していたのだが。

その後、各パーテーションに対してフーリエ変換を行ったところ、全てのパーテーションで二種類の周波数帯の組み合わせでは近似できない複雑な波形が見られた（通常は二種類の組み合わせにより、人間の言語でいうところの名詞ないし形容詞ないし動詞のうちの一語が表現される）。プレーリードッグにはコロニーによって〈方言〉が存在するが、RWA51のものは音声の組成自体が複雑であるため、それとも異なりそうだ。信じられない話だが、あの一鳴きは膨大な情報が含まれた非常に長い発話だという可能性がある。

――北アリゾナ大学生命科学研究科博士候補生

フローレンス・アンダーソンの日記

参考文献

C.N.Slobodchikoff, Bianca S. Perla, Jennifer L. Verdolin, *Prairie Dogs: Communication and Community in an Animal Society*, Harvard University Press, 2009.

C.N.Slobodchikoff, Andrea Paseka, Jennifer L Verdolin, "Prairie dog alarm calls encode labels about predator colors", *Animal Cognition*, 2009 May; 12(3): 435-439.

C. N. Slobodchikoff, J. Placer, "Acoustic Structures in the Alarm Calls of Gunnison's Prairie Dogs", *The Journal of the Acoustical Society of America*, 119, 2006, 3153.

PatriciaDennis, Stephen M.Shuster, C.N.Slobodchikoff, "Dialects in the alarm calls of black-tailed prairie dogs (Cynomys ludovicianus): A case of cultural diffusion?", *Behavioural Processes*, Volume 181, December 2020, 104243.

刑事第一審訴訟事件記録
玲和五年(わ)第四二七号

新川帆立

死刑執行を傍聴した死刑囚の母は、やむにやまれぬ
思いから、ささやかな事件を犯した。

死刑囚が刑の執行前にとる〝最後の食事《ラスト・ミール》〟。多くの国では、このラスト・ミールをなんにするか、受刑者が（常識的な範囲内で）自由に決められるという。もっとも、〝日本では当日朝に死刑が言い渡され午前中に執行されることが多いため、「ラスト・ミール」の制度はありません。前室にある祭壇に生菓子が供えられており、それが日本での実質的な死刑囚最後の食事となります〟とのこと（塩川千尋、ヒトサラマガジンより）。

しかし、本編の舞台となる〝玲和《れいわ》〟の日本では、死刑囚の死刑執行前夜の夕食を見学する「最後の晩餐《ばんさん》見学ツアー」が実施されている。本編は、この制度に関連して窃盗・傷害事件を起こした被告の裁判記録というかたちをとる。

著者初のSFとなる『令和その他のレイワにおける健全な反逆に関する架空六法』は、それぞれ元号の漢字が違う六つの世界（礼和、麗和、冷和…）を舞台に、架空の法律がからむ六つの短編を収める連作集。本編はそのシリーズのスピンオフとも言える。

新川帆立（しんかわ・ほたて）は、一九九一年、米テキサス州ダラス生まれ。東京大学法学部卒。同法科大学院を修了し、司法試験に合格。司法修習中に最高位戦日本プロ麻雀協会プロテストに首席で合格。企業内弁護士として働く傍ら小説を書き、二〇二一年、第19回『このミステリーがすごい！』大賞受賞の『元彼の遺言状』で作家デビュー、専業作家となる。二二年、『元彼の遺言状』とスピンオフ短編集『剣持麗子のワンナイト推理』が月9ドラマ化。さらに『競争の番人』も同じ枠でつづけてドラマ化され、話題を集めた。

起訴状

玲和五年五月十五日

東京地方裁判所　殿

東京地方検察庁
検察官　検事　田　中　元　気　㊞

下記被告事件につき公訴を提起する。

記

本　籍　広島県広島市南区宇品日東×丁目×—×
住　所　埼玉県所沢市花園×丁目××　ベルエポック・エスポワール所沢401
職　業　無　職

勾留中

栗　田　富　子

昭和二十六年一月二十一日生

公　訴　事　実

被告人は、玲和五年三月十一日午後十一時十三分頃、東京都練馬区上石神井×丁目×—×所在の株式会社ラストミールの事務所に立ち入り

第一　業務用パーソナルコンピューター一台（時価約五万八千円相当）を窃取し

第二　同パーソナルコンピューターに記録された同社の顧客情報をもとに、同月十二日午後四時頃、東京都世田谷区玉川×丁目×—×所在の宮里千奈美（当時五十一歳）の自宅を訪ね、同人の頬《ほお》を殴打し、よって同人に全治約三日間を要する打撲の傷害を負わせ

たものである。

罪　名　及　び　罰　条

窃　盗　　刑法第二三五条

傷　害　　刑法第二〇四条

統合捜査報告書

（窃取された業務用コンピューターについて）

玲和五年五月二十日

東京地方検察庁
次席検事　松岡武臣殿

東京地方検察庁
検察官　検事　深田ゆかり㊞

被告人栗田富子に対する窃盗、傷害被告事件につき、窃取された業務用コンピューターについて、関係証拠をまとめた結果は、下記のとおりであるので、報告する。

記

一　業務用コンピューターの所有者の概要
窃取された業務用コンピューターは株式会社ラストミールが所有し、同社代表取締役社長である隈袋博人（当時三十一歳）が管理使用するものである。
同社は、東京都練馬区上石神井×丁目×─×を本店所在地として、玲和元年一月七日に設立された。従業員は五名である。

事業目的は、法人登記上、執行傍聴補助業務とされている。

同社は、全国各地の拘置所において、死刑囚の死刑執行前夜の夕食を見学する「最後の晩餐《ばんさん》見学ツアー」を開催していた。

また、死刑囚が事前にリクエストした死刑執行前夜の夕食メニューを取りまとめた『明日死ぬなら何食べる？　～最後の晩餐レシピＢＯＯＫ～』全二巻を編著者として刊行した。死刑囚と家族の面会の様子を描いた漫画本『刑場画家が見た永遠の別れ　死刑囚と家族、最後の十五分間』の刊行も予定している。

さらに、死刑執行の傍聴についても、傍聴券を確保し希望者に販売する「執行傍聴券代理入手サービス」を提供していた。

二　執行傍聴券代理入手サービスの概要

具体的な業務内容は以下のとおりである。

①死刑囚ごとに、死刑執行の傍聴希望者を募っておく。
②執行予定日が発表されるやいなや、執行傍聴抽選に参加するアルバイトを確保する。
③執行傍聴抽選券の配布開始前に、抽選参加者の点呼、整列等の管理を行う。
④抽選参加者から抽選券を回収し、謝礼を支払う（通常は三千円、当選した抽選券を持っている場合は一万円）。
⑤当選した抽選券を執行傍聴券と引きかえる。
⑥傍聴希望者に連絡を入れる。

⑦傍聴券代理入手サービス代金（十五万円＋税）の着金を確認する。
⑧執行傍聴券を傍聴希望者に引き渡す。

三　業務用コンピューター窃取後の被告人の行動

被告人は、東京都千代田区神田須田町×丁目×—×所在の喫茶店「しおん」において、知人である田中彰（当時五十六歳）に対して、窃取したコンピューターを見せ、「パスワードを忘れてしまったので、どうにかしてほしい」と依頼し、コンピューターのセキュリティを解除させた。

さらに、同店内において、被告人は田中をして、「玲和五年二月二十七日」栗田真人」というタイトルが付されたエクセルファイルを開かせた。

同ファイルには、次の通り、玲和五年二月二十七日午前十時に執行された栗田真人の死刑につき、執行傍聴券を購入した者の氏名、住所、電話番号が記録されていた。

①　氏名：栗田富子
　住所：埼玉県所沢市花園×丁目××ベルエポック・エスポワール所沢401
　電話番号：03—××××—××××
②　氏名：宮里千奈美
　住所：東京都世田谷区玉川×丁目×—×
　電話番号：080—××××—××××

被告人はその場で手帳を取り出し、同ファイルに記録された宮里千奈美の住所、電話番号を書き写した。

（原証拠）

玲和五年三月十二日付け司法巡査生野直樹作成の実況見分調書
玲和五年三月十五日付け司法巡査生野直樹作成の隈袋博人供述調書
玲和五年三月二十日付け司法巡査生野直樹作成の田中彰供述調書

以上

統合捜査報告書

（被害者のけがの状況について）

玲和五年五月二十日

東京地方検察庁
次席検事　松岡武臣殿

東京地方検察庁
検察官　検事　深田ゆかり㊞

被告人栗田富子に対する窃盗、傷害被告事件につき、被害者のけがの状況について、関係証拠をまとめた結果は、下記のとおりであるので、報告する。

記

一　被害者

　被害者　宮里千奈美（当時五十一歳）

二　けがの状況

㈠　被害者宮里千奈美（以下「被害者」という。）は、玲和五年三月十二日、東京医科大学医療センターに受診し、湿布三枚を処方された。

　被害者は本件犯行により、全治まで約三日間を要する打撲の傷害を負わされた。

㈡　同月十三日、警視庁世田谷警察署において、検察事務官が、被害者の受傷部分の実況見分を実施した。

　被害者は、検察事務官に対し、「本件傷害の大きさは、垂直方向に約三センチメートルである。」と説明した。

　検察事務官が本件傷害の傷跡の位置を計測すると、被害者の左頬骨部分に、垂直約二・五センチメートルであった。

（原証拠）

玲和五年三月十二日付け医師兼代健夫作成の診断書

玲和五年三月十三日付け検察事務官馬場裕子作成の実況見分調書

以　上

供述調書

本籍　埼玉県所沢市向陽町×丁目×
住居　東京都港区東麻布×丁目××
職業　会社役員
氏名　隈袋博人
　　　平成四年二月二十一日生（三十一歳）

上記の者は、令和五年四月七日、東京地方検察庁中央合同庁舎第六号館において、本職に対し、任意次のとおり供述した。

一　私は、令和元年一月七日に、株式会社ラストミールを設立し、同社の代表取締役社長をつとめています。同社は執行傍聴補助業務を事業目的としています。
　十年前まで、死刑執行の様子は非公開でした。悪人はどこかでこっそり、誰かに処刑してもらいたいという気持ちが、国民にもあったのではないかと私は推測します。

しかし、裁判員裁判が始まって、死刑判決がどんどん出るようになり、死刑執行に対する関心が高まってきました。刑事訴訟法が改正されて、刑事訴訟法四百七十五条の二という条文で、死刑執行過程が公開されるようになりました。

死刑執行公開制度は、執行の様子を衆目の監視下に置くことにより、適切な執行を担保する目的で設けられました。死刑執行及び執行に至るまでの様子を傍聴することは、国民の権利であると同時に、公権力の濫用を防止するための監視的機能を有し、単純な権利にとどまらない「国民の権能」であると認められています。

わが社は、国民一人一人がその権能を果たせるようにサポートすることをミッションとしています。

死刑執行公開制度ができて以来、大手メディアが大量のアルバイトを雇って抽選に参加させ、執行傍聴券を独占する事態が生じました。そのせいで、被害者遺族や被害者の友人知人すら、死刑執行を傍聴できなくなってしまいました。そんな状況はおかしいと思って起業し、執行傍聴券を入手するお手伝いをしています。

死刑執行の現場だけを公開しても不十分です。前日の執行告知から、死刑の執行に至るまでの一連の過程を公開することで初めて、刑罰が適切に執行されているか確認することができます。「最後の晩餐見学ツアー」と銘打って、執行前夜の手続きを傍聴するお手伝いをしているのは、そのためです。

「最後の晩餐見学ツアー」の参加者は、ライトユーザーといいますか、興味本位で見てみたいというくらいのお客さんが多いです。

一方、実際の執行の傍聴を希望する「執行傍聴券代理入手サービス」の利用者たちは、より関心や意欲が高い傾向にあります。被害者の関係者やフリージャーナリストのかたが多いです。まれに、死刑囚のご家族が傍聴を希望することもあります。お経を唱えながら死刑囚を見送ってやりたいといったニーズがあるためです。

なお、執行前日、当日ともに、わが社のサービスは東京都の迷惑防止条例で禁止されている「ダフヤ行為」行為には該当しないと理解しています。

娯楽を目的とするチケットの転売であれば、ダフヤということになります。ですが、執行の見学は、権力を監視して、不当な執行をしていないか確認するためのものです。娯楽目的ではありません。大手メディアが傍聴券確保のためにアルバイトを雇ったりするのも、同じ理屈で合法と考えられているはずです。

二　今回、窃取された業務用コンピューターには、栗田真人死刑囚の死刑執行傍聴券の販売先データが記録されていました。
栗田真人は三十一歳のとき、住み込みで勤めていた塗装会社の社長夫婦を毒殺した罪で逮捕起訴されました。ところが彼は、ずっと無罪を訴えていました。最高裁への上告が棄却され、死刑が確定したのちも、何度も再審請求を行っていました。今回、新たな再審請求が棄却された直後に執行が決定し、すぐに執行されたことになります。

享年四十六歳でした。

三　業務用コンピューターを盗んだ疑いで逮捕起訴されている栗田富子さんは、栗田真人死刑囚の死刑執行傍聴券の購入者の一人です。購入申込時には、申込フォームの備考欄に「死刑囚の母です。お願いですから、傍聴券を手配してください」と記載されていました。

四　今回の傍聴券は全部で十人分あったようですが、わが社が確保できたのはそのうち二枚だけでした。普段は申込者から抽選で選ぶのですが、今回は優先的に二名のかたに販売することにしました。一人は先に述べた栗田富子さんです。死刑囚の母ということで、他のかたより優先させました。

もう一人は、宮里千奈美さん。このかたは購入申込時、申込フォームの備考欄に「栗田真人が殺害した宮里夫妻のうち、夫、雄一の妹です。傍聴券手配のほど何卒宜《なにとぞよろ》しくお願いいたします」と記載されていました。被害者遺族ですから、優先的に傍聴券を手配しました。

五　死刑執行後、三月に入った頃に、栗田富子さんがわが社を訪ねてきたことがありました。「傍聴券の購入者リストを見せてほしい」と言われました。個人情報ですし、営業秘密ですから、「見せることはできない」と断りました。しかし富子さんは、かなりしつこく、一時間ほど粘って「見せてほしい」と言ってきました。どうして見たいのか尋ねると「一緒に傍聴した宮里千奈美さんの連絡先を知りたい」と言っていました。

それを聞いて、ゾッとしたのを覚えています。宮里千奈美さんは被害者の遺族です。

加害者の遺族である富子さんが接触してきたら、さぞかし恐ろしく、不快だろうと思ったのです。

今思うと、そのときに警察に通報していればよかったです。今回のような事件を防げたかもしれません。

業務用パーソナルコンピューターは、普段、私のデスクの上に置きっぱなしにしています。帰宅時も同様です。表の扉は施錠されているので、事務所の中は安全だと思っていました。今回のように、犯人が窓ガラスを破って侵入し、業務用パーソナルコンピューターを盗んでいくなんて、全く予想していませんでした。

以上のとおり録取して読み聞かせたところ、誤りのないことを申し立てて署名押印した。

前同日

東京地方検察庁

検察官　検事　深田ゆかり　㊞

玲和五年（わ）第四二七号	裁判長（官）認印	㊞

証人尋問調書（この調書は、第一回公判調書と一体となるものである。）

氏名	宮里千奈美	住所	東京都世田谷区玉川×丁目×－×
年齢	五十一歳	職業	主婦

尋問及び供述

　別紙反訳書記載のとおり

この証人の尋問については、主任弁護人の申立て及び裁判長の命に基づいて、訴訟関係人の尋問及び供述等を記録媒体に記録した。

深田検察官

　あなたは、玲和五年二月二十七日に実施された栗田真人死刑囚の死刑執行を傍聴しましたね。

　はい。

どうして傍聴しようと思ったのですか。

　栗田は、私の兄、宮里雄一を殺しました。兄の妻、芳子さんも一緒に殺されてしまった。兄も芳子さんも、優しくて、面倒見がよくて、働き者で。私にとっては唯一の身内でした。二人を奪った栗田を絶対に許すことはできません。栗田が苦しんで死んでいく様子を見ようと思って、死刑執行を傍聴することにしました。

執行傍聴券はどのように入手しましたか。

　自分でも抽選に参加しましたが、外れてしまいました。あらかじめ株式会社ラストミールの執行傍聴券代理入手サービスに申し込んでいましたので、ラストミールさんから傍聴券を買い取りました。

いくらしましたか。

　税別十五万円しました。

高いと思いませんでしたか。

　高いと思いました。けれど、いくら払ってでも、死刑執行を見届けたかった。

　そのくらい、栗田が憎かったのです。

他に傍聴者はいましたか。

私の他に九人いました。

その中に見知った顔はいましたか。

はい。裁判のときに何度か見た、栗田の母親が来ていました。

ここにいる栗田富子さんのことですか。

はい、その人です。

富子さんと席は近かったのですか。

はい。私たち以外の傍聴者は、会社の名前が入った腕章をつけていたので、テレビ局や新聞社の記者さんたちだと分かりました。記者さんたちは、後方、入り口に近いほうから座っていました。そのため、最前列の席が二つならんで空いていたんです。左側に私、その右隣に富子さんが座りました。

富子さんの様子はどうでしたか。

傍聴席に入ってきたときから、ずっと泣いていました。目は赤くなっていて、洟《はな》を何度もかんで、「あー」とか「うー」とか唸《うな》り声を漏らしながら、泣いていました。

その様子を見て、あなたはどう思いましたか。

加害者側のくせに、どうして被害者ぶっているのだろうと思って、非常に腹が立ちました。

加害者は息子の真人さんで、富子さん自身は加害者ではないですよね。

そうですけど、殺人犯を育てた責任というものが、富子さんにもあると思います。富子さんがもう少しでも栗田を厳しくしつけていたり、あるいは優しく見守っていたりしたら、栗田は犯行に走らなかったかもしれない。直接的な責任はないにしろ、富子さんも反省したり、謝罪したりするべき立場だと思います。

これまで、真人さんや富子さんから謝罪を受けたことはありますか。

一度もないです。

それはどうしてですか。

栗田は全く反省の色がなく、犯行を否認し続けていました。富子さんも息子の非を認めようとしませんでした。

死刑執行当日も、富子さんから謝罪はなかったのですか。

ありません。富子さんはずっと泣いていました。自分の子供が可哀想というふうにしか考えていないんだと思います。

執行前、真人さんからの謝罪もなかったのですか。

ありません。それどころか、顔に布袋をかぶせられた後、首に縄をかけられる直前まで「俺は無罪だ。やってない」と叫んでいました。

それを見て、あなたはどう思いましたか。

全く反省していない様子が伝わってきて、怒りというより、脱力というか、途方に暮れるような気持ちになりました。マジックミラー越しなので、向こうにはこちらの様子が見えていないのだとは思いますが、それでも、最後の最後くらい、被害者のことを思って何か一言、言うのではないかと期待していました。その期待が裏切られたかたちとなりました。

死刑が執行されたとき、あなたはどう思いましたか。

栗田を支えていた床が落ちて、栗田の叫び声が聞こえなくなったとき、「ああ、やっと終わったんだな」と少しだけホッとしました。これまで十五年間、長かったので。やっと兄たちも少しは報われたと思いました。けれども、すぐ横で富子さんが「うおーっ」と雄叫《おたけ》びのような声を上げて、泣き崩れているんです。気が散ってたまりませんでした。

富子さんと言葉を交わしましたか。

はい。富子さんは半狂乱になりながら、私の肩をつかんで「ねえ、聞いた？聞いたよね。俺は無罪だ、やってないって。あの子、最後までそう言ってたわよね」と言ってきました。

あなたは何と答えましたか。

「だから何なんですか。もうやめてください」と言って、富子さんの手を振り払いました。

富子さんはそれに対して何と言いましたか。

私の言葉を無視して、周りの記者たちに同じように「ねえ、聞いた？　あの子、無罪だって言っていたわよね」と言って回っていました。

その様子を見て、あなたはどう思いましたか。

呆《あき》れるとともに、やはり、腹が立ちました。自分のことばかり考えていて、被害者のことはこれっぽっちも考えていない様子が伝わってきたからです。非常に不快でした。

その後、富子さんと話す機会はありましたか。

その日は話していません。ですが、三月に入ってから、突然、富子さんが自宅を訪ねてきました。

正確な日時を教えてください。

三月十二日の午後四時頃です。

来訪の連絡は事前になかったのですか。

ありません。

富子さんの突然の来訪をどう思いましたか。

驚きましたし、気味が悪かったです。そもそも、富子さんがどうしてうちの住所を知っているのか分かりませんでした。検察のかたも、弁護士の先生も、絶対にうちの住所や連絡先は加害者側に伝わらないよう、配慮してくれていましたので。

富子さんは何の用で訪ねてきたのでしょうか。

栗田の無罪を証明するために、再審請求をするから、協力してほしいとのことでした。玄関前で急に土下座して「真人は死ぬ直前まで無罪を訴えていた。そのことを証拠にして、最高裁に提出したい。あなたにも供述してほしい」と言われました。

あなたはそれを聞いて、どう思いましたか。

何を言っているのかと困惑すると同時に、やはり腹が立ちました。本当に、何も反省していないし、被害者のことを微塵《みじん》も考えていないんだなと思いました。

あなたは何と答えましたか。

「帰ってください」と言いました。

富子さんは帰りましたか。

いいえ、一時間近く、その場で土下座していました。

あなたはどうしたのですか。

「近所の目も気になるし、迷惑なのでやめてください」と言いました。「警察を呼びますよ」とも。

富子さんは。

富子さんは「お願いします。再審請求だけが生きる希望なんです」と言って、玄関からどきません。何度も「やめてください」と言っても、「再審請求のために」とか、「あの子の雪辱を果たしてから私も死にたい」とか、「もう怖いものは何もないんだ」とか、支離滅裂なことを口走っていました。

あなたはどうしたのですか。

怒りを抑えようと努力していましたが、我慢の限界でした。「人殺しの親のくせに、なんて図々しい」と言いました。

富子さんはどうしましたか。

富子さんはキッとこちらをにらみつけると、「あの子は！　人殺しじゃないッ」と大声で叫びながら、グーのかたちをした拳を突き出し、私の左頰を思いっきり殴ってきました。

それであなたはどうしたのですか。

怖くなって「誰か、助けて！」と叫ぶと、隣の家のかたがやってきてくれました。一部始終をこっそり見ていたようです。すぐに警察に連絡しました。富子さんは茫然《ぼうぜん》とした顔で、大人しく玄関に立っていました。

富子さんに対して、今、思うことはありますか。

絶対に許せません。兄夫婦を奪っておいて、何の反省も謝罪もない。それどころか、逆ギレのようなかたちで殴ってきた。一番重い罪、厳罰に処してほしいです。

主任弁護人
あなたは、栗田真人さんの死刑が確定するまで、全ての裁判を傍聴したそうですね。

はい。

裁判の中で、栗田さんはどのように主張していましたか。

　栗田は一度も自分の罪を認めず、言い逃れを図っていました。

栗田さんは一貫して無罪を主張していたということですね。

　はい。

死刑判決が確定した後、栗田さんのお母様、富子さんが中心となって再審請求を四度行っています。あなたはそれをご存じでしたか。

　何回か再審請求されているのは知っていました。

三月十二日、富子さんがあなたを訪ねてきて「再審請求に協力してほしい」と言われたとき、「また再審請求するんだな」と思ったのではないですか。

　思いました。

死刑執行したあとにでも、再審請求ができると知っていましたか。

　いいえ、知りませんでした。

かなり驚いたのではないでしょうか。

　驚きました。

一区切りついたはずの事件をまた蒸し返そうとしていると思ったのではないですか。

　思いました。

腹が立ちましたか。

はい、腹立たしかったです。

その気持ちを、富子さんに伝えましたか。

はい。

具体的には何と言ったのですか。

「今更何を言ってるんですか」とか「もう終わったことでしょう」とか、言いました。

富子さんはそれに対して何と言っていましたか。

「今度の再審請求に最後の望みをかけたい」と言っていました。

具体的に、どういう内容の再審請求をする予定か、富子さんから聞きましたか。

はい。

聞いた内容を話してもらえますか。

死ぬ直前まで嘘をつく人は少ないから、死に際《しにぎわ》の言葉は、裁判では、信用性が高いとされているそうです。栗田は死刑執行の直前まで「無罪だ」と言っていたので、それを理由に、再審請求するつもりだと。

一般に「ダイイング・デクラレーション」と呼ばれる法理だと、富子さんは説明したのではないですか。

そう言っていました。

八年前の「柳丸《やなぎまる》事件」について、富子さんは説明しましたか。

はい。

どのような話でしたか。

柳丸高史《たかし》という男が死刑になったのですが、死刑執行の直前に「無罪だ」と叫んだことが大きなニュースになりました。それが契機となって再審請求が認められた事件です。

富子さんの話を聞く前から、あなたは「柳丸事件」のことを知っていましたか。

はい。ニュースで見たので。

富子さんの話を聞いて、「柳丸事件」と同じように、再審請求を認めてもらおうと考えているのだと、理解できましたか。

はい。話は分かりました。

富子さんは、傍聴していた他の記者たちにも協力の依頼をしたものの、全て断られたという話をしましたね。

はい。していました。

富子さんは記者たちから断られた理由について、どういう話をしていましたか。

「柳丸事件」以来、メディアにはかん口令がしかれたそうです。死刑執行直前の死刑囚の言葉は報道しないことを、司法記者クラブで取り決めているとのことでした。被害者遺族の心境を考えると、当然の措置だと思います。

富子さんは、記者たちに協力を拒否され、あなたに協力を頼むしか道が残されていないと、説明しましたね。

　はい。

富子さんが最後の望みをかけて、あなたの元を訪ねてきていると、あなたは理解していたわけですね。

　はい。

ではどうして、協力を拒否したのですか。

　栗田が犯人だからです。こちらは被害者です。犯人の言い逃れに、どうして被害者が協力しなくちゃいけないんですか。

栗田さんは一貫して無罪を主張していますよね。

　本人は罪を認めていませんが、何年も裁判をして、有罪ということになっているんだから、栗田が犯人だと考えるしかないでしょう。

それではあなたは、栗田さんが一貫して無罪を主張し、死に際にも「無罪だ」と言ったのにもかかわらず、その言葉を信じていないということですね。

　はい、信じません。

栗田さんの言葉を信じず、富子さんへの協力を拒否したわけですね。

　はい。

息子の無罪を訴える富子さんに対し、「人殺しの親のくせに」と言ったのですね。

　はい。

深田検察官

あなたは、栗田が無罪かもしれないと考えたことはありますか。

はい。十五年前、逮捕された栗田が否認していると聞いたときは、「もしかしたら別に犯人がいるのかも」と一瞬思いました。

しかし、今は栗田が犯人だと信じているわけですよね。

はい。

それはどうしてですか。

証拠がどんどん集まってきたからです。犯行に使用された薬品の外袋からは栗田の指紋が発見されていましたし、事件前夜、栗田は友人に対し、兄夫婦のことを「殺してやりたい」と漏らしていたそうです。死亡推定時刻頃に兄夫婦の自宅近くで栗田を目撃した人もいます。

あなたから見て、栗田は十分に疑わしい人物に思えたということですね。

はい。栗田が犯人でなかったら、誰だというんですか。裁判でも、栗田が犯人だと認定されています。

その犯人の母親から急に接触されて、気が動転していたのではないですか。

動転していたと思います。そんな状況に置かれたら、誰でもそうなると思います。

裁判官

再審請求に協力してほしいと依頼されたわけですね。
　はい。
具体的には、あなたに何をしてほしいという依頼だったのですか。
　そうです。
死刑執行の現場で見聞きしたことを供述調書にまとめて、裁判所に提出したい
供述調書をつくるのは、一時間か二時間で終わることですが、あなたとしてはやり
たくなかったと。
　はい、嫌です。
協力したくない一番の理由は何だったんですか。
　それは、やはり、栗田を憎んでいるから。栗田のために何かするというのは嫌
です。

以上

令和五年（わ）第四二七号

裁判長（官）
認印
㊞

被告人供述調書（この調書は、第一回公判調書を一体となるものである。）

氏名	栗田富子	住所	埼玉県所沢市花園×丁目×× ベルエポック・エスポワール所沢
年齢	七十二歳	職業	無職

尋問及び供述
　別紙反訳書記載のとおり
この証人の尋問については、主任弁護人の申立て及び裁判長の命に基づいて、訴訟関係人の尋問及び供述等を記録媒体に記録した。

主任弁護人
あなたは、昭和二十六年に広島県で生まれ、中学卒業と同時に親元を離れて就職しましたね。
はい。

最初についた仕事はなんですか。

　埼玉県にある製紙工場での事務でした。

そこで夫となる博義さんと出会ったのですね。

　はい。

結婚と同時に退職して、二十六歳のときに息子の真人さんが生まれましたね。

　はい。

そのときの気持ちを聞かせてください。

　うれしかったです。ずっと子供が欲しかったのに、なかなかできなくて。やっとできた子供でした。難産で、子宮の病気もあったので、それ以上子供を作ることはできません。たった一人の息子でした。

念願の子供、一人息子だったこともあって、甘やかしすぎたのではないですか。

　確かに甘い部分はあったかもしれません。しかし親ですから、愛情いっぱい育てたと思います。

その真人さんは、中学校に入学した頃から、暴走族に入ったり、暴力団員と接点を持ったりするようになりましたね。

　はい。いつのまにか、悪い友達ができたようです。

真人さんは補導されることもありましたよね。

　はい。

その度に、あなたは警察署に迎えに行って、迷惑をかけた関係者に頭を下げて回りましたね。

　はい。

真人さんに注意をしましたか。

　はい。毎回注意しましたが、どこまで響いているか分かりませんでした。

父親の博義さんはどうでしたか。

　あの人は、真人が十歳になる頃に他に女を作って出ていきました。

あなたは働きながら、真人さんを一人で育てていたわけですね。

　はい。

真人さんに、父親代わりのような人はいましたか。

　十七歳のときに就職させてもらった塗装会社の社長、宮里雄一さんです。真人は雄一さんのことを「親父」と言って慕っていました。

真人さんは仕事を休んだことはありますか。

　一度もありません。十七歳から、三十一歳で逮捕されるときまで、真面目に働いていました。

遅刻はありましたか。

　一度もないと思います。十四年間、無遅刻無欠勤です。

それまで非行に走っていた真人さんが真面目に働くようになったのはどうしてです

か。

雄一さんのことを慕っていたからだと思います。

雄一さん夫婦を殺害したという疑いで、真人さんが逮捕されたとき、あなたはどう思いましたか。

信じられませんでした。ありえないと思いました。

どうしてそう思ったのですか。

だって、いつも真人は家で、雄一さんのことをうれしそうに話していました。

雄一さんを殺すなんて、とても考えられません。

真人さんは一貫して無罪を主張していますが、あなたはその主張を信じましたか。

はい、信じました。

一度も疑ったことはないですか。

ないです。

あなたは真人さんに私選弁護人をつけて、その弁護費用を全額負担していましたね。

はい。

最高裁まで争いましたね。

はい。

死刑判決確定後も四回再審請求しましたね。

はい。

全てあなたの負担ですか。

　はい。

全部でいくらかかりましたか。

　一千万円以上、もしかすると二千万円くらいかかっています。

それほどまでに真人さんを救いたいという気持ちがあったのですね。

　当然です。

死刑が執行されると通知されたとき、どういう気持ちになりましたか。

　目の前がまっくらになりました。あの子は何も悪くないのに、未来が奪われてしまう。これまでだって辛い日々だったろうと思います。けれどもいつか外の世界に出てくるという希望があったから、頑張れた。でもその希望も失われた。本当に可哀想で、代われるものなら代わってやりたいと思いました。

あなたは執行前夜、真人さんと面会して、一緒に夕食をとりましたね。

　はい。

どのような会話をしましたか。

　真人は「残念だけど、仕方ない」と言っていました。

「仕方ない」というのは、どういう意味ですか。

　一度執行が決まったら、止められないので、仕方がないという意味です。

罪を受け入れたというわけではないのですね。

はい。無実の罪で処罰されるのは残念だけど、執行が決まってしまったので仕方ないということです。

あなたは何か言いましたか。

私は泣いてしまって、ほとんど何も言えなかったのですが、「母ちゃんも一緒にいくから」と言いました。

真人さんは。

「母ちゃんは俺の分まで長生きしてくれ」と言いました。

あなたは何か言いましたか。

言葉が出なかったです。ひたすら、泣いていて、何も言えなかった。

あなたは執行を傍聴することにしましたね。

はい。

それはどうしてですか。

本当は、あの子が死ぬところを、見たくない。とてもじゃないけど見られない。だけど、あの子一人を頑張らせるのは可哀想です。あの子が最後、頑張るところを、見にいかないと、のちのち後悔するような気がしました。

執行の際、真人さんの様子はどうでしたか。

あの子は落ち着いているように見えました。でも、少し足が震えていました。頑張って、気丈に振舞っているのだと思いました。

あなたは傍聴席のうち、どの席で見たのですか。

　最前列の左から二つ目の席です。

執行の様子はよく見えましたか。

　よく見えました。

声はどうですか。

　よく聞こえました。

深田検察官
異議あり。本件、窃盗、傷害事件とは無関係の質問が続いています。

裁判官
弁護人、質問と本件との関係性を疎明《そめい》してください。

主任弁護人
顧客名簿を盗み、被害者を殴打した事実は争いません。ですが、被告人には精神的に追い詰められ、やむにやまれぬ事情があったため、情状酌量の余地があります。犯行当時の被告人の精神状態を立証するための質問です。

裁判官
それでは手短に。

主任弁護人
真人さんは、執行室に入ってから、何か言葉を発しましたか。

しばらく黙っていましたが、教誨師《きょうかいし》が「最後に煙草を吸いますか？」と尋ねると、真人は「俺はやっていない」と言いました。その後はずっと、「俺は無罪だ。やっていない」と言い続けていました。執行が近づくにつれ、声が大きくなって、首に縄がかけられる直前は絶叫のようになっていました。

絶叫というと、かなりの音量ですよね。

はい。

執行官や他の傍聴人も耳にしていたでしょうか。

間違いなく聞いているはずです。

執行の瞬間、あなたはどう思いましたか。

絶望という一言に尽きます。全てが終わっちゃった、と思いました。ガーンというか、ズーンというか、一瞬で、世界の重力が何倍にもなって、自分の上にのしかかってきたような感じがありました。

執行後、あなたは隣に座っていた宮里千奈美さんに話しかけましたね。

はい。

どういうことを言いましたか。

あの子が最後まで「無罪だ、やっていない」と言っていたことを、確認しました。

どうしてそれを確認したのですか。

あのときは錯乱していたので、どうしてそういう行動をとったのか、よく分かりません。ただ、今になって考えると、あの子のことを称《たた》えたい気持ちがどこかにあったのかもしれません。あの子は死んでしまったけど、最後まで主張を変えなかった。それは立派なことだと思います。不運だったけど、立派だった。

宮里千奈美さんには何と言われましたか。

「だから何ですか」と冷たく返されました。

あなたは、他の傍聴者、記者たちにも同じように確認しましたね。

はい。

他の傍聴者たちは何と言っていましたか。

「そうですね」とか「言っていましたね」とか、同調してくれましたが、反応としては素っ気ないものでした。

あなたは、執行のあとしばらくしてから、もう一度、再審請求することを思いつきましたね。

はい。

きっかけがありましたか。

これまでの訴訟記録の整理をしていたら、ふと、ある資料のコピーが目についたんです。

それはどういう内容でしたか。

「柳丸事件」を取り上げた記事でした。

その記事を見て、あなたは何を考えましたか。

真人は死刑執行直前に「俺は無罪だ」と叫んでいました。「柳丸事件」のようにダイイング・デクラレーションの法理を使えば、再審請求が認められるかもしれないと思いました。

死の直前に「無罪だ」と叫んだ事実を証拠化して、再審請求するのを思いついたということですね。

はい。

再審が認められる可能性は、現実的には、低いのではないですか。

わずかでも可能性があるなら、その可能性にかけたいと思いました。

あなたが目にした内容を調書にして、証拠として提出しようと思ったのですか。

いいえ。親族の供述だと信用性が低くて、証拠価値があまり認められないと聞きました。私以外の人の供述が必要です。

あなたはまず、傍聴席にいた記者たちに協力を頼みましたね。

はい。

反応はどうでしたか。

誰も協力してくれませんでした。手紙を書いても、電話をしてもダメ。訪ねていっても、応接室にも通してもらえず、まさに門前払いでした。

それであなたは、宮里千奈美さんに協力を求めるほかないと思ったのですね。

　はい。

宮里さんの反応はどうでしたか。

　冷たいどころか、非常に厳しい調子で、私のことを責めてきました。私の育て方が悪かったせいで、真人が人殺しになったというようなことを言われました。

あなたはどう思いましたか。

　いくら被害者の遺族でも、それは、絶対に言ってはならない、超えてはいけないラインを超えてきたと感じました。腹が立つという気持ちに加えて憎しみが湧いてきました。

それであなたはどうしたのですか。

　右手をグーのかたちにして、宮里さんを殴りました。

宮里さんはお兄様夫婦を失っているうえに、突然、あなたからの訪問を受けて、嫌な気持ちになっているかもしれないと想像しましたか。

　あのときは、宮里さんの気持ちを考えていませんでした。

今、宮里さんに言いたいことはありますか。

　怖い思いをさせて、痛い思いをさせて、申し訳ないと思っています。突然訪ねていったこと、殴ったことを謝りたいです。本当に申し訳ありませんでした。

今後、同じような状況になったとき、どうしますか。

相手の気持ちを、第一に考えて、自分の感情を抑えたいと思います。

深田検察官　あなたは、今回の事件まで、宮里千奈美さんを始めとする被害者遺族に連絡をとったことがありますか。

　ありません。

十五年間裁判をしているわけですが、一度もないのですか。

　ありません。

それはどうしてですか。

　接触してはいけないということになっていました。

謝罪の手紙なら、弁護士を通じて渡してもらえるはずですが、謝罪の手紙も書かなかったのですか。

　書いていません。でもそれは、真人が無罪だから謝罪する必要が。

訊かれたことだけに答えてください。これまで、被害者遺族は一度の謝罪も受けていないわけですよね。

　はい。そうだと思います。

その被害者遺族の気持ちを考えたことはありますか。

　もちろん考えています。家族を失って非常につらいだろうと。

被害者遺族に対して、何かしようとは思わなかったのですか。

何かと言われても、私たちにできることはありませんし、私たちだって、自分たちのことで精一杯だったので。

被害者遺族よりも、自分たちの事情を優先させたということですか。

そう言われれば、そういうことになると思います。

今回、あなたは、十分な補償や謝罪も受けていない被害者遺族に対して、追い打ちをかけるように、手をあげたわけですよね。

はい。

被害者遺族のことを軽視する姿勢、自分のことばかり考える姿勢が出てしまったのではないですか。

そう言われれば、そうだと思います。

主任弁護人

先ほど、あなたは宮里千奈美さんを始めとする被害者遺族に謝罪をしたことがないとおっしゃっていましたね。

はい。

それはどうしてですか。

真人は無罪を主張していて、私はそれを信じていたからです。真人は悪いことをしていませんから、謝ることがありません。

宮里さんはどう思っていたでしょうか。

宮里さんは、真人が犯人だと信じている様子でした。宮里さんの立場に立つと、真人さんの母親であるあなたが突然訪ねてきたら嫌な思いをすると分かりますか。

はい、分かります。

あのときは、分からなかったのですか。

自分のことで精一杯で、考えていませんでした。

宮里さんのことを考えられないほど、精神的に追い詰められていたということですか。

はい。そうです。

今回の傷害事件について、宮里さんに謝罪しましたか。

謝罪文を書いて、弁護士の先生を通じて、渡してもらいました。

金銭的な賠償をしましたか。

治療費と慰謝料として三十万円を支払いました。

それで宮里さんは許してくれると思いますか。

いいえ、謝罪やお金で許してもらえるものではないと思います。常に反省し、罪を償っていきたいと思います。

裁判官

被告人、最後に何か言いたいことはありますか。

この度は、宮里さんを精神的にも、物理的にも傷つけてしまって、本当に申し訳ないことをしました。どんな事情があっても、それは許されるものではありません。ただ当時の私には、その方法しかなかったのです。裁判長さん、この裁判の記録は、訴訟事件記録としてきちんと残してもらえるのでしょうか。

もちろん、記録として残します。

この法廷で交わした言葉は、文書になって、製本して、出してくれるわけですか。

原本は裁判所で保管しますが、関係当事者であれば謄写《とうしゃ》、コピーが認められます。

それならよかったです。何も悔いはありません。宮里さん、本当に申し訳ありませんでした。

被告人に念のため訊きますが、この裁判の記録が残るかどうか、気にされているのはどうしてですか。

そりゃ当然です。この記録を残してもらうために、傷害事件を起こして、被告人になったんですから。再審請求するためには、死刑直前に真人が「無罪だ」と言ったことを誰かに供述してもらって、証拠化する必要がありました。記者はダメ、宮里さんも嫌だと言う。それで仕方なく、宮里さんを殴りました。協力者にはなりたくないでしょうけど、被害者になったら、被害を訴えるために法廷に出てきてくれると思ったからです。案の定、宮里さんは出廷してくれたし、皆さんのおかげで言質《げんち》がとれました。この訴訟記録を証拠として、再審請求ができます。どうも皆さん、ありがとうございました。

以上

異世界転生してみたら

菅浩江

ガガーン。これ……異世界転生！　しかも
前世はオタクのあたしにこんな超絶チート能力まで。

現代日本で暮らす冴えない主人公が、ある日とつぜん異世界に転移し、常人にはない力の持ち主として、新たな人生を切り拓く……。

〝異世界転生もの〟とか〝異世界チート〟と総称されるこのタイプのファンタジーは、二〇一一年以降、大手小説投稿サイト「小説家になろう」を中心に大流行し、たぶん数十万タイトルが書かれている。この十年の日本は、まちがいなく、人類史上もっともたくさん異世界転生ものが生まれた時代・地域だろう。ありとあらゆる主人公がありとあらゆるものに転生し、ありとあらゆる運命をたどっているが、本編ではとくに言語に着目し、オタク知識豊富な主人公があるミッションに挑む。

『NOVA10』収録の「妄想少女」以来の登場となる菅浩江（すが・ひろえ）は、一九六三年、京都市生まれ。八九年、ソノラマ文庫から第一長編『ゆらぎの森のシエラ』を刊行。九一年の『メルサスの少年』で第23回星雲賞日本長編部門、SFマガジン九二年八月号の「そばかすのフィギュア」で第24回星雲賞日本短編部門を受賞。二〇〇一年、『永遠の森　博物館惑星』で第54回日本推理作家協会賞長編および連作短編集部門を受賞。一四年、コスメティックSF『誰に見しょとて』で第13回センス・オブ・ジェンダー賞受賞。二〇年、「不《み》見《ず》の月」（SFマガジン一九年二月号／『不見の月　博物館惑星Ⅱ』に収録）で第51回星雲賞日本短編部門受賞。二一年、『歓喜の歌　博物館惑星Ⅲ』で第41回日本SF大賞受賞。同年十月より、映像配信プラットフォーム「シラス」で「菅浩江のネコ乱入！～創作講座と雑学などなど」を配信している。

肩を強く揺さぶられて、意識が甦《よみがえ》ってきた。

「おい、お前さん、大丈夫かい」

ゆっくり目を開くと、外国人の中年男性が自分に屈《かが》み込んでいた。

ずいぶん上手な日本語だなあ、と、まだぼんやりした頭で思う。

次の瞬間、はっ、と気が付いて、自分の置かれた状況がまったく判らなくなった。

中年男性は赤ら顔の白人。でっぷり太った身体で緑の革ベストがはちきれそうになっている。くたびれたシャツは簡素な丸襟《まるえり》。まるでファンタジー世界の住人のような出で立ちだ。彼の後ろにいるのも全員が西洋人で、男たちはベスト着用。二人の女性にいたっては、質素ながらもロングワンピースなのだった。

「なに、これ。テーマパーク？」

思わず声が漏れた。

助けてくれているらしい中年男性は、「かわいそうに」という顔で首を横に振った。

「頭でも打っちまったかねえ」

いや、ちょい待ち。

自分の日本語は通じているようだが、中年男の唇の動きは「アタマデモ……」というようには動いていなかった。彼の声は、なんか、こう、ハジャハジャした、ピチュピチュした音声だった。なのに自分は理解できている。

「なに、これ」

もう一度言う。言ったつもりだけど、自分の声も、ハジャハジャピチュピチュ音に聞こえる。

混乱した頭脳を冷ますため、大きく吐息をついた。

夢、ではない。指を滑らせると石畳《いしだたみ》の感触が伝わる。中年男性が自分の背に添えてくれている掌《てのひら》のあたたかみも感じる。

「私、どうしたんですか」

男が急に掌を外したので、私は後ろ向けに倒れそうになった。

「お前さん、ここらへんの子じゃねえな」

そのとき、いきなり自分の頭に暴風が吹いたような感じがした。ここは下町だ。どうしたんですか、なんて丁寧な言葉を使うのは、もっと上流階級の商人や貴族だ。

なぜそんな知識がなだれこんだのかは判らないが、慌てて言い直す。

「えーと。助けてくれたんだよね。ありがと。なんか、まだ頭がはっきりしなくってさ」

くだけた口調は、ハジャハジャ音がよけいにハジャハジャして聞こえる。

ちゃんと日本語で喋ってるつもりなのに、口が勝手に違うことを言ってる。たとえれば、こんにちは、と言おうとしてるのに、ハロー、と動くような。

なんすか、これ。自動翻訳？　言ったつもりのない音が自分の声として聞こえるのは、とても気持ちが悪かった。

男は、ぽんぽんと肩を叩《たた》いてくれ、

「わりぃけど、わし、これから行くとこがあんだよ。お前さんはもうちょっとここで休んでいけ」

と、身を離した。

残りの見物人もそれを契機に自分の用事に戻ってしまう。

あたし、どうなってんのよ、と乱暴な口調のまま考える。

いや、ほんとはなんとなく判っていた。

これ……異世界転生ってやつだ！

ガガーン。マンガやアニメだったら、背景が稲妻になるところ。

ほんとにあるんだな、異世界転生。少なくとも夢を見ている感じじゃないもんな。

前世の記憶はぼやけてしまって、自分が日本の二十一世紀人だということくらいしか判らない。年齢は、たぶん二十代後半。大事なのは、異世界転生だと判断するくらいには自分はオタクであり、その調子で性癖全開すると、ここはいわゆるナーロッパと呼ばれる「なんちゃって中世ヨーロッパ」だと予測できるのだった。

今の自分の手を見てみた。ほんとは鏡を探して顔を確かめたいところだ。手の甲、若いな。十代かな。若返るのは大歓迎だから、ラッキー。服は他の女性と同じシンプルなワンピースで、ボタンもなく、たぶん頭からズボッと被るタイプだ。臙脂《えんじ》色《いろ》なので目立たないが、あちこち汚れている。

前世で死んだ覚えはなかった。この身体で生まれ変わった経緯もまったく判らない。生まれた時から転生者でたったいま記憶が覚醒したのか、この身体を使っていた少女の魂を押し出すかつぶすかなんかして意識を乗っ取ってしまったのか。

なににせよ、自分が持っているオタク知識の定石に則っていることは確かだった。異世界転生では、主人公はすんなりとナーロッパの言語や生活に溶け込む。そうでないと、話を進める前に比較文化論文ができあがっちゃうもんね。

実際、中世ヨーロッパ的な衣服を着た人々の会話内容が判った。石畳の道路の向こう、大声で立ち話をしている女性たちは夕飯のジャガイモの話をしている。バチョングユリユーとかなんとか聞こえるのに、ジャガイモだと理解できるこの不思議。

しばらくぼんやり往来を眺めていたが、誰も自分に声をかけてこなかった。

と、いうことは、だ。少なくとも自分は超絶美人というわけではないのだ。道端に座り込んでいても普通な感じの、いわゆるモブ系なんだろう。極端にいい記憶や悪い記憶が浮かび上がってこないことからして、たぶん自分は平凡な前世を送ってきた。主人公格にはなれそうもない。どうせだったら伯爵令嬢とか、身分は低いけど第三王子に迫られるほどの美人、とかの設定がよかったのに。まあ、倒れてたら手を差し伸べてもらえるくらいのレベルがあるみたいだから、よしとするか。

　ぎゅるっとお腹が鳴った。腹ぺこだった。今だったら牛丼三杯いける。

　伯爵令嬢でも超絶美人でもないとすれば、なんとか生きるすべを探さなければならない。

　手荷物は何一つなかった。ポケットのようなものも服にはついていない。

　勢いよく立ち上がって、スカートのほこりを払った。

「まず、名前決めなきゃ」

　誰にも伝えない独り言は、ちゃんと日本語で耳に届く。へんなシステムだ。

　名前は、モブらしくありふれたやつがいい。

　そうだ。マリーなんかどうだろう。この世界ではどう発音されるか判らないけど、すごくよくある感じ、というように翻訳されると嬉しいな。

「時代からして、洗濯請け負いとか、メイドとか、給仕とかだよね」

　必須条件は、まかないつきで住み込み。とりあえずそれで様子をみることにしよう。

　心の中が、そわっと波立った。

　自分は、たぶん、うきうきしている。新しい世界で新しい自分になって。

　前世に親やきょうだいがいるとしても、今は毛ほども懐かしくならない。仕事もしてたかもしれないが、この解放感からすると、嫌々働いてたんじゃないかな。

「よし。気さくな居酒屋の給仕を狙おう」

声にすると、やっと笑顔が出てきた。

貼《は》り紙を見て一軒目に飛び込んだ店は、店主が好色で働くどころではなかった。挨拶代わりとばかりにお尻を触られた瞬間、キックをかましてすぐに飛び出し、二軒目にたどりつく。お願いすると、そこは両親と看板娘が切り盛りするアットホームな所で、すぐに馴染《なじ》むことができた。

客層は、近くの荒っぽい職人や肉体労働者で、自分の口調がどんどん悪くなっていくのが自覚できる。こんちくしょう、だの、なに言ってんだい、などという威勢のいい口調は、ハジャハジャどころかバッチャバッチャと水音のような発音となって唇からほとばしった。

ああ、なんか、心の中で考える言葉もどんどん悪くなっちまってる気がするぜ。でも、気分はすこぶるいいんだよな。冗談じゃねえよ、などと言って客、ここの俗語では「愛すべきトンチキ」、の背中をバシンと叩き、他のトンキチたちと大笑いすると、生きるエネルギーが充満していくのを感じられるってえもんだ。

この世界で必要な知識や固有名詞は、会話で必要になってくると、自然と頭に湧いてくる感じだった。町の名前はパッチャラド。王都の近くの港町だ。穏やかな商都といったところかな。派手な冒険者はほとんど来ない。つうか、ドラゴンや怪物はもちろんのこと、魔法もない。居酒屋の客たちが行ったこともない遠い遠い地には、一応、化け物や精霊がいるそうだけど、都市伝説みたいなもんかもしれない。酔っ払いオヤジたちの言葉を信じられるかってえの。せっかくの異世界なのに、なんてつまんないんだ。魔法が実在したってどうせモブには関係ないけど、ちょっとくらいは夢があってもいいのにさ。

港には、たまに商船や外国からの船が港に入る。商人たちは階級が上らしく、パッチャラドに住んでいる商人でさえ言語が違い、自分はまだ聞いたことはない。だって、商人たちってば、こんな下町の居酒屋には入ってこねえんだもん。お金持ってるからきちんとした料理店へ行くんだよね。そんなだから、もちろん外国人なんかまだ見たことない。もうちょっと慣れたら市場にでも行ってみたいな。どんな人たちなんだろ。

しかしまあ、同じパッチャラド民でも職分によって言葉が違うって、どうよ。差別？　仲間意識？　これが、身分がばっちり分かれた封建社会ってやつ？　けったくそ悪い。

日に日に荒れていく口調と考えが、なんか不安ではあったけど、慣れちまえばどうってことないと開き直った。だってさ、水鏡で見た自分の顔は、ほんとうにモブだったんだもん。可もなく不可もなく。そばかすの浮いた白人女性だ。しつこく思うのは、十代後半に若返ったのは、非常にラッキーだってこと。若いっていいよな。

が、腰が曲がってもまだ居酒屋で給仕をしているとは考えづらく、いい感じの伴侶を見つけてその人の家業を手伝うか何かしながら歳を取るのが、モブ的にはたぶん最上の人生だと思うんだ。

居酒屋の開け放った入り口に人影が射した。いらっしゃーい、という言葉の代わりに、「席、詰めてー。もっと詰めろー。新しい胃袋だーっ」

と、店内に叫ぶのがここでは常識となっている。

叫んだはいいが、先客たちが席を詰めてくれる動きがのろい。

妙な雰囲気に気が付いて改めて新客を見ると、その二人組は一見してすぐ商人だと判る上等な身なりをしていた。ご丁寧に首からはまっとうな商人の証《あかし》である木札まで提げている。

二人組は場違いを自覚していて、おずおずと入り口にいちばん近い卓についた。

黙ってメモが差し出される。アルファベットと楔《くさび》文字の中間のような庶民向けの文字で、意味はすぐ頭に入ってきた。

オブ・ハジャピャー。それと、一番安価な酒。

注文だ。しかも相当意地悪な。

厨房《ちゅうぼう》にオーダーをこのまま通そうか迷っていると、バッキリ固い感じのする言葉が聞こえた。

「なぜ、自分たちの持ち出しでこんなところに来なきゃいけないんだ」

「損をさせてしまったから、仕方ない。世の中はすべて金で動いてる。運命もな」

商人の言葉だ、と驚いた瞬間に、頭の中に暴風が吹いた。

おお、なんと。判っちゃうんだ。この人たちの言葉も。しかも無料で。自動翻訳のチート能力って、庶民語だけじゃないわけ？　異世界語だったらなんでも判るってこと？ほんと、これ、タダで手に入れていい力なの？

よし、と、さっそく能力の力試しをしてみることにした。渋い顔の二人の前で、まずはスカートの右側をつまむ。そして左側。両手で、胸、腰、太腿《ふともも》を叩いて、さっそく言ってみる。

「物を貨幣に、貨幣を物に。四方八方に幸せを」

ふたりの男はぽかんとこちらを見ていた。

商人の間で交わす、何も隠し事はしていないというジェスチャーと定形文の挨拶を、まさか居酒屋の給仕がするとは思っていなかったのだろう。

「我々の言葉が判るのかね」

「たぶん。そしてこの会話は無料です」

これも定形文だと頭に湧き上がった。商人はどうやら金銭に関わることを常にからめて語るようだ。というか、自分もさっきからそういう考えに毒されてしまっている。

ほっと息をついた彼らに、一応念を押してみる。

「ここにはオブ・ハジャピャーと書かれていますが、本当に対価を払ってこれを胃袋に入手したいのですか」

体格のいいほうの男が、困った顔をする。

「どういう料理だか判らないのだが、商売で損をしたので、食べてくるよう、罰を与えられたのだよ」

「じゃ、注文通しします。とってもおいしいんですよ」

「おいしい？　罰なのにか」

「材料が少々変わってるんです。でも味はお代金ぶん保証します。だから何も聞かずにフツーに食べれば、クリアできます」

クリアなんて言葉が通じるかどうか心配だったけど、大丈夫そうだった。

二人の男はすっかり信用してくれて、ゲテモノで有名なオブ・ハジャピャーを綺麗《きれい》にたいらげた。先客たちが、おおお、と感嘆の声を上げた時には、不安が甦ったようだったが。材料を耳にして吐き戻すんなら、店を出てからにしてもらいたい。もうお代はいただいたし、アフターサービスはなしだ。

ふたりは、嘔吐《おうと》することもなく上機嫌で帰っていく。「物を貨幣に、貨幣を物に。四方八方にお得な取り引きがあらんことを」と、決まり文句で見送ると、居酒屋の同年代の娘が、さっそく、なぜ商人言葉を使えるのかと訊《き》いてきた。本当のことを話しても納得してもらえるわけはないので、たまたまだよ、と誤魔化しておく。

その日の夜、もしもまた商人がやってきた場合に備え、彼らに対する歓迎の言葉と作法を彼女に教えた。住み込みで働かせてもらっているせめてものお礼だ。彼女にとって、商人の習慣は、存在を知ってはいるが初めて触れる異文化だった。「んなの、判るわけねえじゃん」「バッカみたい」「やっぱ、商人は金の亡者か。けっ」「うざってえな、もう」と悪態をつきながらも熱心に覚えようとする彼女に、自分は簡単に手に入れられる知識なのがなんか申し訳なくなった。

三日後、市場へ使いに行かせてもらうことにした。商人の言葉を知ってから、なんかすごく経済とか流通とか気になっちゃって。物の売買の現場も見とかないと、先々困るだろうしね。

庶民語と商人言葉の他に、上流階級や狩人が、違う言語を使う。他にもいろいろあるかもしれないが、居酒屋に関係ありそうなのはこんなもんだ。庶民の言葉と商人の言葉がすんなり自動翻訳されるということは、他の言語もオッケーかもしれない。市場なら人がたくさん集まるし、他の国の船が入港してれば外国人もいるだろう。別に全言語が理解できたとしてもモブの生活には役に立たないだろうけど、チート能力がどれほどのものかのテストのつもりだった。

市場に足を踏み入れた直後、思わず、

「うわー」

っと声が出てしまった。誰に聞かせるわけでもないので、日本語。とはいえ、感嘆詞なんてどんな言語でもそうそう変わり映えはしないだろうけど。

店先で野菜を運ぶ人の会話には、訛《なま》りがあった。大きな船道具屋が口にするのは、このあいだの商人たちに近い固い発音。もとは商人だったのかもしれない。ちょっとばかり高価そうな服を着たミドルティーンの令嬢は、わざと荒い言葉を話すのに苦労しているように感じる。片言もいいとこだし、恥ずかしさで顔が真っ赤だ。けど、貴族が庶民言葉を自分で話そうとするなんて、すごくすごく珍しいし、よほど好奇心があるんだろうから、そこんとこは評価したい。

陳列してある物はどれも珍しかった。ちょっとだけ残念なのは、ものすごく珍奇な道具であっても、何に使うかが自然と理解できてしまっていること。固有名詞と一緒に使い方まで得てしまうと、これは何だろう、という好奇心がうずかなくて困る。商人言葉を使える今では、物の高い安いも直感で判ってしまって、手に取って値踏みをする楽しみもない。

買ってくるように頼まれたジュピャーという鶏《とり》モドキは、羽をむしっただけのものをホイと渡されてしまった。厨房を見てたんでそんな予感はしてたんだけどね。包装代取られないから、まあいいや。ジュピャーの首を持ってぶらぶらさせながら、さらにあちこちの店先を覗《のぞ》いていると、さきほど顔を真っ赤にして頑張っていた令嬢がなにやら騒動に巻き込まれているのに出くわした。

激昂《げきこう》しているらしい相手が叫んでいる、キシャーッと鋭い音が含まれる言葉は初めてだった。聞いた途端、頭に暴風が突き抜けてくらくらする。

これ、外国語だ。隣国に位置する、ええと、ギルリャーと呼ぶ小国の言葉。

どんな人が喋っているのか見てみたくて、他の人を掻き分けて騒ぎの真ん中を目指した。見物、タダだし。

令嬢には劣るがそれ相応のきちんとした身なりの中年女性が相手だった。

「だからこれは大事なものなのっ！　お金なんかで譲れないわ！」

わあ、意味が判るからいいけど、これ、音だけ聴いたら金切《かなき》り声って感じ。

令嬢にはさっきは姿が見えなかったが連れがいたようで、軍装をした二人の男がかたわらにのっしりと立っている。令嬢は相手の女性が何を言っているのか理解できていないようで、笑顔のままひとつかみの銀貨を押し付けようとしていた。

「足りないとおっしゃるのでしたら、まだ宅に用意がございますのよ」

びゅっと頭に風が吹いた。彼女の発音はふわふわしてゆるいものだった。上流階級ってこんなふうに喋るんだね。あ、あの軍人さんは貴族の家の護衛か。藍色《あいいろ》であのデザインは、フルン子爵家っていうとこなんだ。へえ。

群がる下町っ子にとっては、両方とも意味不明の言葉だから仲裁のしようもない。

ギルリャーから来た女性は、手の中のものをぐっと握りしめてそれを令嬢から遠ざけた。

その動作を見た令嬢は、ぱっと目を輝かせて、いっそう銀貨を前に出してくる。

あー。これはまずい。文化の違いが誤解を招いてる。

「しつこいのよっ！」

キーッとした声を発して、ギルリャーの女が、伸ばされる令嬢の手をパンッとはらった。

色めき立つ護衛ふたり。令嬢を後ろにかばい、いまにも暴力で無礼への制裁を加えようとする。

人の輪が後ずさりで広がったところへ、仕方なく進み出た。

大きく息を吸ってから、言ってみる。

「あのー」まずは上流言葉で、挨拶の動作である爪先立ちを二回。

「あのー」続けてギルリャー語で言いながら、裸鶏を小脇に抱え直し、胸の前で指を組み合わせて、挨拶。

ギルリャーの女性に「私が説明してみます」と言ってから、子爵家一行に顔を向け、再び二度の爪先立ちをした。これが礼儀なのだ。

「子爵家の方々にお目にかかれたことを、天と地に感謝いたします。こちらの方のお国は、商都から遠うございまして、売買に慣れておられません。物を後ろ手にするのは値段をつり上げる意味ではなく、どうしてもお譲りできないからご勘弁を、という動作でございます」

なんとか申しあげられました。……あら、まあ。すごいわ。心の中の言葉まで丁寧になってしまいましたわ。

令嬢は目を丸く遊ばして、ふわんとした音を唇からこぼされました。

「まあ、そうですの？　わたくし、初めて知りました」

「ご存知なくても仕方のないことでございます。なかなかギルリャーの民はお見かけいたしませんから」

故国の固有名詞を耳にした中年女性は、彼女の土地の言葉で、

「何を話してるのよ！」

と、苛立《いらだ》ちを隠さない。

だから、説明してるんです、という言葉を呑《の》み込んで、丁寧に胸の前で指を組む。知らない言語で自分の話をされて、内容を心配する気持ちもお察しできますしね。

「こちらの皆様は、けして物品を奪う心づもりではありません。ここは市場。欲しいものは金銭を出せば手に入るところです。少々身分のある方々ですので、望む物はなんでも買えると思い込んでいらしたようですよ。大切な物を身の後ろに隠された動作も、商人たちの間ではさらに交渉を続けるジェスチャーですので、誤解されたのだと思います」

よし、ジェスチャーも通じた。ほっとする耳に、キャーキャー響く言語で、求められたブローチは自国での身分証明なので絶対に渡すわけにはいかない、と弁明が届く。

それを子爵側に伝えると、彼女はまた顔を赤くし、ほわーっと吐息のように呟《つぶや》いた。

「思い違いがあったようですわね。謝罪いたしますわ」

そして彼女は優雅に二度の爪先立ち。

「お嬢様は、天と地にかけて、謝られました」

解説してあげたら、ギルリャーの女性も表情がゆるむ。

ほっとした瞬間、左右から別言語で同時に、

「あなた、通弁ができるの？」「あなたは通訳なのですか？」

と、訊かれた。

「えっ、あっ、いや、そういうわけじゃ」

どちらの言葉で喋ろうか迷ったせいで、日本語が出てしまった。

二人がずいっとこちらへ踏み込む。

「今は、なんとおっしゃったのでしょう。不思議な韻律ですわ」「どこの国の人？」「商人との取り引きもできるのでしょうか。わたくし、よく騙《だま》されてしまいますのよ」「視察に来てるんだけど、どうにも様子がよく判らなくて困っててねえ」「お船に乗って遠くへ行かれたことはありまして？　きっとめずらかなお話をたくさんご存知なのでしょうね」

「いや、あの、その。し、失礼します」

鶏を脇に挟んだまま、急いで指を組み、跳び上がらんばかりに爪先立ちを二回した。

こんがらがって壊れたロボットみたいな動きになったが、もう知らない。走って逃げた。

このままここにいたら、ふたりはブローチではなくチート能力を持つこの身の取り合いをするに決まっている。

ひとつだけよかったのは、通訳という職業があるらしいと判ったこと。頭の片隅で、とても珍しいけれどね、という知識がぷつんと湧いた。ああ、だから子爵家ともあろう人なのに庶民語の通訳が付いていなかったのか。

通訳が珍しいとは、ますます貴重な能力ってわけだ。でも、自分は御免だった。人と人とを取り持つと、絶対にやっかいなことになる。前世がＯＬだったのか店員だったのか知らないが、心の奥底でものすごく警鐘が鳴っている。

見物人のなかに居酒屋の常連がいないことを願った。妙な噂《うわさ》が立つと面倒なことになりそうだから。モブはモブらしく、つましく楽しく人生を終えたい。


楽しく給仕生活を送れたのは一週間に満たなかった。

粗末な居酒屋の前に金色の四頭立て馬車が駐《と》められて、王族の使者が自分を迎えに来てしまったのだ。

先日の喧嘩《けんか》仲裁によって、あたしが翻訳チートだと貴族や王族に知れてしまった。商人ギルドも、他国との交易に必要不可欠とのことで居酒屋へ雇用人移管交渉に行く準備を進めており、その情報を耳にした王族が、商人風情に負けてはならじ、と、書面や手続きをぶっ飛ばして早々に手を打ったということらしい。

王族側は望んだことが必ずかなうものだと信じている。選択肢はないようだったので、しかたなく居酒屋の家族にお礼と別れを告げた。惜しい。本当に惜しい。このまま楽しく暮らしたかった。ほんと、責任がある仕事だけは勘弁してほしい。領地の交渉や宝石の取り引きに立ち会うよりも、軽口を叩きながら酒を運んでいるほうがどれほど幸せなことか。

王族のルールでは、男女相乗りも無作法にはあたらないので、この港町から他に三人を乗せた。ギルリャーの男が一人。この間ギルリャー語に触れたから、彼の馬鹿でかい帽子が船長独得のものだと判った。それと、やたらめったら金属の細工を身に付けた男、そしてその仲間らしい気の弱そうな少年。金属細工のお洒落《しゃれ》さんが、乗り込むときに「めんどくさ」と呟いたので、口の中に籠《こ》もるような言語がムムルという豊かな国のものであることが知れた。ムムルは金属加工に長《た》けた国で、周辺国の貨幣鋳造《ちゅうぞう》をも担っている。彼らの技術は外部に漏らされることはなく、専売特許的特権を持っているようだ。このふたりは、たぶん王族と貨幣鋳造の相談でもしにいくんだろう、と予測した。常識は流れ込むけど別に読心術が扱えるわけではない。ギルリャーの男の用事はさっぱり判らなかった。

ギルリャーとムムルの間では言葉が通じないので船長は黙っているが、同郷の二人は、たまにもごもごと不明瞭な発音で会話をする。

「めんどうだからな。ほんと、めんどうだから」

「商人が訳してくれるんですよね。だったら、言いたいこと言ってさっさと帰ろうよ」

「いや、商人だけじゃない。商人言葉を、さらに貴族の……なんてったっけ、宰相？とかいうのが、王族に伝えるんだ」

「うわ。俺ら、ただの貴族じゃなくて王様を相手にしなきゃいけねえのか。でもさ、なんで宰相とやらをはさむんだ。商人なら、ちっとは王族の言葉も使えるんじゃないの？」

「王様に直接伝えるには、もんのすごーく回りくどい儀礼が必要なんだって。礼儀がちゃんとしてないと、王様はめちゃくちゃバカにされてるみたいに思っちまうそうだ」

「うん、確かにめんどうだ」

あー、と思わず呆《あき》れ半分の相づちを打ちそうになった。

そうなんだよね。いくら翻訳がちゃんとしてても、相手先の文化というか習慣というか、そういうのが判ってないと、うまく気持ちが伝わらないんだよね。

自分は幸いにも言葉の理解に不可欠な一般常識まで一緒に知ることができてるから、居酒屋で商人をうまくあしらったり、ブローチ争奪戦の仲介ができたりしたわけで。礼儀を知らないときっと話すら聞いてもらえなかっただろう。

元の世界では、マスコミやネットがあったから、世界はそんなに遠くなかった。けどこのなんちゃってヨーロッパ中世時代相当では、国と国とは商人を介した取り引きくらいしか交流がなく、それぞれの国には歴史的な文化や習慣があるということすら判ってない。しかも同じ国でも身分や職域でさらに壁があるんだもんな。日本人がいきなりアフリカ大陸の人たちと交流するようなものだろう。日本語から英語に、英語からフランス語だかなんだかの公用語に、そこからその部族の言葉に。めんどう極まりない上に、その部族特有の礼儀作法があったりしたら、言葉だけでは不十分だ。ささっとそれなりの身振りで挨拶できて、すぱっと翻訳してもらえるのなら、通訳は喉の奥から手が出るほど欲しかろう。

要するに、自分はそのささっとすぱっとをこれからやらされるんだな。めんどうなのはこっちのほうだよ、と泣きたくなってくる。このまま一生、王族会見の同時通訳していくのか？　で、交渉がうまくいかなかったら、誤訳があったんじゃないかとか責められたりすんのか？　ああ、やだ。これなら、商人に与《くみ》して、船でいろんな国に連れ回されるほうがまだましだ。

すっかり自棄になってしまって、ふと、モブでもちょっと賭《かけ》に出てもいいかな、と思った。

遠慮がちに小さく手組みをしてみる。

ギルリャーの男は、その挨拶に、おや、というような顔でこちらに目をとめた。

「あの……。あたし、王様に会いに行くの、あんまり気が進まないんですけど、おたくの船に乗せてもらったりできませんか」

男は無表情に、

「お前がシャキシャーを助けた通弁か」

と、質問に質問で返した。シャキシャー？　あの女性の名前かな。

「ブローチの一件でしたら、そうですが」

　ムムルのふたりもこちらをじっと見つめている。居心地悪い。

「だとすると、我らの船に乗せてやることはできん。通弁は貴重だ。我らと共に来てほしいのは山々だが、この国との友好を続けなければならんでな」

　ああああああ、やっぱり。モブはモブなんだ。一発逆転、運命の転換、なんてできないんだ。

　銅の胸飾りをジャラリと鳴らして、ムムルの年若のほうがこちらに拳を突きつけた。指さす代わりだ。金属加工の現場では、指一本で指し示す方が危ないので。

「あんた、パッチャラドの人間だよな。下町の。通訳か？　俺の言葉、判るか」

「うん」

　年嵩《としかさ》の方がパンと手を叩いてから割って入った。

「だったら、さっきの聞いてたよな？　もし俺らの通訳をすることがあれば、連中に、鉄が冷めない速さで進めろと言ってやってくれ」

　あたしは、ごんごんと拳で膝を叩いて、無理、と伝えた。

「そんな権限あるわけないよ。あたしだってどうなるか判んないってのに」

「じゃあ、せめて、商人のとこの段取りだけ、お前が代われ。お前が直接宰相に言うんだ」

「なんで？」

「商人の通訳は信用ならん。前も知らない間に原料費を鞘《さや》抜《ぬ》きされてた」

少年のほうも、無念そうに、

「質の悪い原石を平気で納めてくるし。今度あんなことされたら、歪《ゆが》んだ貨幣ができちまう。信用問題だよ」

ギルリャーの男がくつくつと笑った。

「何をもぐもぐ言ってるかは知らんが、商人の悪口であることは察せられるな。あいつらは自分に都合のいいように訳す。だから私もこうやって、直接王を訪ねて貢ぎ物をしなければならない。やつらのせいで手間のかかることだ」

なるほど、ギルリャーの男は朝貢に行くのか。

事情が判ったので、おそるおそる訊いてみた。

「商人の通訳って、人数はどれくらいいるんです？　あたしをとっ捕まえないといけないくらいに少ないの？」

ギルリャーの男は、帽子の傾きを直しながら答えてくれた。

「とても少ない。しかも、喋れてせいぜい二種類だ。お前が通訳なら、どの言語でも判るというが、ほんとうにそんなことが」

ぴく、と眉が動いてしまった。

「どこの言葉でも判るってことを、どうしてあなたが知ってるの」

男は、甲高《かんだか》く、ききっと笑った。

「数年前、我が国で雇っていた通訳がそうだったからだ。昔のことを覚えていないかわりに、どこの言葉でも自由に操れた」

自分と同じように異世界転生者だったんだろうか。

「で、その人はどうなったの」

「二か月ほどで行方が判らなくなった。あちこちで聞き込んでみると、お前のような万能の通訳は、エルフがさらっていくということだ」

単語を拾ったのか、ムムルのふたりが、声を揃《そろ》えて「エルフ！」と言い、苦笑した。

「エルフなんているわけない。あれは神話だ。おおかた商人ギルドがさらっていったんだろう。お前もよく気を付けることだ。王宮で宰相にこきつかわれているほうがよほど安心かもしれんぞ」

あたしは商人生活のほうがましに思えるんだけど。と、言いかけたが、口をつぐんでおいた。どこでどう働くにせよ、もう通訳人生決められちゃったようなもんだし。モブには人生の選択肢なんてないんだよ。


王宮に着くと、王の前に行くんだからと、いきなり着替えさせられて、いきなり髪を結われた。そんなことしても美貌が輝くわけでなく、よって窮地を助ける青年貴族が出現するわけでなく、くすぐったそうな毛皮のマントを羽織《はお》った王がふんぞり返る前で、異言語伝言ゲームに強制参加させられた。長いこと苦労してたであろう商人言葉から王へ伝える役の老宰相が、目に見えてほっとしたのが、いまわしいやら可哀想やら。

王様に伝える言語自体は、以前知った貴族の言葉とさほど変わらない。めんどうなのは、王に対する儀礼だった。喋る前に複雑な動作を一分近くしなければならない。右に回るのは五代目の女王が右側にいた家臣の言で救われたから、とか、一文ごとに手をぱたぱたするのは六代目の王が背後に立つ敵を牽制したのを讃《たた》える仕草だとか、なんか王宮の歴史を見せつけるために全部ジェスチャーゲームのお題にされてる感じ。

言語はこちらの思考にまで影響を及ぼす。このまま上流の言葉を喋っていると、彼らの考え方や習慣が身についてしまって、どんどんそうすることがあたりまえみたいに思えてくる。

あたしは、自分の心の中までが宮廷文化に染まってしまわないよう、とてもとても気を付けた。だって「そうです」と伝えたいだけなのに、枕詞《まくらことば》や縁語、遠回しの畏敬表現などがあいまって、三十秒近くかかるのだ。心理的な距離を、言葉と意味の距離に置き換えるようなこの体系が、まさしく貴族言葉だった。脳内言語まで下手に影響されたら、ドレスが重い、と感じるだけで小一時間かかってしまうかもしれない。

王族の言葉でものを考えそうになるのに、あたしはすごく抗《あらが》った。こちらの苦労も知らず、馬車に一緒に乗ってきたムムル人は、さっき言ったことをうまく伝えといてくれよな、みたいな言い方で商人をすっ飛ばしてこっちに投げっぱにするし、貢ぎ物を積み上げたギルリャーのボスは、俺は喋れん、と開き直ってよしなにとりなすよう圧をかけてくるし。なんでただの通訳がそこまでしなきゃなんないわけ？

その後にも商人ギルドが大勢押しかけて、取り引きに関する陳情が五件、宝飾品売り込みが十二件。初日なのに働きすぎ。くるくる回って眩暈《めまい》がするし、手首も痛く、スクワットもやりすぎで筋肉痛、顔の表情筋は固まり、もういい加減にしてほしかった。

それでも、会話に参加していると影響がまったくないというわけにはいかず、夕刻、ようやく解放された時には、心身共に疲れ果ててしまっておりました。疲れすぎて、貴族言葉に抵抗する気力も薄れてしまったほどですの。頭で考えるだけでしたら、ジェスチャーは必要ございませんし、もうどうにでもなさって、という気分ですわね。

ご下賜《かし》いただいたお部屋へ入りますと、これはまあ、たいそう立派なところでございましたわ。大きな窓、大きなベッド、大きな机、大きなクローゼット。食事の後には湯《ゆ》浴《あ》みの時間も取られていて、召使いが身体を洗ってくれるそうでございます。ここまで豪華で豊かな環境に、いざ、我が身を置いてみますれば、下町の暮らしはいかに乱暴で粗雑であったかが身に沁《し》みます。そう感じてしまうことこそが、貴族の考えに影響されている証左かとも存じますが、このまま安楽な貴族生活を続けるのもよいではないかとすら思えてまいります。王宮のご厚情に深く感謝いたしますわ。

ドレスの中のパニエを肌身から外してベッドに横たわっておりますと、お夕食と一緒に王の間にいた宰相がわざわざお出ましになりました。

「お食事中失礼いたします」と、その意味を伝えるだけでも二分以上かかる所作をこなされます。

椅子《いす》をお勧めいたしましたがお座りにならないので、わたくしは横目で冷えていく料理を見ながら話を聞くこととあいなりました。

宰相がおっしゃるには、これまでこんなに優秀な通訳に出会ったことがない、とのこと。今の王になってから二人、記憶をなくしているという万能通訳を召し出すことができたが、一人は敬語表現がほとんどできなかったとご教示くださいました。もう一人はまずまずの敬意を伝える能力があったのですが、あっという間にエルフにさらわれたと、恐懼《きょうく》を抱くようなことをおっしゃいます。

「エルフというのは、本当に存在するのでしょうか」

と、僭越《せんえつ》ながら質問をしてみました。宰相はゆるく首を横にお振りになりました。

「判りません。怪しいのは商人ですが――」

宰相はたっぷり三分はかかる、言いにくいけど申しあげます、の動作をなさり、ひそやかな声をお遣いになります。

「エルフが通訳をさらう、というのも、商人がそう申しているだけなのでございます。しかし我々は、恥ずかしながら商人たちに頭が上がりませぬ。神とエルフが求めていると言われれば、優秀な通訳であっても彼らに差し出すしかないのでございます」

「神様とおっしゃいましたか？　エルフすら実在するか判断できないのに、神をお信じになるのですか」

「我々もどうかと思ってはおりますが、商人たちは、神の作であるというこの世のものとは思われない美しい絵画を持参するのです。それらを王や貴族たちがこぞって所望いたしますので、商人をそれ以上問い詰めることはできかねます」

「商人たちが機嫌を損ねると絵画をお求めになることがかなわなくなるということでございますね。よほど素晴らしい絵画なのでしょうか。わたくしも拝見したいものです」

わたくしの中には、前世で学んだなけなしの美術の知識が存在いたします。それを総動員すれば、画材とか画風とか、神の創作であるかどうかの真偽を判断できるかも、などと浅薄ながら考えたのでございます。洋画しかご存知ないかたがたが日本画や水墨画に驚いたように、階級に区切られた見識の狭い人々が、単なる他国の画風を神のものであるかのように謀《たばか》られている可能性があるように思います。そのようにして商人は貴族階級を謀り、商取引に必要な通訳を独り占めしているのかもしれません。

宰相様は、さらに一分間の、勧誘の動作を舞われました。

「今からでよろしければ、展示室にご案内いたします。お食事はのちほど温め直させましょう」

このように身分の高い方からご厚誼《こうぎ》をたまわっては、お断りするわけにはまいりませんので、礼を尽くして付き従いました。

長い廊下をしばらく進みますと、重々しい木彫の扉のある部屋へ到着いたします。

宰相様が警備の方々にお口添えくださいまして、おそれながら中へ入ることができました。

部屋の奥の壁、臙脂の緞帳《どんちょう》がするすると開き、その瞬間、わたくしは日本語で我知らず叫んでしまったのでございます。

「なんすか、これーっ！」

あっという間に、頭の中が普段の自分に切り替わった。

それぐらいの衝撃だった。

豪勢な額に入れられているのは、デフォルメが尋常でない半裸の少女。顔の半分ほども目の大きさがある。鼻の穴は描かれてない。ギリシャふうのドレープを申し訳程度に白い肌に流し、もちろん超巨乳だ。バストとか太腿とかには、プリンプリンした質感を表すために嘘影《ウソカゲ》とハイライトの白が輝いている。

オタク絵じゃないかーっ！

まごうことなくオタクの手によるマンガチックな美少女だ。耳がちょっと尖《とが》っている。もしかしてこれがエルフが関係するって誤解になったのかも。

その横には、すこし小ぶりな絵がやはり金ぴかの額に入れられていて、そっちはネコミミの獣人だった。やたらと媚《こ》びたポーズ。尻尾《しっぽ》のくねりがあからさまにエロい。

頭を抱えそうになるのを、ぐっとこらえた。

確かにナーロッパ世界からすると、人知を超えた画風であり、強烈なカルチャーショックに違いない。

うん。神の正体ってのが、判った気がする。

神様ってのは、二重の意味で自分のお仲間だ。間違いない。同好の士で絵の描けるやつが異世界転生して、なんの拍子か祭り上げられているのだ。

せっかく自分自身の性格に立ち戻れたんだけど、苦労してまた上品ぶる。

「わたくし、神は実在する、と、たった今、啓示を受けました。いずれ神の御前にゆかねばなりませぬ。どうか、王様や宰相様、それをお引き留めになりませんように。伏してお願い申しあげます」

ああ、うざったい。「さらわれてもほっといて」を言うだけでこの分量とは。宮廷言葉にあてられて、ほんのひとときでも、優雅で豊かな生活もいいかなんて感じてしまった自分に腹が立つ。私はとことん自分で好きに動くタイプのモブであって、退屈な貴族様なんかにゃなれないんだよ。ああよかった。オタク絵のおかげでやっと自分が取り戻せた。

しかしこの神様、こちとら窮屈な目に遭ってるってのに、煩悩のままに絵を描き、しかも文字通りの「神絵師」としてのうのうと敬われているなんて、うらやましいにもほどがある。どうしてそんな身分になったのか、本人をとっ捕まえて事情を聞かずにはいらりょうか。

商人でもエルフでもなんでもいいから、早く私をここから連れ出してくれ。金ならいくらでも出す！　あ、持ってないか。ドレスと装飾品なら全部渡すからさ。

そこからはけっこうな戦いだった。

戦いというのは、王に気に入られたのか生活がどんどん派手になることに、慣れないように慣れないようにと気を付けることだった。異世界モブの立場は嫌いではないが、それは誰の目にも留まらないから好き勝手していいということであって、周りの事情に自分を合わせる窮屈さだけは我慢ならなかった。うん、私、前世ではヤなタイプのオタクだったかもしれん。もしくは正反対に、以前には鬱屈《うっくつ》しまくっていたから、新しい人生を得て、今度こそは、と、こんな考えになったとか。

王宮の翻訳って、なんというか、無力感というか。伝書鳩？　ロボット？

そんなの、異世界転生して心機一転やり直しする意味ないじゃん。

だから、半月ほど過ぎた夜、窓から身の軽い黒ずくめの男が三人忍び込んできたときには、

「遅い！　時は金なりって言うでしょ！」

と、のっけから商人言葉でどなりつけてしまった。

思いもよらないこっちの態度にあわあわする三人をひと睨《にら》みして、

「事情はだいたい知ってる。あんたたち、商人でしょ。氷を買うより早く連れていきなさい」

モブだけど、ここだけは命令させてもらう。人生かかってるからね。

協力的すぎるターゲットを持て余した三人は、なんかおどおどしながら、それでも二

日たっぷりかけて馬車を走らせた。

　到着したのは森の小径《こみち》をうんと奥に進んだところにひっそりと建つ、小さな館。壁は豪奢《ごうしゃ》な白い石だが、外観からすると部屋数はせいぜい五つといったところ。

　黒服の三人は、

「では、今回もエルフにさらわれたということで、無料で広めておきますんで」

と、商人根性丸出しで言い置いて、さっさと帰ってしまった。

というこことで、なんて言い回しをするんだから、やはりエルフはいないんだな。だったら、中にいるのは——。

　重い扉を開いた。

「やっぱり！」

日本語で言って、ガッツポーズをする。

がちゃがちゃに散らかった居間では、ふたりの人間があっけに取られた顔でこちらを振り返っていた。

ひとりは、大きな木の板に、いままさにオタク絵を描いている茶色の髪の少年。うわ、おケツ丸出しのエルフじゃん。もうひとりは、大量の書類を手の届く範囲に丸く広げて床に陣取っている赤毛。こちらは三十代に手が届くかどうかという年頃だ。

　赤毛のほうが床から腰を浮かせた。

「日本語……。転生者か」

懐かしい音韻に、思わずサムズアップしてしまった。

「イエース、日本語。転生者」

絵を描いていた若いのが、パレットを置いて近づいてきた。

「いい身なりだな。王宮へ召されてた？」

「その通り。あなたも行ってた？　もしかして、数週間でいなくなった通訳って、あなたのこと？」

「いや、一番最近だと、こいつのことだろう。なあ、ルイ」

「一番最近って……」

私は部屋の中を見回した。散乱した書類と描きかけの絵、大きな丸テーブルの上には飲み食いの皿や杯がそのまま置かれている。他に人はいなかった。

「ふたり以外にも転生者がいたってこと？」

赤毛のほうも近づいてきて、口を挟んだ。

「いたっていうか、いる。僕たちが知ってるだけで八人。全員日本人だよ。あとの連中は、もうこんな生活は飽きた、とか言って、出てった。商人ギルドに入り直したり、街のほうでうまく暮らしてんじゃないかな」

「あのう。神様って、飽きたらやめられるもんなんだ？」

赤毛は軽く目を見開いた。

「あんた、僕たちが神様扱いされてるって知ってるんだ。話が早くて助かる。とりま、座って、座って。あっ、アレクは絵の具が乾いちゃうからまだ手が離せそうにないけど」

　言いながら、彼はテーブルの上を片付けはじめた。

　比較的几帳面《きちょうめん》な赤毛は、ルイと名乗っている。若い絵描きのほうがアレク。

　事情は、おおかた私の予想通りだった。

　元々は日本人で、こっちに来た瞬間に異世界転生だって判っちゃう程度にはオタク味があって、多言語自動翻訳チート能力がだんだんバレて、商人ギルドか王宮に便利に使われる……というお決まりのコース。

　アレクは若いなりなのにかなり以前からここに住まうベテランだそうだ。体感では三年ぐらいらしい。彼は商人ギルドコースで、隊商について各国を機嫌よく渡り歩いていたが、手慰みに描いていた絵を面白がられ、高額商品に。希少性を保つためにこの館で「神様作」の絵を描かされる羽目になり、けども食料などの生活用品は商人たちが差し入れてくれるから、退屈だなあと思いながらだらだらしているとか。こいつ、前世では絶対自宅警備員だったよね。

　ルイは王宮コースだった。私とは違って、転生だと判った瞬間、自分は主人公だ、有名な騎士か王か冒険者か魔術師か魔王かになる！　と思い込んで、ルイという大層な名を名乗った。主人公気質なので、やっかいごとに自ら飛び込んで名を上げ、王宮に連れて行かれたまではよかったが、やることは通訳。身分階級引き上げナシ、下剋上《げこくじょう》ナシ、戦《いくさ》がないから功績もナシ。じゃあ儲《もう》けるか、と、商人と結託したはいいけれど王族に気付かれ、アワを食った商人が、エルフにさらわれた、と一芝居打つ体《てい》で、ここに連れてこられた。広げている書類は、商人が王宮から言葉巧みに持ち出した古文書らしい。

「まだエルフがいた頃……というか、そういう時代設定の記録なんだけど、貴族言葉とはだいぶ違うんだよ。解読できたら魔術が使えるようになるんじゃないか、って期待されてる」

魔術と聞いてそわっとした。

「で、どうなの」

ルイは、うーん、と唸《うな》って情けない顔をした。

「その時代の言葉を耳にしたわけじゃないから、すんなりとは読めないんだ。それに、あんたもあそこにいたんなら判るだろうけど、どうでもいいことが山ほど書いてあって、はっきし言ってとんでもなく邪魔臭い。かれこれ半年あまりも読んでるけど、読んでも読んでも、記録をはじめるぞー、って前置きでねえ。まだ、エルフのエの字も出てこない」

「うわあ、そりゃあ、つらかろう」

口を開く前にグルグル踊らされた悪夢が甦りそうだった。

一段落付いたアレクが、テーブルまで来て、ずいっと人差し指を突き出した。

「で、あんた、なんだっけ。マリー？　マリア？　なんでもいいや。絵は描けんの？」

「多分だめ。記憶にないし、描きたいとも思わない」

その彼を、ルイが肘でおしのけた。マンガみたいなことする人たちだな。

「じゃあじゃあ、文字読んだり書いたりするの、好き？　僕と一緒に解読やる？」

「できなくないけど……。なんか違う。すぐ飽きそう。目の前にある文章を逐一訳すだけっていう根性はないな」

「じゃあじゃあ、自分で創るってのは？　文字書き、創作系」

「どうだろ。モデルとかキャラがあるんならともかく、まったくの創作系は無理だと思う」

ふたりが、ふぃーっ、と吐息をついた。

「特技なしか。だったら、商人ンとこへ戻されて、当初の予定通りの通訳させられるかもな。ここは要するに、エルフが神のために作った工房的なやつで、なにか作ったり研究したりできないと、エルフ役の商人たちは儲けられなくてブチ切れる」

「私は旅行できるんなら商人ンとこでもでもいいんだけど。実際、そうやって通訳に戻された人、いるの？」

「ふたりくらいそうだったってさ。ま、なんつっても便利だから、そう悪い待遇は受けないって聞いてるよ」

「ほんと、僕たち、日本人のオタクでよかったよねえ。ツブシが効くっていうのは、いいよ」

ルイの感慨に、疑問が湧いた。

「その理由を聞いても？」

「古文書読んでて考えついたんだけど、万能通訳って日本語使いにぴったりだよ。だって、日本人、敬語得意でしょ。得意じゃなくても、ややこしいのを一応使ったりできるわけじゃん。仮に、アメリカとかブラジルとか他の国の人たちがこっちに飛ばされてきたとしても、僕たちほど繊細な表敬表現って難しいと思うんだよね。もし転生してても、貴族とか王族とかの敬意表現が理解しきれなくて、一般人として暮らしてる可能性が高い」

「俺、外国周ってたから判るんだけどさ。相手を上げたりこっちを下げたりするこのややこしい言い回しは日本人にしか通じねえよな、ってことが多々あったんだよ」

なるほど。異世界転生を悩みなく受け入れられるオタク基盤と、日本人独特の言語体系、その両方を持つ人物が結果的に選抜されて、神様になってるってわけか。

「ありがと。様子はだいたい判った。せっかく会ったけど、どうやら私は商人の通訳に逆戻りみたいね」

「エルフ役が持ってくる食料の補充は、二週間先だよ。でね――」

「その間に、だ――」

テーブルを挟んでぬいっと迫ったふたりは、一拍の間を置いてから、怒濤《どとう》のように訊いた。

「飛ばされる前の最新アニメの話、できない？」「マンガは？　ゲーム、やる？　タイトル、なんか覚えてる？」「どんなの流行ってるの」「丸チョンでいいから、キャラ描いてみてよ」「エルフ人気、続いてる?」

「いやいや、落ち着いて」私は慌ててばたばた手を振った。「ごめん、具体的なものは何にも覚えてない。家族のことも忘れてるのに、オタクコンテンツのタイトルがすらすら出てきたら、いくらなんでも親不孝すぎるでしょうが」

空気が抜けたように、ふたりはテーブルの上にへばった。

「やっぱりなあ」

「もう、だめ。ガス欠。燃料がない。仕事したくない」

そのとき、私はようやく腑《ふ》に落ちた。

オタクが一番怖れるのは、燃料、つまり推《お》したり萌《も》えたりできる題材の枯渇だ。ここには、連載漫画の続きも、新しいアニメも、映画も、ゲームも、ない。彼らにとっては地獄だ。情報干され地獄。そりゃあ神様役だって飽きてくるだろう。

「おい、ルイ。どうする。いっそ三人とも商人たちに投降して、他の国見る旅にでも出るか。ここに閉じこもってるよりは、目新しいものが見られるぞ」

「無理。僕、船酔いするんだ。こっち来ても治ってない」

「陸路だけ選ぶとか」

「無理。僕、馬車に乗ると、すぐお尻痛くなるから。アレクは行っていいよ。僕は、この古文書、もうちょっと頑張ってみたいし」

アレクはがしゃがしゃと茶色の髪を掻きむしった。

「そんなら別にいいや。知ってるだろうが、オタクの本性は共通言語でわっと盛り上がることだ。お前さんとオタ話してたらガス抜きになるけど、普通の旅はそんなに魅力ないよ。やっと先代絵師の画風を求められなくなったんだから、エルフたんを好きに描いてやる」

「先代絵師って、もしかして、王宮にあったケモミミの?」

こっくりとアレフがうなずいた。

「ネコミミついてたら、間違いなく先代の作。新しい絵師が来たから自分はもういいよね、って、出ていった。チートスキル隠して、狩人ギルドで剝製《はくせい》職人になりたいって言ってたなあ」

「それは……かなり本気のケモナーだったのね。あたし、ちょっと勘弁だわあ」

本気のケモナーという言葉には、性的な嗜好《しこう》も含まれる。それがすんなり通じ、ふたりともくぐもった笑い声をたてた。

そうそう、これよ、これ。ああ、オタク用語がドストレートに伝わる素晴らしさよ。商人ンとこに戻るしかないとは言ったけど、あたしだってやっぱりオタ話はしたい。このまま食うに困らないここにいて、あれこれ好き勝手言いながら楽しく過ごしたい。けどなあ、あたし、絵も小説も駄目だしなあ。なんかこう、オタク的発信欲はあるんだけど、神様扱いしてもらうだけのなにができるかというと……。

私の頭の中に、のたりのたりと何か霧のようなものがたゆたっていた。

通訳の体験、文化の差、同族とは通じる言葉と常識。商品化、商人と持ちつ持たれつの真実。

「そうだ！」

テーブルをぶっ叩いて立ち上がった私を、ふたりが唖然《あぜん》として見上げる。

「聖書作ろう！」

唖然の「あ」の口がさらに開き、愕然《がくぜん》って感じになった。次の瞬間、

「はあぁぁ？」

と、語尾を上げる定番の返しが聴けて、やっぱ、オタク文化を共有するっていいな、と感慨深くなった。

まず準備。補給物資を持ってきたエルフ役商人たちに、我ら三柱の神は文書を手渡した。

「木版、知ってます？　銅版とか石版印刷はまだ知らないでしょ。ムムルの人たちが金属原版作れるように、ここ、手引き書を作っといたから。絵も入ってて判りやすいはず。この文書を、できるだけ広く頒布してください。無料で」

異世界転生したオタク仲間が判ればいいんで、文書は日本語。商人たちには読めない。これはなんですかと訊かれたので、うっかり告知ペーパーと言いそうになるのをこらえ、神の宣託書です、とかなんとか誤魔化す。せっかくなんで、ちょっと重みをつけて「こ

れは神々の文字です」と付け足すと、商人たちは急に恭《うやうや》しい態度になり、文書を押し頂くようにして街へ帰っていった。

とりま、彼らに渡した本文はこうだ。

——聖書、作ります！

(1)日常の注意事項やモラル

(2)他民族文化の紹介と、それをお互いに尊重するようにという注意

●海外渡航、他民族交流のある人、経験をぜひお寄せください

●イラスト入りで判りやすく！　モノクロ。効果やアミカケは手書きで。絵心のある人はエルフの館へ戻ってください

●妄想ＯＫ。垂れ流し具合や整合性は会議にて決定

●いわゆるアンソロですので、お気軽に！

★木版、銅版、石版、使用予定。技術指導者大募集

★その他の科学知識を持ってる人には、別途、歴史的お仕事あり！

持ってきてもらったばっかりの葡萄酒《ぶどうしゅ》を飲みながら、アレクとルイに改めて確認をする。

「第一弾は短く、十戒《じっかい》みたいなのでいいと思うんだ。あ、イラストはちゃんと付ける。

まず人目を引かなきゃならないからね。エチエチなやつ、荘厳なやつ、怖いやつ、どれでいくかはアレクに任せるよ。そして、わあ神様が御本を、てな感じで温まったところで、第二弾をガツンと」

「いや、それ、聖書なの？」アレクが嫌な笑い方をする。

「そだよ。まずはばっちり教訓。ワガママはだめ、とか、衛生に気を付けよう、とか、そんなののほうがストレートだし、こればっかりは神様くらい上から目線でないと言えないよ」

「戒律はともかく、第二弾のほうは旅行記じゃね？」

私は、判ってないな、と思いながら肩をすくめた。

「いいじゃん。外国の風習や暮らしやらを紹介しながらの身近な例で、モラルと文化交流をいっぺんに伝えるんだよ。ご当地物プラス道徳の教科書って感じかな。そんなの、多言語自動翻訳能力があって、この世界への影響力も抜群な神様にしか書けないよね。創作意欲を満たしながら世界改革っての？　しばらくはこの小屋に引き籠もってても退屈しなくてすむよ。大事なのはどうやったら我々オタクが楽しく生きられるか、だよ」

「確かに、オタにとって最大の敵は退屈だけども」

「かなり長く楽しめそうだね」ルイはずっと書面と格闘していたためか、前のめりだ。

「聖書も神々の日本語で書くわけでしょ。日本語から商人言葉へは、僕たちでやらないといけないね。で、他の民族への翻訳は商人たちにしてもらうってことでいい？」

「うん。いまのところはそうするしかない。いずれは商人たちに限らずこの世界出身の翻訳者も根本的に増やしたいけど」

「学校作るってことか」

「急には無理。先生の人数足りない。でも、聖書を読もうと思う人たちは、頑張って勉強するよ。ほら、海外アイドルが好きになったらその国の言葉を習得しようとしちゃうのが、探究者の熱量ってもんじゃない」

「こっちにもオタク気質なヤツがいると踏んでのことだな」

「そそ。絵で釣って、読みたいと思わせたら、けっこうスムーズに行くと思うんだ。それに、商人はあちこちで売るためにもっと翻訳を頑張るだろうし」

「聖書、売るんかい。宿屋とかに据え置きじゃねえのかよ」

「お金を絡めないと、商人は動かせないからねえ。きっと面白がってくれるよ。どっちかに合わせるんじゃなくてお互いの文化を尊重しましょう、てな、エピも工夫して盛りにしなきゃね。オブ・ハジャピャー、材料さえ知らないままなら、貴族もおいしく食べられると思う。貴族の長ったらし挨拶は、他の人が退屈するって判ったら、いずれ自主的に省略してくれるかもしんない。そだ。異文化交流なんだから、異種族恋愛なんか入れるといいかも。そこんとこは妄想垂れ流しでいいと思う」

まったく知らないところには行く勇気がない。けれどちょっと情報を得たところは実際に見てみたいし、珍しい物は欲しいと思うのが人情だ。商人たちには旅行業者という観念を授けておこう。そうすればきっと、物も人ももっともっと交流が進む。

翻訳者の数を増やすのには、みっつ、理由があった。もちろんマルチリンガルが王族や商人たちに忙殺されないため。もうひとつは、翻訳者養成のアカデミー的なものに集まる賢い人たちをそそのかして、ここはいっちょ科学を発展させちゃおうかな、って。

異世界転生者にモノホンの科学者がいるかどうかは判らない。こっちだって専門的なことを教えられる人は今のところいない。けど、人間は、概念さえ打ち立てればなんとか工夫して日々に活かそうとする本能があると思ってる。

「たとえばさ、フレミングの右手だか左手だか、あたしはもう忘れてる。だからまず、雷も静電気も、電気ってものだよ、と、神からのヒントをばらまくわけ。元の世界でも、古代に電池みたいなのがあったって話あるじゃん。ここの人たちにそれができないわけはないよね」

ルイが、急にオタク特有の早口で割って入る。

「バグダッド電池のことだろ。鉄の棒と銅のシートと、何かの酸を使ったっていう、土器の遺物。でもあれは電池確定じゃないんだよ。巻物の保存容器説もある。それより、古代ギリシャでは電気エイを治療に使ったらしくて」

「はいはい、そういうのも原稿にするか実地で話すかしようよ。んで、ここなりに近代科学目指してもらおう」

アレクが、ものすごく深いため息をついた。

「パソコンまでどれぐらいかかるんだ……。もう絵の具使うの、かったるくてやってらんないんだけど。乗算とかスクリーンとかの光学合成使って、透明感のある絵を描きてえ」

「気持ちは判るけど、アレクには別の方向で頑張ってもらわないと。オタク絵、いまにこっちの人たちが描く贋作《がんさく》とか似たテイストの別の絵とかが出てくるかもよ。次の手法も考えとかないと、神様のお作はサイコーっていう希少性がヤバい」

彼は、ああ、確かに、と呟いてすっかり落ち込んでしまった。ので、助け船を出しておく。

「その土地土地の民族衣装のアレンジなんか、いけるんじゃない？　まだ見ぬ国の言葉や文化を紹介するとこの挿絵で、ここではこんなの着てる美少女や美青年が、って、ちょい盛る方向でやれば、まだまだ需要はあるよ。ご当地の人たちにもそんなアレンジは新鮮だろうし」

アレクは、ちろん、と上目遣いでこちらをうかがった。

「それに使うキャラ、エルフあり？」

「あり。妄想歓迎って言ったじゃん」

「ケモミミあり？」

「あり。先代絵師様にパク認定されないんなら。希少性のあたりは、あたし、王宮にいたからなんか裏工作考えるわ。商人との交渉も、よかったらまかせて。神様のすごさについて、あることないこと、ないことないこと、吹き込んどく」

アレクは、くくっと笑って、「おぬし、策士よのぉ」とふざけた。

「言い忘れてたけど、翻訳者の数を増やすみっつめの理由。ルイの古文書解読を手伝わせる。貴族や王族の言葉と似てるから、そこいらへんの暇そうなのをとっ捕まえて、神の思《おぼ》し召《め》し、とかでやってもらおうよ」

「なんでそこまで」

「あたし、やっぱりこの世界には魔法があってほしいんだよ」

言い放つと、二人揃って、へっ、という間抜け面になった。

「一億分の一でも、魔法があったら、超ラッキーだと思わない？　神様としての威光も高められるよ。第一、あったほうが断然楽しいよ。論理とか科学常識とかぶっ飛ばすナニカが目の前に現れるのを想像したら、ぞくぞくしない？　〈プロジェクト・聖書〉で、文化交流や教育を押し上げるのは、策士としてはまだ常識のうち。でも、魔法は違う。何が起こるか判んない。いくらあたしがモブキャラだって、異世界転生した醍醐味《だいごみ》ぐらい求めていいでしょ」

アレクが、思いっきり苦笑した。

「世界改革を計画するなんて、とっくにモブの仕事じゃないぜ」

ルイも、うん、とうなずく。

「僕たちのうちで、一番神様っぽいよね」

「むしろ魔王じゃね？」

私は、机をぶっ叩いて立ち上がった。

「それ、採用！　敵対勢力がいたほうが、人々は神の言うことを聞きやすい。飴《あめ》と鞭《むち》が揃う。あたし、魔王役！　普段は神々のために人間と交渉したりしてるけど、しかしてその実態は、世界を裏から操る魔王！　決まり！　かっこいい！」

「……それ、設定はいいけどバレないようにしないと処刑されるよ。中世だし。火あぶり、磔《はりつけ》、ありかもよ」

「あっ、そこんとこも聖書でなんらかの防護策書いとかなきゃ」

「ほんと、なんでもありだな」

ついにアレクが声を出して笑った。

楽しい。

計画はすべてうまくいくわけじゃないだろう。けど、自分たちはきっと死ぬまで楽しい。情報を得て、創作を載っけて再発信して、匂わせなヒントもばらまいて、それをみんなに喜んでもらえるなんて。

あたしは、オタクだ。情報にときめいて発信するタイプのアクティブオタクだ。きっと前世でも、そうであったか、あるいはそうできなくて悶々としていたか、なんだ。

要するに、異世界転生しても、どんなに異文化に影響を受けても、あたし、やりたいことは変わってない。

ここで、神は、いや、魔王は、オタクの本懐を遂げるのだ。

ヒュブリスの船

斜線堂有紀

名探偵が殺人事件の犯人を指摘した直後、
犯行前の夕刻に時間が戻った。神の意思なのか？

異世界転生に続いて、本作では時間ループが描かれる。舞台は瀬戸内海をめぐる定員十八名の小型観光船。乗客は八人。十一月二十一日十八時三十六分、〝名探偵〟が殺人事件の〝犯人〟を指摘した直後、時は二十四時間前――十一月二十日十八時三十六分に戻る。彼らは同じ二十四時間をくりかえす〝時間の檻《おり》〟に閉じ込められてしまったのか……。題名のヒュブリス（Hubris）は、ギリシャ語に由来する単語で、「（神々に対する）不遜」「傲慢」「うぬぼれ」などを意味する。

斜線堂有紀（しゃせんどう・ゆうき）は、一九九三年生まれ。上智大学在学中の二〇一六年十月、第23回電撃小説大賞・メディアワークス文庫賞を受賞し、『キネマ探偵カレイドミステリー』で作家デビュー。同作の続編二冊のほか、『私が大好きな小説家を殺すまで』、『夏の終わりに君が死ねば完璧だったから』『恋に至る病』、《死体埋め部》シリーズ、『ゴールデンタイムの消費期限』『廃遊園地の殺人』『愛じゃないならこれは何』など著書多数。二〇年、テッド・チャンの短編「地獄とは神の不在なり」にインスパイアされた長編『楽園とは探偵の不在なり』でＳＦ読者から注目を集める。二三年三月、「骨刻」「不滅」「ＢＴＴＦ葬送」など全六編を収める初のＳＦ短編集『回樹』を早川書房から刊行。その他、『蠱惑の本　異形コレクションL』掲載の「本の背骨が最後に残る」は、本が紙ではなく人間に記録される国を舞台にした特殊設定ミステリ（『ベストＳＦ２０２１』に再録）。改変歴史ＳＦアンソロジー『ｉｆの世界線』収録の「一一六二年のlovin' life」は、和歌に詠訳（英訳）を添えることが必須になった平安末期の話。

十一月二十一日十八時二十三分、小型客船カルミナ・ブラーナ号の甲板では灘嶺到《なだみねいたる》という名の医師が悟堂遵《ごどうじゅん》という名の男を船内で起きた連続殺人事件の犯人だと指摘していた。

「以上の理由から、阿多瀬《あだせ》さんと西添《にしぞえ》さんを殺した犯人は悟堂さんです。反論はありますか」

名指しされた悟堂はじっと冷たい眼差しで灘嶺のことを見つめると、そのまま薄く微笑《ほほえ》んでみせた。

「いいや、無いさ。驚いたな。灘嶺先生は名探偵だ」

「どうしてこんなことをしたんですか。何故《なぜ》、阿多瀬さんを殺害したんですか」

灘嶺が尋ねると、一瞬だけ悟堂の表情に変化が現れた。なんだか全てを諦めたような——こちらに何の期待もしていないような、そんな表情だった。

「灘嶺先生は、自分が正しいと考えているんだろう。これで、悪い殺人犯が捕まって、正義を成したと」

「……私はそんなことを思って犯人捜しをしていたわけではありません。これ以上、誰かの命が奪われないように努めていただけです」

「俺はこれ以上誰も殺さないつもりだった」

「そうでなくても、貴方《あなた》の罪を何の罪も無い前野《まえの》さんが被《かぶ》りかけていたのですよ」

「阿多瀬と西添さんが死に、前野が罪を被るのは許せない。灘嶺先生はそう思うわけだ」

「一体何の話をしているんですか？」

「全員を甲板《かんぱん》に集めて推理を披露した上で、何も分かってないのか？　自分が何をしでかしたのか」

どんな人間であろうと分かり合えないことなどない——というのが灘嶺の信条の一つである。だが灘嶺は、目の前の悟堂とはどうあっても理解し合えないのではないか、と恐怖を覚えた。本来、犯行を暴かれた犯人はもっと殊勝に動機を語るものなんじゃないのか？　ミステリ小説での知識しかないからこそ、灘嶺はそう思う。ここからの正しい展開が分からない。

「人を殺しておいてふてぶてしいんじゃないのか？　西添さんは……西添さんは殺されるような人間じゃないはずだ！　返せよ！　西添さんを返してくれ！」

乗客の一人である八木《やぎ》が叫ぶ。その言葉で、灘嶺も勢いを取り戻した。人殺しは許されるべきじゃない。何故なら、人の命は何にもまして大切にされるべきだからだ。どんな理由があっても、殺人だけは看過されるべきではない。

「もう一度聞きます。悟堂さん、貴方はどうして――」

この瞬間、船が大きく揺れた。乗客の誰もがまともに立っていられず、床に膝を着ける。灘嶺もまた、甲板に手を付いて衝撃に耐えた。

助けを求めるように彷徨《さまよ》った視線が、船の外に広がる星空に向けられる。この季節の十八時ともなると、既に外は星の時間になっていた。水平線を境に暗闇が向かい合い、遮られることのない星の光が船を照らす。

次の瞬間、カルミナ・ブラーナの時間は十一月二十日十八時三十六分へと戻っていた。カルミナ・ブラーナに乗っていた八名の客は全員が甲板に揃《そろ》っており、夕食前に互いに自己紹介をしていたところだった。

灘嶺が何かを言うより先に、阿多瀬が動いた。近くにあったデッキチェアを持ち上げると、彼は悟堂に向かってそれを思い切り叩《たた》きつけた。

＊

本来《いい》の十一月二十日十八時三十六分に起こったことは以下の通りである。

カルミナ・ブラーナは瀬戸内海にちりばめられた島々に向かう定員十八名の小型観光

船である。豊かな自然を残した島々へ、道中の船旅を楽しみながら向かう——というコンセプトの元に造られたものだ。その為、船は敢《あ》えてたっぷり一日をかけて航路を進み、小さな島々を巡っていく。

ホテル並みの設備を備えた船での旅を楽しみつつ、風情ある小島を巡るカルミナ・ブラーナは、レジャーシーズンにはかなりの賑《にぎ》わいを見せる。

だが一方で、寒さも厳しくなり始めたこの時期は利用客《ゲスト》がぐんと減る。特に名物シェフによるディナーサービスが休止され、船に何の有名人もいない今回のような時は。

灘嶺は船内での食事を重視していなかったし、甲板にあるプールで泳ぐ趣味も無く、ステージで歌を披露してくれるどんな人間にも興味が無かったので、今の時期のカルミナ・ブラーナでも充分に魅力的だった。運賃は三分の一だし、乗り合わせる客が少ないのも快適である。

甲板での夕食を前にした十八時三十六分に、八名の客は全員揃っていた。混み合う前に早めに済ませてしまおう——と、全員が思った結果だった。

鉢合わせてしまった以上どうしようもなく、甲板ではこれからの二十四時間余りを快適に過ごす為の自己紹介が自然と始まった。

「こんばんは、一泊二日よろしくお願いします。私は野風《のかぜ》深雪《みゆき》といいます。こちらは夫」

「こんばんは、僕は夫の宗佑《そうすけ》といいます」

野風深雪と野風宗佑は共に四十代前半の夫婦である。深雪はダークブラウンの長い髪をした明るく人懐《ひとなつ》っこい女性で、髪を撫《な》でつけ、無骨な眼鏡を掛けた宗佑は口数は少ないものの他人に気遣いの出来る男性だった。彼らはカルミナ・ブラーナを運営している会社の上層部の人間であり、こうした閑散期に無料同然で船旅を楽しむのが習慣づいているのだった。深雪は比較的人当たりの良さそうな灘嶺に視線を向け、自己紹介の次番を譲った。

灘嶺は三十三歳の医師である。都内の病院で救急医として働いている。人の命を救う仕事がしたい、という立派な志のままに医師となり、それからワーカーホリック気味ながらも充実した日々を送っている。忙しさ故に、先日二年付き合った恋人と別れたばかりで、当面は他にパートナーを作ろうとは思えないでいた。

「私は灘嶺到といいます。医師をやっています」

「お医者さんがどうして島に？」

「つまらない理由ですよ。父親が残した遺産の中に、十壇島《とだんじま》にある土地が含まれていたんです。売値的には大したことのない土地なので、売却する前に見てみようかと」

写真で確認してみたところ、自然が豊かなだけの、荒れ地と言ってしまっていいような場所だった。だが、灘嶺はその野放しの自然にいたく惹《ひ》かれた。いずれ手放すにしても、一度自分の足で立ってみたかったのだ。

「それに、ここ数ヵ月まともに休暇を取っていなかったので」

「だったらカルミナ・ブラーナはぴったりですよ。慣れたら少々退屈ですが、何もないこと以上の贅沢《ぜいたく》はありませんから」

野風宗佑が自信満々に言った。

「俺はNエネルギー・ソリューションズの八木大冶《だいや》です。よろしくお願いします」

三十歳になったばかりの八木は、十壇島から二つ先にある加賀里島《かがりしま》を目的地としていた。加賀里島のリゾート開発を進めるべく、地熱発電の可能性を探りに来たのである。

彼は見るからに体格が良く、潑剌《はつらつ》としていた。

「西添やすなです。実は私もフィールドワークの為に加賀里島に向かう途中なんです。もう先に他のゼミの人がいて、そこに合流しに行く予定で」

西添やすなは二十一歳の女子大生だ。大学で生態系について学んでおり、卒論を書く為にフィールドワークを行う予定だった。だが、彼女はこの日の夜に悟堂の手によって殺害されることとなる。

「阿多瀬敏《さとし》だ。こっちは部下の前野。所用で島に向かうことになっている」

五十代半ばになる阿多瀬も同様に、十一月二十日の深夜に悟堂の手で殺害される。彼は全国に展開している貸しスタジオを経営している男で、相応の資産を持っていた。部下の前野仁史《ひとし》は阿多瀬の大学時代の後輩であり、彼の事業を支えていた。

「悟堂です。カルミナ・ブラーナに乗ったのは灘嶺さんと同じく休暇です。釣りが趣味なので、それを楽しみにしています」

最後に自己紹介をしたのが、船内で二人を殺すことになる悟堂遵だった。歳は灘嶺とほぼ変わらない三十二歳で、痩せた身体をした目の細い男だった。釣りを目的に来たと言ってはいるものの、実際の彼の目的はカルミナ・ブラーナに乗り合わせた阿多瀬を殺すことだった。しかし、この時の灘嶺は——ここで自己紹介をした誰もが、そんなことを知る由《よし》も無かった。彼は誰の目にも『殺人犯』には見えず、至って普通の人間に見えた。

以上が、十一月二十日にカルミナ・ブラーナに乗り込んだ八名の乗客達だ。

カルミナ・ブラーナは穏やかに航海を始め、デッキチェアに座りしばし海を眺める者と、早々に食事の用意に入る者とに分かれていった。これが十八時三十八分のことである。

＊

二度目の十八時三十六分は、一度目とは比にならない恐慌状態にあった。

阿多瀬は振り上げたデッキチェアで悟堂のことを何度も打ち据えた。不意を衝《つ》かれた悟堂は為す術《すべ》無く阿多瀬の攻撃を受け、甲板の上に丸まっている。

「ふざけるな！　殺しやがったな‼　俺を！　殺しやがった！　この人殺しが！　ふざけるな！」

悟堂の身体の下に血溜まりが広がっていく。そこでようやく灘嶺が間に割って入った。

「やめてください阿多瀬さん！　何をするんですか！」

「止めるな！　こいつは俺を殺したんだぞ！　正当防衛だろうが⁉」

阿多瀬の興奮は収まらず、デッキチェアが肩に当たって鈍い痛みが走った。そうしている内に、八木と宗佑がなんとか阿多瀬を取り押さえ、変形したデッキチェアを遠くに放る。

「どうして人殺しを庇《かば》うんだ！　お前らはこいつが人殺しだって知らないのか⁉」

「知っています！　貴方を殺したのは悟堂さんです‼」

泡を吹きながら絶叫する阿多瀬に対し、灘嶺も絶叫で応じた。

「貴方を殺したのは悟堂さんですが、今、貴方は生きているじゃないですか‼　正当防衛なんか成立しません‼　ここで悟堂さんが死んだら、貴方が殺人犯だ！」

灘嶺の声に、阿多瀬がびくりと身体を震わせた。そして、返り血のついた自らの手を見つめる。

「だが、俺は殺されたんだ……こいつが……俺を……」

「そう。……私も……この人に、殺されました」

西添やすなが真っ青な顔で言った。彼女は今にも気を失いそうな様子で、自分の身体を両腕で抱きしめている。

「私はこの人が私のことを殺すのを見ました。犯人はこの人です。どうして？　なんで私を殺したんですか？」

「それはおかしい……だって、西添さんは生きているだろ」

八木が混乱した様子で口にすると、深雪が大きく首を振った。

「でも、私達は西添さんが死んでいるのを見た。け……検死だって、灘嶺先生がやったじゃない。阿多瀬さんもそう。私はちゃんと覚えてる。……なのに、なんで死んだ人が生き返ってるの⁉」

「深雪！　死んだ人間が生き返るはずないだろ！　これは何かの……集団幻覚か何かだ……」

宗佑が取り押さえた阿多瀬を見ながら言った言葉に、何より反発したのは阿多瀬本人だった。

「殺されていない人間にそんなことを言われる筋合いは無い！」

「皆さん、混乱しているかもしれませんが落ち着いてください。まずは悟堂さんの手当が先です！　悟堂さん、聞こえますか？　大丈夫ですか？」

混乱の中にありながらも、灘嶺は悟堂の状態を検《あらた》めた。右目に大きな損傷があり、両腕と鼻が折れている。一番重傷なのは側頭部で、見て分かるほどに大きくへこんでいた。脳に影響が無いとは思えなかった。

顔を腫らした悟堂は、さっきまで殺人犯として灘嶺が糾弾していた相手だ。二人を殺した非道な男だ。推察するに、西添のことは犯行を目撃されたからという理由だけで手に掛けている。灘嶺の価値観から言えば、絶対に赦《ゆる》すことの出来ない人間だ。

だが、この場において悟堂は、阿多瀬にも西添にも傷一つ付けていない。殺されてなんかいないのだ。当然、復讐《ふくしゅう》をされる謂《いわ》れもない。灘嶺の身体が震えた。生き返った彼らは、自分達が誰に殺されたかを正確に把握している。つまり、灘嶺が探偵気取りで悟堂を名指しした所為《せい》で、彼は目を潰され骨を折られ、頭を割られることになったのだろうか？

悟堂の負った怪我《けが》の責任について考えている間に、ようやく船内スタッフがやって来て甲板で突然起きた惨劇を目の当たりにしていた。

「一体何があったんですか？」

血まみれの男と取り押さえられている男の構図を見れば、何が起こったかは察して然《しか》るべきだろう。だが、そこに至るまでの経緯を誰一人正確には伝えることが出来なかった。

救急救命の現場では、状況を素早く整理した上での判断が求められる。なので、灘嶺はこの奇妙な現象をいち早く把握することが出来た。信じられないことだが、カルミナ・ブラーナ号の時間は一日分戻っていた。

時間が戻ったことで、起こったはずの殺人事件は無かったことになり、乗船客の中に失われた二十四時間の記憶だけが残ったのだ。

小学五年生の時、灘嶺は交通事故を目撃した。手を繋いで歩いていた親子に赤色のバンが突っ込んだのだ。

煙を上げる車の傍《そば》に、血塗《ちまみ》れの母親と子供が倒れていた。頭の半分が吹き飛んだ人間を、灘嶺は初めて見た。

それから灘嶺は人体についての本を読み漁《あさ》ると同時に、ホラー映画に傾倒するようになった。およそ子供が観るには不適切なスプラッター映画をこっそりと観るようになった彼のことを、両親もカウンセラーも酷《ひど》く心配していた。

「どうしてそんな怖いものばかり読んでいるの？」

「事故に遭った人を見た時、怖かったから」

果たして、彼は答えた。

「怖がってたら助けられない。怪我をしたり、血が出てる人を助けるには今から慣れておかなくちゃいけないんだ。今度は助けられるように」

たかが十一歳の子供が持つような義務感では無かったが、灘嶺到は本気だった。精神科医は週に一度のカウンセリングを一年に渡って受けることを提案し、子供が凄惨な死亡事故を目撃してしまった時の心のケアの大切さを両親に語った。

当時のカウンセリングは理に適ったものではあったが、灘嶺の〝トラウマ〟は特に解消されることもなく、むしろ彼の人生における一本の筋として君臨し続けた。灘嶺は人が死ぬことを——殺されることを、心底嫌っている。

その後、阿多瀬はスタッフの手で隔離された。悟堂の方は救護室に搬送され、カルミナ・ブラーナは出発港に戻ることとなった。乗船から既に三時間近く経《た》っていた。

恐慌状態の阿多瀬のことも気になったが、何よりも優先すべきは悟堂の身体だった。船医に無理を言って灘嶺が処置に当たらせてもらったものの、船の上で出来ることなど無いも同然だ。

救護室の中には前野を除く五人が揃い、悟堂のことを見守っていた。彼に殺された西添ですら、心配そうな顔でいる。本来なら、被害者が犯人を慮《おもんぱか》ることなどは無いだろう。この異常な状況が西添の感覚をも麻痺させているに違いなかった。

この間に、それぞれが各自の納得出来る方法で今が十一月二十日であることを確認していた。宗佑は部下に電話して日時を聞き、八木は昨日自分が送った仕事のメールが全て消えているのを目の当たりにする——という、悪夢のような現実を前にループを実感したようだった。

「昨日、長文のを十八件も送ったんですよ。本当にしんどかったのに」

八木が力無く笑う。苦労した記憶がある分、あれが無かったとは思えないのだろう。

一方の西添はスマホの画面を向けて言った。

「見てください。私の推しがこれから配信で重大発表するんですけど、この内容当てられますよ。昨日観ましたから。……武道館ライブです。これ」

西添の言葉が終わると同時に、画面の中の男が『なんと、初の武道館ライブが決定しました！』と発表をする。

五人は全員時間が戻ったことを受け容れ始めていた。自分の記憶を疑うよりも、世界の異常を受け容れる方がまだ順応しやすいということなのだろう。クローズドサークルでの殺人事件の記憶は、白昼夢として片付けるには鮮烈すぎた。自分の命が脅かされるという恐怖は、骨の髄まで染み込むものだ。だからこそ、張本人である阿多瀬はああなったのだろう、と灘嶺は奇妙な納得を覚えた。

阿多瀬に殴打されてから二時間が経った頃、悟堂がゆっくりと目を醒《さ》ました。

「悟堂さん！」と、深雪が反射的に名前を呼ぶ。

「悟堂さん。聞こえていますか？」

灘嶺は注意深く声を掛けた。悟堂は包帯で覆われた顔をゆっくりと灘嶺の方に向けると、深い溜息を吐いた。

「痛くない」

「麻酔が効いているからだと思います。ですが、あまり動いたりはしないでください」

「動きはしない。ただ、話をしたい。今のうちに」

悟堂の言葉にはやがて来る死を悟っているような響きがあって、ひやりとしたものを覚えた。麻酔が切れたらまともに話せなくなるだろうが、麻酔が切れる頃には悟堂はもう生きていないだろう。

「……まず、西添さん。謝って済むことじゃないが……すまなかった。俺は、貴方を殺すつもりはなかった。だが、あそこで目撃されたことで、万が一阿多瀬を殺せなかったら全てが無駄になる」

西添は表情を固くしたが、大きく横に首を振った。

「……こうなった以上、許すも許さないもないです。……殺された時は苦しかったし怖かったし、こうしている間も怖さがぶり返してきそうで……。けど、こうして死にかけてる悟堂さんを見てると……何て言っていいか分からなくなるんです。それに、私は今生きているから、なんだか……あのことは全部夢だったんじゃないかって気分にもなる」

そこまで言うと、西添は「まとまってなくて、長々と話しちゃってすいません」と言った。ややあって、今度は八木が口を開いた。

「どうして阿多瀬さんを殺したんですか。二人は今回が初対面じゃなかったんですか？」

「……実際に顔を合わせるのは初めてだった。だが、俺は阿多瀬を、死ぬほど恨んでいた」

「一体どうして？」

「妹を肉塊にされたからだ」

それを聞いた全員が息を呑《の》んだ。

「阿多瀬は常軌を逸したサディストだ。渋谷にあるマンションに女を呼んでは、監禁して虐待を加えるのが趣味だった。いなくなっても大して問題にならないような女を選んで『不審死』扱いにするような男だ。あいつに目を付けられた時点で妹は詰んでいた。あんな馬鹿な女だったが、あんな目に遭わされるようなことは何一つしていないはずだ。あんな殺され方をするようなことは」

枯れた声で切れ切れに伝えられる『動機』は、ここにいる全員を黙らせるに足るものだった。救護室の中に、悟堂の吐く荒い息だけが響く。

「……本当にそうなのか？　不審死扱いになったということは、証拠は無いんだろう。だったら、何かの間違いかもしれない」

宗佑の反論を撥《は》ね除《の》けるように悟堂が言う。

「最初は俺もそう思っていた。だが、仲間の馬鹿がその様子を一部撮影してたんだ。興味があるなら確認してみるといい。妹は何度も帰りたいと土下座していたのに、あいつらはそれを許さなかった。それで、泣き喚《わめ》いたままの女を犯すんだ。阿多瀬は人間じゃない」

聞いている灘嶺の胸の内にも激しい怒りが込み上げてきていた。悟堂は嘘を吐かない、と心の内で確信する。撮影データは存在し、そこで苛《さいな》まれているのは悟堂の妹なのだろう。出来るだけ感情的にならないよう、灘嶺は静かに尋ねた。

「それだけはっきりとした証拠があるなら、阿多瀬さんを有罪に持っていけたんじゃないですか？」

「そうであれば、こんなことはしていない。証拠不十分だ。その撮影データは、妹がまだ人間の形を保ってるところまでしか撮影してなかったからな。確かに悪趣味だが、あれは一種のシチュエーションプレイで、本当は合意の上だということになったんだ。麻《ま》衣《い》が自分から阿多瀬の車に乗り込むところも撮影されていたしな。特殊な性癖の人間に向けられた私的なアダルトビデオというわけだ。それを所持していたところで、阿多瀬は何の罪にも問われない。出てくる人間は全員成人していたしな」

　そこで悟堂はひゅうひゅうと妙な息を吐いた。もしかすると、笑おうとしていたのかもしれなかった。

「妹は阿多瀬達と合意の上での性行為を行った、その後に何者かに殺されたっていうんだ。髪を毟《むし》られ、全身に火傷《やけど》を負い、目を抉《えぐ》られ、手も足も切り取られた状態で発見された。死体にはロープと重りが括《くく》り付けられていて……沈めようとしたのが失敗したんだな。想像より、よく浮いた。泣き喚く妹を犯した人間と、妹にそんなことをした人間が別だって本当に思うか？　思えるはずがないだろう」

　灘嶺も同意見だったが、阿多瀬達が無罪になる理由も理解出来た。彼らの性的暴行と、その後彼女が受けた行為は直接的には結びつかない。

「とはいえ、……それ以来、目立つところで同じ遊びは出来なくなった。……だが、阿多瀬は変わらない。反省もしない。あの男がどうしたか分かるか？　今から向かう個人所有の島なんかへ舞台を移したんだ。島ではもう既に女が待っている……自分達がどうなるかを知らない女達が……」

　深雪が思わず「酷い」と言葉を漏らす。救護室の中に、阿多瀬への嫌悪と怒りが滲《にじ》んでいく。

「……殺さなきゃ終わらないんだ。現行犯で取り押さえることは出来ない。こっちがやられるだけだ」

「待ってください。……それでもやっぱり、直接的な証拠は……無いんですよね」

　ここで灘嶺がそう言ったのは、こう言わなければ復讐が終わらないと察したからだ。ここで全員が復讐を肯定する流れになったらまずい。そうなった時に起こることを想像するだけで背筋が寒くなった。

だがこの発言は、灘嶺が殺人を厭《いと》うが故に出たものでしかなかった。直感している。阿多瀬は罪深く、悟堂は正しい。

「……酷い人だな、先生は」

　案の定、悟堂が弱々しくも嘲《あざけ》るように言った。

「……あいつは、裁かれない。反省もしない。……何も変わらない。阿多瀬が気を抜いている瞬間を狙って、殺すしかない。俺は…………生きて帰りたかった…………」

「何を言っているんですか悟堂さん！　貴方は治療を受ければ大丈夫です……そんな弱気なことを言わないでください……」

　言っている灘嶺の方も、それが空疎な誤魔化しでしかないことが分かっていた。

「恵愛《けいあい》大学病院に、鹿野《しかの》という患者が入院している……。阿多瀬の手に掛かった被害者の一人だ。まだ意識が戻ってない。灘嶺先生、彼女のことを頼む」

それだけ言うと、悟堂は再び意識を失った。じわじわと悪寒《おかん》が背を這《は》い上ってくる。出発港に着くと、悟堂はただちに病院へと搬送された。奇しくもそこは、普段灘嶺が勤務している大学病院であった。その為、灘嶺は悟堂の手術までを担当することとなった。

状態はあまり良くなかった。頭蓋骨が陥没し、脳に深刻なダメージを負っている。助からない、と灘嶺の経験が警鐘を鳴らしていた。出発港に戻るまでに三時間近く掛かった。その間に、悟堂はとっくに手遅れになっていたのだ。

失われた命が奇跡によって戻ってくる、というのは灘嶺にとっては何よりもありがたいことだ。阿多瀬と西添が殺された時、灘嶺は言いようのない無力感と憤りに苛まれた。それが、灘嶺が積極的に探偵役を買って出た理由でもある。自分の目の前で、事故でも病でも無い形で命が奪われた。そのことが許せなかった。

だが、この奇跡が起こったことで、今は悟堂が死に瀕《ひん》している。計画的に人を二人殺せば、死刑になる可能性も高い。だが、その罪は最早存在しないのに？

六時間に及ぶ手術の甲斐《かい》無く、悟堂は亡くなった。被害者と加害者が入れ替わった瞬間だった。

手術後、灘嶺は敬愛大学病院に鹿野という患者がいるかを問い合わせた。救急医としての名前が知れていたことが幸いしたのだろう。半年にわたって昏睡《こんすい》状態にあると説明を受けた。鹿野立花《りくか》は両手両脚を切断され、全身に火傷を負った状態で発見されたという。生きたまま焼かれ、それでも死にきれなかった女。恐らくは、そんな状態にあっても悟堂遵しか見舞ってくれる人間のいなかった女。

朝日を浴びながら、灘嶺はカルミナ・ブラーナで起きた一切のことについての正解を探した。殺人は許されるべきではない。だが、阿多瀬を生かしておくわけにはいかない。苦しみのまま、灘嶺は病院の仮眠室で眠りに着いた。長い一日が終わった。

十一月二十一日の夕方、灘嶺は警察に今回の件で事情聴取を受けていた。どうして阿多瀬は悟堂遵をデッキチェアで殴打したのか、動機はあるのか、二人には面識があったのか――それに加え、灘嶺は悟堂が死ぬまでの経過についてまで尋ねられた。一通りを話し終えた後、灘嶺は言った。

「阿多瀬さんが悟堂さんの妹さんを殺したんです。それだけじゃなく、他の多くの女性をリンチし、殺害しているんです。これから彼が向かう予定だった島には女性が待機しているはずです。お願いします。阿多瀬の余罪を追及してください」

「……けれど、そういった証拠は無く、一度不起訴になっています。それを再捜査して、ましてや有罪にするということは難しいかと……。それに、今回被害に遭ったのは悟堂の方で、阿多瀬ではない。復讐をするなら悟堂の方でしょう」

灘嶺は歯嚙《はが》みした。間違いなく悟堂は復讐を果たしたのだ。その上で、それに対する復讐を阿多瀬が行った結果が今なのだ。

「……まあ、阿多瀬の方は精神を病んでいるようですからね。錯乱によっての犯行でしょう」

「まさか、減刑されるんですか。無罪になることはありますか?」

刑事がぴくりと眉を動かした。

「あっちの弁護士次第ですかね。後は、精神鑑定。けど、あっちはそれが大の得意だからなぁ……」

灘嶺は直感した。きっと阿多瀬は五年も経たずに外に出てくるだろう。そして、同じことを繰り返す。殺されるまで、きっと阿多瀬は変わらない。

ならどうすればいいというのか。何が正解だというのか。

灘嶺は思わず頭を抱えた。その瞬間、地面が揺れた。

思わず灘嶺は腕時計を見た。

針は十八時三十六分頃を指していた。

*

気づけば、灘嶺は忌まわしきカルミナ・ブラーナ号の甲板に戻っていた。ディナー前の甲板には、八名の客が揃っている。

灘嶺の動きは敏捷《びんしょう》だった。半ば飛びかかるような形で阿多瀬を押さえ込む。もう同じことは引き起こさせないという気持ちで必死だった。

意外にも阿多瀬は抵抗しなかった。というより、何が起こったのかを理解出来ず困惑に呑まれているように見えた。顔色は蒼白《そうはく》で、まるで死人のようですらあった。彼は真っ青な顔のまま、喘《あえ》ぐように言った。

「どうして俺の方を押さえ込む！　人殺しはあっちの方じゃないか！　あいつを野放しにしていたら、また人を殺すぞ！」

「人殺しなら貴方も同じだ！　六時間も戦ったのに、悟堂さんは結局助からなかった！　貴方が殺したんだ！」

灘嶺が絶叫で返すと、阿多瀬はぐっと声を詰まらせた。当然の反応だった。何しろ阿多瀬は、先程まで殺人未遂の罪で勾留されていたのだから。

「もうお互い様です。一度殺し、一度殺された。もう阿多瀬さんに悟堂さんを責める権利はありません」

「そんなのは――……おかしいだろうが……俺を最初に殺したのは……」

阿多瀬の言葉から勢いが消えていく。三度目の甲板は、一度目とも二度目とも違う冷ややかな空気に満ちていた。最早敵意と呼んでも差し支えの無いようなものが、阿多瀬一人へと向けられている。前野も困惑した表情で阿多瀬のことを見つめていた。そこには敬意など欠片《かけら》も無く、ただ怯《おび》えだけがあった。

「……阿多瀬さんは、悟堂さんを傷つけないでください。もう殺人犯にはなりたくないでしょう？　そして、悟堂さんも……もう同じことはさせません。この航海が終わるまで、悟堂さんのことは、私が監視します」

「灘嶺先生にそんなことを言われるとは思わなかった。俺はどうしてもその男を殺さなくちゃならないんだ。ここにいる全員が、その理由を分かってるはずだろ」

その時、全員が灘嶺のことをじっと見つめてきた。まるで、この場において灘嶺が間違っていると言わんばかりの表情だ。思わず、灘嶺の方も怯《ひる》んでしまう。ここでそんな非難がましい目を向けられるということは——つまり、灘嶺が間違っているということなのだろうか？　だとすれば、正解は一回目と同じく悟堂が阿多瀬を殺すことになってしまう。そんな馬鹿な話があっていいはずがなかった。

「どんな理由があっても人殺しが肯定されていいはずがありません」

絞り出すように灘嶺が言うと、全員がハッとした表情で黙り込んだ。だが、その奥にある不満と疑念は色濃くて振り払えていない。何かがおかしい。

「どうして俺をそんな目で見るんだ？　俺は……確かにさっき人を殺した……けれど、それは……正当防衛で……」

「よくもまあヌケヌケとそんなことが言えるもんだな」

憎々しげに言ったのは八木だった。びくりと阿多瀬が身体を震わせる。

「どういう意味だ？」

「お前は殺されても仕方ないような下衆《げす》野郎だ。そんな奴だから、躊躇《ため》らいなく悟堂さんを殺せたんだろ。他の女達と同じように」

八木はまるで見てきたかのように阿多瀬を糾弾している。その目には、救護室で悟堂が見せた憎しみを宿していた。憎しみが伝染している。一人の人間を殺人に向かわせるだけの理由は、皮膚《ひふ》から入って瞳を侵すのだ。気づけば野風夫妻も、西添ですら同じものに伝染していた。

「女っていうのは一体何の話だ」

阿多瀬は懸命に反論していたが、顔は蒼白から真っ赤に変わり、舌がもつれている。酷い所業をした割に、まだ恥の概念は残っているのだろうか。

「私達、もう全部知っているんですよ。貴方が女性達に酷い行いをして、殺したっていうこと。これから島に向かう理由も、待たせた女性達を犯し殺す為だっていうことも」

と、野風深雪が軽蔑しきった表情で言った。

「その男に何を吹き込まれたのか知らないが、俺は何もしていない。わけの分からない妄想で殺されたんだ。そいつに関わるとお前らも殺されるぞ」

「悪いが、僕らは阿多瀬さんよりも悟堂さんのことの方がよっぽど信頼出来る。何せ——」

「もうやめましょう。……最初の『殺人』を止められたんですから、ここで言い争う必要は無いはずです」

野風宗佑の言葉を遮り、灘嶺は強引に話し始めた。

「私が悟堂さんを見張り、もう阿多瀬さんを殺させないようにします。なので、阿多瀬さんの方ももう悟堂さんに危害を加えようとはしないでください。これで……この場は収めませんか。今回のことは、多分神様がくれたチャンスです。誰の命も失われないよう、奇跡が起こったんです」

「医者が奇跡なんて不合理なことを口にするのか」と、悟堂が言う。

「医療の現場はむしろ奇跡に直面することばかりですから」

怯まずに言い返すと、悟堂は反論しなくなった。阿多瀬はまだ納得がいっていないようだったが、この場に流れる冷ややかな空気と自分への風当たりの強さで、大きくは出られないらしい。

「本当にちゃんと見張っておくんだろうな」

「約束します。誰も死なせたりしません。これは、悟堂さんを貴方から守っているということでもあるんです」

灘嶺が言うと、阿多瀬は小さく鼻を鳴らし、前野と共に客室の方へと去っていった。

「これでいいんですか」

八木が不服そうに呟《つぶや》く。

「これでいいも何も、なら殺人をみすみす引き起こすべきだっていうんですか？　私はそうは思いません。たとえ阿多瀬さんが本当に悟堂さんの言った通りの人間だったとしても、殺すべきではない」

灘嶺の言葉に、悟堂は耳聡《みみざと》く反応した。

「つまり灘嶺先生は、俺の言ったことが本当かどうかは怪しいと思っているわけだ。阿多瀬憎しで適当なことを言っているだけの、ただの妄想かもしれないと？」

まずい、と灘嶺は本能的に察知した。ここからの流れの全てが灘嶺にとっての逆風になる予感がしてならない。だが、もう止められなかった。

「確かに、朦朧《もうろう》とした状態で話したことだったからな。錯乱しての妄想だと思われるかもしれない。あの時の記憶ですら朧気《おぼろげ》なんだ。泉鏡花の『外科室』を思い出したよ。だから、改めて擦り合わせをしたい。夕食前に見るもんじゃないかもしれないけどな」

悟堂はそう言って、ぐるりと辺りを見回した。

「俺が持っている阿多瀬の行いの証拠、妹が壊されるところを見せてやる」

決して広くは無い悟堂の部屋の中で、六人は息を詰めていた。

件の映像は画質が荒く、ノートパソコンで観るのは多少難儀だった。それでも、何が起こっているのかを確認するには充分だった。

幼い頃の灘嶺は、怪我人に対して怯まない為に多くのホラー映画を観ることでありとあらゆるものへの恐怖心を克服しようとしていた。今思えば、明後日の方向に向かった情熱だと思う。何しろ、本物と作り物では何もかもがまるで違う。

悟堂の映しだした映像は、間違いなく『本物の恐怖』だった。

若い女性が泣き喚き、突き倒され、無理矢理犯される。彼女の表情は恐怖に染まっていて、とても合意の上の演技とは思えない。それに、彼女はこれから今受けている以上の苦痛を味わわされることになるのだ。そして、最後には海へと捨てられる。

まともに観通せたのは灘嶺と八木くらいのもので、他の人間は早々に画面から目を逸らして耳を塞いだ。西添が「もういいです！」と金切り声を上げても、悟堂は再生を止めなかった。

三十分ほど経って、ようやく再生が終わった。フォルダーにはまだ大量の映像データが残っていたが、それを再生するように求める人間は誰もいなかった。ガン、と八木が傍らのテーブルを殴りつける。

「阿多瀬はやっぱり死ぬべきだったんだ。あんな奴生かしておけるか！」

「待ってください。それが間違っていることは八木さんも分かっているでしょう？」

「なら、灘嶺先生はどうすればいいと思ってるんだ。法で裁けない悪人なら、この手でどうにかしなくちゃいけないんじゃないのか」

「私刑は間違っています。そんなことをすれば、阿多瀬さんと同類になる」

「本当に間違っているんですか？」

そう言う西添はほろほろと大粒の涙を流していた。

「悔しいです。あんなことをしている人が許されているなんて。……私、もしあれが自分だったらって思って……ああいう目に遭った子が他にもいるんでしょう？　だとしたら、耐えられない……」

「……けれど、悟堂さんの復讐は、西添さんのような関係の無い人まで巻き込んだんですよ。悟堂さんのやったことは、阿多瀬さんと本質的には変わりがない」

「変わらないことはないです。悟堂さんは私を殺した時——あんな風に人を人とも思わないやり方をしたりしなかった。配慮があったんです。それは、私を殺さなければならないのが苦渋の決断だったからです。私のことを本当は殺したくなかったからです」

「ですが——」

「この件で私に反論しないでください。殺されたのは私なんですよ？」

思いがけず強い調子で西添が言う。泣き濡《ぬ》れてはいるが、そこにははっきりとした意思が感じられた。気圧《けお》されたのは、灘嶺は殺されていないからだ。実際に殺された人間が犯行に『配慮があった』と主張したら、誰がそれを否定出来るだろう？

「僕らにも娘が一人いるんです。あの子は少しぼんやりしているところがあって……あの子だってこういう犯罪に巻き込まれてもおかしくないんです。いや、むしろ阿多瀬の次のターゲットは娘かもしれない。そう想像してしまいました」

妻の身体を抱きながら、野風宗佑が苦しげに言う。深雪は苦しそうに口元を手で押さえ、どうにか吐き気を堪えているようだった。

「……だからこそ、私達は阿多瀬さんを止めなければならないと思います。私達なら、最悪の手段に手を出さずとも、正しいやり方で彼を裁くことが出来るはず」

「……いや、もういい。そんなことはしなくてもいいんだ」

割って入ったのは悟堂だった。悟堂は憑《つ》き物が落ちたような顔をして、ぱたりとノートパソコンを閉じた。

「俺は、誰に理解されることもなく、憎しみの中で日々を生きていた。……それが、こうして理解してもらえて、……阿多瀬の罪を共有することが出来ただけで……。俺は、ここにいるあんた達に手を汚して欲しいとは思わない。これ以上巻き込みたくないんだ」

悟堂の目には涙すら滲んでいた。切れ切れの言葉は、救護室での告白を思い起こさせて、灘嶺さえも一瞬揺らぐ。

「それに、灘嶺先生の言う通りだ。俺がやったことは、本質的には阿多瀬と変わらない。西添さんは配慮を感じたというが——あの時はただ必死だった。殺される西添さんのことなんて何一つ考えていなかった」

「いいえ、そんなことないです！　私は殺された側だから分かるんです！　悟堂さんは悪くなんかありません！」

西添の言葉に、悟堂はゆっくりと首を振った。

「……ここにいる全員に、申し訳無く思っている。灘嶺先生の言う通り、俺はどうにかして阿多瀬の罪を正しく裁く方法を探し続ける。俺の話はこれで終わりだ。それぞれの船旅に戻ってくれ。二回も妙な奇跡が起きたんだ。神様はよっぽど人殺しが嫌いなんだろう」

一息置いて、悟堂は言った。

「もう殺人事件は起こらない」


「悟堂さんと二人で話をしたいんです。皆さんは先に夕食に行っていてくれませんか」

灘嶺がそう言うと、他の人達は頷《うなず》いて悟堂の部屋を出た。中に、二人だけで残される。

「阿多瀬さんの殺害は本当に諦めたんですか」

「諦めてなかったところで、灘嶺先生に見張られている状況じゃ動くに動けない。体力には自信があるんだろう？」

悟堂は軽く笑いながら言った。どう判断していいのか、灘嶺には分からなかった。

「阿多瀬さんを法で裁くことが出来ると思いますか」

「そうしろと言ったのは灘嶺先生だろう」

「……その通りです」

とはいえ、灘嶺もその実現可能性の低さを感じていた。二十日に戻される直前の刑事との会話。諦めているような態度。あの状況下ですら、きっと狡猾《こうかつ》に罪を逃れただろう男。あんな男を、果たして追い詰められるのだろうか。

「けれど、私はここに集まった人達の協力に懸けています。悟堂さん一人で為し得なかったことでも、協力すればきっとどうにかなるはずです。もしかしたら、私達がこの船に集まったのも、そういう運命だったからかもしれません」

「まるで神父か何かみたいな口振りだな」

「……既に、人智の及ばないことが起きています。この船で人が死ぬ限り、私達は今日に戻されるんじゃないかと思うんです」

「だとしたら、神様は阿多瀬のような人間ですら死ぬべきじゃないと考えているらしいな。阿多瀬に殺された何の罪も無い女達を見捨てたくせに」

そう言われれば、反論も出来なかった。この現象に神の存在を持ち出すことが、結果的にこの世の不条理と神の無慈悲を証明してしまうような気すらする。ならいっそ、カルミナ・ブラーナ号の取った進路に何かしら奇跡を引き起こすものがあった――と言われた方が、ずっと納得出来る。

だが、敢えて灘嶺は言った。

「これは神様が与えたチャンスです。殺人事件が起こらないよう、神が時間を戻している。なら、それに応えるべきじゃありませんか？」

「このタイムループで殺人が起こらないようにしているのは神じゃない。灘嶺先生だ。先生が人の生き死にを決めてるんだ」

「それは……」

「今の状況は全部、灘嶺先生が選んだことだ。神じゃない。神に背いているのは先生の方なんじゃないのか？　もし神を持ち出すなら、目の前に運命を変えられるチャンスがあっても、同じことを繰り返すべきだっただろう。俺が阿多瀬と西添さんを殺して、灘嶺先生が俺の犯行を暴く」

「そんなことが出来るわけないじゃないですか。目の前に命を救うチャンスがあるのに」

「思えば、事件を解明して犯行を暴くというのも神に等しい所業のように思えるな。俺が法に裁かれるかどうかを決めるのは、灘嶺先生だった。俺を裁かないことも出来たんだから」

　わけが分からなかった。全てのことを灘嶺が決めている？　そんなはずはない。灘嶺は当然のことをしているだけだ。むしろ、そこに灘嶺自身のエゴなんて無いに等しい。灘嶺はあの状況で人間がすべきことをして、それ以上のことは求めなかった。

「……警察が丹念な捜査で殺人事件の犯人を捕まえるのは職務でしょう。私は医者です。医者は人の命を救うのが仕事です。あの場で悟堂さんが犯人だと指摘することは、広義の職務であったと判断します」

「咄嗟《とっさ》に思いついたにしては良い詭弁《きべん》だ。今の状況にも応用出来るしな」

灘嶺はいよいよ黙り込んだ。この方面の話で悟堂と会話をするのは悪手だった。どうあっても悟堂は灘嶺を理解しないだろうし、その反対も然りだ。代わりに、灘嶺は別の方向から話を切り出す。

「鹿野立花さんは確かに恵愛大学病院に入院されていました」

「調べたのか。調べられるんだな。やはり医者のネットワークがあるからか」

「彼女のお見舞いに行っていたんですね」

「誰かが見舞いに行った方が、意識が戻る確率は高くなるんだろ？　だから、俺がいなくなったら灘嶺先生に頼もうかと思ったんだ」

残念だが、そんなことはない。誰かが見舞いに来ようが来まいが、回復度合いはその患者に拠る。

「全部を自分が背負っているような顔だな、灘嶺先生」

案の定、悟堂は灘嶺の困惑を──傲慢さを、見透かしているようだった。

「けれど、本当に感謝はしているんだ。西添さんを殺してしまうことにならなくてよかった。それは間違いなく先生のお陰だ。あれは正しくないことだった」

あくまで阿多瀬の件には触れず、悟堂は軽く頭を下げた。

「さあ、そろそろ行こう。多分あの人らは先生を待ってるぞ」

悟堂の言う通り、四人は食べ始めずに灘嶺と悟堂を待っていた。阿多瀬と前野の姿は見えない。恐らくは部屋での食事を選んだのだろう。周りの目を気にしているのか、それとも命の危険まで覚えているのかは分からなかった。八人掛けの大きなテーブルに着きながら、灘嶺は申し訳無さそうに言う。

「待っていて頂いてすいません」

「いいえ、折角だから皆さんで頂こうってことになったんですよ。嫌だったかしら」と深雪が笑う。

「ああ、それはもう是非」

正直ホッとする気持ちがあった。さっきの意見の割れ方を見るに、灘嶺は自分が若干孤立しているように感じていた。ここで関係が修復出来たのだとしたらありがたい。というより、乗船客の仲も大幅に良くなっているのを感じた。最初のディナーでは、乗船客はそれぞれに食事を取っていて会話も無かったというのに。

「スタッフの方がびっくりしてましたよ。今日一緒に乗り合わせただけなのに、もうこんなに仲良くなったのかって」と、西添が悪戯《いたずら》っぽく笑った。

本当に船の時間が戻っているのかを確認する為に、顔の利く深雪はまずスタッフに確認した。だが、彼らは今が何の変哲も無い十一月二十日であると対応し、不思議そうに彼女のことを見つめ返してきた。阿多瀬が悟堂を襲った時の反応から予想はついていたことだったが、ループの記憶を持っているのは客である八名だけらしい。

それを思うと、灘嶺はこのループが殺人事件を起こさせない為に存在しているものである、と一層強く確信した。考えてみれば、同じようなシチュエーションを扱ったフィクションの例は沢山ある。どれも、その世界における正解を——適切な結末を引き当てた時にループが終わっていたような気がする。誰も死なない航海が、この『物語』の正解で、ループを終わらせる鍵なのだ。

「いっそのこと、全員が事情を把握していたら楽だったのに。どうにかして思い出させることは出来ないんですかね」と八木が言う。

「思い出せるのかも分からないですし……。殺人事件が起こった時は、スタッフの皆さんも怯えていました。あの恐怖感をもう一度呼び起こさせなくて済むのなら、そちらの方がいいと思います。……これは医師としての考えですが」

「なるほどな。そういう考えか」

八木はさして感心した風でもなく呟いた。

当然ながらディナーは一回目の時とは変わらないメニューだったが、灘嶺には何より美味《おい》しく感じられた。一応酒は控えておくことにした。

一通り雑談が終わると、やはり話題はこのタイムリープへと向かった。

「皆さん、自然と受け容れてらっしゃいましたよね。その……二回目が起こってから少ししてからは」

「先生は気を遣っているが、俺が死にかけている時にはってことだろう。そりゃあ、犯人が被害者に殺されかけてるのを見たら、直観的に納得出来る部分もあるんじゃないか」

ワインを飲みながら自嘲気味に言う悟堂に辟易しながらも、灘嶺は他の人の回答を待った。すると、西添がわざわざ挙手をしてから口を開く。

「私は……死んだ時の記憶が残ってましたから、それこそすぐに受け容れられた部分がありますし……それに、私はタイムリープにもまして人智を超えた経験をしてきたからかもしれません」

「というと、どういう意味ですか？」と、野風深雪が言う。

すると、西添は思いがけないことを言った。

「私、天国を見たんです」

「え？」

「天国ですよ。人が死んだらどうなるかはずっと気になっていましたが、ちゃんと天国はあったんです。そこは穏やかな野原が広がっていて……ちゃんと集落もあるんです。小さなレンガ造りのお家が並んでいて……でも、天国に来た人は自分で住む場所を選べるんだって聞きました。もしかしたら、日本風の集落もあったのかもしれません」

雲行きが怪しくなったな、と灘嶺は思った。西添の目は爛々《らんらん》と輝いていて、およそ正常な精神状態とは思えない。死んだ時点で、彼女の精神は変質しているのかもしれない。

「勿論《もちろん》、目が醒めたら……この船でもう一度気がついたら、そのヴィジョンはもう消えてしまったんですけど」

「じゃあ、天国は実在するってことなのか？」

意外にも、八木が強く反応を示した。

「実在しますよ。この目で見てきましたから。私はそこまで良い人間の自覚がありませんでしたけど……地獄に堕ちるほど悪くなかったってことでしょう」

西添の言うようなテンプレート染みた天国の話をする人間は少なくない。それらの天国の原材料は死に際の脳が見せる幻覚であって、古今東西の天国信奉者が掲げる『証拠』にはなり得ない。

だが、西添は実際に死んでいるのだ。彼女が悟堂に殺される前に見た幻覚が引き延ばされて今の彼女に引き継がれている可能性は否定出来ない。それなのに、野風夫妻や八木は無条件に彼女の言を信じているように見える。――何故なら、タイムリープを経験しているから。

「地獄も存在すると思う？」と、野風深雪が尋ねた。

「ええ。それは阿多瀬さんを見て思ったんですけど――天国の存在を知っていれば、死ぬことにそんなに怯えないと思うんです。けれど、阿多瀬さんはあれだけ狂乱していらっしゃったでしょう。だとしたらあの人は、きっと地獄に堕ちたんじゃないでしょうか」

「当然だ！　あいつが地獄に堕ちないで誰が地獄に堕ちるっていうんだ」

八木が語気を強めて言う。

「それじゃあ、やはり阿多瀬は死んだ方がいいってことなのかもしれない。死後に地獄に堕ちるほどの罪があるなら」と、野風宗佑も追従した。

「待ってください。……阿多瀬さんがそうだったわけではないですし……西添さんの話も……」

「私は嘘を吐いてません！」

「疑っているわけじゃないんですが……そこが果たして天国であったのか、西添さんが善人であることは重々承知していますが、それでも、天国であることが決まっているのかが分からないので」

「それなら、悟堂さんが死んだ時どうなったかを聞いたらいいんじゃないですか？　ねえ悟堂さん。どうですか？」

西添が黙々と食事を続けていた悟堂に水を向ける。ややあって、彼は事もなげに話し始めた。

「……そこが天国であるとか、地獄であるとか、そういった確信はなかった。俺がいた場所は、よく分からない知らない街だ。俺はわけが分からず、しばらく辺りを歩いていた。そうしたら、一軒の家に辿《たど》り着いた」

そして、悟堂は一息を吐いて続けた。

「その家の中には住人が一人居た。窓越しでよくは見えなかったけれど、それは──麻衣に見えた」

悟堂麻衣。阿多瀬に犯された妹。その名前が出た瞬間、全員が息を呑んだ。

「俺はあそこが地獄だとは思わない。麻衣がいたからだ。けれど天国とも思わない。俺がいたからだ。だから、天国でも地獄でも無い、第三の場所が存在するんじゃないかと思う」

「いいえ、だって悟堂さんは正しいことをしたわけですし、天国の一区画だったんじゃないかと思いますよ」と、西添が言う。

「いや、元々天国でも地獄でもない煉獄《れんごく》という場所があるという考えがある。そこで人間は裁きを待つんだ」

「それはキリスト教的な考え方であって、洗礼を受けていない自分達には関係が無いのでは？」

「そもそも、それが死後の世界の真実であって、天国－煉獄－地獄という区分けだけがキリスト教に特有のものだったのかもしれない。どちらにせよ、悟堂さんが妹さんと再会出来る場所が悪い場所のはずが無いですよ」

「妹さんとは言葉を交わせたんですか？」

「いや、ベルを鳴らすか迷っている間に、この船に戻ってきた」

話を聞きながら、灘嶺は奇妙に乖離《かいり》した感覚に陥っていた。誰が何の話をしているのか分からず、さっきまで和やかに会話をしていた相手達が、見知らぬ新興宗教に嵌《は》まり込んでいるかのように思える。

死んだことのない灘嶺は、反論の言葉を持たない。死後の世界は本当にあるのかもしれない——灘嶺がそれを受け容れられないだけで。

まずいのは、死後の世界の振り分けが、そのままこの船での正しさに直結してしまっていることだった。恐ろしくない、安寧の世界に行けた西添と悟堂は、神に正しさを保障されている。そんな馬鹿げた話があるだろうか？

「だとしたら、やっぱり阿多瀬は居るべき場所に往くべきなんじゃないのか」

八木がぽつりと言い、灘嶺の方に視線を向けた。

同意を求められている。

八木の視線に野風夫妻や、西添の視線も絡まっていく。刺すような同調圧力だ。そこには、そもそも灘嶺があそこで悟堂の殺人さえ暴かなければ良かったのではないか？という批難さえ籠もっているように思えた。理不尽だ、と思う。自分が事件を解き明かし、犯人を指摘した時は全員が灘嶺に安心と尊敬の混じった視線を向けていたというのに。どうして灘嶺が全ての元凶のような顔をされなくてはいけないのか？

非難がましい目を向けてこないのは、悟堂一人だけだった。

「……もし、阿多瀬さんが裁かれるべき人間なら、それこそ神の裁きが下るかもしれません。……あるいは、死後の世界で報いを受けるのかも――」

そこまで言った時点で、八木達の中に大きな失望が生まれたのが分かった。そこには、取り返しのつかない断絶があった。彼らが灘嶺に求めていたのは同意と共感と――一体、何だろう？

気まずい空気のまま、食事は進んでいった。美味しいと感じていたはずの食事から、何の味もしなくなった。

灘嶺は悟堂の部屋で夜通し彼を見張ると宣言し、その通りにした。悟堂は部屋を一度も出なかった。朝日が昇り、朝食の時間になった。午前八時頃、阿多瀬が殺されているのが発見された。

阿多瀬は部屋で殺されていた。前頭部から顔にかけてが原型を留めないほど破損していたので、撲殺であることは明らかだった。血塗れになってベッドに横たわる阿多瀬からは、およそ人間の尊厳というものが感じられない。また、前野の姿も見えなかった。恐らくは殺されているのだろう。

カルミナ・ブラーナ号の中には動揺が広がり、酷くざわついていたものの、本当の意味で動揺しているのは五人のスタッフだけだろう——と、灘嶺は思った。その証拠に、容疑者達は優雅に朝食を食べていた。

「おはようございます、灘嶺先生」

「どなたがやったんですか」

コーヒーを飲む西添に向かって、灘嶺は食い気味に言った。

「私達の中に犯人がいると？　それはあの……例の名推理ですか？　灘嶺先生が一回目にやってらっしゃった」と、西添が笑う。

「例のって言うほど殺人事件は起きていないですけどね。先生も解決したのは一度ですし」

「一度でも解決したら名探偵だと思うんですけどね、俺は」

八木と深雪が小洒落《こじゃれ》たジョークでも聞いた時のように笑う。吐き気がしそうだった。どうして彼らが笑っているのか、全く理解出来なかった。

「……質問に答えてください。阿多瀬さんを殺しましたか？」

「それは誰に聞いてるんですか？」と、野風宗佑が返す。

「私が見張るべきは悟堂さんだけじゃなかったんだ」

悔しそうに独りごちる灘嶺に、深雪が首を傾《かし》げる。

「そんなことを言われても——ほら、前野さんもいなくなられたんでしょう？　前野さんが犯人じゃありませんか？」

「そうですよ。そうに違いないです」

「証拠もありませんしね」

またも笑いが起こる。どうして笑っているのか、灘嶺には分からなかった。殺人事件が初めて起きた時、阿多瀬が殺された時、彼らは怯えていたはずだ。

「死んで当然だと、誰もが理解しています」

西添がきっぱりと言った。

「法は頼れません。私達が裁かなければならなかった。悟堂さんを逮捕させるわけにもいきません。あれは正しくなかった。誰も罪に問われず、阿多瀬だけが裁かれる結末こそ正しいんです」

「だから、僕らは正しい方向に修正しただけなんです。阿多瀬は死ぬべきだった」

まるで台詞《せりふ》が割り振られてでもいるかのように、野風夫妻が言う。

実行犯は誰なのだろう、と灘嶺は考えていた。明らかに義憤に駆られていた八木か、船内事情に詳しいだろう野風夫妻か、それとも〝天国〟に善性を裏打ちされた西添か。まさか、その全員であるとは思わなかった。

「証拠は残していませんよ。灘嶺先生が気を付けるべきポイントを教えてくれましたから。カルミナ・ブラーナで使えるトリックも、全部。それを応用して、前野さんが犯人に見えるよう偽装はしましたが。警察や船のスタッフは騙《だま》せても、灘嶺先生は騙せないかもしれませんね。けれど、それがなんだというのでしょう？」

西添が穏やかな笑顔で言う。彼女の言葉通り、灘嶺による予習が済んでいる事件を、警察は崩せないだろう。徹夜明けの重い頭がガンガンと警鐘を鳴らす。

「安心してください。阿多瀬はちゃんと自白してくれましたよ。悟堂さんの妹を殺したのは自分だって、許してくれって。あれだけのことをしておいて、自白したら許してもらえると思ってるなんて、おかしいですよね」

西添が嬉《うれ》しそうに語る。一体何が安心なんだ、と灘嶺は思う。

「……こんなのはおかしい。人殺しを……それに、二人も……」

「元々の事件だって二人の被害者が出たんだ。役割が変わっただけじゃないですか？」

八木は本当に不思議そうだった。

恐ろしいことに、灘嶺ですらその理由をちゃんとは説明出来ないのだ。

そこで灘嶺は、この場で不自然に何も語らない人物に思い当たった。彼がこの三度目の船で一体何をしたのかに、灘嶺は初めて気がついたのだった。

「……悟堂さんは、この展開を期待していたんですか？」

「先生が何を言っているのか分からないな。俺は何もしていない」

『復讐を諦める』『後悔している』と皆さんの前で言えば、むしろ彼らが焚《た》きつけられると予想していたんじゃないですか？　そうして、悟堂さんは手を下すことなく、阿多瀬さんに復讐を果たすことが出来た」

「まるで俺が全部仕組んでいたみたいじゃないか。俺の感情や悔恨を灘嶺先生がジャッジする資格はあるのか？」

「死後の世界で妹さんに会ったのは本当だったんですか」

「灘嶺先生が心を動かされた場面を腑分《ふわ》けして、悪意を取り出せたら満足なのか。あんたはいつまで名探偵をやるつもりだ」

「灘嶺先生。悟堂さんにどうしてそんなに酷いことが言えるんですか？」

西添が厳しい声で割って入る。

「これは私達の意思です。死ぬべきは阿多瀬さんとその仲間である前野さんだった。間違った人間が死んだから、タイムループが起きた。これできっとタイムループは終わりますよ。どうしてそれが分からないんですか」

聞き分けの無い子供を諭すような口調で西添が言った。

「そんなはずがない。ループがこれで終わるはずがない」

灘嶺は苦し紛れに言った。『人を殺すことはどうあっても許されない』という前提が共有出来ないことが恐ろしくてならなかった。

こんなことを神が許すはずがない。必ずこの流れは是正される。

そう思っていたが故に、三度目のループが起こった時、灘嶺は驚喜した。

*

自分の部屋の中で憔悴《しょうすい》していた灘嶺は、十一月二十一日十八時三十六分を迎えた瞬間、二十日の同時刻の甲板へと引き戻された。同じように戻ってきた人々に向かって、灘嶺は吼《ほ》えるように叫んだ。

「ほら、そうだったじゃないですか！　殺人は赦されないんだ！　だから、全員がここに戻されたんですよ！」

その横で、違った種類の絶叫が響く。絶叫の主は阿多瀬だった。

阿多瀬は再び狂乱状態にあった。混乱や怒りではなく、怯えの色が強く出たものだった。前野は呆然とした表情で阿多瀬に視線をやると、それから灘嶺のことをじっと見つめてきた。――どうしてそんな目で見るんだ、と灘嶺は心の中で叫ぶ。

「何がいけなかったんでしょうか。やはり、阿多瀬さんだけが裁かれるべきであって、前野さんは該当しなかった？」

　西添の冷静な声に、野風深雪が小さく頷いた。

「何を言っているんですか？　正しい殺人なんてものは存在しないでしょう。……存在しないから、いいから、ループが終わらなかった。間違っているのは、皆さんの方です！」

　間違っている、という言葉を口にする時、灘嶺は微《かす》かな快感を覚えた。だがそれは、自分こそがこの船で起こる惨劇の回避を得させしむることへの快感である、と彼は解釈した。

「このループを終わらせる為には、死者が一人も出ない状況で航海を終わらせないといけないんですよ。そうに違いありません！」

　灘嶺は勢い込んで言った。

「正しい人殺しなんてものはありえない。神様がやり直しのチャンスを与えてくれている内に、事件を修正しなくちゃならないんです！」

　灘嶺の言葉は神の伝道師に似たものになっていた。そこにあるかも分からない大いなるものの意思を伝える為に、愚かな乗客達を啓蒙《けいもう》する役割だ。こんなに明らかなことを前に、どうして周りが理解しないのかが不思議なくらいだった。

もしかすると、自分も一度死んで死後の世界を見るべきなのかもしれない。灘嶺は自分が天国にいくほど善人であるとは思っていなかった。だが、この船に乗ってからというもの、灘嶺は自分が天国に類するものに行けるのではないかと思うようになった。灘嶺が死後の世界に行けば、神に会えるのではないかとすら考えた。そうしたら、神はきっと彼の不殺を肯定するに違いない。そして、最後まで正しく在った彼を救ってくれるはずだ。

灘嶺はもう一度乗客達を見回した。前野が引き攣《つ》った顔で、灘嶺のことを見ていた。

「殺してはいけません。この船をループさせているのは、皆さんなんですよ」

そう言った灘嶺の言葉を裏切るように、深夜、阿多瀬を殺そうとした野風宗佑が返り討ちで殺される。阿多瀬はそのまま野風深雪をも殺そうとし、止めようとした前野がうっかり阿多瀬を殺してしまう。朝になり、宗佑と阿多瀬の死体の間で呆然としている前野が発見される。十八時三十六分になり、時間が戻る。

＊

「どうしてこうなったか、もう理解して頂けていると思います。お願いですから、もう不毛な連鎖を終わらせてください」

四度のやり直しを経て、乗客達に疲れが見え始めた。体感で言えば四日以上同じ船に乗って、同じ人間と顔を突き合わせ、被害者と犯人が入れ替わっただけの同じ事件に向き合わされているのだ。疲弊しないはずがなかった。

だが灘嶺は、その疲弊こそを嬉しく感じた。これで分かるだろう。人殺しというものがどれだけ不毛で、神の意思に背いたものか。次に死んだところで、西添は天国になど迎え入れられないのではないか。魂が穢《けが》れた。そんな想像をした。

「一度でいいんです。皆さんで協力をして、まずはこの船から抜け出しましょう」

今度の灘嶺の言葉には積極的な反発が無かった。西添と八木は依然として阿多瀬と前野を睨《にら》んでいたものの、阿多瀬に返り討ちで殺されたことが堪えたらしい野風宗佑が「先生に従った方がいいと思う」と言った。

「……こんなことを永遠に続けているわけにはいかない。一度、僕らはこの船を下りなくちゃならないんだ。十一月二十日に永遠に閉じ込められるのはごめんだ」

「いきなり何を言っているの？」

野風深雪が批難がましく言ったが、彼は首を横に振るばかりだった。

「この船に永遠に閉じ込められているわけにはいかないんだ。僕はもうここから出たい。そうじゃないと、僕は——……いや、深雪。考えてもみろ、もうここに乗ってから何日経った？」

「この船に閉じ込められる理由を作っているのは誰かという話だと思いますけどね」

西添が阿多瀬のことを睨む。三度の死を経験した阿多瀬は、一回り小さくなったように見えた。誰かが口を挟むより先に、灘嶺が言う。

「阿多瀬さん。もう分かったでしょう。貴方は恨まれ、憎まれている。罪を償ってください。今までやったことを全て告白し、刑に服すんです」

「俺は――……俺《ま》は、」

「死後の世界を目の当たりにしたんでしょう？　生きている間に罪を逃れたとしても、死後必ず裁きにあうんです。なら、悔い改めるべきだとは思いませんか？　そうすれば、もしかすると今からでも天国に行けるかもしれません」

灘嶺がそう続けると、阿多瀬は甲板へと崩れ落ち、嗚咽《おえつ》しながら頷いた。自分が間違っていた、どんなことをしてでも償う、自分がしてきたことを包み隠さず話す、と苦しげに言う。

灘嶺は泣き続ける阿多瀬のことを見張り、誰かが彼を殺しにこないかと怯えていた。

明朝、野風深雪が首を吊《つ》って死んでいるのが発見された。

十一月二十一日十八時三十六分に、灘嶺を含む八名の乗客は六度目の十一月二十日を迎えた。

「……夫の様子が、ずっとおかしかったんです。阿多瀬に殺されてから……殺されるショックはそれほどのものだったのかと思って……もしこれでループが終わるなら、その前に一度、私も向こうの世界を見ておいた方がいいんじゃないかと思ったんです。そうしなければ、夫の気持ちが死ぬまで分からなくなってしまうのではないかと思って。……皆さんを一周余計に付き合わせたことは申し訳なく思っています」

野風深雪はそう報告し、深々と頭を下げた。六度目のループを引き起こしたきっかけであるにしては、やけに淡々としていた。

「……死後の世界、というのか何なのかは私も見ました。けれど、死んだ私は赤ん坊になっていました。どこか分からないですけど、窓から豊かな自然が見える場所で……優しそうなお母さんが私のことをあやしてくれました。私はそれを見ていると、なんだか泣きそうな気分になって、実際に泣き始めました。次に死んだ時も、あの人の元に生まれ変われるんでしょうか」

妻の言葉に対し、夫は何も言わなかった。

「お前は馬鹿だ。なんでこんなことをしたんだ。僕はもう、この船を下りたい。分かるか？　この船に乗っていたら駄目なんだ。この船は地獄に繋がっている。早く出ないと、僕らは――」

それきり、野風宗佑は黙り込んだ。彼が死後の世界で何を見たかは、語られなかった。

「本当に勘弁してくださいよ。折角ループを終わらせるって話になったじゃないですか」

八木が苛々《いらいら》とした声で言った。正義感に厚い好青年だったはずの八木は、最初の印象とは変わってかなり神経質な人間へと変貌していた。

「もう嫌だ。どうしてこんな目に遭わなければならないんだ！」

阿多瀬は子供のように泣きじゃくり、ぶるぶると震えている。

「なら罪を認めろ。お前が今までにしてきたこと、これからすることを全て償え」と、悟堂が低い声で言う。

「悟堂さん。阿多瀬さんはそうすると言ったんですよ。今責めるのはおかしいでしょう」

「灘嶺先生はそう信じているのか」

「ループが終われば分かります。この船で、誰も死者が出なければ」

今回のことは予想外だった。ループが終わる前に死後の世界を見てみたい——という動機は理解出来なくもない。灘嶺でさえ、死後の世界に興味はあったのだ。

傍《はた》迷惑なことをされたが、まだ致命的ではない。むしろ、自殺者が一人出ただけでループが継続したのだから、死者を出さないようにすべきだ——という灘嶺の説が強固になったとすら考えられる。神は死者を望んでいない。

再び、灘嶺は阿多瀬の監視に回った。前回と違うところは、前野が阿多瀬の部屋にやってきたことだった。

「灘嶺先生、本当にこれでループは終わるんですよね？　誰も死なないで、事件が起きなければいいんですもんね」

前野が怯えた様子で尋ねてくるので、灘嶺は「勿論ですよ」と返す。むしろ、それ以外に終わる条件なんて考えられないじゃないか。と、鼻白む気持ちすらあった。

「私はもうこの船から下りたいんです。ただ……阿多瀬さんに誘われて来ただけなのに……ここにいたら、気がおかしくなりそうです。私は死んだ後、小さな箱の中に送られるんです。白くて固い箱です。私は殆《ほとん》ど身動きが出来ないまま、ただそうしているしかないんです。私をもう二度とあそこに送らないでください」

「大丈夫ですよ」

「俺は——俺は、この船を下りたらどうなる」

阿多瀬が涙に焼けた声で言った。

「罪を償う覚悟をされたのでは？」

「あいつらは、俺をまだ殺そうとしている。今はループを終わらせたいから我慢してるが、必ず殺す。どんな手を使ってでも追ってくるだろう」

「船から下りたら、そうそう殺すことは出来ないと思います」

「それでも、あいつらはやる。俺を殺す時のあいつらは、何かに取り憑かれてるみたいなんだ。殺すまで収まらない」

「どうして分かるんですか？」

「俺もそうだからだ。自分が殺されると思った瞬間、何が何でもあいつらを殺してやりたくなる。収まらない」

阿多瀬は明瞭な発音で言った。

「死後の世界でどんなものを見たんですか？」

「いつも最初に抉られるから分からない」

大抵の宗教は、人を殺すことを肯定していない。人を殺してはいけない。神が私利私欲に走った殺人をよしとしている場合は無い。殺人は肯定されるべきではない。人を殺してはならない。

この船に乗る前の灘嶺は神を信じていなかったが、今の彼は切実に祈り、また、神に呼びかけていた。灘嶺のやっていることは間違いではないはずだ、不殺を貫く灘嶺こそが、カルミナ・ブラーナで最も正しい人間であるはずだ。

十八時三十六分を迎える直前、八名の乗客は全員が甲板に集まった。これで十八時三十七分を迎えられるはずだと思い、期待を込めた目で灘嶺を見た。

「大丈夫です。神はきっと、この結末を望んでいるはずです」

十八時三十五分に、灘嶺は確信に満ちた声で言った。と、同時に、彼の背を悪寒が走り抜けた。

もしこれで──ループが終わらなかったらどうなるのだ？　神の意思が不殺ではなく、もっと別のものであったとしたら？

途端に吐き気がせり上がってきた。そうなったら、この船は──。

船が、揺れ始めた。

＊

阿多瀬が口からぼたぼたと赤黒い塊を二、三個吐いて呻《うめ》いた。顔の皮が剝《は》がれた彼からは何の表情も読み取ることが出来ないが、その声の震えだけで、彼の想像を絶する苦痛が感じられた。辺りに焦げ臭い匂いが漂っているのは、先程全身に火をつけられたからだ。火災報知器のけたたましい警告音が鳴っている。

野風宗佑は縛り付けられた阿多瀬を見下ろし、鉄の棒を握る手に力を込める。

「お前は罪を償わなければならない」

野風宗佑はその言葉と共に、阿多瀬を打擲《ちょうちゃく》する。

「お前が罪を償うまで、この船はどこにも辿り着かない。然るべき罰を与える。お前の所為で、僕らは船を下りられない。娘にも会えない」

阿多瀬の長い悲鳴が響く。

どうしてこうなったのだろうか、と灘嶺は考える。

誰一人死者が出なくても、ループは終わらなかった。

六度目のループに巻き込まれた乗客達は、全員が少なからず動揺した。最初は反対していたものの、彼らも死者が出ないことがループ終了の条件だと思っていたからだろう。

彼らはどうにかして船から脱出するよう試み始めた。野風夫妻は体調不良を理由に出発港へと戻るように指示し、港に船が着くと同時に、全員が急いでカルミナ・ブラーナから離れた。だが、どこに居ようと十一月二十一日十八時三十六分には、再び船へと戻されるのだった。

「いっそのこと、船で過ごせばいいとは思いませんか？　無理に抜け出そうとして、極端な方法に走る必要はありません。もしかしたら、自然と抜け出せるかもしれません」

灘嶺のこの提案は、ループ四百六十二周分は受け容れられた。

変わらない景色と変わらない食事、かつて殺し合いを行った人間と暮らすストレスに耐えて、何一つ積み重ならない砂上の日々を過ごすことは難しかった。

加えて彼らには大義名分があった。

人が死ぬのを防いだところで終わらなかった。なら、神の意思は、死者を出さないことではない。この船には死すべき人間がいる。

灘嶺の使っていた論理が反転し、殺人が肯定される。四百六十二回の失敗で、灘嶺の信頼は地に落ちた。もう一度だけ、という願いは聞き遂げられなかった。

そして——また、何度も誰を殺すか、正しい殺人事件はどんな形だったのかを考えながら、人が死に続けた。

灘嶺が学んだことは、他の全員が敵に回っている状況で防げる殺人などは無いということだった。スタッフを味方に付けようにも「乗り合わせた乗客が人を殺そうとしている」だなんて信じてもらえるはずがない。

誰がどのように殺されても、十一月二十日に戻された。灘嶺を除く人々は、殺人に唯一の光明を見出して色々なパターンを試すのだ。阿多瀬が殺され、野風宗佑が殺され、八木が殺され、前野が殺されるのを見た。罪のある人間が死ぬべきではなく、死んでループが終わったら、その人間が罪人なのであった。

この流れが出来てすぐに、灘嶺は殺人を止めるべく動いたが、何も事態は好転しなかった。

人を傷つけることに対し躊躇《ちゅうちょ》がある灘嶺と、人を殺すことに抵抗の無い野風宗佑では立場がまるで違う。何度も人を殺してきた八木や、何も言わずに消火器で殴りつけてくる西添とは違う。

「誰かを殺すなら、その前に私を殺してください！」

八木によって押さえ込まれながら、灘嶺は叫んだ。

止める為に叫んだ言葉だったが、望み通り彼は殺された。

それから、邪魔な灘嶺は早々に殺されるようになったので、具体的にどうなっていたのかは分からない。灘嶺はかつて探偵役だった自分のことを思ったが、舞台から退場させられる探偵は何の役にも立たないのだった。強い抵抗を示さなくなると、灘嶺は手足の骨を折られるくらいで放っておかれるようになった。

「灘嶺先生、こんなことになってしまって申し訳ないと思う。死後の世界を見てきた人間が、閉鎖状況に置かれてどうなるかを、もっと真剣に考えるべきだった」

悟堂は縛られたまま痛みにのたうつ灘嶺に対し、困ったように言った。

かつての殺人犯はすっかり毒気を抜かれているようで、その目にはただ灘嶺への憐《あわ》れみがあった。彼は復讐の為に人を殺し、目撃者だからという理由で関係の無い人を手にかけた。今もなお、時折彼は人を殺す。けれど、彼が殺した人数は他の人間よりも少ないくらいになってきていた。

「先生にだけ教えたいことがあるんだ」

悟堂が言う。

「本当は死後の世界で麻衣には会っていない。あの場所に妹はいなかった。どこにもいなかったんだ」

それだけ言うと、悟堂は灘嶺の元から去っていった。

そして、半年ほどが経った頃、単なる殺人では罰にはならないのではないか、という前提が共有された時、箍《かせ》が外れた。

密室での阿多瀬への拷問が始まった。

大罪を雪《そそ》ぐ方法は罪を上回る罰である。

無間《むげん》地獄で咎人《とがにん》が受ける刑の長さは三四九京《けい》年。

＊

阿多瀬がそれと同じだけの苦しみを受ければ、カルミナ・ブラーナから解放されるのだろうか。だとすれば、灘嶺達は、獄卒を担う為にこの船に留め置かれているのかもしれない。

だとしても、どうして灘嶺がその任の一人に選ばれたのか。これまでの人生で、人の為に尽くして人命を救ってきたというのに。

「これ以上阿多瀬さんを傷つけるのであれば、私のことも拷問にかけてください」

「そんなことに何の意味があるんですか？　灘嶺先生は阿多瀬のような悪人じゃないでしょう。痛みを覚えることで、阿多瀬を罰する罪悪感を紛らわせようとしているんですか？」

「私はこんなことをやめてほしいだけなんです」

それ以上灘嶺が何かを言うより先に、灘嶺の首に縄が巻き付けられた。彼はそのまま死亡する。

目が醒めると、十八時三十六分の甲板にいた。首を絞められていた記憶が生々しく咳《せ》き込んでしまう。

灘嶺が朦朧《もうろう》としている間に、八木と野風宗佑がすぐに行動を開始していた。抵抗する力の弱い阿多瀬を引きずり、前野を蹴りつける。騒ぎを聞きつけたスタッフを殴りつけ殺す。記憶が残らない人間なら、死んでも構わないという考えだった。操舵手を殺して、カルミナ・ブラーナが海を漂うに任せる。外部から連絡が来るのが鬱陶《うっとう》しかったので、全員が定期連絡の術を覚えた。

この船では命の価値が著しく低い。死すべきではない人間が死ねば、時が戻されるはずだからだ。だから、乗客達は本当の意味で死に怯えていない。

その中で、灘嶺はあくまで殺人を避けていた。こんな状況にあっても、絶対に人を殺さないと決めていた。

それなのに、灘嶺は天国どころか地獄にも迎え入れられることはなかった。

彼の死の先に待っているのは無でしかなかった。

最初は何が起こったのか分からなかった。防災用の斧《おの》で頭を割られた灘嶺は、次の瞬間にはもう十一月二十日十八時三十六分にいた。あまりに自然な移行に、灘嶺は一瞬自分が死を逃れたのだと勘違いしたほどだった。

だが、そうではなかった。甲板に戻ってすぐ、自分が新しい周にいることに気がついた。戻ったのだ。西添の語る天国も、野風深雪の語る生まれ変わりも、阿多瀬が見続けているであろう地獄も、何も無かった。まるで深い眠りに堕ちたように、断絶だけがそこにあった。

灘嶺の感覚だけが正しく、死後の世界は存在しない――と思うことは出来なかった。むしろ、自分だけがあらゆる死後から弾かれた、と思った。その瞬間、灘嶺は絶叫しそうになった。どうしてそんなことが起こり得るんだ？

灘嶺は善良に生きてきた。殺人を止めるべく出来る限り奔走した。今も人を殺していない。この船で唯一、手を汚していない乗客だ。

それでも神が灘嶺を受け容れないのだとしたら、一番罪深いのが灘嶺だということになる。そんなことがあっていいだろうか？　むしろ、灘嶺だけが救われる権利を持つのではないか。一人の死者を出さなくても、ループは終わらなかった。なら、そこに神の意思を見出すこと自体が間違っているのか？

ここから、別の意味での灘嶺の戦いが始まった。

彼は不殺を通し、代わりに殺されることを選んだ。

今まで彼は死んでこなかったから、天国に行く資格が無かったのではないか。そう考えたからだ。他人のことを庇い、慈しみ、この状況に異議を唱え続けることで、死後の世界に変化が訪れるのではないか。灘嶺の心は、いつしかその境地に達していた。

無私の心で、他人を慈しみ、殺人を否定する。その邪念があるからなのか、灘嶺の死後の世界は変わらなかった。

彼を待っているのは無だけであった。

＊

それからまた、しばらくが過ぎた。

きっかけは、阿多瀬の反応が鈍くなってきたことだった。苦しんでいる反応は示すものの、人間としての意思が感じられなくなってきていた。

いくら時間が戻り、身体が治ったとしても、精神は戻らない。そのことは、獄卒紛《まが》いのことをさせられている側も同じだった。この船から下りたいとあれだけ願っていた野風宗佑も、その意欲を失っていた。義憤に駆られていた西添や八木も、ただ惰性のままに阿多瀬を虐待していた。野風深雪は夫の行動を見守り、たまに参加した。悟堂は苦しむ阿多瀬を見つめていた。

時折、乗客達の何人かが共に自殺することがあった。多くの場合、それを先導するのは西添だった。彼女はいつしか、死後の天国の方の比重を重く捉えているようだった。

甲板に戻された乗客達は、しばらく誰も動かなかった。全ての人間が疲れ果て、その場に座り込んでいた。何年同じ場所で、同じ人間を苦しめただろうか。もしかすると、その苦痛の総計は阿多瀬が苦しめてきた女達の苦痛と釣り合ったのかもしれない、と灘嶺は思った。だが、何故かループが終わるとは思えなかった。

「阿多瀬をこれ以上苦しめても、ループは終わらない」

そう言ったのは、他ならぬ悟堂だった。何を言い出すつもりだ、と思ったが、止める気力は灘嶺には残っていなかった。この船で真に気力を保っているのは悟堂だけに見えた。不自然なくらい、彼は活力に満ちている。そのまま、言葉が続いた。

「この船の中には裁くべき人間と死ぬべき人間が乗っている。けれど、それが誰かは分からない」

悟堂は乗客達に順々に視線を向けた。同意も否定も無かった。だが、正解があると信じていなければ、彼らはもう正気を保っていられない。

「なら、もう全ての組み合わせを試すしかないんじゃないか。本当に正解が引けるまで。正しい結末に到れば、船は島へと辿り着く」

「全ての組み合わせ……？」と、野風深雪が言った。

「悟堂が阿多瀬と前野を殺した場合、悟堂が阿多瀬と前野と西添を殺した場合、悟堂が阿多瀬と前野と西添と灘嶺を殺した場合」

悟堂は滔々《とうとう》と話を続けた。背筋が寒くなる。

「それだけじゃない。悟堂が阿多瀬と前野を殺した時点で西添に殺され、そこで事件が終わった場合。そこから西添が灘嶺と野風深雪を殺した場合。野風深雪が阿多瀬と悟堂のみを殺した場合。西添が前野と灘嶺のみを殺した場合。西添が八木を殺し、阿多瀬が灘嶺を殺した場合。野風宗佑が前野と八木を殺し、灘嶺が悟堂を殺した場合。阿多瀬が八木を殺し、西添が自殺した場合。野風宗佑と悟堂だけが自殺した場合。悟堂が阿多瀬を殺し、前野が悟堂を殺し、西添が前野を殺し、野風深雪が西添を殺し、野風深雪を野風宗佑が殺し、野風宗佑を灘嶺が殺し、灘嶺だけが自殺した場合。野風深雪が灘嶺と悟堂を殺し、野風深雪を阿多瀬が殺す。そして西添が阿多瀬を殺して後に自殺した場合。八木が悟堂を殺し、西添が八木を殺した後に野風宗佑に殺され、そのまま野風宗佑が続けて灘嶺と野風深雪を殺した場合。ありとあらゆる全てを試さなければ、神が本当に意図している結末は分からない」

灘嶺は順列の式を思い浮かべた。異なる八個の玉の中から二個を選んで並べる順列の総数は五十六、異なる八個の玉の中から三個を選んで並べる順列の総数は三百三十六、異なる八個の玉の中から四個を選んで並べる順列の総数は千六百八十、異なる八個の玉の中から五個を選んで並べる順列の総数は六千七百二十。

しかもこれは順列の問題よりも更に多い。無数の選択肢がある。何億ものパターンがある。死すべき人間、罰を与えられるべき人間。裁く人間。それを傍観している人間。

正しい役割と結末がこの船には用意されているのか？　なら、一周目の灘嶺がやったことの意味は？

「灘嶺先生だって声高に神の意思について語っていただろう。俺達はこの船で為すべきことを為さなければならない」

「私は……」

人殺しを許さない、と言えるような状況ではないことは分かっていた。それよりももっと酷いことがこの船では起こり、灘嶺はそれを見過ごしてきたのだ。殺人を止めたいとこれ以上灘嶺が主張すれば、更に削《そ》がれ、更に抉られ、更に焼かれる場面を目の当たりにすることになる。灘嶺が折れるまで。

灘嶺は力なく項垂《うなだ》れた。十八時三十六分は目の前に迫っていた。

＊

死すべき人間と裁くべき人間を探す旅において、一番重要なのが殺す側の人間の選定だった。

阿多瀬は既に半分ほど正気を失っており、簡単な指示をこなすことしか出来なくなっていたので、言うことを聞かせられる内に犯人役をやらせることにした。悟堂はまず、阿多瀬に前野を殺させた。ループは終わらなかった。次は阿多瀬に前野を殺させた上で自殺させた。ループは終わらなかった。

阿多瀬に前野を殺させてから西添を殺させた。ループが終わらなかったので、阿多瀬に西添を殺させてから、前野を殺させた。ループは終わらなかったので、阿多瀬に西添を殺させてから前野を殺させ、更に自殺させた。ループが終わらなかったので、阿多瀬に前野を殺させてから、西添に殺されるように仕向けた。

各ループには丸々二十四時間かかるので、体感時間で一ヵ月が瞬《また》く間に過ぎた。それでも、するべき日課が出来た乗客達は多少持ち直すようになった。自分の番が回ってきていない時は、ただ期待するだけで構わなかったのも大きいだろう。

しかし、進捗は振るわなかった。

阿多瀬の消耗は著しかった。一度殺される度に、阿多瀬の動きは鈍くなり、言葉を発さなくなっていった。死後の世界と船を行き来することは、人間の精神に多大な影響を及ぼすらしかった。拷問を受け続けていた時よりも更に、阿多瀬の魂は焼き切れていく速度が速い。

それは最初の生《い》け贄《にえ》として選定された前野や、殺される役を進んで引き受けた西添すらもそうだった。

前野は死にたくないと泣き喚き、殺される番を後に回して欲しいと懇願してきたが、いつしかさしたる抵抗も無く死を待っていた。彼が言っていた死後の世界を思い出した。

「私は死ぬのが恐ろしくないので。最初の方に回してください。私は死ぬべき人間ではないので、ループは終わらないと思いますが。その代わり、阿多瀬に殺させるフェイズが終わったら、私を裁く側に回してください。そうすれば、何億と試さなくて済みますよ」

西添はそう言って穏やかな笑みを浮かべていた。彼女は死後天国へと迎え入れられる側だからこそ、灘嶺は彼女が最初に殺される側として手を挙げた時に少し安心したのだった。

だが、そんな西添でさえも、そのうち様子がおかしくなり始めた。目の焦点が合わなくなり、ボーッとすることが増えた。こちらの呼びかけに反応が遅れ、今何をしているかが分からないような顔をすることが増えた。「どうして私は船に乗っているんですか？」と不思議そうに尋ねては、ハッとした顔で頭を振った。

何度も天国を見ている内に、どちらが現実なのか分からなくなってしまったのかもしれなかった。考えてみれば、西添が天国で過ごしている時間と現実の時間が一致しているとは限らないのだ。

野風深雪が、殺される役割は連続で引き受けるべきではないと提唱し、そこからはローテーションで殺されることになった。試すべき組み合わせは無限にある。

五千八十二回目の試行で、阿多瀬は完全に物言わぬ肉塊になった。それでも、阿多瀬が殺さなくてはいけない回数はまだ残っていた。

悟堂は工夫を凝らし、阿多瀬の身体の重みで人の首を吊る仕組みを作り出した。半ば自殺に近かったが、死のトリガーになるのが阿多瀬であるということで、良いということになった。

阿多瀬は意思も無く人を殺す機械と化していた。

灘嶺の殺される番がやってくると、彼は抵抗することなく縄に首を掛け、阿多瀬が自分を殺すのを待った。暗闇が明けると、甲板があった。

＊

巨大なハノイの塔の伝説がある。ハノイの塔というのは、三本の柱に穴の開いた大きさの違う円盤が刺さっているパズルのことだ。下から大きい順に円盤が積み重なっており、ルールに従って右端の柱に移動させられたらクリアである。

インドの寺院には円盤が六十四枚もあるハノイの塔があり、神に命じられた僧侶達が日夜それを解くべく円盤を移しているそうだ。この六十四枚の円盤を移し終えた瞬間、世界が終わると言われている。

だが、六十四枚の円盤を移すのに掛かる時間は、約五八〇〇億年である。だから世界はまだ終わっていないのだ。

灘嶺が人を殺さずにいられたのもそれが理由だった。灘嶺が殺さなくてはいけなくなるまでには、途方も無い年月が必要だった。灘嶺はただ殺されるだけで良かった。あるいは、乗客達が殺すことの手助けをするだけで良かった。殺した誰かが殺されるパターンを試す時でさえ、灘嶺はそれを巧妙に回避した。数多《あまた》あるパターンの複雑な手順を覚え、まともに実行出来る人間はどんどん減っていくので、誤魔化すことは難しくなかった。いつかやるのであれば、今やらなくてもいい。試すべきパターンはいくらでもある。

戻ってくる度に、僅かにでも魂が擦り切れていくのだ。西添が戻ってこられなくなった。野風深雪が変質した。野風宗佑が崩れた。八木が終わった。阿多瀬と前野は遥か昔に肉の色をした石へと変わっていた。

それでも、彼らは巡礼者として試し続けた。初めの殺人事件は間違いだった。事件が起こらないのも間違いだった。なら、どこかにカルミナ・ブラーナ号で起こるべき正しい殺人事件が存在するはずなのだ。


「俺もそろそろ駄目かもしれないな」

ある日、悟堂がそう言い出した。

悟堂はこれまで正気を保ち続けてきた。数百年が経ってもこのままなのだから、きっとその先も──数千年、数万年が経っても、悟堂はこのままでいてくれるのだと思っていた。途端に灘嶺は恐怖に駆られた。悟堂が去った後、灘嶺はカルミナ・ブラーナの中に一人取り残されることになるのだ。

灘嶺の恐怖を嗅ぎ取ったのか、悟堂は静かに言った。

「俺が駄目になったら、先生が一人でやることになる。世話を掛けるが、よろしく頼む。もう俺達は始めてしまった。終わらせなければならない」

「何を言ってるんですか。悟堂さんは大丈夫なはずです。そうでしょう?」

「先生は変わらないな。本当に変わらない。分かったよ。あんたは正しかった。神には認めらないかもしれないが、あんたは正しいんだ」

そう言って、悟堂は軽く笑ってみせた。誰かが笑うところなど、灘嶺はこの数百年まともに見ていなかった。

「あの場においても何故悟堂さんの目が生きていたかが分かりました」

「どういう意味だ？」

「悟堂さんは、全く赦していなかったんですね。阿多瀬のことも、私のことも。これも復讐だったんでしょう」

悟堂は軽く微笑んだ。肯定の意であるのだろう。だが、その復讐の気持ちすら、歴史の砂の中に消えてしまったのが見て取れた。だからこそ、悟堂の正気は失われようとしているのだろう。

「先生に犯行を暴かれた時、俺は納得がいかなかった。阿多瀬は殺されなければならなかった。俺は罪を逃れ、鹿野立花の元に帰らなければならなかった。先生が変に嗅ぎ回らなければ、前野が犯人として捕まり、島にいる女達は無事で済むはずだった。先生さえいなければ全てが上手くいっていたのに、人殺しは悪だから、あんたの方が肯定された」

最早、灘嶺は自分が探偵であった日のことを思い出せなかった。彼は人殺しが許せず、人を守りたいと思ったはずだ。灘嶺は悟堂がどうして殺人を犯したのかも、彼を犯人として告発することで何が起こるかも知らなかった。だから、彼なりの最善を選んだ。

「こんなことに何の意味があるんですか。もうみんなとっくにおかしくなっているんですよ。たとえループが終わったところで、もう誰もまともには生きられません」

「もう遅いんだよ」

悟堂の後ろを、ゆっくりと八木が歩いていた。八木は同じ場所を回遊魚のように徘徊《はいかい》している。

「頼むよ先生。俺も正解が知りたいんだ。死ぬべき人間は誰だったのか、殺すべき人間は誰だったのか。俺は今でも、西添やすなをあそこで殺したことを悔やんでいる。俺が阿多瀬を殺し、前野を殺した時にループが終わってくれればよかった。俺にとって最良の形が、神に肯定してもらえたら、」

だが、そうはならなかったのだった。

悟堂はそれから更に数百年を共に過ごし、半分ほどの犯人役を自力で務め上げた。悟堂が言葉を発さなくなった時、灘嶺は大声で泣いた。彼の罪を糾弾した過去を思った。

それでも、灘嶺は正しい殺人事件を、真に裁かれるべき者を探す。

＊

灘嶺の十一月二十日は、スタッフを一人一人拘束して船を止めることから始まるのが常だったが、今日は違った。

灘嶺はまず、田中綱子《たなかつなこ》という名前のスタッフを甲板に呼び出し、乗客達が完全に正気を失っているのを見せた。そして、彼女が野風深雪を助け起こしているところを、消火器で殴りつけて殺害した。これまで彼女とは数え切れないほど身体の関係を持っていた。次に灘嶺は、この時間には絶対に一人で仕込みをしている料理人の益川滋郎《ますかわじろう》を完璧なタイミングで刺殺する。その包丁を持ったまま、乗船スタッフである君元久代《きみもとひさよ》を刺し、五代毅《ごだいたけし》を刺す。君元久代とは十六回ほど関係を持ったが、ある日を境に接触を断った。操舵室のインターホンを鳴らし、出てきた軽田淳二《かるたじゅんじ》を殺す。船を停めてから、航海は依然順調の連絡を打つ。

今日は特別な日だった。灘嶺はちゃんと数えたし、やり遂げた。カルミナ・ブラーナでの数十万年を、ルーティーンと共に過ごし終え、自分の番がやって来たのだ。何度殺されても、灘嶺は正気を保っていた。彼の死後の世界は相変わらず、彼自身すら観測出来ない無であった。乗客達の中で、灘嶺ただ一人が、連続性のある一日の中にいると言ってもよかった。

記憶は彼方にあった。この数千年の灘嶺の理解では、ここにいる人間には原罪を背負っているものがおり、その咎人に罰を与えなければならないのだ、ということになっていた。

この船の中で灘嶺だけは何の罪も犯さず、彼らの痛みに寄り添っていることになっていた。灘嶺がそうすることによって、いずれは神の門が開かれ、彼もまた何処《どこ》かへと迎え入れられるのだ。彼はその日の為に巡礼を続けていた。

だが、ついにこの時が来た。灘嶺が人を殺す時が来た。これまで、色々なパターンを味わってきた。八木に阿多瀬を殺させた後、西添に殺させた上で彼女に自殺させた。悟堂が八木と西添と阿多瀬と前野を殺した後、野風深雪に殺され、その野風深雪を野風宗佑が殺すパターンを見た。野風宗佑をその後に自殺させるか、させないかで二回行った。ループは終わらなかった。

かつて灘嶺は、殺人はこの世で最も忌むべき行為だと思っていた。人の命を救う為に医者になり、この世で最も尊いものは人命だという主義に則って生きていた。だが、神は灘嶺のことを肯定しなかった。

もしこれでループが終わったら、と灘嶺は一瞬だけ恐ろしくなった。意思の無い目で阿多瀬が灘嶺のことを見る。自分が乗客達の頭を斧で割ることで、正しい結末に辿り着くのだとしたら。そこに灘嶺はどんな意味を見出せばいいのだろうか。阿多瀬の頭を斧で割り、生温かい血を浴びる。何を察知したのか、西添がこちらに這ってきた。彼女の首に、斧を食い込ませた。びくびくと震えながら、西添が崩れ落ちる。

野風夫妻は両方とも首を絞めた。野風深雪の方はあっさりと頸椎《けいつい》を折ることが出来たが、野風宗佑はバタバタと暴れた為、結局ロープを使わされる羽目になった。近寄ってきた前野を斧の背で何度も殴りつけた。

悟堂はまるで眠っているかのようだった。灘嶺は彼の身体を横たえると、その首に斧を振り下ろした。

その後、灘嶺は船から飛び降りてすぐに自殺したが、彼の死後の行く先は変わらなかった。

灘嶺が五名のスタッフを殺し、七名の乗客を殺し、その後自殺する結末は正しくないようだった。七名の乗客全員に罪があるわけではなく、灘嶺にそれを裁く権利も無かった。

だが、まだ可能性は残っている。この中の六名だけに罪があり、彼がそれを裁く権利だけが与えられているのかもしれない。

正解が知りたい、という悟堂の言葉を思い出した。灘嶺も、正解が知りたい。

もしかしたら、神に認められた正しい結末など存在せず、自分達は大いなる災害に巻き込まれているだけなのかもしれない、とも思う。だからといって、今更灘嶺に何が出来るのだろう?

十一月二十一日の洋上の天気は晴れであり、少し肌寒いが航海には適した季節だった。そこはまるで楽園のようで、灘嶺は心地良さに目を細めた。

灘嶺は自作の鼻歌を歌いながら、仕掛けを作ることに精を出していた。もう何億回作ったかも分からない、人に人を殺させる装置だ。乗客達は甲板で思い思い這い、床を舐《な》めていた。

灘嶺は仕掛けを作り終えると、悟堂の身体を抱えて仕掛けに誘導した。悟堂がその縄を引けば、阿多瀬の首が絞まる仕組みになっている。阿多瀬は苦しんでバタバタと踠《もが》いていたが、すぐに動かなくなった。

灘嶺は悟堂に感謝をすると、今度は西添の近くに誘導した。西添はぼんやりと穏やかな海を眺めていた。何度か試すと、運良く悟堂が西添を海に突き落としてくれた。しばらく泡立っていた海面は、数分もすると驚くほど静かになった。

仕事を終えた灘嶺はデッキチェアに座ると、さっき西添がやっていたように海を眺めた。カルミナ・ブラーナは目的地を忘れ、ゆっくりと潮に流されていく。

やがて陽《ひ》が落ち、星が空に瞬き始めた。カルミナ・ブラーナから見た星の光がこれほど美しいのを、灘嶺は数千年ぶりに思い出した。

間もなく十八時三十六分がやってくる。灘嶺は目を閉じた。

正しい結末は未だに見つからない。だが、灘嶺は阿多瀬と西添を殺した犯人が悟堂であることを知っている。灘嶺に分かるのはそれだけだ。彼は悟堂を犯人として警察に引き渡すつもりだ。

時計を見る。時刻は十八時三十五分。

ぬっぺっぽうに愛をこめて

藍銅ツバメ

「お嬢ちゃん、お父さんの病気の治し方を教えよう。
これを、ちゃあんと大きくなるまで育ててから食べるのさ」

奇妙な生きものがさまざま登場した本書を締めくくるのは、わりと有名な妖怪。「ぬっぺっぽう」は、「ぬっべっほう」「ぬっぺふほふ」とも言い、のっぺらぼうの一種または原型とされているらしい。鳥山石燕《とりやませきえん》『画図百鬼夜行』や佐脇嵩之《さわきすうし》『百怪図巻』など、江戸時代の妖怪絵巻に登場、顔と体のしわの区別がつかない、一頭身の肉の塊に手足が生えたような姿で描かれている。本編は、第四期ゲンロンSF創作講座で法月綸太郎氏が課した〈何かを育てる物語」を書いてください〉というテーマに則して書かれた作品を改稿したもの。同講座で著者は他にも、蛇女や枕返し、縊鬼《くびれおに》など、さまざまな妖怪が出てくる短編を書いている。

藍銅ツバメ（らんどう・つばめ）は、一九九五年生まれ。幼少期を大阪、青春期を徳島で過ごす。徳島大学総合科学部人間文化学科卒業。東京在住。図書館勤めのかたわら小説を書きはじめ、二〇二〇年、妖怪小説「めめ」で第4回ゲンロンSF新人賞優秀賞を受賞。二二年、日本ファンタジーノベル大賞2021の大賞を受賞した『鯉姫婚姻譚』でデビューを飾る。主人公は、家業の呉服屋を弟に譲って二十八歳の若さで楽隠居した孫一郎。屋敷の池に棲む人魚おたつに見初められた孫一郎は、「猿婿」や「つらら女」など、〝人と人じゃないもの〟の恋が悲劇に終わる物語を独自バージョンで語って聞かせるが……。その他の作品に、近未来地獄メタバースSF「Niraya」（〈小説すばる〉二二年四月号）、現代和風ホラーファンタジー「春荒襖絡繰《はるあれふすまからくり》」（〈小説新潮〉二二年六月号）などがある。

小学校五年生とはとても思えないほどしっかりしている、とご近所で評判の加蓮《かれん》にだって、きなこ棒と酢だこで迷って一五分が経過する日はあった。

駄菓子屋にくれば学校の友達に会えることが多いのだが今は加蓮しか客がいない。店主のお婆さんは、奥の畳の間《たたみま》で卓袱台《ちゃぶだい》に向かい趣味のクロスワードパズルに熱中している。誰にも急《せ》かされないので、加蓮はどちらかに決めるタイミングを完全に見失っていた。そんな時に人が店内に入ってきたから、なんの気なしにそちらを見る。

若い男だった。灰色のスラックスに白シャツを着て、ネクタイを締めている。それだけ見ればどこかの会社員のような服装なのだが、頭には瓢簞柄《ひょうたんがら》の手拭《てぬぐ》いを巻き、背中には大きな柳行李《やなぎごうり》を風呂敷一枚で背負っているなど、どうにもちぐはぐな出で立ちをしていた。よく見れば足元だって、革靴ではなく地下足袋《じかたび》だ。

「やあ、こんにちは」

男は奥の間に向かって踏み込みながら、朗らかにそう言った。お婆さんはそれを聞いてようやくクロスワードパズルから顔をあげる。

「あら、あんた、久しぶりねえ」

「ええ、随分ご無沙汰しておりまして」

男は風呂敷を解き、一段高い位置にある畳の部屋、その手前の板の張られたあたりに柳行李を降ろした。

当たり障りない世間話の後、お婆さんは古びた赤い箱を持ってきた。開けたその中には薬の瓶や包帯が詰まっている。箱の中身を検分しながら、細長い帳簿に文字を細かく書き込んでいく男は、どうやら薬を売る商売をしているらしい。

それを理解した加蓮は途端に興味を失い、どちらのお菓子を選択するべきかの思索に戻った。それから数分経《た》って、選択肢に割り込んでくるヨーグルトや糸ひき飴《あめ》をなんとか脳内から退けている時だった。ジリリリリン、という電話の音がした。

そちらを見ると、和室の奥にお婆さんが引っ込んでいくところだった。ジリリリリン、ジリリリン。繰り返される音が、途中で切れて、後には電卓を弾く男が取り残された。男はしばらく電卓を眺めながら帳簿に書き込んでいたが、やがて所在無げに立ち尽くす。あのお婆さんは電話を取ると長いんだよなあ、と思いながら男を見ていると、ふいに視線がかちあった。なんとなくどぎまぎする加蓮に、男は馴《な》れ馴れしく声をかけてくる。

「やあ、お嬢ちゃん、この駄菓子屋にはよく来るのかい」

「ええ、まあ」

男は歩み寄ってきて、天井からぶら下がっているポリバルーンの台紙に手を触れさせると、ぺらぺらと喋り出した。

「いいねえ、駄菓子屋なんて最近じゃそうそう見ないもんねえ。お菓子もそうだけど、あたしはこういうとこで売ってる玩具《おもちゃ》が好きでね。メンコやベーゴマなんてわかりやすいのも好きだけど、やっぱりほら、こういう……なんか伸び縮みする輪っかやら、擦《こす》ると煙の出るベトッとしたやつやら、よくわかんないやつでついつい遊んじゃうんだよねえ。ねえ、最近の子もこういうので遊ぶのかい」

「はあ、遊ぶ子もいると思いますけど」

加蓮が素《そ》っ気《け》ない返事をしているのに、男は気にした様子もなく問いかけを続ける。学校は楽しいかい、体育は得意かい、友達は多いほうかい、嫌いな食べ物はあるかい。

面倒な大人に絡まれてしまったな、と思いながら加蓮は適当な答えを返す。そんな加蓮に、男がした次の問いかけはこうだった。

「お父さんは元気かい」

「元気ですよ」

「嘘を言っちゃいけない」

嘘をつくと閻魔様に舌を抜かれちまうよ、と言って男は笑った。元々細い目が、糸のように細くなるのを見て、嫌な感覚が背筋を走る。この男はどうして、加蓮の父がとても元気とはいえない状況にあることを知っているのだろう。

「お兄さんは、父の、知り合いですか」

「はは、お兄さんなんて、照れるなあ。そんな歳じゃないんだけど」

「知り合いじゃないんですか」

「会ったこともないね」

「じゃあなんで、父のことを」

「こう見えて、お兄さん、薬売りだからね」

　病気のことならなんでもわかるのさ、と言って、男は右手を広げて見せた。答えになっていない。話せは話すほどに怪しい男だ。お菓子は惜しいが話を切り上げて帰った方が良い。知らない人と話してはいけません。学校で配られたプリントにもそう書いてあった。

　加蓮は手に持っていたお菓子を元の位置に戻して、出口に向かった。背後から男が声をかけてくる。

「お菓子、買ってかないのかい」

「今日はやめました」

「もうちょっと話そうよ」

「用事があるので」

「残念だなあ、お父さんの病気が治る、良い薬があるんだけど」

　加蓮は足を止めた。あと一歩で、駄菓子屋から出るというところだった。一瞬迷った後、振り返り、すぐ後ろに男がいたのに驚いた。咄嗟《とっさ》に後退《あとずさ》ろうとして足が滑り、後ろに倒れ込みそうになる。

「おっと、大丈夫かい」

男の手に背中を支えられた。

「ありがとう、ございます」

助け起こされながら、加蓮は反射的に礼を言った。どういたしまして、と言った男が、加蓮の肩に手を回して、駄菓子屋の奥へ歩き出す。それに引きずられるように歩いていった加蓮は、男に促されるままに、和室の手前、板が張られた部分に腰かけた。

「いやあ、話を聞いてくれる気になって嬉《うれ》しいよ」

正面に立った男が、そう言って加蓮を見下ろした。これは、もしかしなくても良くない状況だ。加蓮はお習字バッグに手を伸ばし、そこに付けられた防犯ブザーを握りしめた。そんな加蓮の様子を気にせず、男は喋り続ける。

「さて、お父さんの具合が悪くなったのは、ここ最近のことだったね。なんだかしんどそうで食欲がない。どうも体も痛いらしい。何度か違う病院に行っているようだが、どこがどう悪いのかはお嬢ちゃんに教えてくれない。いや、それも当然だね。だって、は は、言えないなあ。こんなに悪いんじゃ、とてもとても」

へらへら笑う男に腹が立ってきて、睨《にら》みつける。

「なんですか、それ。どう悪いんですか。なんていう病気なんですか」

「いやいや、お父さんがナイショにしてることを、あたしが教えるわけにはいかない」

「教えてください、教えて」

「いやあ、慌てるもんじゃない。なんていう病気なのか、なんて実際の所、どうだっていいんだからね。大事なのは、どうすれば治るのか、そうじゃないのかい。そしてその方法を、あたしは知ってるのさ」

男はやけにのっぺりした顔つきをしているから、にやにや笑いが浮きあがっているように見えた。下唇を噛《か》む加蓮を見下ろして、尚も男は続ける。

「お嬢ちゃんも、知りたいとは思わないかい。前みたいに、お父さんが痛そうなそぶりもなく、苦しそうなそぶりもなく、一緒に遊んでくれるようになったらとは思わないのかい」

視界が水気を帯びて滲む。加蓮は警戒心を解きはしなかったが、僅《わず》かに声を低めて問いかける。

「……どうやったら、治るのか。教えてくれますか」

「いいよ。お嬢ちゃんにだけ特別だ」

男はあっさりとそう言って、加蓮の横に置いてある柳行李に手を突っこんだ。さして苦労せずに、何かを取り出して手中に収める。そして加蓮の前にしゃがみこんだ。

「はい、手出して」

恐る恐る加蓮が両手を差し出すと、その掌《てのひら》の上に小さな包みがのせられる。それは、和菓子の包みのようにしか見えなかった。丸くて小さな何かを、橙色《だいだいいろ》の和紙で包んである。

「開けてみて」

弾んだ囁《ささや》き声に促されて、加蓮はわけもわからぬまま、ねじってある包みを解いた。中身を見ても和菓子のようだという印象は変わらなかった。真っ白ですべすべのお饅頭《まんじゆう》のような物が、掌の上にちょこんと載っている。

「これを、父にあげればいいんですか」

「そう、でも焦っちゃいけないよ。ちゃあんと大きくなるまで育ててから食べるのさ」

「育てて？」

男の言っていることがわからずに手の上の白いものをじっと見下ろす。その時、それが僅かに動いた気がした。ぷるぷるとした感触が掌に伝わり、驚いて小さく悲鳴をあげる。

「あはは、大丈夫だよ。噛みつきやしないから」

男が軽く笑った。加蓮は左手を自分の体から遠ざけるようにする。

「これ、これ、生きてるんですか」

「生きてるよ。だから、大事に育ててね」

「育てるって、どうやって。餌《えさ》は」

「そうだなあ、まあ生肉とかを喜んで食べるみたいだけど。でも餌とかそんなことより、大事なことがある、それはね」

男は両手を大仰に広げて見せた後、もったいぶった口調で言った。

「愛情をこめて育てることだよ」

詭弁《きべん》だ。加蓮は学校で兎の飼育係をしているから知っているのだ。飼育に必要なのは、愛などではなく、生き物のことをよく知り、飼育環境を適切に保つことだ。

「お、信じてない顔をしているね。でも本当のことだよ。とはいえ何も、これに愛を向けろって言ってるわけじゃないよ。お嬢ちゃんがこめるのは、お父さんへの愛だ」

加蓮が黙っていると、男は加蓮の手の上の白いものを指さして、内緒話をするように声を潜める。

「これにお父さんへの愛をこめて育てると、万病に効く薬になる。愛情が真に深いものであれば、不老不死の霊薬になる」

「……本当に？」

斜めに見上げる。男は深く、深く頷《うなず》いた。

「ああ本当だよ、あたしは嘘は言わないよ。お嬢ちゃんは本当に運がいい、これに勝る薬なんて、この世にありはしないんだからね」

「あの、お金、お金はいくらかかりますか。高いですか」

「お金？　馬鹿言っちゃいけない。こんなに可愛《かわい》いお嬢ちゃんからお金なんてとるもんか。そんなことは気にせず持って帰るがいい。これは本当にいい薬だよ、でもあたしはそんなことで、決して恩を着せたりはしないのさ」

加蓮は途方に暮れた。いい薬だよ、と言われる一方で、お金はいらないと言われてしまう。何かを得るためにはお金が必要だという加蓮の常識から外れている。

「ただ、一つだけ忘れないで。これを育てて、食べた後、内臓を返して欲しい」

「育てて、食べる？」

「そうだよ。さっきからそう言っているだろう？」

言っていたかもしれない。しかし、やはり加蓮の常識にそぐわないから頭に残らないのだ。生き物を食べるために自分で育てるなんて、そんなことはしたことがない。

「育ったこれを食べればきっとお父さんの病気は治るよ。それで残った内臓はあたしに返して欲しい。簡単だろう」

男がそう言いながら立ち上がる。簡単、なのだろうか。加蓮の掌の上で、白いものはいまだぷるぷると震えている。このよくわからないものを、育てて、食べる？

「悪かったねえ、待たせて」

加蓮が思案に暮れていると、お婆さんが戻ってきた。はっ、と我に返る加蓮に声をかけてくる。

「加蓮ちゃん、お菓子、どれにするか決まった？」

「あの、ごめんなさい、決まってなくて」

「そう。いいのよゆっくり決めて」

近づいてくるお婆さんから隠すために、白いものを包み直してワンピースのポケットに入れる。なぜか悪戯《いたずら》を見咎《みとが》められたような気持ちに襲われて、加蓮は立ち上がった。

「ごめんなさい、私、今日は帰ります」

「あら、そうなの？　また来てね」

そう言うお婆さんと目を合わせず、俯《うつむ》いたまま男の脇をすり抜ける。駄菓子や玩具が並ぶ中を早歩きで過ぎて、店を出る時、背中に男の声がかかった。

「お大事に」


住宅街の中の小さな一軒家。鉄製の門を通って、加蓮は自宅の扉を開けた。ただいま、と声をかけても返ってこない。父は二階の自室にいるのだろうか。

加蓮はゆっくり階段を上った。隣室の父親の邪魔をしないようにそっと自分の部屋に入り、扉を閉める。習字バッグを床に置いてクーラーをつけると、加蓮はベッドに座り込んだ。恐る恐る、ポケットのふくらみを確かめる。

ポケットから取り出して包み紙を解くと、ぷるぷるとした白い塊が現れる。本当に持って帰ってきてしまったけれど、実際どうやって世話をすればいいのかわからない。

加蓮はしばらく考えこんで、二年前カブトムシを飼っていた時のプラスチックの虫籠《むしかご》がまだあることを思い出した。白い塊をベッドの上に置いて、加蓮は部屋を出た。階段を降りて、玄関横の棚に入っている大きめの虫籠を引っ張り出す。

部屋に戻ると白い塊がベッドから落ちそうになっていたから、慌てて塊を手ですくい上げ、透明な虫籠の中に入れる。籠に入った塊は、ぷるぷると震えながらゆっくりと移動している。お饅頭みたいな形のくせに、意外と動けるらしい。

加蓮は床に膝をつき、ベッドの上に置いた虫籠を覗《のぞ》き込んでしばらく興味深く観察した。寝床は必要だろうか。餌は。トイレはどうしよう。

そんなことを考えている時に、ノックの音がした。入っていいか、という問いかけに、いいよ、と答える。入ってきた父親は乱れた髪そのままで、眩《まぶ》しそうに目を細めている。着ているシャツも皺《しわ》が寄っていた。どうも寝起きらしい。

「お父さん、おはよう」

「ああ、うん……おかえり、加蓮」

ドアにもたれかかるような姿勢で、父親は続けた。

「ごめんな、今日まだ晩ご飯用意できてなくて……どうしようか。出前でも頼もうか」

「出前もいいけど、冷蔵庫のお肉、消費期限今日までだよ。残ってるキャベツも早く食べないといけないし」

「そうだっけ」

「うん、簡単なので良かったら、私が何か作るよ」

「いや、別に、父さんが作るから、加蓮は宿題でもしたほうが」

「もう終わったよ」

そうか、加蓮は偉いな……と父親は呟《つぶや》いて、視線を彷徨《さまよ》わせた。そして加蓮の前にある虫籠に目を止めた。まずい。そういえば、隠すのを忘れていた。

「加蓮、その虫籠は」

「違うの」

問いかけを遮ってから、加蓮は言い訳を考えた。知らない人に貰《もら》ったなんて言ったら、怒られてしまうかもしれない。

「これは、あのね、そうなの。捕まえたの」

「……捕まえた？」

「パンダ公園の草むらにいたから捕まえたの。飼っていいでしょ？」

少し無理があるかな、と思いながらも、加蓮はなんとか父親を説得するために続けた。虫籠を父親の方に掲げて、中を見せる。

「可愛いでしょ、白くて、ぷにぷにしてて。噛んだりもしないの」

父親は数十秒ほど、虫籠の中をじっと見ていた。強張《こわば》った顔つきを見て、加蓮は焦る。カブトムシを飼いたいと言った時は反対されなかったが、今回は違うかもしれない。流石《さすが》にこんなよくわからない生き物を飼うのは許してくれないだろうか。

「私がちゃんと世話するから」

加蓮が懇願するように言うと、父親は虫籠から目を離さないまま、近づいてきた。しゃがみこんで、加蓮が掲げ持っている虫籠の中を探るように見る。

「……だめ？」

加蓮が問う。透明な虫籠越しに、父親と目が合った。数秒間見つめ合ったあと、ふいと目を逸らした父親は、寝起きでまだ掠《かす》れている声で言った。

「……いいよ」

父親が立ち上がる。ふらりと扉の方に歩いて、ドアノブに手をかけた。

「父さん、ちょっと部屋で仕事するから」

その後、何か言葉を続けたそうなそぶりを見せたが、結局何も言わずに部屋を出ていった。加蓮は安堵《あんど》に息をついて立ち上がり、虫籠を勉強机の上に置いた。

「良かったね、飼っていいって」

声をかけてみる。白い塊がぷよんぷよんと大きく揺れるのが、なんだか嬉しそうに見える。この奇妙な生き物が、本当に薬になるものだろうか。疑念は残るが、父のためにできることが少しでもあるなら、やってみようと思う。

「名前はね、決まってるの。モコっていうんだよ」

前に飼っていたカブトムシの名前である。可愛い響きの名前が気に入っていたので、同じ名前にすることにした。

「よろしくね、モコ」

虫籠の蓋《ふた》の端を人差し指の爪でこつんと叩くと、その音に驚いたようにモコが固まる。そんな様子がおかしかった。

野菜を与えてみたが見向きもしなかった。小皿の上に生肉の欠片を置いておくと、もにょもにょと近づいて生肉を齧《かじ》るのである。どうやら、饅頭のような形の底にある小さな割れ目部分が口らしい。

四、五日に一かけら程度しか食べないので始めは心配したが、どうやら小食な生き物らしい。糞尿の量も少なくて、教えたわけでもないのに虫籠の隅の決まったところにするので、虫籠の底にキッチンペーパーを敷いておけば掃除も大した手間がかからなかった。

手の上にのせると、ひんやりぷにぷにとして気持ちいい。加蓮は毎日、学校から帰ってくると、モコを掌にのせて眺めた。そうしているうちに、どんどんモコのことがわかってくる。縦に大きく揺れている時は嬉しい時。横に小刻みに揺れる動きは威嚇《いかく》。モコが少し潰れたような形になって動かなくなった時は眠っている。

父親はあまりモコのことについては話しかけてこなかった。ただ、モコのことをあまり人に話してはいけない、とそれだけ言った。確かに、こんな動物図鑑に載っていないような奇妙な生き物を人に見せたら大騒ぎになるかもしれない。だからモコを飼い、その成長を見守るのは、加蓮だけの楽しみだった。

始めは一口サイズの饅頭ほどの大きさだったが、二週間たった今では最初の二倍ほどになっている。その成長を楽しく眺めていた加蓮だったが、ある朝ふと異常に気付いた。なにかイボのような小さなものが四つ、床に接するようにしてモコの半身に生えている。

悪い病気ではないかと、加蓮は心配した。

学校から急いで帰って、モコを掌の上にのせて観察した。モコが病気かもしれないと父親に話してみたけれど、それは心配だな、と言って考えこむだけで何をしてくれるわけでもない。もちろん動物病院に連れていくこともできない。何度も駄菓子屋に行ったがあの男にも会えなかった。最初にもっと詳しく話をきいておくべきだったと、今になって思う。

イボを見つけてから一週間たったその日も、加蓮は学校が終わってから急いで家に戻り、虫籠の蓋を開けた。名前を呼ぶと、クッキーの空き箱にティッシュを入れた住処《すみか》からモコが出てくる。その丸い身体についたものは、すっかり大きくなって歪《いびつ》なこぶのようになっている。

加蓮はモコに向かって手を差し出した。いつもならこうしただけで手にのってくるのに、今日はもぞもぞと動くばかりでのろうとしない。やはり具合が悪いのかとやきもきしながら見ていた加蓮は、動いているのが胴体ばかりでないことに気が付いた。

こぶのようになっている部分が、もぞもぞと動いている。それはまるで、床から体を離そうとしているような動きだった。いや、まさしく体を床から離そうとしているのだ。

加蓮はそれを理解し、それと同時に気付いた。こぶのように見えたものは、モコの手足だったのだ。おたまじゃくしに手足が生えるように、モコもまた手足を獲得しようとしているのだ。

加蓮は不思議な気持ちでそれを見た。ばたばたと手足を動かして、何度も床から起き上がろうとする。何度も失敗するけれど、少しずつ手足を大きく動かせるようになる。四つん這《ば》いのようになって、手を浮かせようとする。

何度も、何度も繰り返して、ついにモコは上体を浮かせた。そして、二本の短い足で加蓮の手の方に歩き出す。たった数歩の距離によろめくが転びはせず、加蓮の手に白い手を触れさせる。そして、上体を僅かにそらして見せた。それはまるで、加蓮を見上げているようだった。目も鼻もなく、口とおぼしき割れ目があるだけの顔だったが、なんだか誇らしげに見える。

「やった、やったね、モコ……！」

加蓮は詰めていた息を吐いて、歓声を上げた。モコを両手ですくい上げて掌にのせる。バランスを崩し、尻餅《しりもち》をつくような姿勢になったモコに頬《ほお》をすり寄せた。

ぷるぷると震えるだけだったモコがこんなに大きくなって、二本の足で歩けるようになるなんて。これまで想像もしなかった。昂《たかぶ》る気持ちを抑えきれなくて、加蓮はモコを手にのせたまま部屋を出た。そして隣室の父親の部屋を、勢いよく開けた。

「お父さん、見て！　モコが、モコがね！」

大きな声で言うと、驚いたように父親が振り向いた。パソコンに向かって仕事をしていたらしい。加蓮は父親に詰め寄って、手の上のモコを見せた。

「あのね、モコが歩けるようになったの。病気じゃなかったんだよ、ほら、ここ、こっちか手てね。こっちが足なの」

「加蓮、加蓮。落ち着いて」

父親が、加蓮を手で制した。加蓮の肩に左手をのせて、顔を覗き込んでくる。

「どうしたんだいったい。一から説明してくれ」

「うん、えっとね、モコに変なのが生えてるって言ってたでしょ。病気じゃないかって」

「ああ……言ってたな」

「病気じゃなかったんだよ。生えてきてたのは、手と足だったの。二本の足で歩けるようになったの。すごいでしょ？」

「うん……すごいな」

父親は小さく頷いて、弱々しく口端をあげた。歩いているところを見ていないから、感動が伝わらないのだろうか。

「待ってて、今歩いてるところを見せるから」

加蓮が父親のパソコンがある机にモコを降ろそうとすると、父親はこれもまた手で制した。

「いや、大丈夫。すごいのはわかったから」

やけに固い声だった。モコがパソコンのキーボードに悪戯すると思ったのかもしれない。そんなことしないのにな、と思いながらも、加蓮は引き下がった。

「まさか歩けるとは思わなかった。すごいな！　本当にすごい。よし、父さんこの仕事もうすぐ終わるから、話は後にしようか。加蓮、宿題は？」

「終わったよ」

「そうか。加蓮は偉いな」

父親は加蓮の頭をポンポンと叩いた後、そっと肩を押して扉の方を向かせた。仕方なく部屋を出ようとしたところで、声がかかる。

「あ、加蓮、待って」

何ごとかと振り返る。父親は引き留めるように伸ばした手を中途半端に彷徨わせていた。あー、その、あのな、と不明瞭な言葉を発した後、意を決したように言う。

「父さん、今週の土曜日に病院に行かなきゃいけないんだが」

「また病院？　どこか痛いの？」

「いや、今度はちょっとした検査だから大丈夫だよ。それで、できれば加蓮にもついてきて欲しいんだけど」

「いいよ、行くよ」

加蓮が答えると、父親は恐る恐るといった様子で、病院はそんなに楽しい所じゃないけど良いのか、と念を押してきた。断られるとでも思っていたのだろうか。もちろん、いい、と加蓮は答えた。

「そうか、よかった。病院帰りに、パフェでも食べに行こうか。加蓮の服を買いに行ってもいいし」

そんなに長く出歩いて父親が体調を崩さないか、と少し心配したが、口には出さなかった。どうしてついてきて欲しいのかはわからないが、久しぶりに一緒に出かけられるのが楽しみで、土曜日が待ち遠しかった。


どうして父は加蓮を病院に連れてきたのか。その理由を察した加蓮は、これ以上無駄な会話をしたくなかったので医者に問いかけた。

「父は、私が病気だと思っているんですか？」

加蓮の正面に座る若い女性の医者は軽く首を傾けて、どうしてそう思うんですか？と言った。

「だって、父が病院についてきて欲しいって言って。父の検査が終わって。今度は私がこうやって先生と二人っきりなわけですから。父は、私が病気なんだと思って先生にお願いしたのかと」

「そんなに大変な話じゃないんですよ。ただ、お父さんはちょっと心配してるんですね。加蓮さんがあんまりしっかりしてるから、悩みごととかをお父さんに言えないでいるんじゃないかって」

「大丈夫です。勉強もお習字も困っているところはないし、友達とも仲良くしてます。お料理もお掃除もお洗濯も好きなので、無理はしてません」

「そうですか、どうしてお料理やお掃除が好きなんですか」

「どうして……お料理が美味しくできるようになると楽しいし、部屋が綺麗《きれい》になると気持ちいいです。それに」

「それに」

「お父さんの役に立てると嬉しいから」

「どうしてお父さんの役に立てると嬉しいんですか」

「お父さんのことが好きだから」

そうですか、加蓮さんはお父さんのことが好きなんですね、と言いながら、医者は膝の上で指を組んだ。

「お父さんは……」

医者がじっと見つめてくる。彼女は一体、自分に何を求めているのだろう。一体どんなことを言えば正解なんだろう。

こんな所にいる場合じゃないのに。父がこの部屋の外で待っているのに。こんなに長い時間外出して大丈夫だろうか。また背中が痛いのに我慢しているかもしれない。

「私、……私、帰らないと」

床を睨みつけるようにしてそう言った。医者はそれに驚いた様子も無く、平坦な声で返す。

「まだ時間はありますよ。ゆっくりお話ししましょう」

「だって、帰らないと。お父さんが疲れちゃう。そしたら、また痛くなるんですよ。そんなの、かわいそうじゃないですか。私は大丈夫です。何も困っていることはありません」

「お父さんも大丈夫ですよ。ちゃんと座って待っていますから」

「なんで、大丈夫だって言えるんですか。私よりも、私よりも私のお父さんのことがわかるって言えますか」

震える膝の上で拳をぎゅっと握る。カッと熱くなる頭に任せて、加蓮は溢《あふ》れるままに言葉を発した。

「お父さんは、お父さんは痛いなんて言わないんです。でも私にはわかります。疲れたり、悲しくなったりすると背中が痛くなるんです。すごく痛いんです。ご飯も本当は食べたくないけど、無理やり食べるんです。夜は眠れなくて、昼に少し寝るけど疲れは取れなくて、ベッドの上にいても目を瞑ってるだけで。仕事もちゃんとしようとしてるけど、私の前では平気なふりしてるけど、私にはわかります。だから」

喋っているうちにどんどんいたたまれなくなってきて、加蓮は椅子の上で縮こまった。医者の変わらない表情を上目に見て、小さな声で言う。

「……だから、帰ります」

「そうですか。では、今日はここまでにしましょう」

医者は頷きながら、緩慢に瞬《まばた》きをした。

「加蓮ちゃん、最近付き合いわるい」

真正面から葵《あおい》にそう言われて、加蓮はたじたじになった。

「最近ぜんぜん葵と遊んでくんないじゃん！」

葵が、ばんばんと加蓮の机を叩く。加蓮は座ったまま葵を見上げた。

「だって、最近忙しいから」

「なんで？　加蓮ちゃん塾も行ってないしお習字は水曜だけじゃん」

葵は、ずいっと顔を近づけてきた。カラフルな眼鏡の奥の真剣な瞳が睨み据えてくる。

最近、放課後に葵と遊べない理由。それはもちろん、病弱な父親のいる家になるべく早く帰りたいからである。モコを駄菓子屋で貰ってから一月半がたち、医者の元へはあの後二度行った。あれ以降医者にはあたりさわりのない話しかしていない。父親も相変わらずで、安定して体調が悪い状態が続いている。

「ねえねえなんで？　葵には言えない理由？」

葵は床に膝をついて、加蓮の机に両腕をもたせかけた。その腕に顎をのせて、加蓮を上目に見る。

「言えない理由なら、しょうがないけど」

すっかりしょぼくれた声音に、加蓮はうろたえてしまった。

「違うの、最近、ペットを飼い始めたの。それで忙しいの」

嘘は言っていない。モコと遊びたいというのも、早く帰りたい理由の一つだ。葵は首をかしげて、ふーん、と呟《つぶや》いた。

「なんて名前？」

「モコ」

「犬？　猫？　種類は？」

「種類は……わからない」

「ええ、わからないって何それ」

「貰ったんだもん」

加蓮が言い切ると、葵は空中を見上げて考えるようなそぶりをした。ちょっと待ってて、と言って自分の机まで走っていって、何かを取り出す。戻ってきて加蓮の机の上に置いたのは、筆箱と自由帳だった

「じゃあさ、これに描いてみてよ」

少女漫画のキャラクターを描き写したページをめくって、加蓮に白紙のページを向ける。鉛筆を渡されて、加蓮は困ってしまった。誤魔化して、適当な犬の絵でも描くべきだろうか。葵を見ると、期待に満ちた目で加蓮を見つめてくる。

加蓮は、モコの姿を思い出しながら描いた。卵型の体の、下の方にぶよぶよとした手足。あれからまた大きくなって、表面の皮が余るようになった。余った皮が垂れ下がった様子は、口しかなかった顔に、まるで目鼻がついたようだった。それがのそのそと、

二足歩行で進む様を自由帳の上に再現した。

「こんな、感じなんだけど……」

加蓮はそう言って、鉛筆を机の上に転がした。葵はまじまじと、自由帳を見て何も言わない。加蓮が不安になるほどの時間が経った後、葵は叫んだ。

「何これかわいい！」

自由帳を取り上げて空中にかざすようにして眺めまわし、声を落とさないままに続ける。

「え、何これ飼ってんの？ かわいい。すごい。見たい！」

葵の予想外の反応に、加蓮は何も言えなくなっていた。しかし葵の勢いは止まらない。

「え、すごい見たい。加蓮ちゃんち行っていい？」

「うちはちょっと……」

「じゃあ葵んち！ 連れてきてよ、今日」

「今日？」

急な話だが今日は夕方まで父親が病院に行っていて家にいないし、このあたりで葵と遊ぶのも悪くない。とはいえ、モコを見せていいものだろうか。葵が言いふらすとは思わないが、葵のこの勢いのままどこかで話がもれそうだ。

加蓮がそう思案に耽《ふけ》っていると、黒い腕が割り込んできて、葵の手から自由帳を取り上げた。その手の持ち主は、まだ夏休み前だというのに真っ黒に日焼けした同級生の男子だった。

「何すんの？　返してよ！」

　そう言って手を伸ばす葵を躱《かわ》しながら、彼は自由帳に描かれたモコの絵を細目に見ていた。ああ、さっそく同級生にバレる。加蓮が内心で焦っていると、彼は自由帳を加蓮の机の上に投げて、言い放った。

「何これ、おばけ？　キッモ」

　彼は加蓮を一瞥しながら立ち去って、教室の後ろでボールを投げ合っている男子の一団に加わった。葵はその背中を眺めながら、呆《あき》れたように腕を組んだ。

「はー、男子ってマジわかってないわ。センスない」

　加蓮は無言で、葵の言葉にこくこくと頷いた。キモい？　モコが？　そんなはずない。こんなに可愛いのに。加蓮がやり場のない怒りを抱えていると、葵が言った。

「じゃあ今日、学校終わった後ね。モコちゃん、うちに連れてきて」

「……え？　うん」

「絶対だよ！」

　葵がそう言って手を振りながら机を離れていく。キーン、コーン……とチャイムが鳴るのを聞きながら、加蓮はやっと自分が、モコを連れていく約束を交わしてしまったことに気が付いた。

本と漫画と二段ベッド。葵の部屋の殆《ほとん》どはそれで埋まっていた。姉妹の本棚は種々様々な児童書で溢れかえっている。少女漫画雑誌も二誌分、何十冊と並んでいた。そんな部屋で、加蓮と葵は床にぺたりと座り込んでいる。加蓮は虫籠を覆うバスタオルに手をかけて、葵を見た。

「じゃあ見せるけど……皆にはナイショだよ？」

葵は頷いて、両の拳を握りしめた。加蓮がバスタオルを取り、虫籠の中からモコを出す。いまではもう、加蓮の両手に余るくらいの大きさになっている。そっと床の上に置くと、すこしよろめいたモコが二本の足で立った。

「かわいい！　えー、ほんとかわいい！」

高い声を出した葵は、指先でぷにぷにとモコをつつき始めた。

「いいなー、葵も飼いたい」

言いながら、何度もモコをつつき続ける。

「貰ったって言ってたよね？　どこで？」

「駄菓子屋さんで、薬を売ってる人に貰ったの」

「いいないいな、ずるーい、葵も駄菓子屋さん行こ」

何度もつつかれて流石にうっとうしくなったのか、モコが加蓮の膝に逃げてきた。葵は気にした様子もなく、そうだ、あの絵見た時から思ってたんだけどさ、と言って、本棚から本を一冊引っ張り出した。分厚い本の表紙には、おどろおどろしい絵が描いてある、どうやらそれは、妖怪の図鑑らしかった。

「お姉ちゃんの本に載ってるこれ、モコちゃんに似てない？」

葵がパラパラと本をめくって、真ん中あたりのページを見せてきた。そこに描いてあるものを見て、加蓮はぱちぱちと瞬きした。

「似てる……！」

似ているどころの騒ぎではなかった。モコそっくりの妖怪が、墓場を背景にして歩いている。

「ね、似てるでしょ。ぬっぺっぽうっていうんだって」

「ぬっぺっぽう……」

「んっとね、古寺とか墓地に現れて、歩いてるだけで何もしないんだって。それで、屍《し》臭《しゅう》……？がするんだって。でもモコは臭くないね」

加蓮は頷いた。見た目が似ているだけで、別物なのかもしれない。それでも一応加蓮は訊《き》いてみた。

「食べると薬になるって書いてある？」

「うーん……？　これには書いてないなあ」

葵は本を覗き込んで読み返した後、本を降ろして訊いた。

「え、加蓮ちゃん、モコちゃん食べるの？」

「ううん、食べないよ」

私は、と心の中で付け加えた。妖怪。妖怪というものは、病に効くものだろうか。別になんだっていいのだ。効きさえすれば。父の病気が治るのなら。

加蓮が考えこんでいる間に、葵は本を棚に戻して、今度はチョコレートの缶を引っ張り出してきた。蓋を開けると、色とりどりのアクセサリーやリボンが入っている。

葵は加蓮の傍に寄って、加蓮の膝の上にいるモコに手を伸ばした。水色のシュシュをモコにつける。モコは体全体が顔の様な姿だから、まるで鼻の辺りにシュシュを巻かれたように見えた。

「かわいい！　ね、加蓮ちゃん、かわいいね」

「ほんとだ、かわいい」

加蓮は葵に同調して、自分のバッグに手を伸ばした。そこからシール帳を取り出して、星型のキラキラしたシールを一枚剝《は》がす。それをモコの頭に貼り付けた。

「それすごくいい！　かわいい！」

葵が一際高く声を上げた。加蓮も仕上がりに満足して頷く。モコは不思議そうに、頭に手をやろうとしていたが、短すぎて届かないようだった。

加蓮が帰ると、家の中が暗かった。リビングのテーブルには、葵ちゃんの家に行ってきます、と書いたメモがまだ置いてある。二階に上がると、父親の部屋の扉が少し開いていた。寝ているのだろうか。そっと、扉の隙間から覗いた。そしてバッグを取り落とし、叫びながら部屋に踏み入った。

「お父さん⁉」

部屋の中は酷いありさまだった。本棚の本は引き出されて散らばり、パソコンまでが床に倒れている。その中で、ベッドにもたれかかるようにして父親が座り込んでいた。

「お父さん、どうしたの⁉　何があったの！」

腕を摑んで揺さぶる。父親はしばらく茫洋《ぼうよう》とした瞳をしていたが、加蓮がもう一度呼ぶと、ようやく加蓮の方に顔を向けた。

「加蓮……？」

次第に、目の焦点が合ってくる。父親は何度か瞬きすると、不思議そうに言った。

「もう帰ってきたのか」

「だって、もう六時だよ、お父さん」

「もう、六時？　そうか……」

父親は呟くと、また加蓮から目を逸らして俯いた。加蓮は声を潜めて訊く。

「お父さん、どうしたの。何があったの」

「なんでもない。本当に、なんでもないんだ……」

父親は左手を自分の体に回して、右の脇腹の辺りをおさえた。

「痛いの？」

問いかけて、答えが返ってくる前に父親の背中に手をあてた。右の肩甲骨の下あたり。

いつも痛いのはここなのだと、加蓮は知っている。

「加蓮……いや、そうだな。痛いよ。ちょっとだけ、痛いんだ」

父親は右膝を抱えて蹲《うずくま》った。こちらに顔を向けてくれないけれど、それを悲しいとは思わなかった。いつも弱い面を加蓮に見せようとしない父親が初めて、痛いと言ってくれた。それが嬉しい。

加蓮は背中に手をあてたまま、父親の肩に頭を寄せた。肩の骨が当たる。前と比べるとだいぶ痩せていた。食事をするのも辛いみたいだ。だから自分が、とっておきの料理を食べさせてあげなければ。どれだけ食欲がなくても食べたくなるような、一度食べ出すと止まらなくなるような、そんな体にいい料理。

加蓮は肩にもたれかかったまま、モコの虫籠を入れたバッグを廊下に置きっぱなしにしていることを思い出した。モコを育ててきたのは、お父さんに食べさせるため。加蓮は本来の目的を忘れたことなどない。それでも、悲しいとは思う。いつ料理しよう。早い方がいいだろうか。いや、もう少し。もう少しだけ大きくなってから。

加蓮は先延ばしにして、目を瞑った。

夏休みに入って一週間たったが、モコはもう大きくならなかった。きっと今が食べごろなのだ。そう思ったけれど、加蓮は踏み切れなかった。

父親が最近やけに元気な様子だから、必要性を感じないのだ。食欲も戻ってきてベッドに寝ている時間も短くなったし、加蓮とよく遊んでくれるようになった。

今日も父と一緒にお出かけだ。モコは虫籠に入れたまま家に置いてきたけれど、クーラーも効かせてあるし水も補充したから一晩だけなら大丈夫なはず。

電車で三時間。それだけで、山と田んぼに囲まれた叔母の家についた。本当は加蓮の祖父の家だったらしいのだが、父方の方は祖父も祖母ももう亡くなっていたので、ここに住んでいるのは叔母とその夫だけだった。

「やあ、長旅ご苦労様。大きくなったね、加蓮ちゃん」

そう言って出迎えてくれたのが叔母の優佳《ゆうか》だ。三カ月ほど前にも会ったのだから、そんなに大きくなっていないと思うのだけれど。

加蓮がそう答えると優佳は、いやあ大きくなってるよ、このくらいの歳はすぐ伸びるから、と言った。そして、加蓮の後ろにいる父親を見る。

「兄さんも、久しぶり。疲れたでしょう」

「ああ、まあ、大したことないよ」

加蓮はなんとなく、会話に違和感を覚えた。言葉だけを見るといつも通りなのだけど、何か、二人の視線の交わし方、声の調子、身体の向け方が、いつもと違う気がする。

その違和感の正体を確かめようと二人を見上げたけれど、優佳の夫が遅れて玄関に出迎えにきたから、その場に満ちていた緊張感は霧散した。

家についた当日はのんびり過ごし、今学校で流行《はや》っていることや葵のことなどを叔母夫婦に向かって話したりしている間に夜になった。先に寝ていなさいと言われたので、加蓮は一人で布団の上に横になっていたがどうにも寝付けない。

起き上がって階段を下りていく。まだ明かりのついている居間に近づいたが、そこに満ちている重い空気を感じ取って足を止めた。廊下から居間の様子をうかがう。火の通っていない掘りごたつを囲んで座った三人。優佳とその夫、そして加蓮の父。しかし、声を低くして喋っているのは父と優佳だけのようだった。

会話の内容を聞こうと、加蓮は一歩踏み込んだ。しかしその動きに気付いた優佳が顔をあげてしまった。

「加蓮ちゃん、どうしたの。眠れない？」

優佳が掘りごたつから出て近づいてくる。加蓮は盗み聞きしようとした後ろめたさを感じつつ、小さな声で答えた。

「ちょっと、喉が渇いて……」

「ホットミルクでもいれようか」

「ううん、水でいい」

加蓮がそう言うと、優佳がすぐに水を汲んできてくれた。加蓮は水を飲みながら、父親の様子を窺った。先程の深刻な様子が嘘のように、優佳の夫と穏やかに談笑していた。

翌朝、加蓮と父と優佳の三人で出かけた。優佳が運転する車に乗っていると、三十分ほどで山の中に入った。山の上にもまばらに家が建っており、そのうちの一つ、四角い建物が正面にある比較的広い駐車場に車を止めた。

優佳が四角い建物の中に行っている間に、加蓮は服を脱いだ。下に学校の授業で使う紺色の水着を着ている。櫛《くし》で髪をポニーテールに結って、車を降りる頃には、優佳が戻ってきていた。

駐車場の端にある石の階段を降りていく。周りは雑草が長く伸びているのに、石の階段だけは殆ど草が生えていない。

降りきって足を止める。川だ。ゴツゴツとした岩の間を、透明な水が流れている。加蓮は岩の間を歩いていって、川の流れに手を触れさせた。冷たい。加蓮は振り返って、後ろに立っている優佳に問いかけた。

「入っていい？」

「いいよ。足を滑らせないように気を付けて」

そう言いながら、優佳がシュノーケルを渡してきた。それを受け取った加蓮は、恐る恐る川に足を踏み入れた。水遊び用の靴でしっかりと川底を踏みしめる。くるぶしまで冷たい水に浸かって、一気に気持ちが浮き上がる。

「あの辺りはちょっと深いから泳げるよ。でもあの尖った岩より下流は流れが変わるから、あれより先には行かないように」

優佳の言葉に頷いて、加蓮は川の中にどんどん踏み込んでいった。膝の少し下まで流れが満ちて、その間を小さな魚が泳いでいく。それを掬い上げようとして逃げられた。シュノーケルを装着して水に顔をつけると、川底は別世界だった。透明に透き通る水の底に、様々な形の石が並んでいる。その石に、水面を通って降りてきた日の光が、不思議な形の輪をいくつも作って煌《きら》めいていた。黒い縞《しま》のある銀色の小魚の群れが、その輪を次々とくぐっていく。

加蓮は感動に震える気持ちそのまま、顔をあげて呼びかけた。

「お父さん、魚がいっぱいいるよ!」

見ると、父親もズボンを膝までまくり上げて、川に足をつけていた。

「魚? どこに?」

「ほら、そこ!」

加蓮が指さす。近寄ってきた父親が、手で魚を掬い上げようとしたけれど、やっぱり逃げられた。二人で笑い合う。川岸に荷物と飲み物を置きながら、優佳も小さく笑っていた。

そんな時、階段の上から声がかかった。知り合いに呼ばれたらしく、優佳は階段を登っていった。

「遊んでていいのかな?」

「いいよ、行っておいで」

父がそう答えたから、加蓮は遠慮なく川遊びに興じることにした。山の間にある川にしては川幅が広い。加蓮は、優佳が深いと言っていた辺りに行ってみた。確かに深くて加蓮の腰辺りまであるが、不思議と流れは緩やかだった。

またシュノーケルをつけて、今度は潜ってみる。水底を揺らめく光の輪の中を、魚と一緒に泳いでいく。それが気持ちよくて、息が続く限り加蓮は潜り続けた。水面に顔をあげて潜ってを何度も繰り返して、それに飽きてきた頃、今度は水を背にして川の流れに浮き上がった。体の側面を冷たい水が流れていく。明るい緑色の葉が茂る間に、抜けるような青い空が見えた。太陽が木々に見え隠れするのが眩しい。少しずつ、自分の体が流されていくのが心地よい。

いつまでもこうしていたかったけれど、優佳が超えてはいけないと言っていた岩の辺りまで流されてきたのに気が付いたから、加蓮は水底に足をつけた。濡れて顔に張り付いた髪を耳にかけながら、父親の方を振り返る。

父は岩に腰かけて、水に足をつけながら、こちらをじっと見ていた。見ていてくれたことが嬉しくて、加蓮は父親の方に近づいていった。そして加蓮は気が付く。父の様子がおかしい。

血の気の引いた顔色は真っ白だし、唇も青い。眉を深く寄せて、加蓮をじっと見ていた。加蓮は父親の傍に寄りながら、声をかける。

「お父さん、大丈夫？　寒いの？　川から上がった方がいいよ。私も疲れてきたから、もう帰ろう」

加蓮がすぐ傍に居るのに、父親は動こうとしなかった。ただただ、加蓮のことを見ている。

「お父さん、どうしたの。また背中が痛いの」

加蓮は右手を伸ばして、父親の背中に触れようとした。しかし父が加蓮の手首を摑んだから、できなかった。

「痛い」

父は震える声で言った。

「痛いよ。加蓮。お父さん、お父さんな」

強く目を瞑り、加蓮の右手に額をつける。

「死ぬかもしれないんだ」

父親は顔をあげずに言いつのる。加蓮はただ、それを見下ろしていた。

「こないだの検査の結果、すごく悪かったんだ。手術もできない。薬が効くかどうかもわからない。あと一年、生きられるかもわからない」

ああ、わかっていた。ここ最近の父親の元気な様子。それは全部無理をしていただけだと、加蓮は知っていた。加蓮は父親のことならちゃんと全部わかっていたのだ。わかっていて、知らないふりをしていた。何一つ犠牲を払わずに、父親が元気になる。そんな夢を見ていた。

「どうして、俺が……加蓮がいるのに、だって加蓮はまだ……」

「お父さん」

加蓮の腕を摑んでいる父親の大きな手。加蓮はその手に、そっと左手を添えた。加蓮の冷えきった手に、父親の手の温かさが伝わってくる。

「大丈夫だよ、お父さん」

加蓮が落ち着いた声で言うと、父親が顔をあげた。

「大丈夫だよ、お父さん。とってもいいお薬があるの。もう、痛い想いも苦しい想いもしなくていいの。私が全部、全部治してあげる」

加蓮が微笑《ほほえ》む。父親は何も言わない。柔らかな笑みを瞬きもせず見上げて、加蓮の腕を摑んだ手に一層力を込めた。


川遊びが終わった後、加蓮と父は電車に乗って帰った。父親は家に着くとすぐに寝てしまい、翌日の朝になっても起きてくる気配がない。だから加蓮は、父が起きてくる前に目的を果たすことにした。

「もう、動いちゃ駄目だってば」

加蓮はそう言って、モコを洗面器の真ん中に引き戻した。普段は大人しいモコだが、泡が水面に浮かんでいるのが気になって落ち着かないようだ。ふらふらと動くモコをスポンジで泡まみれにして、上からシャワーをかける。シャワーを止めると、モコはぶるぶるると体を振って水滴を飛ばしたから、加蓮の服も少し濡れてしまった。

「うん、綺麗になったね」

加蓮はタオルで、丁寧にモコを拭いていった。たるんだ皮膚の間も忘れずに拭いていくと、ふわりと石けんの香りがした。ボディソープは使わない方がよかったかもしれない。料理に香りがついてしまう。

しかし今更どうしようもないので台所に向かった。モコを調理台に置いて、自分はオレンジ色のエプロンを身に着ける。後ろ手に紐を結んでいると、調理台のふちからモコが落ちそうになって慌てた。

「ああほら、危ないってば」

そう言って、モコを両手ですくい上げて調理台に戻す。また落ちそうにならないか、じっと見ながら加蓮はエプロンを結び直す。まな板を取り出してキッチンに置くと、とてとてと歩いてきたモコがまな板の上に乗った。普段見ないものに興味を持っているようだ。

加蓮はシンクの下の戸棚を開けると、先の尖った包丁を取りだした。台所の天井から降り注ぐ煌々《こうこう》とした光が、包丁をキラリと光らせる。こんな状況でも、いつもと変わらぬ様子でまな板の上から見上げてくるモコを見ていると悲しくなってきてしまった。

「あのね、仕方ないんだよ。わかってくれるよね。だって、こうするしかないんだもん。加蓮しか、お父さんを治してあげられないんだから。モコのことも大好きだけど、でも、お父さんは特別だから、仕方ないの」

加蓮は逆手で包丁を握った。左手でモコをおさえる。モコは、さしたる抵抗もなくまな板の上に横になった。加蓮は、モコの体の真ん中、鼻のように見えるあたりに切っ先を突き付けた。

「だから、ごめんね。ありがとう」

突き刺した。ぐにゃりとした感覚が包丁越しに伝わる。一拍置いて、伝わってくるすさまじい振動。モコが暴れている。機敏な動きなど無縁のようだったモコが、全身をバネのようにしてまな板の上でもがいている。

「ごめん、ごめんね、ありがとう、ごめんね」

加蓮は必死な思いでそう繰り返しながら、右手に力を込めて包丁をぐっと押し込んだ。刺さって裂かれた部分から、てらりと光る白い液体が溢れだしてくる。モコを押さえつける左手を白濁した液体が汚していく。濡れて滑る手で、尚も暴れるモコを摑んで押し付ける。白い液体が、溢れて、溢れて、まな板から零《こぼ》れ落ちて、調理台に広がっていく。

モコの動きが少し緩まって、何度も痙攣《けいれん》して、動かなくなるまで、随分時間がかかったように思う。その間ずっと、全力で押さえつけていた加蓮は、息を切らして、全身から溢れ出す汗を感じていた。モコが動かなくなってからも、加蓮はしばらく包丁を突き立てた姿勢のまま固まっていた。

ゆっくりと、包丁を抜いた。全身が強張《こわば》って、上手く動かなかった。包丁を調理台に取り落とす。そのまま台所の床に座り込んだ。調理台から、一すじ溢れた白い液体が、食器の入っている棚を伝って床に落ちていくのを茫然《ぼうぜん》と見る。

殺した。それを今、自覚した。仕方がない。父親の病気を治すために必要なことだったのだ。心中でいくら言い訳を繰り返したところで、殺したという事実は変わらない。

加蓮はふらふらと立ち上がると、濡れた手で冷蔵庫を開けた。冷蔵庫の中から、二百ミリリットルのリンゴジュースの紙パックを取り出した。ストローを挿して、甘いリンゴの果汁をすすりながら、モコの死体を見る。

今、モコが死んだことの悲しみはなかった。加蓮の心には、死体への嫌悪感と、自分が殺したのだという罪悪感と、この先やらなければいけない作業への倦怠感が満ちていた。

リンゴジュースを飲み干して、紙パックをゴミ箱に捨てた。無理やり自分を奮い立たせる。始めてしまった以上は、やりとげなければならない。殺した以上は、料理しなければならない。

加蓮は包丁を手に持ち直して、モコの体の最初に刺した場所にもう一度差し入れ、表面を切っていく。切り開きながら、モコの体の中をしっかりと見る。加蓮は忘れていなかった。内臓を取り出して、薬売りの男に渡さなければならないのだ。

皮がぶよぶよしていて切りにくい。皮をひっぱりながら何とか切っていった加蓮は、それまでと違う感触に気が付いた。包丁の先が、なにか弾力のあるものに触れて、破った。そんな感じだった。加蓮が包丁を引くと、緑っぽいような、黒っぽいようなどろりとした液体が白い体液にまざって流れてきた。

加蓮は汚れた包丁をいったん置いて、モコの体の中を覗き込んだ。緑色の液体は、緑色の塊から溢れているようだった。これが内臓だ。そう直感した加蓮は焦った。きっと内臓を傷つけてしまったのだ。加蓮は右手をモコの体に突っこんで、緑色の塊を掴んだ。ゆっくりと引き抜くと、ぶちぶちと膜が剝がれていくような感触がする。加蓮は慎重に内臓を引きずり出していった。繋がった長い塊は、つるりとしている部分、皺が寄っている部分、丸く張りつめて硬そうな部分に分かれていた。そのうち、つるりとした部分から緑色の液体が流れ出している。ここを破いてしまったのだ。しかし、繋がった内臓は、全体を見れば綺麗に取り出せたといえるだろう。

加蓮は手を洗って、食器棚からタッパーを取り出すと、素手で摑んだ内臓をタッパーに詰めた。半透明のタッパーの中を、緑色の塊が満たしている。加蓮はもう一度手を洗うと、タッパーをお弁当用の布の袋に入れて、冷蔵庫にしまった。いつ薬売りの男に渡せるかわからないが、腐らないように冷やしておいた方がいいだろう。

加蓮は調理台を眺めて、更に嫌な気持ちになった。まな板の上は、白い液体と緑の液体が入り乱れて無残なことになっている。内臓を破いた辺りから、なにか生臭いような、喉の奥をつかえさせるような嫌なにおいが漂っている。加蓮は換気扇を回し忘れていたことに気が付いて、換気扇のスイッチを入れた。

内臓を抜いたモコの死体を流水で洗う。肉の部分に嫌な臭いが残ってしまわないか心配だった。ついでにまな板を軽く洗い、調理台を布巾で軽く拭った。調理台の上にまな板をセットし直し、洗って体液の出なくなったモコの身体を乗せる。どう考えても、たるんで弾力のあるゴムの様な皮膚は美味《おい》しくなさそうだ。とりあえず、皮を剝いでいくことにした。包丁を差し入れて表面をそぐように皮を切り離していく。

加蓮はだんだん、自分が何をやっているのかわからなくなってきた。包丁を握る手が痛い。もう何も考えられなかったけれど、これは父親のためなのだという想いだけはずっとある。そうだ。父のためだ。全ては父のため。そのためにモコを育て、殺して、料理している。その理由さえ忘れなければなんだってできる。

皮を剝《は》げば、もうモコは肉の塊でしかなかった。薄くピンクがかった、白い肉の塊。スーパーで売っている鶏肉と大差ない。加蓮はモコの肉を適当な大きさに切っていった。骨なんて一つもない。骨なしでどうやって歩いていたのだろう、食べやすいからいいけれど。途中でつぶつぶの謎の塊が出てきたが、内臓の一種だと判断してタッパーの中に入れた。

随分な時間をかけて、ようやくまな板の上に、一口サイズの肉が並んだ。加蓮の心は、達成感に満ち溢れていた。しかし、本当の料理はここからだ。今はまだ、材料が揃っただけに過ぎない。

加蓮は冷蔵庫から、卵と大根を取り出してまな板の横に置いた。炊飯器の蓋を開ける。朝の内に米を炊いておいたのだ。

父親のために作る料理は決めてある。卵とお肉と大根のおじや。簡単だけど、簡単だから失敗しない、身体によくて食べやすいご飯。加蓮が風邪をひいた時に、父親がいつも作ってくれる定番の味。

待っててね、お父さん。もうすぐだから。加蓮の心は浮き上がっている。食材は揃っている。足りないものなど何もない。後は心をこめて、愛をこめて料理するだけでいい。

「お父さん、起きて」

そっと肩に手を当てて揺らした。ベッドの上に横たわった父親は薄目を開けて加蓮を見ると、曖昧な声を発してまた目を閉じた。

しつこく揺さぶり続けると、父親はのそりと上体を起こした。加蓮はベッド脇の棚の上からお盆を持ち上げて、父親の膝の上に置いた。お盆の上には、一人用の土鍋と、水の入ったコップがある。

「おじや、作ったの。食べて」

「……加蓮、お父さん今お腹すいてないから」

「食べて」

加蓮は父親を見下ろして、言った。

「これを食べたらきっと元気になれるから、食べて」

父親は、様子を窺うように加蓮を見ていたが、やがて目線を下ろして無言でレンゲを手に取った。土鍋の蓋を開けると湯気が立ち上る。父親は水を少し飲んだ後、また加蓮をちらりと見たが、何も言わずレンゲでおじやを掬い上げた。レンゲに卵の絡んだ米と肉がのっている。父親はしばらく恨めし気にそれを眺めていたが、一つ息をつくと口中に押し込んだ。

緩慢に咀嚼して、飲みこんだ。数秒間、じっと土鍋の中を眺め下して、またレンゲで掬い上げる。息を吹きかけて冷ますと、今度は躊躇なく口に入れ、飲みこんだ。

「美味しい」

それを聞いた加蓮は小さく歓声をあげた。顔の横で手を合わせて、問いかける。

「ほんと？　ほんとに美味しい？」

「ああ、美味しいよ」

父親はおじやを食べ続けている。

「なんだろう、いつもと少し味が違うのかな？　すごく美味しい」

「うん、隠し味がはいってるんだよ」

そうか、隠し味か、と言って、父はまたレンゲでおじやを掬い上げた。とろりとしたおじやを吹き冷まし、口に入れ、噛み、飲みこむ。それの繰り返し。それを加蓮は、ベッドのすぐそばに膝をついて眺めていた。

米と、卵と、大根と、モコの肉と、加蓮の愛情。それが父の喉を通り、内臓に落ち、血に溶け込んで、全身に染みわたっていく。傷んだ臓器を癒《いや》し、病んだ体を生まれ変わらせる。

加蓮は、ベッドの上に肘をついて、掌で顎を支えて父を眺めた。加蓮の愛を食らい、父は生きながらえる。それが嬉しくて嬉しくて、加蓮は満ちていく感情に浸りきった。可愛がってきたモコの死が悲しいほど、それを殺した自分の汚さを思うほど、何も知らず美味しいと言う父が愛しいほど、ぐるりと混ざって満ちていくこの気持ち。土鍋の中のおじやが減っていくほど、加蓮の心はどうしようもなく満ち溢れていく。

今まで食欲がなかったとは思えないほど夢中で食べていく父を夢見心地で眺めて、加蓮は目を細める。あと少し、少しでなくなる。それを惜しいような気持ちになりながら、加蓮はレンゲを持って上下する腕を、開いて迎え入れる口をじっと見る。あと少し。一掬い。もう一掬いで食べ終わる。最後の一掬いが口の中に消える。顎を動かして何度も噛み締める。喉仏が上下する。そして、ついに飲みこまれていったのを見て、加蓮は、ほう、と息をついた。

父はレンゲを置いて、土鍋の蓋を閉めた。加蓮の方を見て、なんだか恥ずかし気に笑って言った。

「ごちそうさまでした」

「おそまつさまでした」

加蓮はそう言って立ち上がった。眠たげな父の顔は、血の気が行き渡って赤い。その顔の下を走る細い血管を想像しながら、加蓮は父の膝からお盆を取り上げた。

食べ終わった父親は、また倒れ込むように眠ってしまった。身じろぎもしないその姿は、苦しみの全てから解放されて、完全に自由なように見えた。

加蓮はしばらくその寝顔を眺めていたけれど、ふと台所の惨状を思い出した。仕方なく一階に降り、台所の掃除を始める。飛び散った液体を拭き取って、使い終わった食器を洗っていく。そんな時にインターホンが鳴った。加蓮は水道の水を止めて、受話器を取った。

「はい」

「やあ、こんにちは」

聞こえたその声に混乱した。駄菓子屋で会った男だ。なぜ加蓮の家を知っている。どうして今日、家に来たのか。加蓮は疑問でぐるぐると回る頭のまま、問いかけた。

「あの、なんの御用でしょうか」

「いや、大したことじゃないんですがね、お約束どおり内臓を返してもらおうかと」

「あの……はい、わかりました。待っててください」

加蓮は怖くなってきて、それだけ言って受話器を置いた。どうして今日、加蓮が料理したことがわかったのだろう。とにかく早く帰ってもらおう。加蓮は冷蔵庫から、内臓の入ったタッパーを包んでいる袋を取り出し、台所を出た。

加蓮が玄関を開けると、男が門の向こうからひらひらと手を振っているのが見える。恐る恐る近づいていくと、向こうから話しかけてきた。

「やあ、上手くやったようだね、お嬢ちゃん。早くそれを見せておくれよ」

言われるがままにタッパーの入った袋を差し出す。門越しに受け取った男は袋を開けると、液体と臓腑《ぞうふ》で満ちたタッパーを日にかざし、目を細めた。加蓮は少し不安になって、おずおずと言った。

「あの、ちょっと破れちゃったんですけど」

「ああ、大丈夫大丈夫。すごく良くできてるよ。ほんと、お嬢ちゃんに渡して正解だったなあ。いやはや、まだ小さいのにこんなとはねえ、才能あるよ」

男はいそいそと、タッパーをまた袋に入れた。しゃがんで背中から柳行李を降ろし、タッパーの入った袋をしまう。加蓮は門に手をかけた。

「あの、これで父は治るんですよね」

「ん？　ああ、間違いないよ」

男はそっけなく答えて、柳行李をまた風呂敷一枚で背負った。

「愛のこもった肉を食らえば、たちどころに病は治るよ。湧き出でて、絶えず溢れる真の愛を体内に取りこめば、それを糧《かて》にしてどこまでだって生きてゆけるさ。さて、お嬢ちゃんの愛の深さは果たしてどれくらいだったろうね」

男はそう言って立ち上がり、立ち去っていった。加蓮から完全に興味を失ったように、一度も振り向かなかった。それを見送りながら安堵する。自分の気持ちが、病一つ程度治せないものであるはずがないと思った。

この街も随分変わってしまった。小学校は全面改装されてまるで知らない建物のようだし、通い詰めていた駄菓子屋は店主を失ってとっくの昔に潰れている。

住宅街を歩いた加蓮は、一軒の家の前に立った。この家も随分古びて色あせたけれど、今でもちゃんとここにある。

「インターホン、押さないの？」

隣に立った娘が問いかけてくる。押すよ、と答えて加蓮は尚も立ち尽くした。

もう父親に三年会っていない。彩音ももう十歳だし、こう長く孫の顔を見せないというのは親不孝だ。それがわかっていたから、加蓮は夏休み期間の娘を連れてここに来た。あれこれ理由をつけて会いに来ない娘を、父はどう思っているだろう。

思案にくれる加蓮を横目に、彩音がインターホンを押した。指の動きに合わせて、ピン、ポーン、と間抜けな音が鳴る。

間もなく家の扉が開いた。伸びやかな足取りで出てきたのは加蓮の父親だ。その姿を見て、やはり、と思う。もう六十になろうというのに、三十代にしか見えない顔、体つき、姿勢。加蓮が小学校の頃から少しも変わらない姿で、父親が歩いてくる。

「彩ちゃん、久しぶり。大きくなったね」

父がそう言いながら門を開く。彩音は久しぶりに会う祖父に少し照れているようだったが、しっかりとした声で、久しぶり、おじいちゃん、とそう言った。父親はそれに心底嬉しそうな笑みを浮かべた後、加蓮を見て、噛み締めるように言った。

「加蓮、久しぶり。来てくれて嬉しいよ」

「うん。私も、会えて嬉しい」

今では夢のようにも思える遠い記憶。薬屋の最後の台詞《せりふ》をぼんやりと思い出す。真の愛。愛。子どもにはそぐわない言葉だ。そう思うのに、かつての自分の想いを証明するように、当然重ねるべき年月さえも置き去りにしたような若々しい父の姿が、確かに目の前にあった。

編集後記

たいへん長らくお待たせしました。《NOVA》読者のみなさんには、『NOVA 2021年夏号』以来、まる二年近くのご無沙汰でした。最近は油断すると一年があっという間に過ぎてしまうので、え? あれからもう二年経《た》つの? とびっくりしたような次第ですが、ともかくこうして、十三人の女性作家が揃《そろ》った『NOVA 2023年夏号』をお届けします。

あらためて紹介しておくと、《NOVA》は、SFを中心に書き下ろし短編を集めるオリジナル・アンソロジー・シリーズ。二〇〇九年十二月に『NOVA1 書き下ろし日本SFコレクション』を刊行したのが始まり。『NOVA10』(二〇一三年七月刊)までの全十巻は、第34回日本SF大賞特別賞と第45回星雲賞自由部門を受賞。その後、『NOVA+ バベル』と『NOVA+ 屍者たちの帝国』をはさみ、〝小さなSF専門誌〟と謳《うた》って『NOVA 2019年春号』『NOVA 2019年秋号』『NOVA 2021年夏号』を出し、本書で創刊十四年目、通巻十六冊目ということになる。

この巻の企画を考えたころは、男性作家がひとりも入っていないことはどこにも謳《うた》わず、ラインナップを見て気づく人だけ気がつけばいいやと思ってたんですが、知らないふりをして序文や後記を書くのはやっぱり無理がある。女性ばかりの巻だということに言及せざるを得ない。だったらいっそタイトルも変えて、『NOVA女性号』みたいにするのはどうか――とも思ったんですが（そのほうがなんとなく売れそうな気がしませんか？）、それを看板にするのはなんだか《NOVA》っぽくない。とまあ、そんな紆余《うよ》曲折《きよくせつ》というか右顧左眄《うこさべん》のすえ、このかたちに落ち着きました。どんな反応があるか楽しみでもあり不安でもあり。でも、中身はちゃんと面白いので、いままでずっと《NOVA》を読んでこられたかたも、これが初めてというかたも、安心して手にとってみてください。

さて、趣向が趣向なので、女性のSFについて少々。女性だけのSF小説アンソロジーは、日本ではたぶんこれが初めての試みだと思いますが、SF専門誌では過去に何度か女性作家特集が組まれている。中でも編者にとって印象深いのは、中学生のときに読んだ〈SFマガジン〉一九七五年十一月号の「女流作家特集」。翻訳では、アーシュラ・K・ル・グィン、ゼナ・ヘンダースン、マリオン・ジマー・ブラッドリー、キャロル・エムシュウィラーの短編と、パメラ・サージェントの評論「女性とSF」を掲載。国内では鈴木いづみ「魔女見習い」と山尾悠子「仮面舞踏会」が載っている。二人とも

〈ＳＦマガジン〉初登場で、山尾悠子はこれがデビュー作。しかも、女性の日本人作家が同誌に短編を寄稿するのは、藤本泉以外ではこれが初めて。女性作家の不在を埋めるため、新人（「仮面舞踏会」は前年の第4回ハヤカワ・ＳＦコンテスト応募作）と畑違いの作家（鈴木いづみは眉村卓の紹介で寄稿）を起用した恰好《かっこう》だ。

この号はハーラン・エリスンの傑作「死の鳥」が訳載された号として（僕の中で）有名だが、女性ＳＦ史的にもけっこう重要な号なのである。当時、日本ＳＦ界に女性作家はほとんどいなかったため、ＳＦ誌デビューを飾った山尾さんはその後いろいろ理不尽な目に遭ったらしいが、それはまた別の話。二人はそれから数年にわたり、〈ＳＦマガジン〉や〈奇想天外〉に精力的に短編を寄稿することになる。

翻ってアメリカでは、女性作家オンリーのＳＦアンソロジーがたくさん出ている。一九七二年に刊行されたヴィク・ギダリア＆ロジャー・エルウッド編 *The Venus Factor* がたぶん最初の例。クリスティ「最後の降霊会」を目玉に（〝アガサ・クリスティが書いた唯一のSFを収録〟とカバーに謳われている）、ヘンダースンやアン・マキャフリー、ジュディス・メリル、Ｃ・Ｌ・ムーアなどの作品を再録する。

しかし、ＳＦ史的に重要なのは、七五年に出たパメラ・サージェント編 *Women of Wonder* だろう。ル・グィン、ブラッドリー、マキャフリー、メリルのほか、ソーニャ・ドーマン、キャサリン・マクリーン、キット・リード、ケイト・ウィルヘルム、ジョアンナ・ラス、ヴォンダ・マッキンタイアらによる、一九四三〜七三年発表の短編十二編と詩一編を再録する（前述〈SFマガジン〉女流作家特集の元ネタでもある）。*More Women of Wonder*（1976）、*The New Women of Wonder*（1978）と続巻が二冊出たのち、九〇年代にはこの三冊をもとに新たな作品を追加した再編集版が二冊出ている。

邦訳された女性SFアンソロジーとしては、ヴァージニア・キッド編『女の千年王国』（*Millennial Women*, 1979／小池美佐子訳／サンリオSF文庫）がある。これは、全体の半分を占めるル・グィンの中編「アオサギの眼」のほか、ジョーン・D・ヴィンジ「灰のなかの不死鳥」、エリザベス・A・リン「ジュビリーの物語」など全六編の小説とマリリン・ハッカーの詩一編を収録するオリジナル・アンソロジー。主人公はすべて女性で、女性性をテーマにした書き下ろしの新作SF／ファンタジーを集めている。

英語圏では、その後も女性作家によるSFアンソロジーが毎年のように刊行されている。男性作家限定と謳うアンソロジーが（たぶん）ないのに、なぜ女性作家のアンソロジーがたくさんつくられるかといえば、もともとSF作家の男性率が圧倒的に高く、女性作家のSFが珍しかったから。

七〇年代以降、女性作家の比率は年を追うごとにぐんぐん上昇してきたものの、評価（書評、傑作選収録、受賞など）が男性作家レベルに追いつくには長い時間がかかった。しかし、二〇一七年以降、ヒューゴー賞の小説部門では、毎年、ノミネート作品の七割以上を女性の作品が占めるようになり、すっかり形勢が逆転。長編小説部門にかぎっては、劉慈欣『三体』英訳版の受賞を最後に、男性作家が七連敗している。さらに、アメリカではノンバイナリーの作家も増え、作家を男女で二分すること自体が無意味になりつつある。

じゃあ、日本SFはどうか。筒井康隆編の『60年代日本SFベスト集成』と、七一年〜七五年の年次傑作選にあたる《日本SFベスト集成》五冊の中に、女性作家の作品はゼロ。しかし、女性SF作家が当時存在しなかったわけではなく——という話は、現在〈SFマガジン〉に連載されている伴名練の「戦後初期日本SF・女性小説家たちの足跡」に詳しい。

しかし、七〇年代後半になると、前述の鈴木いづみと山尾悠子に加え、新井素子や栗本薫、殿谷みな子、岸田理生が登場。八〇年代には大原まり子や久美沙織、菅浩江も加わり、女性作家が確固たる勢力をかためることになる。八一年版から九〇年版まで全十巻が刊行された年次ベスト集《SFマガジン・セレクション》には、ほぼ毎年、女性作家の作品が一、二編収録されている（一番多い年は三編）。

ヒューゴー賞の日本版に相当する星雲賞は、七〇年に創設されて以来、男性作家が小説部門をずっと独占していたが、八一年と八二年に新井素子が「グリーン・レクイエム」と「ネプチューン」で日本短編部門を連続受賞。その後、大原まり子が三回、菅浩江が四回、有川浩、栗本薫、池澤春菜が各一回受賞している（日本短編部門・長編部門）。

九〇年代に入ると、大原まり子『戦争を演じた神々たち』、宮部みゆき『蒲生邸事件』、新井素子『チグリスとユーフラテス』が日本SF大賞を受賞。

九〇年に〈ＳＦマガジン〉でスタートした「ベストＳＦ」投票の国内篇1位はずっと男性作家が占めていたが、〇〇年に菅浩江『永遠の森　博物館惑星』が奪首。一〇年に出た上田早夕里『華竜の宮』はベストＳＦ1位と日本ＳＦ大賞の二冠に輝いた。

　とはいえ、日本ＳＦ全体の中では女性作家が相対的にあまり評価に恵まれなかったことにかわりはない。〇一年以降にかぎっても、女性作家の受賞率は、日本ＳＦ大賞で二割、星雲賞とベストＳＦ1位はともに一割程度。ヒューゴー賞の豹変《ひょうへん》ぶりと比較すると、日本ではまだまだ女性作家が正当な評価を得ていないと言うべきかもしれない。

　大森望・日下三蔵共編の創元ＳＦ文庫《年刊日本ＳＦ傑作選》全十二巻でも、小説に限って計算すると、女性作家占有率は15パーセント程度。当時ジェンダー・バランスなどまったく意識せずに選んでいたせいか、いま見ると、二〇一四年のベストを集めた『折り紙衛星の伝説』は女性作家がゼロ。おお、そんな巻があったとは。大森単独編集の《ベストＳＦ》になると女性率がちょっと上がるが、それでも三冊（二〇～二二年刊行）平均で25パーセント程度。大森望編『ゼロ年代日本ＳＦベスト集成』全二巻では二割弱（22分の4）、大森望・伴名練編の『２０１０年代ＳＦ傑作選』では15パーセント（20分の3）なので、年を追うごとに女性率が増えているとも言いがたい。

　では、《ＮＯＶＡ》はどうかというと、過去十五冊の女性作家率は約二割。こちらも寄稿者のジェンダーはほとんど意識していなかったが、あらためてリストを眺めると、『ＮＯＶＡ3』がじつは〝書き下ろし男性ＳＦ作家アンソロジー〟になっていたことに気づいて愕然《がくぜん》としますね。つまり、男性SF作家アンソロジーはそれと知らずに誕生するが、女性SF作家アンソロジーは意識しないとつくれないということになる。

　男性側に大きく偏った比率を少しでも是正するために本書を企画した――というわけではまったくないが、編者としてはこうして女性率100パーセントの巻をお届けできたことでちょっとだけほっとしている。

　もっとも、今回いちばん印象的だったのは、依頼に際してまったく苦労しなかったこと。どんどん依頼のメールを出して、気づいたら十五人くらいに頼んでいて、おお、これはもしかしてページ数がたいへんなことになるのではとあわててストップした結果、当然頼むべきなのに頼んでいない人が発生したことが残念なくらいで、本書が好評ならすぐにでも第二弾を企画したい。

　寄稿者のみなさんには、例によって刊行が予定より一カ月ほど延びてしまったことをお詫《わ》びします。また、編集を担当してくれた河出書房新社の伊藤靖氏にも感謝したい。ありがとうございました。機会がありましたら、また次の『NOVA』で。

大森　望

NOVA《ノヴァ》 2023年夏号《ねんなつごう》

二〇二三年 四 月一〇日 初版印刷
二〇二三年 四 月二〇日 初版発行

責任編集 大森望《おおもりのぞみ》
発行者 小野寺優
発行所 株式会社河出書房新社
〒一五一－〇〇五一
東京都渋谷区千駄ヶ谷二－三二－二
電話〇三－三四〇四－八六一一（編集）
〇三－三四〇四－一二〇一（営業）
https://www.kawade.co.jp/

ロゴ・表紙デザイン 粟津潔
本文フォーマット 佐々木暁
本文組版 株式会社キャップス
印刷・製本 中央精版印刷株式会社

Printed in Japan ISBN978-4-309-41958-9

NOVA 2019年春号

大森望〔責任編集〕 41651-9

日本ＳＦ大賞特別賞受賞のＳＦアンソロジー・シリーズ、復活。全十作オール読み切り。飛浩隆、新井素子、宮部みゆき、小林泰三、佐藤究、小川哲、赤野工作、柞刈湯葉、片瀬二郎、高島雄哉。

NOVA　2019年秋号

大森望〔責任編集〕 41705-9

オール読切の新作ＳＦアンソロジー。津原泰水の舞台劇、高山羽根子の捕鯨アイドルルポ、谷山浩子の夢物語ほか、草野原々、高野史緒、田中啓文、トキオ・アマサワ、藤井太洋、麦原遼の全９作。

NOVA　2021年夏号

大森望〔責任編集〕 41799-8

日本SFの最前線、完全新作アンソロジー最新号。新井素子、池澤春菜、柞刈湯葉、乾緑郎、斧田小夜、坂永雄一、高丘哲次、高山羽根子、西島伝法、野崎まど、全10人の読み切り短編を収録。

輝く断片

シオドア・スタージョン　大森望〔編〕 46344-5

雨降る夜に瀕死の女をひろった男。友達もいない孤独な男は決意する——切ない感動に満ちた名作八篇を収録した、異色ミステリ傑作選。第三十六回星雲賞海外短編部門受賞「ニュースの時間です」収録。

はい、チーズ

カート・ヴォネガット　大森望〔訳〕 46472-5

「さよならなんて、ぜったい言えないよ」バーで出会った殺人アドバイザー、夫の新発明を試した妻、見る影もない上司と新人女性社員……やさしくも皮肉で、おかしくも深い、ヴォネガットから14の贈り物。

人みな眠りて

カート・ヴォネガット　大森望〔訳〕 46479-4

ヴォネガット、最後の短編集！　冷蔵庫型の彼女と旅する天才科学者、殺人犯からメッセージを受けた女性事務員、消えた聖人像事件に遭遇した新聞記者……没後に初公開された珠玉の短編十六篇。

きみの言い訳は最高の芸術

最果タヒ　41706-6

いま、もっとも注目の作家・最果タヒが贈る、初のエッセイ集が待望の文庫化！　「友達はいらない」「宇多田ヒカルのこと」「不適切な言葉が入力されています」ほか、文庫版オリジナルエッセイも収録！

少女ABCDEFGHIJKLMN

最果タヒ　41876-6

好き、それだけがすべてです——「きみは透明性」「わたしたちは永遠の裸」「宇宙以前」「きみ、孤独は孤独は孤独」。最果タヒがすべての少女に贈る、本当に本当の「生」の物語！

もぐ∞

最果タヒ　41882-7

最果タヒが「食べる」を綴ったエッセイ集が文庫化！　「パフェはたべものの天才」「グッバイ小籠包」「ぼくの理想はカレーかラーメン」etc.＋文庫版おまけ「最果タヒ的たべもの辞典（増補版）」収録。

さよならの儀式

宮部みゆき　41919-0

親子の救済、老人の覚醒、30年前の自分との出会い、仲良しロボットとの別れ、無差別殺傷事件の真相、別の人生の模索……淡く美しい希望が灯る。宮部みゆきがおくる少し不思議なSF作品集。

自生の夢

飛浩隆　41725-7

73人を言葉だけで死に追いやった稀代の殺人者が、怪物〈忌字禍〉を滅ぼすために、いま召還される。10年代の日本ＳＦを代表する作品集。第38回日本ＳＦ大賞受賞。

ポリフォニック・イリュージョン

飛浩隆　41846-9

日本SF大賞史上初となる二度の大賞受賞に輝いた、現代日本SF最高峰作家のデビュー作をはじめ、貴重な初期短編６作。文庫オリジナルのボーナストラックとして超短編を収録。

ここから先は何もない

山田正紀 41847-6

小惑星探査機が採取してきたサンプルに含まれていた、人骨化石。その秘密の裏には、人類史上類を見ない、密室トリックがあった……！　巨匠・山田正紀がおくる長編ＳＦ。

かめくん

北野勇作 41167-5

かめくんは、自分がほんもののカメではないことを知っている。カメに似せて作られたレプリカメ。リンゴが好き。図書館が好き。仕事も見つけた。木星では戦争があるらしい……。第 22 回日本ＳＦ大賞受賞作。

カメリ

北野勇作 41458-4

世界からヒトが消えた世界のカフェで、カメリは推論する。幸せってなんだろう？　カフェを訪れる客、ヒトデナシたちに喜んでほしいから、今日もカメリは奇跡を起こす。心温まるすこし不思議な連作短編。

ぴぷる

原田まりる 41774-5

2036年、ＡＩと結婚できる法律が施行。性交渉機能を持つ美少女ＡＩ、憧れの女性、気になるコミュ障女子のはざまで「なぜ人を好きになるのか」という命題に挑む哲学的ＳＦコメディ！

屍者の帝国

伊藤計劃／円城塔 41325-9

屍者化の技術が全世界に拡散した一九世紀末、英国秘密諜報員ジョン・Ｈ・ワトソンの冒険がいま始まる。天才・伊藤計劃の未完の絶筆を盟友・円城塔が完成させた超話題作。日本ＳＦ大賞特別賞、星雲賞受賞。

シャッフル航法

円城塔 41635-9

ハートの国で、わたしとあなたが、ボコボコガンガン、支離滅裂に。世界の果ての青春、宇宙一の料理に秘められた過去、主人公連続殺人事件……甘美で繊細、壮大でボンクラ、極上の作品集。

著訳者名の後の数字はISBNコードです。頭に「978-4-309」を付け、お近くの書店にてご注文下さい。